Dear

I hope all is going

Please come down and enjoy what God has created and is sustaining, here in Costa Rica.

best wishes and God bless,

Kenji
3/06
March 30th 2006
San José, Costa Rica

Membrácidos de la América tropical

Treehoppers of tropical America

Carolina Godoy
Ximena Miranda
Kenji Nishida

INBio Instituto Nacional de Biodiversidad
Ministerio del Ambiente y Energía MINAE
Sistema Nacional de Áreas de Conservación SINAC
Banco Mundial
GEF

595.7
G588m Godoy Cabrera, Carolina; Miranda Garnier, Ximena; Nishida, Kenji
Membrácidos de la América tropical = Treehoppers of tropical America / C. Godoy C., X. Miranda G., K. Nishida; Tr. por Ximena Miranda, Carolina Godoy, Kenji Nishida y Christina Feeny. - Santo Domingo de Heredia, Costa Rica: Instituto Nacional de Biodiversidad, INBio, 2005
356 p. : ils.; 15 x 23 cm

Incluye fotografías a color

ISBN 9968-927-10-4

1. Insectos - Trópicos americanos. 2. Membrácidos. 3. Biodiversidad. 4. Insectos - Costa Rica. I. Miranda Garnier, Ximena, tr. II. Godoy Cabrera, Carolina, tr. III. Nishida, Kenji, tr. IV. Feeny, Christina, tr.

Coordinador editorial / *Editorial Manager:* Fabio Rojas Carballo

Editora / *Editor:* Diana Ávila Solera

Diseño y diagramación / *Graphic design:* Esteban Ocampo Cubero

Ilustraciones / *Illustrations:* José Alejandro Herrera

Fotografías / *Photographs*: Kenji Nishida. Además, Carolina Godoy, Ximena Miranda, Keiji Morishima, José Antonio Azofeifa, Piotr Naskrecki y Ángel Solís en los casos indicados.

Revisión científica / *Scientific review:* Jason Cryan, Paul Hanson

Traducción al inglés / *English translation:* Christina Feeny (Introducción / *Introduction*) y los autores / *and the authors.*

Fotografía de portada / *Cover photo:* Kenji Nishida (*Umbonia crassicornis*)

Primera edición, 2006

Hecho en Costa Rica por la
Editorial INBio

Dedicatoria

A Thomas K. Wood, quien dedicó
su vida al estudio de los membrácidos.

Dedication

To Thomas K. Wood, who devoted
his life to the study of treehoppers.

Contents

Contenido

Acknowledgements

We want to express our special gratitude to the World Bank for financial support for this project, to Jason Cryan, Paul Hanson and T. James Lewis for the revision of the manuscript and William Eberhard for all his collaboration and moral support. To Stuart McKamey for the identification of the Membracidae of the collections of INBio, the University of Costa Rica and the ALAS Project (Organization for Tropical Studies).

We also thank colleagues who facilitated literature and information: William Eberhard, Mick Webb, Stuart McKamey, Ian Gauld, Antonio Jose Creão-Duarte, Jean Michelle Maes, Alonso Santos Murgas, Alejandro Madrigal, Lydie Arnaud, Luciane Marinoni and the staff of the entomology library in the Natural History Museum of London. To Reginal Cocroft, Dmitri Yu Tishechkin, Randy Hunt and Rafael Lucas Rodríguez, for sharing articles and experiences on communication by substrate vibrations in Membracidae and other homopterans.

We thank Mick Webb, Jon Martin and George Beccaloni for help in taking photographs in the Natural History Museum of London. To Stuart McKamey, who also facilitated the taking of photographs in the Smithsonian Institute in Washington D.C. To Keiji Morishima, Angel Solís, José Antonio Azofeifa and Piotr Naskrecki, for allowing us to use their photographs.

For identification of host plants we are thankful to Ricardo Kriebel, Alexander Rodríguez and Nelson Zamora (all of INBio), Jorge Gómez-Laurito and Carlos Morales (of the Universidad de Costa Rica). For identification of mutualist ants, we thank Jack Longino.

Thanks also to Nicholas Quiring, the family Jiménez Fields, Ju-Lin Weng, Leonora Rodríguez, and all the people who collaborated with K. Nishida in the different collecting sites in Costa Rica. To Alejandro Herrera, for his valuable contribution with the black and white drawings that illustrate this work . To Cristian Granados for preparing the maps. Finally, to Lee García, the parataxonomists of INBio, and to all those people who contributed by collecting specimens and other activities, so that this book became a reality.

Agradecimientos

Queremos expresar nuestro agradecimiento en forma especial al Banco Mundial, por su apoyo financiero para este proyecto; a Jason Cryan, Paul Hanson y T. James Lewis, por la revisión del manuscrito; a William Eberhard, por su colaboración y apoyo moral; a Stuart McKamey, por la identificación de los Membracidae de las colecciones del INBio, la Universidad de Costa Rica y el Proyecto ALAS (Organización para Estudios Tropicales).

También queremos agradecer a los colegas que nos facilitaron literatura e información sobre los membrácidos: William Eberhard, Mick Webb, Stuart McKamey, Ian Gauld, Antonio José Creão-Duarte, Jean Michelle Maes, Alonso Santos Murgas, Alejandro Madrigal, Lydie Arnaud, Luciane Marinoni y el personal de la biblioteca del Museo de Historia Natural de Londres.

A Reginal Cocroft, Dmitri Yu Tishechkin, Randy Hunt y Rafael Lucas Rodríguez, por compartir sus artículos y experiencias sobre la comunicación por vibraciones del sustrato en Membracidae y otros insectos relacionados.

A Mick Webb, Jon Martin y George Beccaloni, por su ayuda en la toma de fotografías de la colección del Museo de Historia Natural de Londres. A Stuart McKamey, quien también nos facilitó la toma de fotografías en el Instituto Smithsonian de Washington D.C. A Keiji Morishima, Ángel Solís, José Antonio Azofeifa y Piotr Naskrecki, por permitirnos utilizar sus fotografías.

A Ricardo Kriebel, Alexander Rodríguez, Nelson Zamora (INBio), Jorge Gómez-Laurito y Carlos Morales (Universidad de Costa Rica), por ayudarnos en la identificación de las plantas hospederas; además, a John Longino, por su ayuda para identificar las hormigas.

A Nicholas Quiring, la familia Campos Jiménez, Ju-Lin Weng, Leonora Rodríguez y a todas las personas que colaboraron con la estadía de K. Nishida en los diferentes sitios de recolección en Costa Rica.

A Alejandro Herrera, ilustrador científico y autor de los dibujos en blanco y negro. A Cristian Granados por la elaboración de los mapas, a Lee García y los parataxónomos y parataxónomas del INBio, así como a todas aquellas personas que contribuyeron en la recolección de especímenes y otras actividades para que este libro llegara a ser una realidad.

Presentation

This book is three in one. The authors' stated objective is to provide an easily accessible account of the biology of membracids, and to stimulate and facilitate their study. Surely they have succeeded at this, and more. The book is a world class, careful, extensive, and scholarly summary of what is known about the Neotropical species of insects in the treehopper family, Membracidae. It includes extensive information on their morphology, behavior, geographic distributions, host plants, parasites, and their fascinating and only recently described world of communication via vibrations transmitted through the plants on which they live. Their relations with other species are sometimes quite subtle, including mutualistic associations with ants, and complex relations with the plants on which they feed. Treehoppers attract ants; the ants, in turn, defend the plant from other herbivores, and can also reduce the damage from the fungi which grow on the dried honeydew produced by the membracids. The text, with its large bibliography, can serve as a starting point for anyone who wishes to learn more about these extraordinary animals. Not content with simply compiling previously published information, the authors have also included numerous original observations. Much of the information is summarized in long, useful appendices.

Because membracids have such distinctive colors and forms, the abundant photos, drawings, and keys allow this book to also serve as a useful field guide. It enables the reader to identify at least to genus many of the members of this family that live in Costa Rica (and undoubtedly in other Neotropical countries), even without a microscope. The membracids are one of the very few groups of insects in which a simple sketch of the insect's outline on a paper napkin is often enough for an expert to identify them to genus (I know this is true from personal experience with the late Tom Wood, to whom this book is dedicated, and whose spirit, in the form of numerous citations of his work, hovers over the entire book). Because the Caribbean region has been so important in the evolution of membracids, the emphasis on the extensive collections from Costa Rica in the Instituto Nacional de Biodiversidad is particularly appropriate.

Finally, because the colors and forms of membracids are so lovely and exotic, and because of the high quality of the photos (mostly taken by Kenji Nishida), this book is an aesthetic treasure. These little-studied and little-noticed animals offer

Presentación

Este libro es tres en uno. El objetivo expresado por los autores es ofrecer un relato fácilmente accesible sobre la biología de los membrácidos, para estimular y facilitar su estudio. Seguramente han tenido éxito en esto, y más. El libro es de clase mundial, cuidadoso, extenso y resume lo que se conoce sobre las especies neotropicales de la familia Membracidae. Esto incluye extensa información sobre su morfología, comportamiento, distribuciones geográficas, plantas hospederas, parásitos y su recién descrito y fascinante mundo de la comunicación mediante vibraciones transmitidas a través de las plantas en las cuales viven.

Sus relaciones con otras especies a veces son muy sutiles, e incluyen asociaciones mutualistas con hormigas y relaciones complejas con las plantas de las cuales se alimentan. Los membrácidos atraen hormigas; las hormigas, por su parte, defienden a la planta de otros herbívoros y también pueden reducir el daño de los hongos que crecen en la melaza producida por los membrácidos. El texto, con su extensa bibliografía, puede servir como punto de partida para cualquier persona que desee aprender más sobre estos animales extraordinarios. Los autores no se limitan simplemente a recopilar la información previamente publicada, sino que incluyen numerosas observaciones originales. Una gran parte de la información aparece de forma resumida en útiles apéndices al final del libro.

Como los membrácidos tienen colores y formas distintivas, la abundancia de fotografías, dibujos y las claves permiten que este libro también sirva como una útil guía de campo. El lector podrá identificar sin necesidad de microscopio, por lo menos hasta el nivel de género, muchos de los miembros de esta familia que viven en Costa Rica (y sin duda alguna en otros países neotropicales). Los membrácidos son uno de los pocos grupos de insectos en los cuales un bosquejo simple del contorno del cuerpo en una servilleta de papel es a menudo suficiente para que un experto los identifique a nivel de género (yo sé que esto es verdad por mi experiencia personal con el fallecido Tom Wood, a quien los autores dedican esta obra y cuyo espíritu ronda en todas sus páginas en forma de numerosas citas del trabajo que él realizó).

Como la región del Caribe ha sido tan importante en la evolución de los membrácidos, el énfasis en las extensas colecciones de Costa Rica en el Instituto Nacional de Biodiversidad es particularmente apropiado. Finalmente, como los a sample of the beauty that is implicit in the over-worked term "biodiversity". In membracids, this beauty is augmented by mystery, because the functions of many of their striking forms and colors are still unknown.

It is with special pleasure and pride that I write this Preface, because all three authors are products of the entomology program of the Universidad de Costa Rica. One meaningful measure of a culture is the understanding that it achieves of its own environment. In this sense, this outstanding product of three young, "local" entomologists speaks well of Costa Rica, and of its future. May it inspire a long series of similar projects to come!

William Eberhard Ph.D.
Smithsonian Tropical Research Institute and
Escuela de Biología, Universidad de Costa Rica.
San José, April 2005

colores y las formas de los membrácidos son tan hermosos e impresionantes y las fotografías (en su mayoría de Kenji Nishida) son de gran calidad, este libro es un tesoro estético. Estos animales poco estudiados y que pasan casi desapercibidos, son una muestra de la belleza implícita en el trillado término "biodiversidad". En los membrácidos, esta belleza es mayor debido al misterio que los rodea, ya que las funciones de muchas de sus llamativas formas y colores siguen siendo desconocidas.

Es con especial placer y orgullo que escribo esta presentación, ya que los tres autores son producto del programa de entomología de la Universidad de Costa Rica. Una medida significativa de la cultura de un país es la comprensión que alcanza de su propio ambiente. En este sentido, este producto excepcional de tres jóvenes entomólogos "locales" habla bien de Costa Rica y de su futuro. ¡Que inspire una larga serie de proyectos similares!

William Eberhard Ph.D.
Smithsonian Tropical Research Institute
y Escuela de Biología, Universidad de Costa Rica.
San José, abril de 2005

Prologue

"Nature must have been in a joking mood when the treehoppers were developed, for these little creatures are most comically grotesque in appearance."

John Henry Comstock
A Manual for the Study of Insects, 1897

If ever there were an award for the most unusual group of animals, then treehoppers (the insect family Membracidae) would surely be considered winners. Many of these small, plant-eating insects have exceedingly elaborate and unbelievable shapes, unique in the entire animal world, that never fail to stimulate our imagination. While the majority of treehoppers generally live their lives unnoticed by most people and do not seem to affect human activity at all, a few species are considered minor pests of agriculture or horticulture. Nevertheless, treehoppers and related groups constitute an important part of the herbivorous animal fauna in almost every terrestrial ecosystem.

Although treehoppers are found worldwide (except for the Arctic and Antarctic), most membracid diversity is centered in the Neotropics. The group probably diversified in the New World tropics, with certain treehopper lineages dispersing and colonizing other areas of the globe subsequently. Only one treehopper subfamily, the Centrotinae, has a worldwide distribution; recent research suggested that species of Centrotinae dispersed to the Old World in at least two separate dispersal events. In the Old World, major Centrotinae radiations resulted in unique treehopper faunas in the major zoogeographic regions (Afrotropical, Indomalayan, and Australasian).

Many researchers are interested in studying treehoppers for a remarkable variety of biological reasons. Determining the evolutionary history of the often-bizarre anatomical structures of treehoppers is certainly of interest to some; nobody really knows what purpose these fantastic structures serve, although camouflage is a strong possibility in many species. Other research programs focusing on treehoppers includes the use of the group as indicators of biodiversity, ecological investigations into the substrate-mediated vibrational communication that treehoppers engage in, and the use of some treehoppers (in the genus *Enchenopa*) as a model organism for studying mechanisms of sympatric speciation.

Prólogo

"La naturaleza debe haber estado de muy buen humor cuando creó los membrácidos, puesto que estas pequeñas criaturas tienen un aspecto de lo más cómicamente grotesco".

John Henry Comstock
A Manual for the Study of Insects, 1897

Si existiera un premio para el grupo más inusual de animales, los membrácidos (la familia de insectos Membracidae) seguramente serían los ganadores. Muchos de estos pequeños insectos consumidores de plantas tienen formas excepcionalmente elaboradas e increíbles, únicas en el mundo animal, que siempre estimulan nuestra imaginación. Mientras que las vidas de la mayoría de estos insectos pasan desapercibidas para casi todas las personas y no parecen afectar la actividad humana, algunas especies se consideran plagas de poca importancia en la agricultura o la horticultura. Sin embargo, los membrácidos y los grupos relacionados con ellos son una parte importante de la fauna animal herbívora en casi todos los ecosistemas terrestres.

Aunque los membrácidos habitan en todo el mundo (excepto en el Ártico y el Antártico), su mayor diversidad se encuentra en el Neotrópico. Es probable que este grupo de insectos se diversificara en las zonas tropicales del Nuevo Mundo, donde ciertos linajes de los membrácidos se dispersaron y colonizaron otras áreas del globo. Solamente una subfamilia, Centrotinae, tiene distribución mundial. Investigaciones recientes sugieren que las especies de Centrotinae se dispersaron hacia el Viejo Mundo por lo menos en dos acontecimientos separados. En el viejo Mundo, las radiaciones importantes de Centrotinae dieron lugar a faunas únicas de membrácidos en las principales regiones zoogeográficas (Afrotropical, Indomalaya y Australasia).

Muchos investigadores están interesados en estudiar a los membrácidos por una variedad notable de razones biológicas. El conocimiento de la historia evolutiva de sus estructuras anatómicas a menudo extrañas es ciertamente una de ellas; nadie sabe realmente qué propósito tienen estas estructuras fantásticas, aunque en muchas especies el camuflaje es una fuerte posibilidad. Otras investigaciones sobre

There are three currently recognized treehopper families (Membracidae, Aetalionidae, and Melizoderidae); of these, Membracidae are the most recognizable and species rich, with more than 3,000 described species. Treehoppers are included within a larger group of insects called Cicadomorpha, which also includes the cicadas (families Cicadidae and Tettigarctidae), the leafhoppers (families Cicadellidae and Myerslopiidae), and the spittlebugs and froghoppers (families Cercopidae, Aphrophoridae, Clastopteridae, Machaerotidae, and Epipygidae). The family Membracidae is a 'natural' insect group (what scientists call "monophyletic"), although some evidence suggests that Membracidae arose from within the leafhoppers (family Cicadellidae), and specifically from within a group of arboreal leafhoppers. Whatever the evolutionary origins were, treehoppers share the diagnostic feature of an enlarged pronotum (the shield-like section of exoskeleton covering the dorsum of the first thoracic segment), which in some species is expanded to cover the entire body, and also is the structure that bears outlandish structures in many species.

Treehoppers are phloem feeding insects, and many species form aggregations of nymphs or nymphs and adults. This group-living, gregarious behavior is thought to have evolved as a mechanism to avoid predation, and is often accompanied by a symbiotic association between the treehoppers and ants, bees, or wasps. The hymenopteran symbionts protect the treehoppers from predators and parasites; the treehoppers, in turn, produce a sugary substance (called 'honeydew') that is used as food by the hymenopterans. At least one treehopper group, however, has evolved their own means of protection and therefore do not rely on symbionts for defense: adults of the treehopper tribe Hoplophorionini have an anatomical adaptation that allows them to make lateral kicks, used to frustrate attempts by predators and parasites that try to attack them or their offspring!

Many treehopper species have evolved a relatively high level of subsocial behavior. For example, some treehopper mothers, after depositing their fertilized eggs, will guard her eggs from predators and parasites until they hatch. Some will even continue guarding their offspring until they reach maturity! This maternal care behavior is relatively unusual among insects, and some research suggests that the acquisition of hymenopteran mutualism possibly occurred as a consequence of subsocial behavior, and coincided with the diversification of the family Membracidae.

Ongoing research to reconstruct evolutionary relationships within Membracidae incorporates evidence from morphology or DNA nucleotide sequence data, or combines both kinds of information. From these analyses, a consensus is emerging regarding the patterns of diversification among the subfamilies, tribes, and genera of treehoppers. These phylogenetic hypotheses allow researchers to examine, in an evolutionary context, observations on treehopper biology, life history, and ecology.

For such a charismatic and biologically interesting insect group, it is a wonder that, until now, there has not been a resource that combines tools for treehopper identification, high-quality photographs, summaries of the diagnostic morphology of included groups, and notes on biology and behavior. Clearly, this book los membrácidos incluyen el uso de este grupo como indicadores de la biodiversidad, estudios ecológicos sobre la comunicación mediante vibraciones del sustrato y el uso de algunas especies (del género *Enchenopa*) como organismos modelo para estudiar mecanismos de la especiación simpátrica.

Actualmente se reconocen tres familias de membrácidos (Membracidae, Aetalionidae y Melizoderidae), de las cuales Membracidae es la más conocida y numerosa, con 3.000 especies descritas. Los membrácidos están dentro de un grupo más grande de insectos, los llamados Cicadomorpha, que también incluye a las cigarras (familias Cicadidae y Tettigarctidae), los saltahojas (familias Cicadellidae y Myerslopiidae) y los salivazos o baba de culebra (familias Cercopidae, Aphrophoridae, Clastopteridae, Machaerotidae y Epipygidae).

La familia Membracidae es un grupo natural (llamado por los científicos "monofilético"), aunque ciertas evidencias sugieren que los membrácidos surgieron dentro de las chicharritas (familia Cicadellidae), específicamente en un grupo de chicharritas arbóreas. Cualquiera sea su origen evolutivo, los membrácidos comparten la característica diagnóstica de tener un pronoto agrandado (como un escudo, la sección del exoesqueleto cubre el dorso del primer segmento torácico), que en algunos casos se expande hasta cubrir el cuerpo entero, y presenta estructuras extrañas en muchas especies.

Los membrácidos se alimentan del floema y muchas especies forman agrupaciones de ninfas o de ninfas y adultos. Se piensa que el comportamiento gregario pudo haberse desarrollado como mecanismo para evitar la depredación, y a menudo está acompañado de una asociación simbiótica entre los membrácidos y hormigas, abejas o avispas. Estos himenópteros protegen a los membrácidos de depredadores y parásitos; a cambio, estos producen una sustancia azucarada (llamada melaza) que es utilizada como alimento por los himenópteros. Sin embargo, al menos un grupo de membrácidos ha desarrollado sus propios medios de protección y por lo tanto no depende de los organismos simbiontes para su defensa: los adultos de la tribu Hoplophorionini tienen una adaptación anatómica que les permite dar patadas laterales que utilizan para frustrar los intentos de los depredadores y parásitos de atacar su descendencia.

Muchas especies han desarrollado un grado relativamente alto de comportamiento subsocial. Por ejemplo, algunas madres, después de depositar sus huevos fertilizados, los protegen de los depredadores y parásitos hasta que eclosionan, y algunas incluso siguen cuidando su descendencia hasta que alcanza la madurez. Este comportamiento de cuidado maternal es relativamente inusual entre los insectos y algunas investigaciones sugieren que la adquisición de himenópteros mutualistas pudo ocurrir como consecuencia del comportamiento subsocial, y coincidió con la diversificación de la familia Membracidae.

Las investigaciones actuales para reconstruir las relaciones evolutivas en Membracidae incorporan evidencia de datos morfológicos o de datos moleculares de secuencias de nucleótidos en el ADN, o la combinación de ambas clases de información. De estos análisis, está emergiendo un consenso con respecto a los patrones de diversificación entre las subfamilias, tribus y géneros. Estas hipótesis filogenéticas permiten que los investigadores examinen, en un contexto evolutivo, represents an important contribution to the study of Membracidae, as it provides all of that information for 81 of the 216 described Neotropical treehopper genera. This volume is designed and written in such a way as to be a valuable resource for both the professional researcher and the amateur naturalist, and will, without a doubt, make an excellent and informative introduction, for the uninitiated, into the wild world of treehoppers.

Jason R. Cryan Ph.D.
Director, Laboratory for Conservation and Evolutionary Genetics,
New York State Museum
April, 2005

observaciones con respecto a la biología, la historia natural y la ecología de los membrácidos.

Para un grupo de insectos tan carismático e interesante biológicamente, es notorio que hasta este momento no existiera un recurso que combinara las herramientas para la identificación de los membrácidos, fotografías de alta calidad, resúmenes de la morfología, incluyendo el diagnóstico de grupos, y notas sobre biología y comportamiento. Este libro claramente representa una contribución importante al estudio de Membracidae, ya que proporciona toda esa información para 81 de los 216 géneros descritos para el Neotrópico. Esta guía está diseñada y escrita de tal manera que constituye un instrumento valioso para investigadores profesionales y naturalistas aficionados y, sin duda, una excelente introducción para quienes se inician en el estudio del mundo salvaje de los membrácidos.

Jason R. Cryan Ph.D.
Director, Laboratory for Conservation and Evolutionary Genetics,
New York State Museum
Abril de 2005

Introduction

Treehoppers, or membracids, are insects that attract attention because of their highly diverse shapes and their very unique natural history. Their pronotum, a structure found just behind the head, comes in strange and impressive shapes. Some species establish groups of tens and even hundreds of individuals that surprise us when we discover them on plants in the middle of the forest or in a garden. It is common to find them associated with ants, which protect them from predators and make good use of the honeydew that membracids produce. In some species, the mother patiently protects her eggs, driving away their natural enemies with kicks and wing-flapping actions. They also challenge our senses with their particular communication system, using vibrations that travel through the plant to deliver their songs of courtship, their alarm signals, and even their calling for their mothers' assistance. With such unusual behaviors, it is not surprising that treehoppers have aroused the interest of many people, including students of all ages and biologists who have made an effort to understand their way of life.

It is for all these reasons that the idea arose of publishing a field guide of the Membracidae family. Our goal has been to put together all the information currently available on the treehoppers of tropical America (from southern Mexico to Brazil) and to present it in simple language for the general public, with beautiful illustrations and photographs. We have also attempted to facilitate the identification of these insects for those who are willing to study them.

This book strives to encourage research on the Membracidae family, given that the natural history of most species, and even of complete genera, remains a mystery. We hope this book will be useful for all those who share with us an interest in conservation of nature and in this wonderful group of insects.

About this field guide

The first part of this field guide is a broad introduction to the Membracidae family and includes details about their morphology, behaviour, mutualistic associations with other organisms, host plants and other aspects of their natural history.

This section includes an illustrated key to identify genera by looking at the shape of the pronotum and a taxonomic key to the subfamilies and tribes. The

Introducción

Los membrácidos son insectos que llaman nuestra atención por su gran diversidad de formas y su muy particular historia natural. El pronoto, por ejemplo, una estructura que se encuentra justo detrás de la cabeza, muestra formas extrañas e impresionantes. Algunas especies forman agrupaciones de decenas e incluso cientos de individuos, que nos sorprenden cuando los descubrimos sobre plantas en medio del bosque o en el jardín. Es común encontrarlos asociados con hormigas, las cuales los protegen de los depredadores y aprovechan las sustancias dulces que producen. En algunas especies, la madre protege pacientemente sus huevos, ahuyentando con patadas y vibraciones de alas a sus enemigos naturales. También retan nuestros sentidos con su comunicación por medio de vibraciones, que viajan a través de las plantas, transmitiendo cantos de cortejo, sonidos de amenaza y hasta señales que piden ayuda a su madre. Con estos sorprendentes comportamientos, no es extraño que los membrácidos hayan despertado el interés de mucha gente, incluyendo estudiantes de todas las edades y biólogos que han hecho un esfuerzo por comprender su forma de vida.

Es por todas estas razones que surgió la idea de publicar una guía de campo de la familia Membracidae. Nuestra meta ha sido reunir toda la información disponible sobre los membrácidos de la América tropical (desde el sur de México hasta Brasil) y presentarla con un lenguaje sencillo, dirigido a todo tipo de público, con hermosas ilustraciones y fotografías. También hemos querido facilitar la identificación de estos insectos para las personas que los estudian.

Este libro busca fomentar las investigaciones sobre la familia Membracidae, pues se desconoce la historia natural de la mayoría de las especies e incluso de géneros completos. Esperamos que sea de provecho para las personas que comparten con nosotros el interés por la conservación de la naturaleza y por este maravilloso grupo de insectos.

Sobre esta guía de campo

La primera parte de esta guía de campo es una amplia introducción a la familia Membracidae, en la cual se tratan, entre otros, aspectos como la morfología, el comportamiento, las relaciones mutualistas con otros organismos y las plantas hospederas.

illustrated key was designed to provide a simple way of beginning to identify the genera.

The second part includes descriptions of 81 genera that live in tropical America, illustrated in full color. Each description contains the morphological traits that identify the genus and a summary of its natural history (except when it is unknown). Distribution maps of the American continent are also given to indicate the countries in which the genera have been registered. The icons under those maps are used to indicate the following:

	Mutualistic organisms observed		Mutualistic organisms not observed
	Host plants known	?	Host plants unknown
	Economic importance and / or present on crops	?	Economic importance not registered

At the end of the text are several annexes containing lists of the plants that these insects use as hosts; the organisms involved with them in mutualistic relationships (an association between two individuals of different species that benefits both), e.g. ants and wasps, as well as their natural enemies, such as the wasps that parasitize them. Also included is a chart that summarizes the main behavior patterns of each genus, whenever such information exists.

This field guide contains information that has never been published before, based on specimens belonging to the collection of Costa Rica's National Institute of Biodiversity (INBio) and on observations of treehoppers in their natural environment.

The compilation of information was carried out at national and international libraries, mainly those belonging to the University of Costa Rica (UCR), the Tropical Agricultural Research and Higher Education Center (CATIE), the Natural History Museum in London and the Smithsonian Institute in Washington, DC. The compilation work and subsequent synthesis of the information was carried out by Carolina Godoy and Ximena Miranda.

Every effort was made to obtain photographs of live insects in their natural environment, most of which were taken by K. Nishida. Also included are photographs of specimens from the collections of INBio (taken by K. Nishida and C. Godoy), the Smithsonian Institute (Washington D.C.) and the Natural History Museum in London (taken by C. Godoy). The photographs taken by other collaborators are identified in their respective credits.

Esta sección incluye una clave ilustrada de géneros, según la forma del pronoto, y una clave taxonómica de subfamilias y tribus. La clave ilustrada se diseñó para proporcionar una forma sencilla de comenzar a identificar los géneros.

La segunda parte presenta la descripción de 81 géneros que habitan en la América tropical, ilustrados a todo color. Cada descripción contiene las características morfológicas que permiten la identificación del género y datos sobre su historia natural (excepto cuando ésta no se conoce).

Las descripciones también incluyen un mapa de distribución en el continente americano, que muestra los países en los cuales el género se ha registrado hasta el momento, e íconos que indican la siguiente información:

	Organismos mutualistas registrados		Organismos mutualistas no registrados
	Plantas hospederas conocidas		Plantas hospederas desconocidas
	Importancia económica y / o presentes en cultivos		Importancia económica no registrada

Al final se presentan varios apéndices con listas de las plantas hospederas que estos insectos utilizan, los organismos mutualistas (asociación entre dos individuos de distinta especie que beneficia a ambos), como hormigas y avispas, y sus enemigos naturales, entre ellos las avispas que los parasitan. También se incluye un cuadro que sintetiza el comportamiento de cada género, cuando existe tal información.

Esta guía de campo contiene información que no se ha publicado antes, proveniente de los especímenes de la colección del Instituto Nacional de Biodiversidad (INBio) en Costa Rica y de las observaciones de membrácidos en su ambiente natural.

La recopilación de la información se hizo en bibliotecas nacionales e internacionales, principalmente de la Universidad de Costa Rica (UCR), el Centro Agronómico Tropical de Investigación y Enseñanza (CATIE), el Museo de Historia Natural de Londres y el Instituto Smithsonian de Washington D.C. Esta recopilación y la posterior síntesis de la información fueron hechas por Carolina Godoy y Ximena Miranda.

Hicimos lo posible por obtener fotografías de insectos vivos en su medio natural, la gran mayoría de las cuales fueron tomadas por K. Nishida. También se incluyen fotografías de especímenes de las colecciones del INBio (tomadas por K. Nishida y C. Godoy), el Instituto Smithsonian (Washington D.C.) y el Museo de Historia Natural de Londres (tomadas por C. Godoy). En los créditos respectivos se indican las fotografías que fueron tomadas por otros colaboradores.

Figura 1. Hembra de *Umbonia crassicornis* cuidando sus huevos, Costa Rica.
Figure 1. Female of *Umbonia crassicornis* guarding her eggs, Costa Rica.

Figura 2a. Agrupación de adultos de *Alchisme grossa* en una solanácea, Costa Rica, 3.000 m.
Figure 2a. Adult aggregation of *Alchisme grossa* on a Solanaceae, Costa Rica, 3000 m.

GENERAL ASPECTS OF THE MEMBRACIDAE FAMILY

Taxonomic classification and identification

Treehoppers (Membracidae) are insects that belong to the order Hemiptera and to the suborder Auchenorrhyncha. The group is closely related to leafhoppers (Cicadellidae), cicadas (Cicadidae), and spittlebugs (Cercopidae). Over 3,300 species of Membracidae have been described worldwide (McKamey, 1998) and Neotropical forests are home to many additional species (Fig. 1). Treehoppers constitute a mainly tropical group that originated in the New World (where 216 genera and almost 1,600 species have been described), from where they dispersed to the Old World (Wood 1993). Many species are also found in temperate regions of North America and South America, Australia, Africa, and Asia. Only three species have been found in Europe; one of them, *Stictocephala bisonia,* was introduced from North America (Dietrich and Deitz 1993; Cryan *et al.* 2004). From Costa Rica, 74 genera and 140 species are known.

The species fall into 12 subfamilies, 49 tribes, and more than 400 genera (McKamey 1998). It is thought that treehoppers have been around for at least 40 million years. Their fossils are extremely rare; specimens from the Eocene-Miocene epochs have been found embedded in amber in the Dominican Republic (McKamey 1998).

Most treehoppers are easily recognized by their pronotum, a structure found behind the head. The pronotum is relatively large compared to the rest of the body, and it is this feature that separates them from other insect families (Funkhouser 1951;

Figura 2b. Adultos de *Bolbonota* sp. en *Cassia biflora*, Costa Rica.
Figure 2b. Adults of *Bolbonota* sp. on *Cassia biflora*, Costa Rica.

Figura 2c. Hembra de *Heteronotus* sp. en *Trichilia havanensis*, Costa Rica.
Figure 2c. Female of *Heteronotus* sp. on *Trichilia havanensis*, Costa Rica.

ASPECTOS GENERALES DE LA FAMILIA MEMBRACIDAE

Clasificación taxonómica e identificación

Los membrácidos (Membracidae) son insectos que pertenecen al orden Hemiptera y al suborden Auchenorrhyncha. Constituyen un grupo muy relacionado con los saltahojas o chicharritas (Cicadellidae), chicharras o cigarras (Cicadidae) y salivazos (Cercopidae). La familia Membracidae cuenta con más de 3.300 especies descritas en el mundo (McKamey, 1998) y se sabe que los bosques neotropicales albergan muchísimas especies nuevas (Fig. 1).

Los membrácidos conforman un grupo principalmente tropical que se originó en el Nuevo Mundo (con 216 géneros y casi 1.600 especies), desde donde se dispersaron hacia el Viejo Mundo (Wood 1993). También se encuentran muchas especies en regiones templadas de Norteamérica y Suramérica, Australia, África y Asia. En Europa se han registrado sólo tres especies; una de ellas (*Stictocephala bisonia*) fue introducida de Norteamérica (Dietrich & Deitz 1993; Cryan *et al.* 2004). De Costa Rica se conocen 74 géneros y 140 especies.

Las especies están clasificadas en 12 subfamilias, 49 tribus y más de 400 géneros (McKamey 1998). Se estima que los membrácidos tienen una antigüedad de por lo menos 40 millones de años. Sus fósiles son extremadamente raros y se han encontrado incrustados en ámbar de la época Eoceno-Mioceno en República Dominicana (McKamey 1998).

La mayoría de los membrácidos se reconoce fácilmente por la forma del pronoto, una estructura que se encuentra detrás de la cabeza. El pronoto tiene

Kenji Nishida

Kenji Nishida

Figura 3a. Varios machos adultos de *Umbonia* sp. en *Acacia collinsii*, bosque seco, Costa Rica.

Figure 3a. Several males of *Umbonia* sp. on *Acacia collinsii*, dry forest, Costa Rica.

Figura 3b. Varias hembras adultas de *Umbonia* sp. en *Acacia collinsii*, bosque seco, Costa Rica.

Figure 3b. Female adults of *Umbonia* sp. on *Acacia collinsii*, bosque seco, Costa Rica.

Kenji Nishida

Figura 3c. Macho de *Ennya chrysura*, Costa Rica.

Figure 3c. Male of *Ennya chrysura*, Costa Rica.

Kenji Nishida

Figura 3d. Hembra de *Ennya chrysura*, Costa Rica.
Figure 3d. Female of *Ennya chrysura*, Costa Rica.

un tamaño relativamente grande para el resto del cuerpo, y es el rasgo que los separa de otras familias de insectos (Funkhouser 1951; Evans 1963; Wood 1993). Es común que este órgano tenga espinas, bulbos u otras estructuras semejantes a ramitas, espinas de plantas o excremento de insectos (Figs. 2a,b,c).

La forma del pronoto podría constituir un mecanismo de camuflaje, aunque esta función y otras posibles (que se describen en la sección de morfología) no se han comprobado científicamente (Strümpel 1972; Wood & Morris 1974; Wood 1975, 1977, 1993; Boulard 1983; Cryan *et al.* 2004).

Las diversas formas del pronoto dentro de una misma especie han causado muchas confusiones taxonómicas (Wood 1993). En algunas especies, estas variaciones expresan dimorfismo sexual, ya que el pronoto de los machos y las hembras tiene diferente forma y coloración (Figs. 3a,b,c,d). En climas templados de Norteamérica (Wood 1993) estas variaciones pueden darse en forma de polimorfismo pronotal e incluyen cambios según la época en la cual se desarrolla una generación de membrácidos.

Historia natural y comportamiento

Los membrácidos son exclusivamente fitófagos y se alimentan de la savia de las plantas, para lo cual tienen un aparato bucal chupador (Fig. 4). Cada especie tiene cierto grado de especialización con respecto a las plantas de las cuales se alimenta y donde coloca sus huevos, conocidas como plantas hospederas (Fig. 5). El tipo de desarrollo que presenta esta familia se denomina metamorfosis incompleta, lo cual quiere decir que los estadios inmaduros (ninfas) son relativamente similares a los adultos, pero no han desarrollado el pronoto ni las alas. Las ninfas mudan

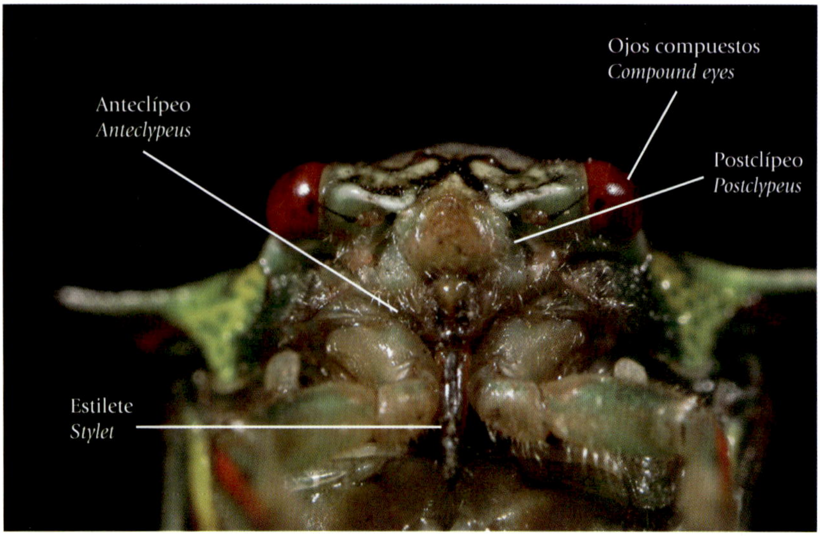

Figura 4. *Umbonia crassicornis*. Vista anterior de la cabeza, mostrando las partes bucales.
Figure 4. *Umbonia crassicornis*. Ventral view of the head, showing the mouth parts.

Evans 1963; Wood 1993). It is common for this organ to display spines, bulbs or other structures similar to twigs, plant thorns or insect excrement (Figs. 2a,b,c). The shape of the pronotum might be a camouflage mechanism, although this and other possible functions (described in the section on morphology) have yet to be validated scientifically (Strümpel 1972; Wood and Morris 1974; Wood 1975, 1977, 1993; Boulard 1983; Cryan *et al.* 2004). The varying shapes of the pronotum within a same species have caused much taxonomic confusion (Wood 1993). In some species, these variations express sexual dimorphism, since the males' and the females' pronotum have a different shape and coloration (Figs. 3a,b,c,d). In temperate areas of North America (Wood 1993), these variations may involve pronotal polymorphism and depend on the season in which a generation of treehoppers develops.

Natural history and behavior

Treehoppers are exclusively phytophagous and feed on the sap of plants, which they suck with special mouthparts (Fig. 4). Each species has a certain degree of specialization regarding the plants on which they feed and on which they lay their eggs, known as host plants (Fig. 5). Development in this family can be classified as incomplete metamorphosis; this means that the immature stages (nymphs) are relatively similar to the adults, except for the fact that neither the pronotum nor the wings have fully developed. The nymphs molt several times before they become adults, but complete metamorphosis, as in the case of butterflies and beetles, does not take place (Fig. 6).

One of the main characteristics of their behavior is maternal care of eggs and nymphs, which is defined as subsocial behavior (Figs. 7a,b). By contrast, true social

Kenji Nishida

Figura 5. Agrupación de adultos de *Alchisme grossa* en una solanácea, Costa Rica, 3.000 m.
***Figure** 5.* Adult aggregation of *Alchisme grossa* on a Solanaceae plant, Costa Rica, 3000 m.

José Antonio Azofeifa

José Antonio Azofeifa

José Antonio Azofeifa

José Antonio Azofeifa

Figura 6. / ***Figure** 6.*

a. Adulto de *Enchophyllum* emergiendo de la muda del quinto estadio ninfal.
a. Adult of *Enchophyllum* emerging from molted skin of fifth instar nymph.

b. Adulto de *Enchophyllum* totalmente fuera de la muda.
b. Adult of *Enchophyllum* totally outside the molted skin.

c. Adulto de *Enchophyllum* con las alas totalmente extendidas.
c. Adult of *Enchophyllum* with wings completely extended.

d. Adulto de *Enchophyllum* después de adquirir su coloración normal.
d. Adult of *Enchophyllum* after acquiring its normal coloration.

Kenji Nishida

Kenji Nishida

Figura 7a. Una hembra y huevos de *Polyglypta* sp. en *Bidens* sp., Costa Rica.

Figure 7a. A female and eggs of *Polyglypta* sp. on *Bidens* sp., Costa Rica.

Figura 7b. Hembras con huevos y ninfas de *Guayaquila* sp. atendidas por hormigas, Costa Rica.

Figure 7b. Egg-guarding females and nymphs of *Guayaquila* sp. tended by ants, Costa Rica.

insects such as ants and termites display a division of labor according to caste (worker versus queen). Some treehopper species display gregarious behavior, forming large groups. They also engage in mutualism with certain species of ants and bees, which feed on the honeydew that treehoppers produce in return for protection from certain natural enemies. One of their main modes of communication involves vibrating the plant substrate (for example, a stem) on which they are resting, by using their abdomen. These substrate vibrations travel over the plant tissue and serve as signals for courtship, sexual encounters, threat warnings, etc. Below we offer a more detailed account of what is known to date about each aspect of the natural history of treehoppers.

How and where to find treehoppers

Many treehopper species can be found in plain view or by carefully searching among the foliage of trees and bushes. Those that engage in gregarious behavior are generally more conspicuous due to the larger quantity of individuals living on a single plant. A good strategy for finding them is to look for ants walking on the plant, since several species of treehoppers are associated with ants that tend them.

varias veces hasta llegar a adultos, pero no tienen metamorfosis completa, como las mariposas y los escarabajos (Fig. 6).

Una de las principales características de su comportamiento es el cuidado maternal de huevos y ninfas, por lo cual se consideran insectos subsociales (Figs. 7a,b). En contraste, los insectos sociales verdaderos, entre otras características, presentan castas con división de labores (las obreras *versus* las reinas), como sucede en las hormigas y termitas. Algunas especies de membrácidos tienen un comportamiento gregario, pues forman grandes agrupaciones. También presentan mutualismo con ciertas hormigas y abejas, que se alimentan de las sustancias dulces que producen los membrácidos y a cambio los protegen de algunos enemigos naturales. Una de sus principales formas de comunicación consiste en hacer vibrar el sustrato (por ejemplo, un tallo) en que se encuentran, usando su abdomen. Estas vibraciones del sustrato se transmiten a través de la planta y forman parte de las señales de cortejo, encuentro de sexos o de alarma, entre otros. A continuación se describe más detalladamente lo que se conoce hasta el momento sobre cada uno de estos aspectos de la historia natural de los membrácidos.

Cómo y dónde encontrar membrácidos

Muchas especies de membrácidos se pueden encontrar a simple vista o buscando cuidadosamente entre las plantas. Los que tienen un comportamiento gregario generalmente son más conspicuos, debido a la gran cantidad de individuos que habita una sola planta. Una buena estrategia para encontrarlos es buscar hormigas que caminen por la planta, ya que varias especies están asociadas con hormigas que las atienden.

Las hembras que presentan cuidado maternal permanecen sobre sus huevos por períodos de tiempo relativamente largos y por eso es posible observarlas varias veces en el mismo sitio. Es común encontrarlos debajo de las hojas, alimentándose en las venas o los tallos y pecíolos. Algunas especies se mantienen en el dosel del bosque y es más difícil observarlas. Colocar trampas de luz es un buen método de recolección para algunas especies (Fig. 8).

Para comenzar a conocer la familia de los membrácidos se recomienda observar primero a los siguientes miembros, comunes en jardines y zonas verdes. El género *Antianthe* suele encontrarse en grandes grupos de adultos y ninfas sobre plantas de güitite, chile dulce y otras solanáceas (Fig. 9). El género *Umbonia* también se puede encontrar en grupos grandes generalmente sobre *Acacia* y otros arbustos o árboles de la familia Fabaceae (Figs. 3a,b). El género *Membracis* se alimenta en varias fabáceas, en árboles de guanábana (Annonaceae) y otras plantas de jardín, ya que es generalista. En los árboles de poró (*Erythrina*, Fabaceae) es fácil encontrar al género *Bolbonota* (Fig. 2b). En *Piper* (Piperaceae) son frecuentes los grupos grandes de adultos y ninfas del género *Metheisa*, atendidos por hormigas. Un pariente de este género que también se encuentra fácilmente es *Polyglypta*, reproduciéndose o alimentándose bajo las grandes hojas de *Montanoa* y otras asteráceas (Fig. 10). Dos especies del género *Ennya* pueden encontrarse formando agrupaciones, una en el tomate de palo (*Solanum betaceum*, Solanaceae) y otra en *Bocconia* (Papaveraceae).

Ximena Miranda

Figura 8. Stuart McKamey, Carolina Godoy y Andrew Hicks durante la recolección con una trampa de luz, Parque Nacional Palo Verde, Costa Rica.

Figure 8. Stuart McKamey, Carolina Godoy and Andrew Hicks collecting on a light trap, Palo Verde National Park, Costa Rica.

The females of species that engage in maternal care brood their eggs for relatively long periods of time, and for that reason it is possible to observe them repeatedly in the same place. They are commonly found under leaves, feeding on the veins, petioles, or stems. Some species live in the forest canopy and are more difficult to observe. Searching at light traps is a good collection method for some species (Fig. 8).

To become familiar with the treehopper family, we recommend looking for the following genera first, since they are common in gardens and other urban green areas. The genus *Antianthe* can often be found in large groups of adults and nymphs on wild tobacco, green peppers and other Solanaceae (Fig. 9). The genus *Umbonia* can also be found in large groups, generally on *Acacia* and other woody plants of the pea family (Fabaceae) (Figs. 3a,b). The genus *Membracis* feeds on several Fabaceae, the leaves of soursop trees (Annonaceae), and various garden plants, since it is a generalist. It is common to find the genus *Bolbonota* on *poró* or coral trees (*Erythrina*, Fabaceae) (Fig. 2b). On shrubs of the genus *Piper* (Piperaceae) one can often find large groups of adults and nymphs of the genus *Metheisa*, which are often tended by ants. A related genus,

Kenji Nishida

Figura 9. Adultos y ninfas de *Antianthe* sp. alimentándose de *Acnistus arborescens*, Costa Rica.

Figure 9. Adults and nymphs of *Antianthe* sp. feeding on *Acnistus arborescens*, Costa Rica.

Figura 10. Tres adultos de *Polyglypta* sp. en *Montanoa* sp. San José, Costa Rica.
Figure 10. Three adults of *Polyglypta* sp. on *Montanoa* sp. San José, Costa Rica.

Morfología

Con el fin de facilitar la comprensión de la morfología de los membrácidos, a continuación se describen las principales estructuras de la cabeza, el pronoto y las alas (Figs. 4; 11a,b,c,d,e).

CABEZA

Clípeo: el área facial que se encuentra justo sobre la base del pico o vaina del estilete. Se divide en anteclípeo (clípeo anterior) y postclípeo (clípeo posterior) (Figs. 4, 11c).

Estilete: aparato bucal alargado y especializado para succionar la savia de las plantas (Figs. 4, 11a).

Ocelos: dos ojos simples que se encuentran en la parte anterior de la cabeza, relativamente cerca de los ojos compuestos (Figs. 11a,c,d,e).

Ojos compuestos: dos órganos visuales formados por numerosas facetas o lentes, situados uno a cada lado de la cabeza (Figs. 11a,c,d,e).

Vértex: parte superior de la cabeza, entre los ojos (Fig. 11c).

PRONOTO Y ESCUTELO

Pronoto: parte superior dorsal del protórax. En los membrácidos con frecuencia es notablemente grande (Figs. 11a,b,c,d,e).

Dorso: cualquier parte de la superficie superior del pronoto (Fig. 11e).

Metopidio: la parte anterior y en declive del pronoto, sobre la cabeza (Fig. 11a,c).

Proceso anterior: cualquier proyección que se levante de la parte anterior del pronoto. (Fig. 10).

Proceso posterior: extensión del pronoto detrás del escutelo (Fig. 11a).

Escutelo: pequeño segmento posterior y dorsal del tórax que se muestra como una parte triangular; en los membrácidos con frecuencia está cubierto por el pronoto (Fig. 11a).

Polyglypta, can frequently be found reproducing or feeding on the undersides of the large leaves of *Montanoa* and other Asteraceae (Fig. 10). Two species of the genus *Ennya* can be found forming groups, one on the tree tomato (*Solanum betaceum*, Solanaceae) and another on *Bocconia* (Papaveraceae). In the central valley of Costa Rica, yellow sticky traps in coffee and avocado plantations captured 10 of the approximately 85 genera known to occur in the country (*Acutalis, Antianthe, Bolbonota, Cladonota, Darnis, Erechtia, Heteronotus, Ischnocentrus, Metheisa,* and *Micrutalis*), although in these cases the host plant is unknown (Godoy, unpublished).

Morphology

In order to make it easier to understand the morphology of treehoppers, a description of the main structures of the head, the pronotum, and the wings is provided below (Figs. 4, 11a,b,c,d,e).

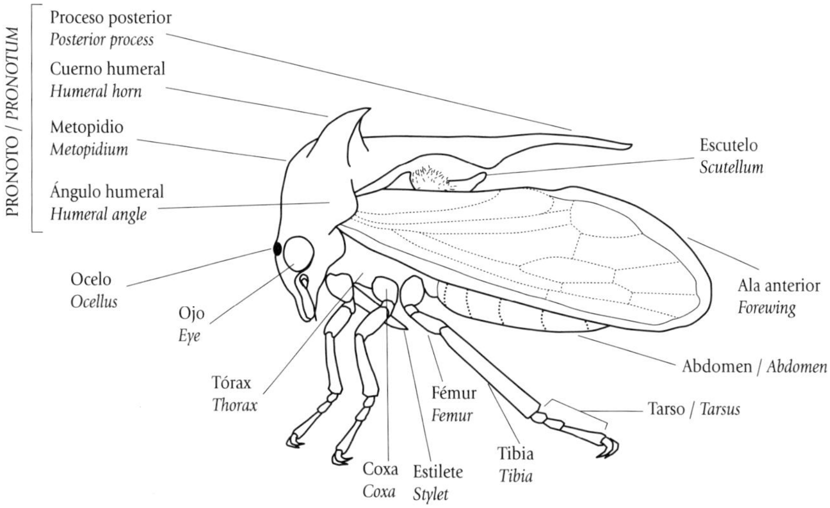

Figura 11a. *Campylocentrus.* Vista lateral, indicando las partes de la cabeza, el pronoto y las patas.
Figure 11a. *Campylocentrus.* Lateral view, indicating the parts of the head, pronotum and legs.

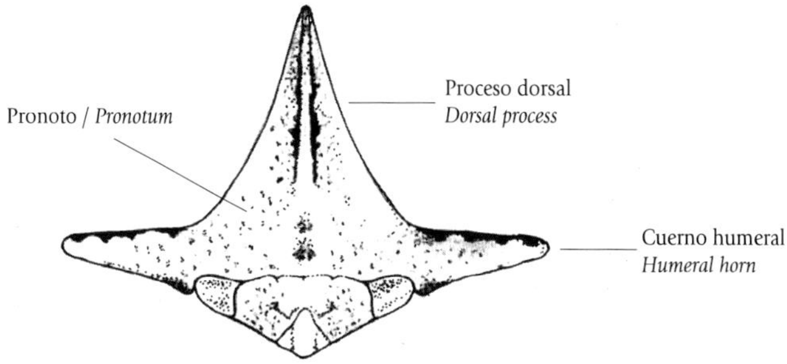

Figura 11b. *Antianthe.* Vista anterior de la cabeza y el pronoto.
Figure 11b. *Antianthe.* Anterior view of head and pronotum.

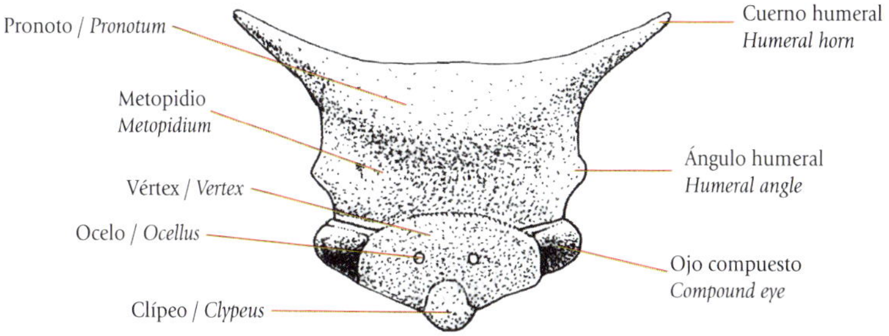

Figura 11c. *Sundarion*. Vista anterior de la cabeza y el pronoto.
Figure 11c. *Sundarion*. Anterior view of head and pronotum.

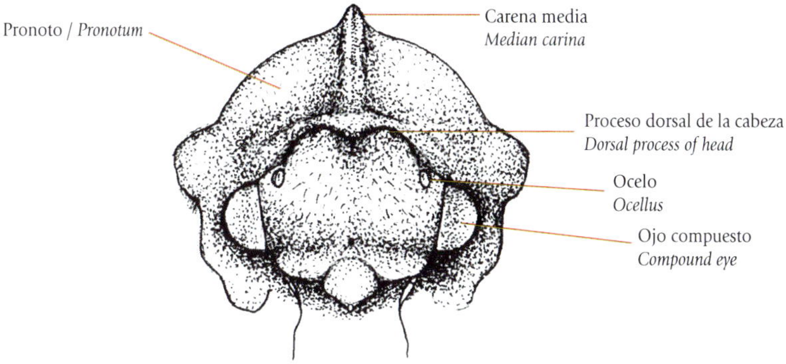

Figura 11d. *Endoiastus*. Vista anterior de la cabeza.
Figure 11d. *Endoiastus*. Anterior view of head.

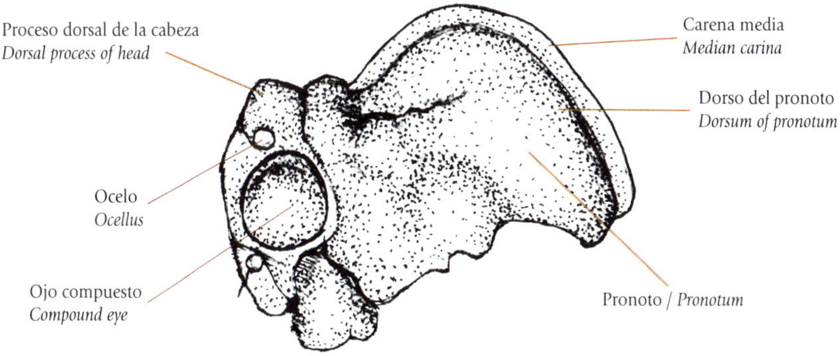

Figura 11e. *Endoiastus*. Vista lateral de la cabeza.
Figure 11e. *Endoiastus*. Lateral view of head.

HEAD

Clypeus: The facial area found just over the base of the stylet. It is divided into the anteclypeus (anterior clypeus) and the postclypeus (posterior clypeus) (Figs. 4, 11c).
Stylet: Elongated, specialized mouthparts for sucking the sap of the host plant (Figs. 4, 11a).
Ocelli: Two simple eyes in the front of the head, relatively close to the compound eyes (Figs. 11a,c,d,e).
Compound eyes: Two visual organs made up of numerous facets or lenses, located on each side of the head (Figs. 11a,c,d,e).
Vertex: Top side of the head between the eyes (Fig. 11c).

PRONOTUM AND SCUTELLUM

Pronotum: The dorsal plate of the prothorax in insects. It is often prominently large in treehoppers (Figs. 11a,b,c,d,e).
Dorsum: Any part of the upper surface of the pronotum (Fig. 11e).
Metopidium: The anterior and sloping part of the pronotum, over the head (Figs. 11a,c).
Anterior process: Any projection that arises from the anterior part of the pronotum (Fig. 10).
Posterior process: An extension of the pronotum behind the scutellum (Fig. 11a).
Scutellum: Small plate on the dorsal, posterior part of the thorax, triangular in shape; in treehoppers, it is frequently covered by the pronotum (Fig. 11a).
Humeral angles: Lateral protuberances on both sides of the anterior area of the pronotum, over the eyes (Figs. 11a,c).
Humeral horns: Projections at both sides of the frontal part of the pronotum on the humeral angles. Commonly called suprahumerals (Figs. 11a,b,c).
Median carina: Elevated ridge that extends longitudinally backwards from any part of the dorsum (Fig. 11e).
Lateral carina: Any elevated ridge or wrinkle on the sides of the pronotum.

WINGS

Clavus: Basal, inferior portion of the forewing, clearly outlined by the claval suture (Fig. 13a).
Claval suture: Dividing line of the wing, usually with a crease.
Apical cells: Areas enclosed by veins, found on the posterior edge of the forewing (Fig. 13a).
Discoidal cells: Areas enclosed by veins, found in the center of the forewing.
Apical limbus: Membrane on the wing's posterior edge (Fig. 13a).

Kenji Nishida

Figura 12. *Umbonia* sp. Punteado de la espina dorsal del pronoto de una hembra.
Figure 12. *Umbonia* sp. Tip of dorsal horn on pronotum of female, showing punctuation.

Ángulos humerales: protuberancias laterales a ambos lados de la parte anterior del pronoto, sobre los ojos (Figs 11a,c).
Cuernos humerales: proyecciones a ambos lados de la parte frontal del pronoto, sobre los ángulos humerales. Llamados comúnmente "suprahumerales" (Figs. 11a,b,c).
Carena media: borde elevado que se extiende longitudinalmente hacia atrás desde cualquier parte del dorso (Fig. 11e).
Carena lateral: cualquier borde elevado o arruga al lado del pronoto.

ALAS
Clavus: porción basal inferior del ala anterior, delineada claramente por la sutura claval (Fig. 13 a).
Sutura claval: línea divisoria del ala, usualmente con un pliegue (Fig. 13a).
Celda apical: área encerrada por venas que se encuentra en el borde posterior del ala anterior (Fig. 13a).
Celda discoidal: área encerrada por venas que se encuentra en el centro del ala anterior (Fig. 13a).
Limbo apical: membrana en el borde posterior del ala (Fig. 13a).

Identification of the family Membracidae

Treehoppers range in length from approximately 2 to 25 mm or more. On the head, the anterior part of the clypeus is convex or flattened (Figs. 11b,c,d), and the vertex may have dorsal projections (Deitz 1975) (Figs. 11d,e). The pronotum often extends backward over the scutellum, frequently as a posterior process (projection), and, in addition, there may be a dorsal and/or anterior projection (Fig. 10, 11b). The scutellum is generally covered by the pronotum and can hardly ever be seen, but when it is visible it tends to be small and the posterior apex may be rounded, pointed, or grooved. The dorsum of the pronotum may have a keel (Fig. 11a).

In the forewings, the base of vein M is fused with vein Cu (except in the case of some *Nicomia* and Smiliinae) (Fig. 13a). Transverse vein r is usually visible (a transverse vein is one that joins main longitudinal veins). The clavus may have various shapes: it may taper gradually and uniformly or may have an acute or truncate apex. On the hind wing, both the venation and the surface of the membrane vary, but the marginal vein in general is well developed in the subfamily Endoistinae, and is incomplete in some members of Micrutalini. The vein M_{3+4} (Fig. 13b) is weak.

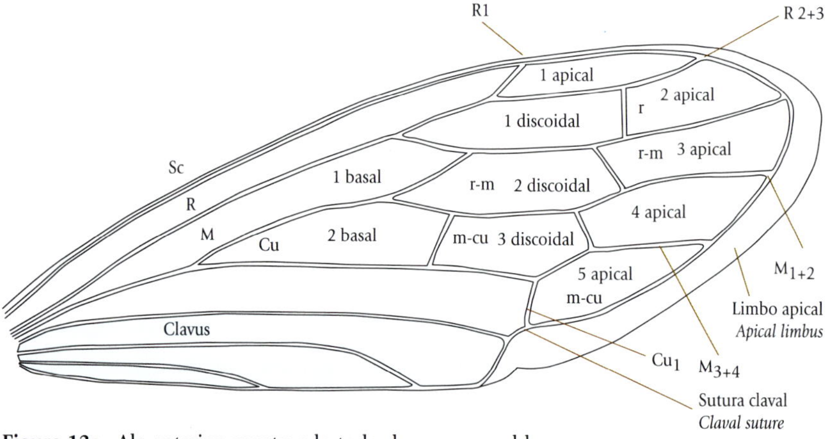

Figura 13a. Ala anterior, mostrando todas las venas y celdas.
Figure 13a. Forewing, showing the veins and cells.

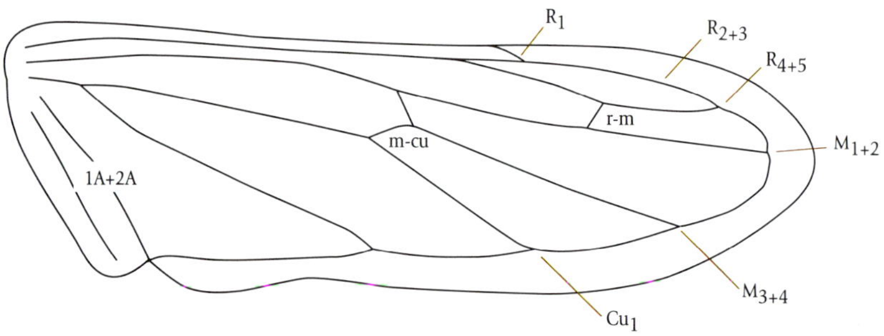

Figura 13b. Ala posterior, mostrando todas las venas y celdas.
Figure 13b. Hind wing, showing veins and cells.

Identificación de la familia Membracidae

Los membrácidos tienen un rango de longitud de aproximadamente 2-25 mm o más. En la cabeza, la parte frontal del clípeo es convexa o aplanada (Figs. 11b,c,d), y el vértex puede tener procesos dorsales (Deitz 1975) (Figs. 11d,e). El pronoto suele extenderse posteriormente sobre el escutelo, con frecuencia en forma de proceso o proyección posterior. Además, puede presentar una proyección dorsal y/o anterior (Figs. 10, 11b, 12). El escutelo generalmente está cubierto por el pronoto y casi nunca se ve, pero cuando es visible tiende a ser pequeño y puede tener el ápice posterior redondeado, acuminado o con una muesca. El dorso puede tener una quilla (Fig. 11a).

En las alas anteriores, la base de la vena M está fusionada con la vena Cu (excepto en algunos *Nicomia* y Smiliinae) (Fig. 13a). La vena transversal r usualmente está presente (una vena transversal es aquella que une venas principales longitudinales). El clavus puede presentar formas diversas: puede disminuir gradual y uniformemente o tener el ápice agudo o truncado. En el ala posterior, tanto la venación como la superficie de la membrana son variables, pero la vena marginal en general está bien desarrollada (reducida en la subfamilia Endoistinae, incompleta en algunos miembros de Micrutalini). La vena M_{3+4} presenta un área (Fig. 13b) débilmente configurada.

Las patas anteriores no presentan fusión del trocánter y el fémur. La tibia posterior tiene 3 ó 4 filas (o bandas) de pequeñas setas gruesas (Deitz 1975; Dietrich & Deitz 1993) (Fig. 14).

En algunos grupos, el abdomen tiene un punteado tosco (Deitz 1975; Dietrich 1989).

Las características que se utilizan para identificar los géneros incluyen principalmente la forma del pronoto, la venación de las alas, las setas de las patas y en algunos casos los genitales de los machos.

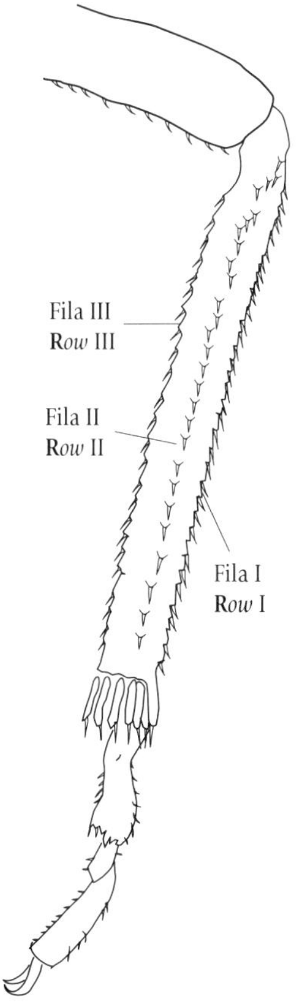

Figura 14. Pata posterior, mostrando filas de pelos gruesos.
Figure 14. Posterior leg, showing rows of setae.

El pronoto

El rasgo más característico de la familia Membracidae es su enorme pronoto. Esta estructura se expande dorsalmente y se encuentra en una amplia variedad de formas (Funkhouser 1951; Deitz 1975). Aunque se han propuesto varias hipótesis, la función del pronoto es un misterio en la mayoría de las especies (Wood 1993). Algunos autores han especulado sobre una supuesta función de camuflaje, pero

On the anterior legs, the trochanter and the femur are not fused. The posterior tibia has 3 or 4 rows or bands of small coarse setae or hairs (Deitz 1975, Dietrich and Deitz 1993) (Fig. 14). In some groups, the abdomen has rough punctures (Deitz 1975, Dietrich 1989). The main characteristics used to identify genera include the shape of the pronotum, the venation of the wings, the setae of the legs and, in some cases, male genitalia.

The pronotum

The most characteristic feature of the family Membracidae is the enormous pronotum. This structure is expanded dorsally and comes in a wide range of shapes (Funkhouser 1951; Deitz 1975). Although several hypotheses have been stated, the function of the pronotum remains a mystery in most species (Wood 1993). Some authors have speculated on a hypothetical camouflage function, but although the idea is attractive, there is not much evidence to substantiate it (Carrol & Loye 1986; Wood 1993) (Figs. 1; 2a,b,c; 3a,c; 7a,b).

There is evidence of a defensive function for the pronotum in some species. For example, the pronotum of *Anchistrotus* sp. breaks off when individuals are disturbed. This would allow them to escape from a predator (Strümpel 1972; Boulard 1983), as do small lizards that shed their tail. Other studies suggest than the combination of the repulsive taste and the physical shape of the pronotum in *Umbonia crassicornis* and *Platycotis vittata* makes these treehoppers distasteful prey for small *Anolis* lizards (Wood 1975, 1977). A similar function has been suggested for the short but sharp horns of *Microcentrus perditus* males, which would make them less desirable to insectivorous birds (Carrol & Loye 1986).

Studies carried out by Wood and Morris (1974), Wood (1975) and Cryan *et al.* (2004) suggest that the pronotum has physiological functions. The presence of setae in the punctures, of several types of sensorial hairs, of neurosecretory tissue and nerves bolsters this possibility. Another hypothesis is that the strange shape may have evolved to enlarge the surface of the pronotum, which would give its owner certain advantages (Wood & Morris 1974).

According to Wood (1977a), the pronotum of *U. crassicornis* may be able to receive or emit pheromones to stimulate the group, or to receive tactile stimuli from other treehoppers; if so, the information transmitted by the pronotum would be more important for group cohesion than that which is detected by eyes or antennae. It is also believed that the pronotum might serve to disperse sexual pheromones. Although the presence of sexual pheromones in treehoppers has not been demonstrated, this hypothesis is attractive because it would help to explain why the females of some species have a larger pronotal surface than the males (Wood 1993).

The differences in the shape and color of the pronotum between males and females constitute a phenomenon called sexual dimorphism (Figs. 3a,b). According to Wood (1993), the females with large bodies and sharp pronotal horns are associated with extended maternal care within the subfamily Hoplophorionini (Wood 1974, 1976a, 1987; McKamey & Deitz 1991). The suggested advantage is that the females are sufficiently large to cover the egg mass (McKamey & Deitz 1991) aunque esta idea es atractiva, no hay mucha evidencia para comprobarlo (Carrol & Loye 1986; Wood 1993) (Figs. 1; 2a,b,c; 3a,c; 7a,b).

Existen evidencias de una función defensiva del pronoto en algunas especies. Por ejemplo, el pronoto de *Anchistrotus* sp. se desprende cuando los individuos son perturbados. Esto podría permitirles escapar de un depredador (Strümpel 1972; Boulard 1983), tal como hacen las lagartijas que se desprenden de su cola. Otros estudios sugieren que la combinación de mal sabor y la forma física de *Umbonia crassicornis* y *Platycotis vittata* hace que estos membrácidos sean inaceptables como presa para las lagartijas *Anolis* (Wood 1975, 1977). Una función similar se ha propuesto para los cuernos cortos y afilados de los machos de *Microcentrus perditus*, que podrían hacerlos menos apetecibles para las aves insectívoras (Carrol & Loye 1986).

Estudios realizados por Wood & Morris (1974), Wood (1975) y Cryan *et al.* (2004) sugieren que el pronoto tiene funciones fisiológicas. La presencia de setas dentro del punteado, de varios tipos de pelos sensoriales, de tejido neurosecretor y de nervios sustentan esta posibilidad. Otra hipótesis es que la extraña forma del pronoto puede haber evolucionado para aumentar su superficie, lo cual podría darle algunas ventajas a su dueño (Wood & Morris 1974).

Según Wood (1977a), el pronoto de *U. crassicornis* podría recibir o emitir feromonas que estimulan el agrupamiento de los individuos, o recibir estímulos táctiles de otros membrácidos; en este caso, la información proporcionada por el pronoto sería más importante para el mantenimiento de las agrupaciones que lo que detectan los ojos o las antenas. También se cree que el pronoto podría servir como sitio de dispersión de feromonas sexuales. Aunque no se ha demostrado la presencia de feromonas sexuales en los membrácidos, esta hipótesis es atractiva porque podría explicar en parte por qué algunas hembras tienen una superficie pronotal más grande que los machos de su especie (Wood 1993).

Las diferencias en la forma y el color de los machos y las hembras constituyen un fenómeno llamado dimorfismo sexual (Figs. 3a,b). Según Wood (1993), las hembras con cuerpos grandes y cuernos pronotales agudos están asociadas al cuidado maternal prolongado dentro de la subfamilia Hoplophorionini (Wood 1974, 1976a, 1987; McKamey & Deitz 1991). La ventaja propuesta es que las hembras son lo suficientemente grandes para cubrir la masa de huevos (McKamey & Deitz 1991) y así pueden darles una protección pasiva (Wood 1993). También se ha propuesto que el dimorfismo sexual se debe a que las hembras de especies con cuidado maternal son más crípticas que los machos (Carrol & Loye 1986); cuando protegen su descendencia, las hembras deben permanecer sobre la planta por un tiempo prolongado y eso haría que el camuflaje les ofreciera más ventajas que a los machos (Carrol & Loye 1986).

Algunas especies muestran una gran variedad de tamaños y formas en las estructuras del pronoto, lo que se conoce como polimorfismo pronotal. Este fenómeno ha provocado algunas confusiones taxonómicas. En *Platycotis vittata*, no solo varía la forma del pronoto con la presencia o ausencia de cuerno frontal sino que también varía su coloración. Algunas características del pronoto pueden cambiar dependiendo de la madurez, la estación del año o el rango geográfico de los individuos. El color es a veces función de la edad; los adultos jóvenes pueden tener cierto patrón de color que va cambiando con la madurez (Wood 1993).

thereby providing passive protection (Wood 1993). It has also been suggested that sexual dimorphism is due to the fact that females that engage in maternal care are more cryptic than the males (Carrol & Loye 1986); when the females protect their brood, they must remain on the plant for an extended period, and camouflage would offer them more advantages than to males (Carrol & Loye 1986).

Some species display a great variety of sizes and shapes in the pronotal structures, which is known as pronotal polymorphism. This phenomenon has caused some taxonomic confusion. In *Platycotis vittata*, not only does the shape of the pronotum vary with the presence or absence of a frontal horn, but its coloration also differs. Some characteristics of the pronotum can change depending on maturity, the seasons, or the geographic range of individuals. The color is sometimes a function of age; young adults may have a certain color pattern that gradually changes as they mature (Wood 1993).

Nymphs

Membracidae are characterized by incomplete metamorphosis, and for that reason their immature stages are called nymphs. Nymphs go through five stages of development. The time required for this process varies depending on the species, and can last for several weeks. The nymphs of treehoppers can be distinguished from the nymphs of other families by the long anal tube formed by abdominal segment IX (Fig. 15) (Kitching & Filshie 1974; Dietrich & Deitz 1993); this tube forms a pod around segment X and at its end the anal orifice is visible from a posterior or dorsal angle.

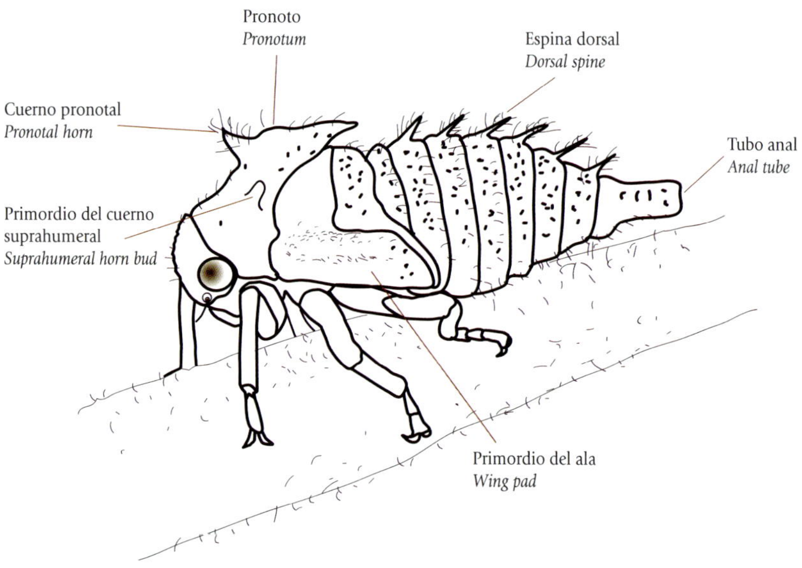

Figura 15. Ninfa en vista lateral, mostrando las partes de la cabeza, el pronoto y el abdomen.
Figure 15. Nymph, lateral view, showing the parts of the head, pronotum and abdomen.

Ximena Miranda

Figura 16a. Dos ninfas de *Darnis latior*, bosque seco, 300 m, Costa Rica.

Figure 16a. Two nymphs of *Darnis latior*, dry forest, 300 m, Costa Rica.

Kenji Nishida

Figura 16b. Ninfas de *Membracis* sp. en *Conostegia xalapensis*, bosque lluvioso, Costa Rica.

Figure 16b. Nymphs of *Membracis* sp. in *Conostegia xalapensis*, rain forest, Costa Rica.

Kenji Nishida

Figura 16c. Ninfa de *Cladonota* sp. en *Vernonia triflosculosa*, Costa Rica.

Figure 16c. Nymph of *Cladonota* sp. on *Vernonia triflosculosa*, Costa Rica.

Kenji Nishida

Figura 16d. Ninfa de *Harmonides* sp., Costa Rica.
Figure 16d. Nymph of *Harmonides* sp., Costa Rica.

The shapes and colors of the nymphs are very diverse (Dolling 1991). In the tribe Aconophorini, nymphs can be yellow, black, reddish brown, or a combination of these colors; sometimes they have waxy bands. Although the pronotum of nymphs is not completely developed, it is often visible and can have projections that vary in their orientation (Dietrich & Deitz 1991b). Nymphs of different genera often vary with respect to the number and length of dorsal spines. For example, those in the tribe Ceresini have two rows of spines that form pairs along the body (Quisenberry *et al.* 1978). There is a taxonomic key to identify fifth instar nymphs of some genera, using characteristics such as the presence or absence of dorsal spines, the number of pairs of these spines, the presence of a suprahumeral primary horn and the shape of the body (Quisenberry *et al.* 1978) (Figs. 16a,b,c,d,e).

Evolutionary history and geographic distribution

Phylogenetic relations

The family Membracidae belongs to the superfamily Membracoidea, along with the two other families of treehoppers (Aetalionidae and Melizoderidae) and two families of leafhoppers (Cicadellidae and Myerslopiidae) (McKamey 1998). There is evidence that the three treehopper families are a specialized lineage of Cicadellidae (Cryan 2005). The results of morphological analysis (Deitz & Dietrich 1993; Dietrich & Deitz 1993; Dietrich *et al.* 2001; Wallace & Deitz 2004; Cryan *et al.* 2004), combined with fossil records (Dietrich & Deitz 1993) suggest that the family originated in the New World and later reached the Old World (Dietrich & Deitz 1993; Cryan *et al.* 2004; Wallace & Deitz 2004).

Figura 16e. Ninfas de *Umbonia* sp. en una acacia en un jardín, Costa Rica.
Figure 16e. Nymphs of *Umbonia* sp. on *Acacia* in a garden, Costa Rica.

Las ninfas

Los Membracidae presentan metamorfosis incompleta y por eso sus etapas inmaduras se denominan ninfas. Las ninfas pasan por cinco estadios de desarrollo. El tiempo que requiere este proceso es variable dependiendo de la especie y puede durar varias semanas. Las ninfas de los membrácidos se distinguen de las ninfas de otras familias por el tubo anal largo formado por el segmento abdominal IX (Fig. 15) (Kitching & Filshie 1974; Dietrich & Deitz 1993); este tubo forma una vaina alrededor del segmento X y en su extremo se encuentra el orificio anal, visible en vista posterior o dorsal.

Las formas y los colores de las ninfas son muy variados (Dolling 1991). En la tribu Aconophorini, las ninfas pueden ser amarillas, negras, café rojizo o tener combinaciones de estos colores, a veces presentan bandas de cera; aunque no han desarrollado el pronoto completamente, muchas veces éste es visible y puede tener procesos que varían en su orientación (Dietrich & Deitz 1991b). Las ninfas de diferentes géneros con frecuencia varían con respecto al número y longitud de las espinas dorsales; por ejemplo, las ninfas de la tribu Ceresini tienen dos filas de espinas que forman pares a lo largo del cuerpo (Quisenberry *et al.* 1978). En la literatura existe una clave taxonómica para identificar las ninfas del quinto estadio ninfal de algunos géneros, utilizando características como la presencia o ausencia de espinas dorsales, el número de pares de estas espinas, la presencia de un cuerno suprahumeral primordial y la forma del cuerpo (Quisenberry *et al.* 1978) (Figs. 16a,b,c,d,e).

Several studies have been done on the evolutionary or phylogenetic relations within the family Membracidae, based on morphological data (Evans 1946, 1948, 1963; Dietrich & Deitz 1991b; Creão-Duarte 1992; Creão-Duarte & Sakakibara 1998; Cryan *et al.* 2003) and molecular data (Dietrich & Deitz 1993; Dietrich *et al.* 2001; Cryan *et al.* 2000, 2003, 2004; Wallace & Deitz 2004; Cryan 2005). Groups derived from a common ancestor (monophyletic lineages) have been identified within the family (Dietrich 2002; Dietrich & Deitz 1993; Dietrich *et al.* 2001; Cryan *et al.* 2004). However, the results of these studies have not resolved the phylogeny, and the relations between some treehopper lineages remain in doubt (Cryan *et al.* 2004).

Studies carried out so far suggest that treehoppers may be grouped into two lineages, one comprising the subfamilies Stegaspidinae and Centrotinae and another one comprising the subfamilies Membracinae, Darninae and Smiliinae (Cryan *et al.* 2004). The analyses also indicate that Centrotinae, Membracinae and Darninae are monophyletic groups, Stegaspidinae is paraphyletic with respect to Centrotinae, and Smiliinae is polyphyletic (Cryan *et al.* 2004). The studies also suggest than the subfamilies Stegaspidinae, Centrotinae and Nessorhininae (the latter not included in this guide) are the ancestral lineages. Membracinae, Heterotinae, Darninae and Smiliinae are the more recently derived subfamilies (Dietrich *et al.* 2001) (Fig. 17).

Geographic distribution

Treehopper groups are highly regionalized. The subfamily Centrotinae is the least derived (the most ancestral) and it is the only cosmopolitan subfamily (Wood 1993; Wallace and Deitz 2004). In terms of genera and species, Centrotinae are much more abundant in tropical and subtropical environments. Apparently,

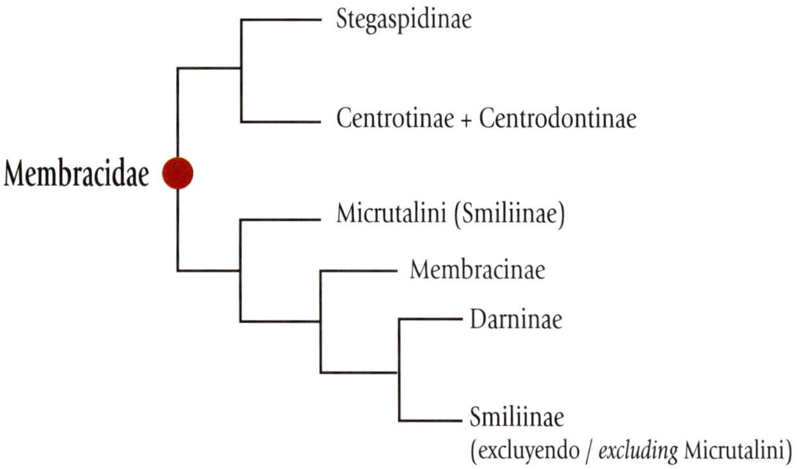

Figura 17. Posible árbol evolutivo de Membracidae (mostrado en forma simplificada).
Figure 17. Possible evolutionary tree of Membracidae (shown in simplified form).

Historia evolutiva y distribución geográfica

Relaciones filogenéticas

La familia Membracidae pertenece a la superfamilia Membracoidea, junto con las familias Aetalionidae y Melizoderidae y dos familias de saltahojas (Cicadellidae y Myerslopiidae) (McKamey 1998). Hay evidencias de que los membrácidos son una línea especializada de los cicadélidos (Cryan 2005). Los resultados de análisis morfológicos (Deitz & Dietrich 1993; Dietrich & Deitz 1993; Dietrich *et al.* 2001; Wallace & Deitz 2004; Cryan *et al.* 2004) combinados con la evidencia fósil (Dietrich & Deitz 1993) sugieren que la familia se originó en el Nuevo Mundo y que los membrácidos alcanzaron el Viejo Mundo por dispersión (Dietrich & Deitz 1993; Cryan *et al.* 2004; Wallace & Deitz 2004).

Existen varios estudios sobre las relaciones evolutivas o filogenéticas dentro de la familia Membracidae, basados en datos morfológicos (Evans 1946, 1948, 1963; Dietrich & Deitz 1991b; Creão-Duarte 1992; Creão-Duarte & Sakakibara 1998; Cryan *et al.* 2003) y moleculares (Dietrich & Deitz 1993; Dietrich *et al.* 2001; Cryan *et al.* 2000, 2003, 2004; Wallace & Deitz 2004; Cryan 2005). Se han identificado grupos que se derivan de un ancestro común (líneas monofiléticas) dentro de la familia (Dietrich & Deitz 1993; Dietrich *et al.* 2001; Dietrich 2002; Cryan *et al.* 2004). Sin embargo, los resultados de estos estudios no han llegado a resolver la filogenia y las relaciones entre algunos linajes de membrácidos todavía permanecen en duda (Cryan *et al.* 2004).

Los estudios realizados indican que los membrácidos se pueden agrupar en dos líneas, una que comprende las subfamilias Stegaspidinae y Centrotinae y otra que corresponde a las subfamilias Membracinae, Darninae y Smiliinae (Cryan *et al.* 2004). Los análisis también indican que Centrotinae, Membracinae y Darninae son grupos monofiléticos; además, Stegaspidinae es parafilético con respecto a Centrotinae, mientras que Smiliinae es polifilético (Cryan *et al.* 2004). Los estudios también sugieren que las subfamilias Stegaspidinae, Centrotinae y Nessorhininae (esta última no incluida en la guía) son las líneas más ancestrales. Membracinae, Heterotinae, Darninae y Smiliinae son las subfamilias derivadas más recientemente (Dietrich *et al.* 2001) (Fig. 17).

Distribución geográfica

La fauna de los membrácidos del mundo es altamente regionalizada. La subfamilia Centrotinae es la menos derivada (más ancestral) y es la única subfamilia cosmopolita (Wood 1993; Wallace & Deitz 2004). En términos de géneros y especies, Centrotinae es mucho más abundante en ambientes tropicales y subtropicales. Aparentemente, esta subfamilia no se dispersó hacia regiones templadas o ambientes de altas elevaciones del Viejo Mundo ni del Nuevo Mundo. No existen Centrotinae en Escandinavia o Islandia y tampoco se encuentran especies nativas en Nueva Zelandia (Metcalf & Wade 1965; Deitz 1989; McKamey 1998).

Los membrácidos de las regiones neártica, caribeña y neotropical son endémicos del Nuevo Mundo. Colombia, Ecuador, Perú y Guyana son los países más ricos en this subfamily did not disperse toward the temperate regions or highland environments, neither in the Old World nor the New World. Centrotinae do not exist in Scandinavia or Iceland, and no native species are to be found in New Zealand (Metcalf and Wade 1965; Deitz 1989; McKamey 1998).

Treehoppers of the Nearctic, Caribbean and Neotropical regions are endemic to the New World. Colombia, Ecuador, Peru, and Guyana are the countries richest in species (Wood 1993). The Caribbean is characterized by a high degree of endemism, since 76% of species and 54% of genera are exclusive to that region; this area also shares more species with North America than with South America. In the New World there are groups that were distributed in the proto West Indies and adjacent areas and became isolated with the formation of the Caribbean islands (Wood 1993).

Definition of solitary, gregarious and subsocial species

The family Membracidae displays a wide range of behaviors. There are completely solitary species, others that form groups of adults, nymphs, or both, and some that display subsocial behavior (Wood 1993). Subsocial behavior occurs when, after oviposition, parents facilitate the survival, growth, and development of their brood (Eickwort 1981). In treehoppers, this behavior manifests itself in various forms of maternal care that will be described in more detail later in this book.

The solitary life is perhaps the most difficult pattern to define (Wood 1993). In many genera, the nymphs can be found as solitary individuals in the axils of the leaves, shoots, or flowers of host plants. Some species form small groups when they are nymphs and live alone when they are adults, for example *Ischnocentrus niger* (Centrotinae; Wood 1984). Solitude in nymphs seems to be characteristic of all Darninae, most tribes of Nessorhininae, Centrotinae, Stegaspidinae and Heteronotinae, and four tribes of Smiliinae. Most of these groups are assumed to be solitary because neither nymphs nor adults have been observed in groups (Wood 1993) (Fig. 1).

In general, the grouping together of insects would offer the advantage of decreasing the probability of an individual being attacked by a predator, by dividing the risk among several individuals (Hamilton 1971). In Membracidae, grouping has been explained by various hypotheses (McEvoy 1979) (Fig. 2a, 3a, 5, 9, 18). In some species, the group seems to be an incidental consequence of the heterogeneity of the natural environment or of the reduced dispersion of individuals from the place where they were born. Other species definitely seem to form groups actively, as part of a process involving communication among the group's members (Fig. 19). One of the possible advantages of maintaining these groups is to facilitate maternal care and the association with ants. Another advantage that has been proposed is an increase in aposematism (their colors signal danger to predators), since a group of aposematic treehoppers is showier than a solitary individual. Finally, a group would be able to modify the physiology of the host plant, increasing the flow of important nutrients (McEvoy 1979).

Ángel Solís

Figura 18. Adultos gregarios de *Adippe zebrina*, en una Lauraceae, Costa Rica.
Figure 18. Gregarious adults of *Adippe zebrina*, on Lauraceae, Costa Rica.

especies (Wood 1993). El Caribe presenta un alto grado de endemismo, ya que el 76% de las especies y el 54% de los géneros son exclusivos de esa región; esta zona comparte más especies con Norteamérica que con Suramérica. En el Nuevo Mundo hubo grupos que se distribuyeron en las proto-Antillas y áreas adyacentes y llegaron a aislarse con la formación de las islas del Caribe (Wood 1993).

Definición de especies solitarias, gregarias y subsociales

La familia Membracidae presenta una gran variedad de comportamientos. Hay especies completamente solitarias, otras forman agrupaciones de adultos, de ninfas o de ambos y algunas tienen un comportamiento subsocial (Wood 1993). El comportamiento subsocial se presenta cuando, tras la oviposición, los padres promueven la supervivencia, el crecimiento y desarrollo de su descendencia (Eickwort 1981). En los membrácidos, este comportamiento se presenta con diversas formas de cuidado maternal (que se describen más adelante).

La vida solitaria es quizás el patrón más difícil de definir (Wood 1993). En muchos géneros, las ninfas se encuentran como individuos solitarios en las axilas de las hojas, brotes o flores de las plantas hospederas. Algunas especies forman

Figura 19. Una hembra con ninfas de *Umbonia* sp. en una acacia en un jardín, Costa Rica.

Figure 19. Female with nymphs of *Umbonia* sp. on *Acacia* in a garden, Costa Rica.

Kenji Nishida

Figura 20. Hembra de *Ennya chrysura* cuidando sus ninfas en el tercero y cuarto estadio de desarrollo.

Figure 20. Female of *Ennya chrysura* guarding her third and fourth instar nymphs.

Groups may consist of individuals of the same species or of several species (mixed groups). The nymphs or the adults of different species may be located in the same area of a branch, even when other branches are available (Wood 1984). In Panama and Costa Rica, mixed groups are most common in lowland forests, while single species groups seem to be common across all habitats (Wood 1984). A single female's oviposition sometimes results in small groups of 5-10 nymphs (Wood 1993), and among species that display maternal care, a group commonly originates from a female and her mass of eggs. Groups can also be found involving several females protecting their eggs, for example in *Ennya chrysura* (Miranda 2004) (Fig. 20) (Annex 1).

pequeñas agrupaciones cuando son ninfas y pasan a la vida solitaria cuando son adultos, como *Ischnocentrus niger* (Centrotinae; Wood 1984). La vida solitaria en las ninfas parece ser característica de todas las tribus de Darninae, la mayoría de las tribus de Nessorhininae, Centrotinae, Stegaspidinae y Heteronotinae y cuatro tribus de Smiliinae. En la mayoría de estos grupos, se presume la vida solitaria como característica de su ciclo de vida porque ni las ninfas ni los adultos se han recolectado en agrupaciones (Wood 1993) (Fig. 2c).

En general, la agrupación de insectos podría tener la ventaja de disminuir la probabilidad de que un individuo sea atacado por un depredador al dividir ese riesgo entre varios individuos (Hamilton 1971). En la familia Membracidae, la agrupación se ha justificado con varias hipótesis (McEvoy 1979) (Fig. 2a, 3a, 5, 9, 18). En algunas especies, la agrupación parece ser una consecuencia incidental de la heterogeneidad del ambiente natural o de la poca dispersión de los individuos hacia otros lugares distintos al de su nacimiento. Otras especies sí parecen agruparse activamente por un proceso que involucra comunicación entre los integrantes de la agrupación (Fig. 19). Una de las posibles ventajas de mantener estas agrupaciones es facilitar el cuidado maternal y la asociación con hormigas. También se ha propuesto como ventaja el aumento del aposematismo (sus colores indican peligro a los depredadores), ya que un grupo de membrácidos aposemáticos es más llamativo que un individuo solitario. Por último, una agrupación podría modificar la fisiología de la planta hospedera y así aumentar el flujo de nutrientes importantes (McEvoy 1979).

Las agrupaciones pueden ser de individuos de una sola especie o de varias (mixtas). Las ninfas o los adultos de distintas especies pueden ocupar el mismo sitio de una rama, incluso cuando otras ramas de la planta están disponibles (Wood 1984). En Panamá y Costa Rica, las agrupaciones mixtas son más comunes en los bosques de tierras bajas, mientras que las agrupaciones intraespecíficas (una sola especie) parecen ser comunes en todos los hábitats (Wood 1984). La oviposición de una sola hembra a veces resulta en grupos pequeños de 5-10 ninfas (Wood 1993). En las especies que presentan cuidado maternal, es común que una hembra con su masa de huevos sea el origen de una agrupación. La agrupación también se da a veces entre hembras que protegen sus huevos, por ejemplo, en *Ennya chrysura* (Miranda 2004) (Fig. 20) (Apéndice 1).

Reproducción y ciclo de vida

El comportamiento de cortejo y cópula se ha estudiado en pocas especies. En *Umbonia crassicornis*, por ejemplo, se han definido cuatro etapas en este proceso: 1) atracción del macho hacia la hembra, 2) posición precopulatoria (el macho se coloca al lado de la hembra), 3) el macho sobre el dorso de la hembra y 4) cópula (Wood 1974). Los machos buscan activamente a las hembras, que son generalmente más estacionarias; se han visto machos que persiguen a las hembras y al mismo tiempo abanican las alas (Wood 1974). La duración de la cópula en *Umbonia crassicornis* es desde 40 minutos hasta algunas horas y aparentemente

Figura 21a. Una pareja de *Cyphonia clavata* copulando.
Figure 21a. Copulating pair of *Cyphonia clavata.*

Reproduction and life-cycle

Courtship and mating behavior has been studied only in a few species. In *Umbonia crassicornis*, for example, four stages have been defined: 1) attraction of the male toward the female, 2) precopulatory position (the male positions himself next to the female), 3) the male on the female's back and 4) copulation (Wood 1974). Males actively seek out females, which are generally more stationary; males have been observed fanning their wings while chasing females (Wood 1974). The length of copulation in *Umbonia crassicornis* varies from 40 minutes to a few hours and apparently they copulate only once, depositing all the eggs one or two days later (Wood 1974). By comparison, *Platycotis vittata* females may copulate up to five times and mating can last up to 24 hours; the multiple copulations in this species possibly serve to maintain a fresh sperm supply during the reproductive period (Wood 1974, 1976b; Wood *et al.* 1984).

In several species, courtship includes substrate vibrations that are emitted in combination with other movements of the males, such as wing vibrations. The substrate vibrations may also be part of a duet between female and male, as a mechanism for the pair to meet. This type of communication, which is described more fully later on, has been observed as part of the courtship and mating of couples in *Enchenopa, Spissistilus, Stictocephala, Umbonia, Ennya, Notocera* and *Cladonota* (Hunt 1993, 1994; Strübing 1999; Cocroft 1999; Miranda 2004; Noh 2004, pers. comm.) (Figs. 21a,b,c).

In some treehoppers, mating can occur among siblings (Eberhard 1986; Masters 1989). This takes place in species characterized by maternal care, since groups of nymphs and adults are often formed by siblings. Mating among close relatives can also occur when groups consist of two or more related females and

Figura 21b. Macho y hembra de *Guayaquila* sp. copulando en un árbol de papaya (*Carica papaya*), Costa Rica.
Figure 21b. Male and female of *Guayaquila* sp. copulating on a papaya tree (*Carica papaya*), Costa Rica.

copulan una sola vez, depositando todos los huevos uno o dos días después (Wood 1974). En contraste, las hembras de *Platycotis vittata* pueden copular hasta cinco veces y las cópulas pueden durar hasta 24 horas; las múltiples cópulas en esta especie probablemente son para mantener fresco el suplemento de esperma durante el período reproductivo (Wood 1974, 1976b; Wood *et al.* 1984).

En varias especies, el cortejo incluye vibraciones del sustrato que se emiten en combinación con otros movimientos del macho, tales como vibraciones de alas y golpes a la planta. Las vibraciones del sustrato también pueden ser parte de un dúo entre hembra y macho como mecanismo de encuentro de la pareja. Este tipo de comunicación, que se describe en detalle más adelante, se ha observado como parte del cortejo y encuentro de pareja en *Enchenopa, Spissistilus, Stictocephala, Umbonia, Ennya, Notocera* y *Cladonota* (Hunt 1993, 1994; Strübing 1999; Cocroft 1999; Miranda 2004; Noh 2004, com. pers.) (Figs. 21a,b,c).

En algunos membrácidos, el apareamiento puede ocurrir entre hermanos (Eberhard 1986; Masters 1989). Esto se da en especies con cuidado maternal, ya que las agrupaciones de ninfas y adultos a menudo están integradas por hermanos. También se puede dar apareamiento entre parientes cercanos cuando las agrupaciones consisten de dos o más hembras emparentadas con su descendencia en una misma rama u hoja (Wood 1984; Wood & Dowell 1985; Eberhard 1986). En otros casos, los machos viejos son atraídos a las agrupaciones que contienen hembras vírgenes (Eberhard 1986; Masters 1989).

El número de generaciones por año y el grado de sincronización del ciclo de vida son variables (Wood 1993). Las especies tropicales y subtropicales con

Kenji Nishida

Figura 21c. Una pareja de *Metheisa* sp. copulando en *Piper* sp., Costa Rica.
Figure 21c. Copulating pair of *Metheisa* sp. on *Piper* sp., Costa Rica.

their broods on the same branch or leaf (Wood 1984; Wood and Dowell 1985; Eberhard 1986). In other cases, older males are attracted to groups that contain virgin females (Eberhard 1986; Masters 1989).

There is variation in the number of generations per year and the degree of synchronization of the life cycle (Wood 1993). Tropical and subtropical species that receive prolonged maternal care have more than one generation per year and do not have seasonal synchronization or regulation of their life cycle (Wood 1974, 1979, 1984; Masters 1989). Collection records in humid tropical lowlands suggest that gregarious and subsocial genera have several generations per year (Wood 1984, 1993). In tropical regions it is not clear what kind of impact altitude may have on the number of generations a year. The subsocial genera seem to have several generations per year near 1,500m (Wood 1984; Masters 1989), but at high elevations subsocial species and taxa that are tended by ants seem to decline in number (Olmstead and Wood 1990b). In some genera, collection records are more seasonal, suggesting a tendency toward a single generation per year (Wood and Olmstead 1984).

Oviposition

Most treehoppers insert their eggs into the tissue of the host plant (Fig. 22). In the subfamily Membracinae, all members of the tribe Hoplophorionini insert the eggs deep into the plant tissue, then cover them with a small amount of secretions that seem to break down within a couple of days (Wood 1993). Among those that do not insert their eggs into the plant tissue are the tribe Aconophorini, some genera of the tribe Membracini, and a few ancestral species (Haviland 1925; Wood 1993). Species of Aconophorini lay their eggs in clusters on plant surfaces (Wood 1984; Dietrich and Deitz 1991), and then produce secretions that function as an adhesive so that the eggs are held together in a mass (Figs. 23, 24). The tribe

Figura 22. Hembra de *Antianthe* sp. protegiendo los huevos que ha insertado en el tallo de una planta, Costa Rica.

Figure 22. Female of *Antianthe* sp. guarding eggs that she has inserted in the stem of a plant, Costa Rica.

cuidado maternal prolongado tienen más de una generación por año y no tienen sincronización estacional ni regulación del tiempo de su ciclo de vida (Wood 1974, 1979, 1984; Masters 1989). En tierras tropicales húmedas y bajas, los registros de recolección sugieren que los géneros gregarios y subsociales tienen varias generaciones por año (Wood 1984, 1993).

En las regiones tropicales, no se tiene claro cuál es el impacto de la altitud sobre el número de generaciones por año. Los géneros subsociales parecen tener varias generaciones por año alrededor de los 1.500 m (Wood 1984; Masters 1989). Pero en elevaciones altas, las especies subsociales y las agrupaciones atendidas por hormigas parecen declinar en riqueza (Olmstead & Wood 1990b). En algunos géneros, los registros de recolección llegan a ser más estacionales, sugiriendo una tendencia hacia una sola generación por año (Wood & Olmstead 1984).

Oviposición

La mayoría de los membrácidos inserta sus huevos dentro del tejido de las plantas (Fig. 22). En la subfamilia Membracinae, todos los miembros de la tribu Hoplophorionini insertan profundamente los huevos dentro del tejido vegetal, luego los cubren con una pequeña cantidad de secreciones que parecen descomponerse en un par de días (Wood 1993). Entre los que no insertan los huevos en el tejido vegetal está la tribu Aconophorini, algunos géneros de la tribu Membracini y unas pocas especies ancestrales (Haviland 1925; Wood 1993). Los miembros de Aconophorini depositan sus huevos en masas sobre la superficie de la planta (Wood 1984; Dietrich & Deitz 1991), luego colocan secreciones que funcionan como pegamento para que los mismos se mantengan juntos en forma de masa (Figs. 23, 24).

La tribu Membracini presenta ambos tipos de oviposición y algunos de sus géneros muestran un tercer comportamiento, que consiste en insertar los

Figura 23. Hembra de *Guayaquila* sp. protegiendo sus huevos en *Quercus seemani*, Costa Rica.
Figure 23. Female of *Guayaquila* sp. protecting her eggs on *Quercus seemani*, Costa Rica.

Membracini employs both types of oviposition methods and some genera engage in a third behavior that involves inserting the eggs into plant tissue and covering them with large quantities of secretions. This latter behavior is accompanied by the absence of maternal care (Wood 1984; McKamey and Deitz 1991) (Figures. 25a,b,c,d). In the section on the natural history for each genus, in cases where information is available, we specify the kind of secretion that the female places on the eggs, which may be waxy, sticky or foamy.

Female reproductive strategies reveal certain tendencies. Many species stand guard over their eggs and only reproduce once; they generally deposit all their eggs within 24 hours (Wood 1976b, 1978). Other species reproduce two or more times during their lifetime, deposit one or several clutches of eggs over a longer period and protect the eggs (Eberhard 1986; Olmstead and Wood 1990a). All Hoplophorionini and Aconophorini lay their eggs in a single day (Wood 1974, 1976b, 1984; Masters 1989), while some Polyglyptini seem to deposit their eggs over several days and may do so in one mass or several clutches (Wood 1977; Bristow 1983; Eberhard 1986) (Fig. 26). The number of eggs or clutches of eggs laid by the females of a given species is variable; the available information in this regard is included in the summary of the natural history of each genus.

Some subfamilies and tribes form groups made up of several females' broods and do not display maternal care. These groups are formed when an egg-laying female produces a pheromone that attracts other females to deposit their eggs in the same place (Wood 1993). It is possible to find hundreds of egg clutches belonging to different females of the same species on a single branch. Such groups

Kenji Nishida

Figura 24. Tres masas de huevos de *Membracis mexicana* en *Inga vera*, Costa Rica.
Figure 24. Three egg masses of *Membracis mexicana* on *Inga vera*, Costa Rica.

huevos dentro del tejido y cubrirlos con grandes cantidades de secreciones. Este comportamiento está acompañado por la ausencia del cuidado maternal en estos géneros (Wood 1984; McKamey & Deitz 1991) (Figs. 25a,b,c,d). En el apartado sobre la historia natural de cada género se indicará, en caso de existir tal información, el tipo de secreción que la hembra coloca en los huevos, que puede ser cerosa, pegajosa o espumosa.

Existen ciertas tendencias en cuanto a las estrategias reproductivas de las hembras. Muchas especies cuidan sus huevos y solamente se reproducen una vez y suelen depositar todos sus huevos en un período de hasta 24 horas (Wood 1976b, 1978). Otras especies se reproducen dos o más veces en su vida, depositan una o varias masas de huevos a través de un lapso de tiempo que tiende a ser más largo y protegen los huevos (Eberhard 1986; Olmstead & Wood 1990a). Todos los Hoplophorionini y Aconophorini depositan su descendencia en un solo día (Wood 1974, 1976b, 1984; Masters 1989), mientras que algunos Polyglyptini parecen depositar sus huevos a lo largo de varios días y lo hacen en forma de una o varias masas (Wood 1977; Bristow 1983; Eberhard 1986) (Fig. 26). El número de huevos o de masas de huevos que colocan las hembras de una determinada especie es variable; la información disponible al respecto se incluye en el resumen de la historia natural de cada género.

Algunas subfamilias y tribus forman agrupaciones con las descendencias de varias hembras y no muestran cuidado maternal. Estas agrupaciones se forman cuando la hembra, al ovipositar, produce una feromona que funciona como un atrayente, que hace que otras hembras acudan al mismo sitio para depositar sus

Figura 25a. *Bolbonota*, cubriendo los huevos con espuma usando el ovipositor.

Figure 25a. *Bolbonota*, covering eggs with froth by using the ovipositor.

Figura 25b. Hembra de *Bolbonota* sp. poniendo una masa de huevos cubierta con espuma en *Ficus colubrinae*, bosque lluvioso, Costa Rica.

Figure 25b. Female of *Bolbonota* sp. laying eggs and covering them with froth on *Ficus colubrinae*, rain forest, Costa Rica.

Kenji Nishida

Figura 25c. Masa de huevos de *Bolbonota* sp. en *Miconia calvescens*, Costa Rica.

Figure 25c. Egg mass of *Bolbonota* sp. on *Miconia calvescens*, Costa Rica.

can be found in some species of *Vanduzea, Notocera, Campylenchia, Tylopelta* and other genera (Wood 1984), although details of the behavior of each species vary. The nymphs of these species are frequently accompanied by ants and are rarely found without a mutualistic arrangement (Wood 1993).

Certain reactions by the host plants may function as a selective pressure on treehoppers, favoring short incubation of eggs or oviposition on the surface of the leaves (Wood 1993). Some plants respond so quickly to the injuries caused by treehoppers inserting their eggs into their tissue that they enclose and kill the eggs inserted in them before they hatch. In the Neotropics, the host plants of treehoppers that insert their eggs do not produce resin or latex when injured or cut; in North America plants produce a callosity that can cover and kill the eggs, particularly those that are in a state of latency within the plant (Wood 1993).

Figura 25d. Vista lateral de un corte de una masa de huevos de *Bolbonota* sp., mostrando la espuma protectora y los huevos.

Figure 25d. Lateral view of section through froth-protected egg mass of a *Bolbonota* sp., showing eggs.

Figura 26. Masa de huevos de *Polyglypta* sp., Costa Rica.

Figure 26. Egg mass of *Polyglypta* sp., Costa Rica.

huevos (Wood 1993). Es posible encontrar cientos de masas de diferentes hembras de la misma especie en una sola rama. Las agrupaciones de este tipo pueden encontrarse en algunas especies de *Vanduzea*, *Notocera*, *Campylenchia*, *Tylopelta* y otros géneros (Wood 1984), aunque los detalles del comportamiento de cada especie varían. Las ninfas de estas especies con frecuencia están acompañadas de hormigas y raramente son encontradas sin mutualistas (Wood 1993).

Ciertas respuestas de las plantas podrían funcionar como presión selectiva sobre los membrácidos, favoreciendo incubaciones cortas de huevos u oviposición en la superficie de las hojas (Wood 1993). Esto se debe a que las plantas que responden a las heridas producidas por los membrácidos al insertar sus huevos pueden ser tan rápidas como para encerrar y matar los huevos insertados en ellas antes de que estos eclosionen. En el Neotrópico, las plantas hospederas de los membrácidos que insertan sus huevos no producen resina o látex cuando son heridas (Wood 1993). Según este mismo autor, en climas templados de Norteamérica las plantas producen callos y estos pueden cubrir y matar los huevos, sobre todo los que están en período de latencia dentro de la planta.

Maternal care

Definition and types of maternal care

The first scientist to report subsocial behavior in Membracidae was Murtfeldt (1887), as a result of observations on *Entylia carinata* (previously *sinuata*). His work was ridiculed as anthropomorphism by Funkhouser and other colleagues, but this behavior has now been described in at least 35 species of treehoppers, and there is evidence that maternal care is a common and often ancestral behavior in many groups of arthropods (Tallamy and Schaefer 1997) (Figs. 7a,b).

Three types of maternal care exist among treehoppers and related ancestral families. In its simplest form, this behavior consists of the female sitting on her eggs until they hatch (Haviland 1925; Wood 1974, 1976b, 1978, 1984; Hinton 1977; Wood and Dowell 1984), although she may also abandon the eggs before they hatch. In some cases, the female's presence on the eggs is essential to reduce predation, but it appears to be less effective in reducing parasitism (Wood 1976a, b, 1984, 1993; Eberhard 1986; Masters 1989). In extended maternal care, the female also remains on the eggs, but in addition she protects them aggressively from enemies by means of kicks and wing vibrations (Fig. 27). Furthermore, females may make cuts and incisions on the host plant to facilitate the feeding of the nymphs, for example, in the tribe Hoplophorionini (Beamer 1930; Wood 1974, 1976b; Dowell and Johnson 1986; McKamey and Deitz 1991). In the third kind of maternal care, the females do not modify the host plant to help the nymphs feed; what they do is actively maintain group coherence, as in the case of the genus *Calloconophora* where the mother and her brood move together along the plant as they feed on meristematic tissue (Wood 1978).

Kenji Nishida

Figura 27. Hembra de *Guayaquila* sp. abanicando sus alas en un árbol de *Cinnamomum cinnamomifolium*, Costa Rica.

Figure 27. Female of *Guayaquila* sp. fanning her wings on a *Cinnamomum cinnamomifolium* tree, Costa Rica.

Cuidado maternal

Definición y tipos de cuidado maternal

La primera persona que informó del comportamiento subsocial en Membracidae fue Murtfeldt (1887), como resultado de observaciones en *Entylia carinata* (antes *sinuata*). Su trabajo fue ridiculizado como antropomorfismo por Funkhouser y otros colegas, pero hasta ahora este comportamiento se ha descrito por lo menos en 35 especies. Hay evidencias de que el cuidado maternal es un comportamiento común y a menudo ancestral en muchos grupos de artrópodos (Tallamy & Schaefer 1997) (Figs. 7a,b).

Dentro de los membrácidos y las familias relacionadas ancestrales existen tres tipos de cuidado maternal. En su forma más simple, el comportamiento consiste en que la hembra se sienta sobre los huevos hasta que eclosionan (Haviland 1925; Wood 1974, 1976b, 1978, 1984; Hinton 1977; Wood & Dowell 1984), aunque también pueden abandonarlos antes. En algunos casos, la presencia de la hembra sobre los huevos es esencial para reducir la depredación, pero parece ser menos eficaz en la reducción del parasitismo (Wood 1976a,b, 1984, 1993; Eberhard 1986; Masters 1989).

En el cuidado maternal prolongado, la hembra también permanece sobre los huevos, pero además los protege agresivamente de los enemigos con patadas y vibraciones de alas (Fig. 27). Además, las hembras pueden hacer cortes e incisiones en la planta hospedera para facilitar la alimentación de las ninfas, como por ejemplo en la tribu Hoplophorionini (Beamer 1930; Wood 1974, 1976b; Dowell & Johnson 1986; McKamey & Deitz 1991). En el tercer tipo de cuidado maternal, las hembras no modifican al hospedero para facilitar la alimentación de las ninfas, lo que hacen es mantener activamente las agrupaciones de ninfas, como en el caso del género *Calloconophora*. En este género, la madre y su camada se mueven juntos por la planta para alimentarse del tejido meristemático (Wood 1978).

En muchas especies, las hembras que protegen huevos o ninfas difícilmente abandonan a su descendencia, aún después de un disturbio. Las hembras de *Polyglypta dorsalis* están listas para volar y son difíciles de capturar cuando no atienden los huevos. Pero cuando cuidan los huevos, que insertan en la vena media de las hojas, se puede cortar la ramita con huevos sin que ella abandone la planta ni se aparte de los huevos. Cuando otros insectos, como escarabajos, caminan sobre la hembra, ella tampoco se separa de sus huevos. Otras especies que muestran un comportamiento similar son *Aconophora nigricornis*, *A. femoralis*, *Guayaquila pallescens y Umbonia crassicornis* (Hinton 1977; McEvoy 1979).

El cuidado maternal puede aumentar el éxito reproductivo de una madre, pero también tiene ciertos costos. En *Publilia concava* (el género *Publilia* no se incluye en esta guía ya que habita en Norteamérica, pero es importante como ejemplo) se encontró una correlación entre la duración del cuidado maternal y el número de ninfas que eclosionaron exitosamente (Zink 2003). Por otro lado, en este mismo estudio las hembras que permanecieron con sus huevos produjeron un menor número de masas de huevos en el futuro y éstas fueron de menor tamaño. El cuidado maternal podría reducir entonces la fecundidad, costo que parece equilibrarse con los beneficios de la protección de los huevos (Zink 2003). En *Polyglypta dispar*, los costos del cuidado maternal se reducen con un comportamiento en el cual

In many species, females that protect eggs or nymphs rarely abandon their brood, even after a disturbance. *Polyglypta dorsalis* females are ready to fly and are difficult to capture when not tending eggs. But when they are guarding their eggs, which they insert into the median vein of leaves, it is possible to cut the twig containing the eggs without her abandoning the leaf or leaving her eggs. Even when other insects, such as beetles, walk over the female, she still will not leave her eggs. Other species that engage in similar behavior are *Aconophora nigricornis, A. femoralis, Guayaquila pallescens y Umbonia crassicornis* (Hinton 1977; McEvoy 1979).

Maternal care can increase a mother's reproductive success, but it also has certain costs. In *Publilia concava* (the genus *Publilia* is not included in this guide since it lives in North America, but it is useful as an example) a correlation has been found between the duration of maternal care and the number of nymphs that hatch successfully (Zink 2003). However, according to the same study, the females that remained longest with their eggs produced a smaller number of egg clutches in the future and these were of smaller size. Maternal care, then, might reduce fertility, a cost that seems to be compensated by the benefits of protecting the eggs (Zink 2003). In *Polyglypta dispar,* the costs of maternal care decrease thanks to a behavior in which females may or may not protect their egg clutches, or else lay their eggs among clutches protected by other females (Eberhard 1986). In the case of *Ennya chrysura,* the female lays her eggs in the proximity of other females with brood, and seems to react to the alarm signals of nearby females (Miranda 2004) (Fig. 28).

Geographic and taxonomic distribution of maternal care

In some cases, maternal care seems to be a characteristic of the entire tribe, whereas in other cases it is limited to certain genera or species. Although maternal care of eggs is not very common in Old World subfamilies, it does occur among Centrotinae and Oxyrhachinae (Wood 1993). On the other hand, maternal care is very common among the subfamilies of the New World, occurring in four of the region's seven subfamilies (Sakakibara and Laroca 1975; Wood 1979, 1984). In the two most derived subfamilies, care of eggs is present in four tribes of Membracinae and four tribes of Smiliinae (Wood 1984). In the New World, the species characterized by maternal care are not distributed uniformly. North of Mexico, only six genera of three subfamilies display some form of maternal care. By comparison, subfamilies, tribes and genera displaying maternal care are plentiful in southern Mexico, Central America and the northern parts of South America. Around 60% of the species found in the humid lowlands of Central America are subsocial (Wood 1993).

One of the species in which maternal care of nymphs has been studied is *Umbonia crassicornis* (Wood 1976a). When predatory Hemiptera or Coleoptera attack the nymphs, the female fans her wings, buzzes, and kicks the enemy with her feet. Sometimes she is able to drive the aggressor away with this behavior, showing the immense selective value of maternal care. Another example of maternal care is displayed by *Aconophora marginata* (Wood 1976a). *Platycotis vittata* females sometimes fly toward a wasp (Vespidae) and drive it away to prevent it from trapping their nymphs (Beamer 1930).

Figura 28. Hembras de *Ennya chrysura* protegiendo sus huevos en *Solanum betaceum*, Costa Rica.
Figure 28. Females *of Ennya chrysura* guarding their eggs on *Solanum betaceum*, Costa Rica.

las hembras pueden o no proteger sus masas de huevos u ovipositan en masas protegidas por otras hembras (Eberhard 1986). En *Ennya chrysura*, las hembras colocan sus huevos en la cercanía de otras hembras con descendencia y parecen reaccionar a señales de alarma de las hembras vecinas (Miranda 2004) (Fig. 28).

Distribución geográfica y taxonómica del cuidado maternal

En algunos casos, el cuidado maternal parece ser característico de la tribu. En otros casos, está restringido a ciertos géneros o especies de un grupo dado. Aunque el cuidado maternal de los huevos no es muy común en las subfamilias del Viejo Mundo, sí se presenta en Centrotinae y Oxyrhachinae (Wood 1993). Por otro lado, el cuidado maternal es muy común en las subfamilias del Nuevo Mundo y ocurre en cuatro de las siete subfamilias que habitan en esta región (Sakakibara & Laroca 1975; Wood 1979, 1984). En las dos subfamilias más derivadas, el cuidado de los huevos se presenta en cuatro tribus de Membracinae y en cuatro de Smiliinae (Wood 1984).

En el Nuevo Mundo, las especies con cuidado maternal no están distribuidas uniformemente. Al norte de México, solamente seis géneros de tres subfamilias tienen algún tipo de cuidado maternal. En contraste, las subfamilias, tribus y géneros con cuidado maternal son abundantes en el sur de México, América Central y el norte de Suramérica. Alrededor del 60% de las especies de tierras bajas y húmedas de Centroamérica son subsociales (Wood 1993).

Una de las especies en las que se ha estudiado el cuidado maternal de las ninfas es *Umbonia crassicornis* (Wood 1976a). Cuando chinches y escarabajos depredadores atacan a las ninfas, la hembra abanica sus alas, emite zumbidos y golpea el enemigo con sus patas. Con este comportamiento algunas veces es capaz de ahuyentar al enemigo, mostrando el inmenso valor selectivo del cuidado maternal. Otro ejemplo de cuidado maternal similar es el de *Aconophora marginata* (Wood 1976a). Las hembras de *Platycotis vittata* son capaces de volar en dirección a una avispa (Vespidae) y ahuyentarla para evitar que ésta atrape sus ninfas (Beamer 1930).

Mutualism: The relationship between treehoppers, ants and plants

Definition of mutualistic organisms

Treehoppers are frequently found accompanied by ants and other Hymenoptera, such as wasps and bees. In some cases, a mutualistic relation exists in which treehoppers provide honeydew – excrement rich in sweet substances extracted from the host plants. Hymenopterans feed on this honeydew and in return protect treehoppers from their enemies, although it is probable that only certain ants (the most aggressive ones) provide significant protection. Wasps (primarily Vespidae) and bees (primarily Meliponini) generally stay for shorter periods of time since they fly back and forth from their nest, whereas the ants that accompany (tend) treehoppers are generally nesting nearby. According to Wood (1993), there is evidence that mutualism has caused modifications in the biology, behavior and morphology of these organisms, even restricting their geographic distribution. For example, in Colombia the proportion of species of Membracidae associated with ants decreases with an increase in altitude, probably due to the limited availability of ants in the highlands (Wood 1993). For practical reasons, throughout this book we will refer to all Hymenoptera that tend treehoppers as *mutualistic,* although perhaps in most cases mutualism – in the strict sense of the definition – has not been proven.

Feeding and production of honeydew

As in other Auchenorrhyncha, treehopper mouthparts are specially adapted for penetrating plant tissues and extracting the sap (Fig. 4). Treehoppers live exclusively on plants, whether annual or perennial, and they display different degrees of specialization regarding the hosts on which they live (Delabie and Fernández 2003). The sap provides them with a liquid diet that contains mainly nitrogenous compounds, amino acids, organic acids, amides and carbohydrates (Ammar 1985). This liquid food is processed through a compound digestive system, where part of the intestine functions like a filter chamber that allows the excess water, sugars and other elements to be eliminated rapidly through the posterior intestine, in the form of sugary excretion or honeydew (Ammar 1985). These excretions are a compound of water-soluble carbohydrates (glucose, sucrose, fructose and others), amino acids, amines, organic acids, alcohol, auxins and salts (Delabie and Fernández 2003), and they are a source of nutrients for the mutualistic organisms. It has been suggested that honeydew has the advantage of being an almost permanent source of nutrition, since it does not depend so much on seasonal variations in plant products (Delabie and Fernández 2003).

Common ants and their behavior

The most common mutualistic organisms associated with treehoppers are ants belonging to the subfamilies Dolichoderinae, Formicinae and Myrmicinae (Annex 3) (Fig. 29). For ants that are more phylogenetically derived, such as Dolichoderinae and Formicinae, it is easier take advantage of liquid food like honeydew, since

Kenji Nishida

Figura 29. Ninfa de *Vanduzea albifrons* atendida por hormigas (*Crematogaster carinata*), en *Ficus colubrinae*, Costa Rica, 100 m.

Figure 29. Nymph of *Vanduzea albifrons* tended by ants (*Crematogaster carinata*), on *Ficus colubrinae*, rain forest, Costa Rica, 100 m.

Mutualismo: la relación membrácido-hormiga-planta

Definición de organismos mutualistas

Los membrácidos frecuentemente se ven acompañados por hormigas, avispas y abejas. En algunos casos, se da una relación mutualista en la cual los membrácidos proveen su excremento o melaza, rico en sustancias dulces de las plantas. Los himenópteros aprovechan esta melaza y a cambio protegen a los membrácidos de sus enemigos. Aunque esto es probable para ciertas hormigas (sobre todo las más agresivas, que proveen una significativa protección), la tendencia de las hormigas es permanecer acompañando a los membrácidos porque sus nidos generalmente están cerca. En cambio, las avispas (principalmente Vespidae) y abejas (principalmente Meliponini), generalmente permanecen por cortos períodos de tiempo con los membrácidos debido a que ellas van y vienen a sus respectivos nidos, los cuales usualmente están lejos.

Según Wood (1993), existen evidencias de que este mutualismo ha provocado modificaciones en la biología, el comportamiento y la morfología de los organismos e incluso restricciones en su distribución geográfica. Por ejemplo, en Colombia la proporción de especies de Membracidae asociadas con hormigas decrece con el aumento de la altitud, probablemente por las limitaciones en la disponibilidad de hormigas en las tierras altas (Wood 1993). Para que sea más sencillo hacer mención de estos organismos, en la presente guía todos los himenópteros que atienden a los membrácidos son llamados "mutualistas", aunque quizás en la mayoría de los casos no se haya comprobado un mutualismo en el sentido estricto de la definición.

Kenji Nishida

Figura 30a. Adulto y ninfas de *Antianthe* sp. atendidos por hormigas en *Winteringia* sp., Costa Rica.

Figure 30a. Adult and nymphs of *Antianthe* sp. tended by ants on *Winteringia* sp., Costa Rica.

they have adaptations for collecting it and predigesting it (Holldobler and Wilson 1990). An aggregation of treehoppers may be tended by several ant species. In general, the ant solicits the sugary drop by using its antennae to stimulate the end of the insect's abdomen, either by means of soft or rapid touches or expansive and prolonged movements (Holldobler and Wilson 1990; Delabie and Fernández 2003) (Figs. 30a,b,c). Although less frequent than ants, other types of Hymenoptera also feed on the honeydew, among them bees and wasps, and even flies (Diptera) (Figs. 31a,b,c) (Annex 3).

Many ant species offer direct protection, although this does not deter some predators or parasites that have developed strategies to avoid them (Delabie and Fernández 2003). Some ants build shelters or protective covers with plant remains; these may cover entire groups of treehoppers in spots favorable for the extraction of sap. This behavior offers treehoppers protection against parasites and predators or against rain (Bristow 1983, 1984).

Effect of the ants on treehopper behavior

The presence of mutualistic ants can affect behaviors such as maternal care and oviposition. The females of *Publilia reticulata* may abandon their first brood more frequently if ants are tending the nymphs, since ants often increase their probability of survival (Bristow 1983; Wood 1993). Among some species it is advantageous to deposit large masses of eggs, because they produce large groups, making them more attractive to the ants (Wood 1993) (Figs. 30a,b,c). Females can maximize the care provided by ants by selecting certain plants on which to lay their eggs. For example, they may select a plant because colonies of ants live nearby. Also, they may choose one that is highly nutritious, which leads to more appetizing honeydew for the ants. Finally, they may look for nearby plants with the

Kenji Nishida

Figura 30b. Adultos de *Vanduzea* sp. atendidos por hormigas en una asterácea, Costa Rica.
Figure 30b. Adults of *Vanduzea* sp. tended by ants on an Asteraceae plant, Costa Rica.

Kenji Nishida

Figura 30c. Ninfas atendidas por una hormiga en *Ficus* sp., Costa Rica.
Figure 30c. Nymphs tended by an ant on *Ficus* sp., Costa Rica.

Kenji Nishida

Figura 31a. Ninfas de *Antianthe* sp. atentidas por una avispa *Parachartegus* (Vespidae), Costa Rica.

Figure 31a. Nymphs of *Antianthe* sp. tended by a *Parachartegus* wasp (Vespidae), Costa Rica.

Kenji Nishida

Figura 31b. Dos abejas sin aguijón (Meliponinae) atendiendo ninfas de *Guayaquila* sp. en un árbol de papaya, Costa Rica.

Figure 31b. Two stingless bees (Meliponinae) tending nymphs of *Guayaquila* sp. on a papaya tree, Costa Rica.

Kenji Nishida

Figura 31c. Mosca de la familia Tachinidae alimentándose de la melaza producida por *Antianthe* sp., Costa Rica.

Figure 31c. Tachinid fly feeding on honeydew of *Antianthe* sp., Costa Rica.

Alimentación y producción de melaza

Las partes bucales de los membrácidos están especialmente adaptadas para penetrar en los tejidos vegetales y extraer la savia de las plantas, al igual que otros Auchenorrhyncha (Fig. 4). Los membrácidos se alimentan exclusivamente de plantas, ya sean anuales o perennes, y muestran diferentes grados de especialización con respecto a las hospederas que visita (Delabie & Fernández 2003). La savia les proporciona una dieta líquida que contiene principalmente compuestos nitrogenados, aminoácidos, ácidos orgánicos, amidas y carbohidratos (Ammar 1985). Este alimento líquido se procesa a través de un complejo sistema digestivo, donde una parte de los intestinos funciona como cámara filtradora que permite que el exceso de agua, azúcares y otros elementos se elimine rápidamente a través del intestino posterior, en forma de excreciones azucaradas o melaza (Ammar 1985). Estas excreciones son una mezcla compleja de carbohidratos solubles en agua (glucosa, sucrosa, fructuosa y otros), aminoácidos, aminas, ácidos orgánicos, alcohol, auxinas y sales (Delabie & Fernández 2003), y por ello son una fuente de alimento para los organismos mutualistas. Se ha sugerido que la melaza tiene la ventaja de ser una fuente alimenticia casi permanente, ya que no depende tanto de la variación estacional de productos de la planta (Delabie & Fernández 2003).

Hormigas comunes y su comportamiento

Los organismos mutualistas más comunes de los membrácidos son hormigas que pertenecen a las subfamilias Dolichoderinae, Formicinae y Myrmicinae (Apéndice 3) (Fig. 29). Para hormigas filogenéticamente más derivadas, como Dolichoderinae y Formicinae, es más fácil aprovechar alimento líquido como la melaza, ya que tienen adaptaciones para recolectarlo y predigerirlo (Holldobler & Wilson 1990). Una agrupación de membrácidos puede ser atendida por varias especies de hormigas. Por lo general, la hormiga solicita la gota azucarada estimulando con sus antenas el extremo del abdomen del insecto; esto lo puede hacer en forma de toques suaves o rápidos o en movimientos amplios y prolongados (Holldobler & Wilson 1990; Delabie & Fernández 2003) (Figs. 30a,b,c). Aunque son menos frecuentes que las hormigas, otros tipos de himenópteros también aprovechan la melaza, entre ellos abejas y avispas e incluso moscas (Diptera) (Figs. 31a,b,c) (Apéndice 3).

Muchas especies de hormigas ofrecen protección directa, aunque esto no impide la acción de algunos depredadores o parásitos que han desarrollado estrategias para evadirlas (Delabie & Fernández 2003). Algunas construyen refugios o cubiertas de protección con restos vegetales; esto lo pueden hacer sobre agrupaciones de membrácidos, en sitios favorables para la extracción de savia. Con este comportamiento logran darles protección contra parásitos y depredadores o de la lluvia (Bristow 1983, 1984).

Efecto de las hormigas en el comportamiento de los membrácidos

La presencia de hormigas mutualistas puede afectar el comportamiento de cuidado maternal y oviposición. En *Publilia reticulata*, las hembras pueden abandonar a su primera cría más frecuentemente si las hormigas están atendiendo a las ninfas, ya que las hormigas tienden a incrementar en gran medida su probabilidad de smallest number of nymphs, so that their broods receive maximum care (Wood 1982; Cushman and Whitham 1991).

The presence of ants also seems to be a factor that influences group behavior. Small populations of treehoppers may join with others, which increases the number of individuals, thereby forming nymphal groups of an adequate size to attract the ants' care (Wood 1993). The nymphs or adults of some solitary treehoppers may join a group formed by another species when the latter are being tended by ants (Richter 1943; Tode 1966; Ekkens 1972; Wood 1984).

Ant-plant relationships

Many ant species that tend treehoppers are highly opportunistic and may also visit extra-floral nectaries (Wood 1982; Holldobler and Wilson 1990). Honeydew producers may be seen as the ecological equivalents of extra-floral nectaries, structures that attract ants, which in turn drive away certain herbivores. In this way, the presence of ants and sap-sucking insects can become a beneficial mechanism for the plant, so long as treehopper density remains relatively low (Wood 1982; Delabie and Fernández 2003). The energetic cost of maintaining populations of sap-sucking insects is compensated by the protection provided by the ants against the herbivores (Buckley 1987). Ants are also able to minimize the noxious effects of fungi that grow in the accumulated honeydew.

The treehopper–ant–plant interaction is a complex one, and may also have adverse effects on the plant. When ants protect treehoppers aggressively against parasitoids and predators, treehopper populations can grow considerably, thereby increasing the extraction of sap. In some cases, ants may provide indirect protection to other herbivores that cause significant damage to the plant (Fritz 1983).

According to Wood (1982), perennial plants offer a better haven than annuals for ants that tend treehoppers. This is because perennials can be exploited year-round by the ants of the colony. At higher elevations, diversity is reduced and with it the abundance of ants, which probably results in a decrease in the proportion of ant-tended treehoppers and an increase in the solitary species; moreover, maternal care in these habitats probably depends less on ants. Wood also suggests that ants' seasonal activity might affect the number of species they take care of.

Relationship between maternal care and association with ants

There is evidence that maternal care in treehoppers has often developed independently of mutualistic ants (Dietrich and Deitz 1993; Cryan *et al.* 2004). Maternal care is frequently associated with the interaction of treehoppers with mutualistic ants and other Hymenoptera, but in the tribe Hophlophorionini, six of the seven genera that practice prolonged maternal care are not known to associate with mutualistic organisms (Wood 1984). In the subsocial genera of Aconophorini (*Aconophora* and *Calloconophora*) no mutualists have been found, while in the rest of the genera many species are taken care of by ants (Wood 1984; Dietrich and Deitz 1991; Wood 1993). In Polyglyptini, 10 of its 24 genera practice some kind of maternal care, and five interact with mutualistic ants (Wood 1984).

supervivencia (Bristow 1983; Wood 1993). En algunas especies resulta ventajoso depositar grandes masas de huevos, pues se producen agrupaciones numerosas de ninfas, que son más atractivas para las hormigas (Wood 1993) (Figs. 30a,b,c).

Las hembras pueden maximizar la atención de las hormigas seleccionando ciertas plantas para colocar sus huevos. Por ejemplo, pueden seleccionar una planta con colonias de hormigas cercanas. También pueden escoger una que tenga alta calidad nutritiva, lo cual resulta en melaza más atractiva para las hormigas. Por último, pueden buscar un mínimo de plantas vecinas con ninfas, para que sea su descendencia la que recibe la máxima atención (Wood 1982; Cushman & Whitham 1991).

La presencia de hormigas también parece ser un factor que influye en el comportamiento de la agrupación. Membrácidos de poblaciones poco abundantes se pueden unir a otras que presentan grandes números de individuos y así formar grupos de ninfas del tamaño adecuado para mantener la atención de las hormigas (Wood 1993). Ninfas o adultos de algunos membrácidos solitarios también pueden unirse a agrupaciones de otras especies atendidas por hormigas (Richter 1943; Tode 1966; Ekkens 1972; Wood 1984).

Relación hormiga-planta

Muchas especies de hormigas que atienden a los membrácidos son altamente oportunistas y puede ser que también visiten nectarios extraflorales (Wood 1982; Holldobler & Wilson 1990). Los productores de melaza pueden verse como equivalentes ecológicos de los nectarios extraflorales, que son estructuras que atraen hormigas y éstas ahuyentan a ciertos herbívoros. De esta forma, la presencia de hormigas e insectos chupadores de savia puede convertirse en un mecanismo beneficioso para la planta, siempre y cuando la densidad de membrácidos permanezca relativamente baja (Wood 1982; Delabie & Fernández 2003). A pesar del costo energético que significa mantener poblaciones de chupadores de savia, la planta lo compensa con la protección de las hormigas contra otros herbívoros más dañinos (Buckley 1987). Las hormigas también son capaces de minimizar los efectos nocivos de la contaminación causada por hongos que crecen en la melaza acumulada.

La interacción membrácido-hormiga-planta es compleja y también puede tener efectos adversos sobre la planta. Cuando las hormigas protegen agresivamente a los membrácidos contra parasitoides y depredadores, sus poblaciones pueden aumentar mucho y con ello la extracción de savia de la planta. También puede ocurrir que las hormigas, indirectamente, protejan a otros hervíboros que causan mucho daño a la planta (Fritz 1983).

Según Wood (1982), las plantas perennes ofrecen mejores sitios que las anuales para la asistencia de las hormigas a los membrácidos. Esto se debe a que son sitios que posiblemente sean explotados permanentemente por las hormigas de la colonia. En las elevaciones altas se reduce la diversidad y abundancia de hormigas, por lo cual es probable que los membrácidos atendidos por ellas sean pocos, que haya más especies solitarias y que el cuidado maternal no dependa de las hormigas. Además, este autor señala que la actividad estacional de las hormigas podría afectar el número de especies que atienden.

The relation between maternal care and the presence of mutualistic organisms has been well studied in two species from temperate zones of North America. In *Publilia reticulata*, the females lay eggs and protect them until the nymphs emerge; once the nymphs are being tended to by ants, their mother abandons them to deposit a new group of eggs on another plant (Bristow 1983). In contrast, *Entylia carinata* uses another strategy (Wood 1977; Olmstead and Wood 1990a). The female begins to deposit the eggs, and if she is not being tended by ants, deposits only a few eggs in the clutch and then abandons them (Olmstead and Wood 1990a). Once the female is tended by ants, she will spend several days depositing many eggs within the clutch and abandonment is relatively infrequent. By the time the eggs hatch, many females have died, possibly from old age, but the ants preserve and protect the group of nymphs (Wood 1993). Survival is high when both the mother and ants are present or when only the mother or ants are present (Wood 1990, 1993).

In some species the groups of egg clutches are the result of female-produced substances that are attractive for oviposition; in this way, the clutches are sufficiently large and a lasting attraction of ants toward the nymphs is assured (Wood 1982). Although their high density can affect the health of the plant, the nymphs display greater survival when ants are present, enhancing the reproductive success of the female (Wood 1982; Cushman and Whitham 1989, 1991).

Communication through substrate vibrations

The use of acoustic signals as a means of communication is common among insects, and the sounds produced by crickets and cicadas are well known. Some groups of relatively small insects communicate by means of vibrations transmitted through the substrate with which they are in contact (leaves, stems, bark, etc.), instead of emitting sounds that travel through the air. Apparently, this represents an advantage for small insects, because when the sound travels through a substrate it loses less energy than if it were to travel over a similar distance through the air (Michelsen *et al.* 1982; Ewing 1989). At the same time, their small size would force them to communicate via high-frequency sounds, which entail a much greater energetic output (Claridge 1985a).

For a long time treehoppers and their relatives (Delphacidae, Cercopidae, Cicadellidae) were considered to be mute, in contrast to their relatives the cicadas (Claridge 1985a, b). This notion was changed by Ossianilsson (1949), who described the mechanism of sound production in 80 species of Auchenorrhyncha in Sweden. Ossianilsson (1949) described the signals they produced and suggested that their most important component traveled by means of the substrate and not through the air. After Ichikawa (Ichikawa and Ishii 1974; Ichikawa 1976) discovered that some Delphacidae communicate by means of substrate vibrations, this same characteristic was recorded in Membracidae and other Auchenorryncha (Claridge 1985a; Tishechkin 1989, 1997, 1998).

Apparently, in order to produce vibrations they utilize a structure similar to the cicadas' tymbals, which possibly transmits the vibrations through the legs

Relación entre el cuidado maternal y la asociación con hormigas

Existen evidencias de que el cuidado maternal en los membrácidos ha ocurrido muchas veces independientemente de las hormigas mutualistas (Dietrich & Deitz 1993; Cryan *et al.* 2004). Con frecuencia, el cuidado maternal está asociado a la interacción de los membrácidos con hormigas mutualistas y otros himenópteros. Pero en la tribu Hophlophorionini, a seis de los siete géneros que practican el cuidado maternal prolongado no se les conoce relación con organismos mutualistas (Wood 1984). En los géneros subsociales de Aconophorini (*Aconophora* y *Calloconophora*) tampoco se han encontrado mutualistas, mientras que en el resto de los géneros muchas especies son atendidas por hormigas (Wood 1984; Dietrich & Deitz 1991; Wood 1993). En Polyglyptini, 10 de sus 24 géneros tienen algún tipo de cuidado maternal y cinco interactúan con hormigas mutualistas (Wood 1984).

La relación entre el cuidado maternal y la presencia de organismos mutualistas ha sido bien estudiada en dos especies de zonas templadas de Norteamérica. En *Publilia reticulata*, las hembras colocan huevos y los protegen hasta que las ninfas emergen; una vez que las ninfas son atendidas por hormigas, su madre las abandona para depositar un nuevo grupo de huevos en otra planta (Bristow 1983). En contraste, *Entylia carinata* presenta otra estrategia (Wood 1977; Olmstead & Wood 1990a). La hembra empieza a depositar los huevos y si no es atendida por hormigas, deposita solo unos pocos en la masa y los abandona (Olmstead & Wood 1990a). Una vez que la hembra es atendida por hormigas, pasa varios días depositando muchos huevos dentro de la masa y su abandono es relativamente infrecuente. Para cuando los huevos eclosionan, muchas hembras han muerto, posiblemente por su vejez, pero las hormigas mantienen y protegen el grupo de ninfas (Wood 1993). La supervivencia es alta cuando la madre y las hormigas están presentes o cuando solo la madre o las hormigas están presentes (Wood 1990, 1993).

En algunas especies, las agrupaciones de masas de huevos son el resultado de las sustancias atrayentes para la oviposición producidas por las hembras; de esta forma, las masas son suficientemente grandes y se asegura la atracción rápida y permanente de hormigas hacia las ninfas (Wood 1982). Aunque la alta densidad puede afectar la salud de la planta, las ninfas muestran una mayor supervivencia por la presencia de hormigas, y así aumenta el éxito reproductivo de la hembra (Wood 1982; Cushman & Whitham 1989, 1991).

Comunicación por vibraciones del sustrato

El uso de señales acústicas como medio de comunicación es común entre los insectos. Son bien conocidos para nosotros los sonidos producidos por muchas especies de ortópteros y cicádidos, como los grillos y las chicharras. Algunos grupos de insectos relativamente pequeños se comunican mediante vibraciones transmitidas a través del sustrato con el cual están en contacto (hojas, tallos, cortezas de árbol. etc.) en lugar de emitir sonidos que viajan por el aire. Aparentemente, esto representa una ventaja para los insectos pequeños, porque cuando el sonido viaja a través de un sustrato pierde menos energía que cuando lo hace por una distancia similar a

(Claridge 1985a; Chapman 1998). In Membracidae, the tymbal has not yet been described, although some internal structures provide indirect evidence for its existence (Ossianilsson 1949). This organ may be similar to the one found in their leafhopper (Cicadellidae) relatives, in which the tymbal is a thin membrane of the exoskeleton, located in the first abdominal segment, which vibrates through the action of two muscles (Shaw and Carlson 1979). The structure and function of the tymbal seem to be controversial, since according to Michelsen *et al.* (1982), the mechanism is not understood and is very different from the tymbal of cicadas, while others describe it as similar to that of cicadas. It is believed that the detection of the signals is achieved by means of sensors located on the tarsi and other parts of the legs (Claridge 1985b; Ewing 1989).

Treehoppers produce substrate vibrations in various contexts. The nymphs of *Umbonia crassicornis* emit a characteristic substrate vibration when they are attacked by an enemy, and the mother answers the call by walking toward the enemy to drive it away with kicks and wing movements (Cocroft 1999a,b,c). *Calloconophora pinguis* nymphs can use vibrations to find good feeding areas that are being exploited by other nymphs (Cocroft 2001).

In adults, substrate vibrations are important in several circumstances. Duets between a female and a male (facilitating their meeting), as well as male courtship songs, have been documented; these have been studied or described in *Spissistilus festinus, Enchenopa binotata, Stictocephala bisonia* and *Ennya chrysura* (Hunt 1993, 1994; Strübing 1992, 1999; Miranda 2004). In the species complex *Enchenopa binotata*, experimental studies suggest that the signals play a role in the reproductive isolation and speciation of the group (Rodríguez *et al.* 2004).

Ennya chrysura adults produce eight different signals, including an aggressive signal sent out by the females, one that males emit to indicate their gender, and another one which males use to try to interfere with other males' courtship (Miranda 2004). Adult females of this species also produce a signal in the presence of natural enemies, which appears to be perceived as an alarm signal by females protecting eggs on the same leaf (Miranda 2004). Vibration frequencies are variable. In *Ennya chrysura*, these cover a waveband of 800-2,000 Hz (Miranda 2004), similar to that found in other Hemiptera that communicate by means of substratum vibrations (Heady *et al.* 1986; Hunt *et al.* 1992; Hunt 1993; Michelsen *et al.*1982). It is believed that signals with a broad frequency band would increase the probability that the receiving insect would detect at least some frequencies of a signal, since plants function as filters that mute some frequencies (Michelsen *et al.*1982; Miklas *et al.* 2001). However, some signals of other species, such as *Enchenopa binotata* (Rodríguez *et al.* 2004) and *Notocera* sp. (Noh, unpublished) do not have a broad waveband, which suggests that the filtration of sound through the plant is not always so important.

Communication by means of substrate vibrations has only been studied in a few treehopper species, and hence no taxonomic studies have been possible using acoustic signals to describe species. In related families, such as the Cicadellidae, acoustic signals have been utilized to try to solve the taxonomy of complex groups (Tishechkin 1996, 1998, 1999, 2000).

través del aire (Michelsen *et al.* 1982; Ewing 1989). Al mismo tiempo, su pequeño tamaño les obligaría a comunicarse por medio de sonidos de alta frecuencia, los cuales representan un costo energético mucho mayor (Claridge 1985a).

Los membrácidos y sus parientes (Delphacidae, Cercopidae, Cicadellidae) fueron considerados "mudos" durante mucho tiempo con respecto a sus parientes las chicharras (Claridge 1985a,b). Esta noción fue cambiada por Ossianilsson (1949), quien describió el mecanismo de producción de sonido en 80 especies de Auchenorrhyncha en Suecia. Ossianilsson (1949) describió las señales que producían y sugirió que su componente más importante viajaba por medio del sustrato y no por el aire. Después de que Ichikawa y otros (Ichikawa & Ishii 1974; Ichikawa 1976) descubrieron que algunos delfácidos se comunican a través de vibraciones del sustrato, se registró esta misma característica en Membracidae y otros Auchenorryncha (Claridge 1985a; Tishechkin 1989, 1997, 1998).

Aparentemente, para producir las vibraciones utilizan una estructura similar al timbal de los cicádidos, que posiblemente transmite la vibración por las patas (Claridge 1985a; Chapman 1998). En Membracidae, el timbal todavía no se ha descrito, aunque en algunas estructuras internas se ha encontrado evidencia indirecta de su existencia (Ossianilsson 1949). Es posible que éste sea similar al de sus parientes de Cicadellidae, en los cuales el timbal es una membrana delgada del exoesqueleto situada en el primer segmento abdominal, que vibra por la acción de dos músculos (Shaw & Carlson 1979). Parece haber cierta controversia, ya que, según Michelsen *et al.* (1982), el mecanismo no se entiende y es muy diferente del conocido timbal de las chicharras. Se cree que la detección de las señales se hace por medio de sensores que se encuentran en los tarsos y otras partes de las patas (Claridge 1985b; Ewing 1989).

Los membrácidos producen vibraciones del sustrato en diversos contextos. Las ninfas de *Umbonia crassicornis* emiten una vibración del sustrato característica cuando son atacadas por un enemigo, y la madre responde al llamado caminando hacia el enemigo para tratar de ahuyentarlo por medio de patadas y movimientos de alas (Cocroft 1999a,b,c). Las ninfas de *Calloconophora pinguis* pueden usar vibraciones para encontrar buenos sitios de alimentación que otras ninfas están aprovechando (Cocroft 2001).

En los adultos, las vibraciones del sustrato también adquieren importancia en varias circunstancias. Se han documentado dúos entre una hembra y un macho para que se produzca el encuentro de las parejas, y también cantos que son parte del cortejo del macho; estos se han estudiado o descrito en *Spissistilus festinus*, *Enchenopa binotata*, *Stictocephala bisonia* y *Ennya chrysura* (Hunt 1993, 1994; Strübing 1992, 1999; Miranda 2004). En el complejo de especies *Enchenopa binotata*, estudios experimentales sugieren que las señales juegan un papel en el aislamiento reproductivo y la especiación del grupo (Rodríguez *et al.* 2004).

Los adultos de *Ennya chrysura* producen ocho señales distintas, incluyendo una señal agresiva que emiten las hembras, una que los machos emiten para distinguir su género y otra con la cual los machos intentan interferir en el cortejo de otros machos (Miranda 2004). Las hembras adultas de esta especie además emiten una

Chemical communication

The production of pheromones in treehoppers has been poorly studied. However, there is some indirect evidence for the production of pheromones that stimulate group formation or the attraction of the sexes; in addition, some studies have been done on alarm pheromones. The existence of alarm pheromones has been demonstrated in three gregarious species of the subfamily Smiliinae: *Vanduzea arquata*, *Entylia carinata* and *Pubilia concava* (Nault *et al.* 1974). *Entylia carinata* nymphs produce alarm pheromones that are released when the walls of the body are damaged. These substances stimulate the immediate dispersal of the group, from the undersides of the leaves toward the petioles (Nault *et al.* 1974). Both adults and nymphs disperse, but the latter eventually return to form a group. Group cohesiveness depends on the balance between grouping and dispersion behaviors (Nault *et al.* 1974).

Natural enemies

Based on observations made over one year, Funkhouser (1957) concluded that Membracidae have few natural enemies. Occasionally they fall prey to birds (Funkhouser 1951; McAtee 1918), especially the nymphs because of their soft bodies, although they are only a small part of a bird's diet (Funkhouser 1951). This was confirmed by an analysis of the contents of birds' stomachs, which showed that only a low percentage of their diet came from this group of insects (Wildermuth 1915). However, a large number of invertebrates feed on treehoppers, including spiders, wasps, flies, predatory beetles and mantids. *Umbonia crassicornis* nymphs are a frequent prey of the vespid, *Polistes major* (Dowell and Johnson 1986). In the genus *Metcalfiella*, predators include both beetle larvae (Coccinellidae) and fly larvae (Syrphidae) (McKamey and Deitz 1991). All these tend to be generalist predators and therefore it is probable that they feed on several species of Membracidae.

Another important group of treehopper enemies are parasitoid wasps. The larval wasp feeds on its host, which it kills upon completing its development; this distinguishes it from from a parasite, which generally does not kill its host, except when there are large numbers present inside the host. Treehopper eggs, for example, are attacked by tiny wasps belonging to the families Mymmaridae and Trichogrammatidae. The female wasp oviposits into a recently-laid egg, and her offspring goes through the larval and pupal stages inside the treehopper's egg. Once the parasitoid pupa transforms into a new adult wasp., it chews a hole in the shell of the treehopper egg in order to esape and continue with its life cycle. Among Mymaridae, genera that parasitize treehopper eggs include *Gahanopsis*, *Gonatocerus*, *Polynema* and *Schizophragma* (Huber 2006) (Figs. 32a,b), and among Trichogrammatidae they include *Trichogramatella*, *Tumidifemur*, *Paracentrobia* and *Oligosita* (Pinto and Hanson 2006) (Annex 4).

Although nymphs appear to be protected by their aposematic or cryptic appearance and in many instances by ants, they can be attacked by parasitoid wasps of the families Encyrtidae and Dryinidae. Unlike the egg parasitoids mentioned señal ante la presencia de enemigos naturales, la cual parece funcionar como alarma entre hembras que protegen huevos sobre una misma hoja (Miranda 2004). Las frecuencias de las vibraciones son variables. En *Ennya chrysura*, cubren una banda de frecuencias de 800-2.000 Hz (Miranda 2004), similar a lo que se ha encontrado en otros hemípteros que se comunican por vibraciones del sustrato (Heady *et al.* 1986; Hunt *et al.* 1992; Hunt 1993; Michelsen *et al.* 1982). Se cree que las señales con una banda de frecuencia ancha podrían aumentar la probabilidad de que el insecto receptor detecte al menos algunas frecuencias de una señal, ya que las plantas funcionan como filtros que disminuyen algunas frecuencias (Michelsen *et al.* 1982; Miklas *et al.* 2001). Sin embargo, algunas señales de otras especies, como *Enchenopa binotata* (Rodríguez *et al.* 2004) y *Notocera* sp. (Noh, obs. pers.), no tienen una banda ancha de frecuencia y eso nos hace pensar que la filtración de sonido a través de las plantas no siempre es tan importante.

Son pocas las especies de Membracidae en las cuales se ha estudiado la comunicación por vibraciones del sustrato y por lo tanto no se han podido hacer estudios taxonómicos que utilicen señales acústicas para describir a las especies. En familias relacionadas, como Cicadellidae, se han incorporado señales acústicas para tratar de resolver la taxonomía de grupos complejos (Tishechkin 1996, 1998, 1999, 2000).

Comunicación química

La producción de feromonas en Membracidae se ha estudiado poco, pero hay cierta evidencia indirecta de la producción de feromonas que estimulan la agrupación o la atracción de sexos; además hay algunos estudios sobre las feromonas de alarma. La existencia de feromonas de alarma está demostrada en tres especies gregarias de la subfamilia Smiliinae: *Vanduzea arquata*, *Entylia carinata* y *Pubilia concava* (Nault *et al.* 1974).

Las ninfas de *Entylia carinata* producen feromonas de alarma que se liberan cuando se daña la pared del cuerpo. Estas sustancias estimulan la dispersión inmediata de la agrupación, moviéndose desde la parte inferior de las hojas hacia los pecíolos (Nault *et al.* 1974). Las ninfas se dispersan pero se vuelven a agrupar posteriormente. La cohesión del grupo depende del equilibrio entre los comportamientos de agrupación y dispersión (Nault *et al.* 1974).

Enemigos naturales

Con base en observaciones realizadas durante un año, Funkhouser (1957) concluyó que los miembros de Membracidae tienen pocos enemigos naturales. Ocasionalmente son presa de aves (Funkhouser 1951; McAtee 1918), especialmente las ninfas por tener el cuerpo suave, aunque ellas son solo una pequeña parte de su dieta (Funkhouser 1951). Esto se ha confirmado con análisis de contenidos estomacales de las aves, que muestran que solo un bajo porcentaje de su dieta pertenece a este grupo de insectos (Wildermuth 1915).

Sin embargo, una gran cantidad de invertebrados se alimenta de membrácidos, incluyendo arañas, avispas, moscas, chinches depredadoras y mántidos. Las ninfas

Kenji Nishida

Figura 32a. Masa de huevos de *Bolbonota* sp. con un parasitoide en *Piper* sp., Costa Rica.
Figure 32a. Egg mass of *Bolbonota* sp. with a parasitoid on *Piper* sp., Costa Rica.

Carolina Godoy

Figura 32b. Avispa parasitoide (Mymaridae) atacando huevos de *Polyglypta* sp., Costa Rica.
Figure 32b. Parasitoid wasp (Mymaridae) attacking eggs of *Polyglypta* sp., Costa Rica.

de *Umbonia crassicornis* son presa frecuente del véspido *Polistes major* (Dowell & Johnson 1986). En el género *Metcalfiella* se han registrado depredadores tales como larvas de coleópteros de la familia Coccinellidae y larvas de moscas Syrphidae (McKamey & Deitz 1991). Todos estos suelen ser depredadores generalistas y por lo tanto es muy probable que se alimenten de varias especies de Membracidae.

Las avispas parasitoides son otro grupo que contiene enemigos importantes para los membrácidos. Las larvas de estas avispas se alimentan de un hospedero, al cual matan al completar su desarrollo; esto las diferencia de los parásitos, que generalmente no matan a su hospedero, excepto cuando dentro de éste vive un gran número de ellos (Hanson & Gauld 2006). Los huevos de Membracidae, por ejemplo, son atacados por avispitas Mymmaridae y Trichogrammatidae. La hembra del parasitoide oviposita dentro de los huevos recién colocados por un membrácido, y la descendencia del parasitoide pasa por los estadios de larva y pupa dentro del huevo del membrácido. Cuando el parasitoide adulto emerge, corta la cáscara y le hace un hueco al huevo del membrácido para salir y continuar su ciclo de vida (Hanson & Gauld 2006). Entre estos Mymaridae se encuentran los géneros *Gahanopsis*, *Gonatocerus*, *Polynema* y *Schizophragma* (Huber 2006) (Figs. 32a,b); mientras que en Trichogrammatidae los géneros parasitoides son *Trichogramatella*, *Tumidifemur*, *Paracentrobia* y *Oligosita* (Pinto & Hanson 2006) (Apéndice 4).

Aunque las ninfas parecen estar protegidas por su coloración aposemática o críptica y en muchos casos por las hormigas, pueden ser atacadas por avispitas parasitoides de las familias Encyrtidae y Dryinidae. En contraste con los parasitoides de huevos, mencionados anteriormente, estos parasitoides permiten que el desarrollo del membrácido hospedero continúe, al menos por un tiempo. El género *Prionomastix* (Encyrtidae; Noyes 2006) oviposita en el abdomen de las ninfas de *Ennya chrysura* (Miranda, obs. pers.), dentro del cual la larva se desarrolla y forma la pupa; la avispa adulta emerge rompiendo el abdomen de la ninfa al perforarlo (Figs. 33a,b).

La mayoría de los Dryinidae son primariamente ectoparasitoides (parasitoides externos) de Cicadellidae y Fulgoroidea, pero el género *Crovettia* es endoparásito, es decir, la larva se alimenta dentro de la ninfa hospedera pero ésta continúa desarrollándose aún con el parásito (Olmi 2006). Para ovipositar en la presa, esta avispita sujeta el cuerpo de la ninfa con sus dos pares de patas anteriores. Este género también es inusual, porque el huevo de la avispa se divide muchas veces, dando como resultado numerosas larvas de avispitas (Olmi 2006). Las larvas de la avispa se alimentan dentro de la ninfa hospedera y una vez que la ninfa alcanza el último estadio ninfal o el estadio adulto, las larvas devoran todo el tejido y emergen del abdomen del membrácido muerto para formar un capullo y pupar fuera del hospedero (como lo hacen otros Dryinidae, pero de manera diferente a otros parasitoides de membrácidos). Se conocen al menos 10 especies de *Crovettia* en el Neotrópico; en Costa Rica, se ha informado de *C. plaumanniana* parasitando *Umbonia ataliba* (Olmi 2006).

En Norteamérica también se ha documentado un patógeno de Membracidae: el hongo entomopatógeno *Erynia delphacis* ataca a varios hemípteros, entre ellos *Spissistilus festinus* (Miller & Harper 1987); como este es un membrácido de

Kenji Nishida

Figura 33a. Hembra de *Ennya pacifica* protegiendo sus huevos, con un parasitoide de huevos (Mymaridae) acercándose, Costa Rica.

Figure 33a. Female of *Ennya pacifica* guarding her eggs and an approaching egg parasitoid (Mymaridae), Costa Rica.

Kenji Nishida

Figura 33b. Hembras de *Ennya chrysura* cuidando huevos y ninfas; una avispa parasitoide de ninfas (*Prionomastix* sp., Encyrtidae) ha atacado varias ninfas, Costa Rica.

Figure 33b. Females of *Ennya chrysura* guarding eggs and nymphs; a nymph-parasitoid wasp (*Prionomastix* sp., Encyrtidae) has attacked several nymphs, Costa Rica.

Kenji Nishida

Figura 33c. Ninfa de *Ennya chrysura*; el abdomen es más oscuro de lo normal porque lleva una pupa de la avispa parasitoide *Prionomastix* sp. (Encyrtidae), Costa Rica.
Figure 33c. Nymph of *Ennya chrysura*; the abdomen is darker than usual because it contains a pupa of the parasitoid wasp *Prionomastix* sp. (Encyrtidae), Costa Rica.

importancia económica, se ha estudiado el hongo como un potencial controlador biológico (Miller & Harper 1987) (Fig. 34).

Plantas hospederas

Los membrácidos utilizan como hospederos varios grupos de plantas herbáceas y leñosas, incluyendo gimnospermas y angiospermas. Por otro lado, no existen registros de membrácidos en helechos. La variación en la especialización es muy amplia e incluye especies consideradas especialistas o monófagas (que se alimentan de un sólo género de plantas hospederas) y especies generalistas o polífagas (que se alimentan de varios géneros de plantas) (Ballou 1935; Dietrich & Deitz 1991; Wood 1993). Entre las más específicas se encuentra el complejo *Enchenopa binotata* (Wood 1980, 1982, 1992); también *Cyrtolobus* y *Platycotis vittata*, las cuales están restringidas a los árboles del género *Quercus* (Keese & Wood 1991; Quisenberry, Yonke & Kopp 1978) (Figs. 35a,b).

Los membrácidos generalistas pueden utilizar desde plantas de varios géneros relacionados entre sí hasta plantas de varias familias relativamente lejanas (Wood 1993). *Umbonia crassicornis* usa al menos nueve géneros diferentes de leguminosas (Mead 1962; Wood 1984). Hay otros que son todavía más generalistas, como *Bolbonota*, *Guayaquila* y *Calloconophora*, que utilizan dos o más familias de plantas (Ballou 1936; Wood 1984, 1993; Dietrich & Deitz 1991).

Cuando se define polifagia como el uso de dos o más géneros de plantas en el rango geográfico correspondiente, la mayoría de las especies subsociales y gregarias de Centroamérica y Suramérica se ubican en este grupo (Wood 1984; Dietrich & Deitz 1991). Por otro lado, los informes sobre especies solitarias sugieren un limitado rango de hospederos (Wood 1984), pero esto puede ser el resultado de un muestreo inadecuado (Wood 1993). Algunos géneros subsociales, como *Metcalfiella* y *Umbonia*, above, these parasitoids allow their treehopper host to continue its development, at least for a while. The genus *Prionomastix* (Encyrtidae; Noyes 2006) oviposits in the abdomen of the nymphs of *Ennya chrysura* (Miranda, pers. obs.), inside which the larva develops and forms the pupa; the adult wasp emerges by chewing through the nymph's abdomen, at which point the host dies (Figs. 33a,b). Most Dryinidae are primarily ectoparasitoids of Cicadellidae and Fulgoroidea, but the genus *Crovettia* is an endoparasitoid of treehopper nymphs. This genus is also unusual in that the wasp egg divides several times, giving rise to numerous wasp larvae (Olmi 2006). The wasp larvae feed inside the host nymph and once the treehopper reaches the last nymphal stage or the adult stage, the larvae devour all its tissues and emerge from the abdomen of the dead treehopper in order to spin a cocoon and pupate outside the host (like other Dryinidae, but unlike other treehopper parasitoids). There are at least ten species of *Crovettia* in the Neotropics, and in Costa Rica *C. plaumanniana* has been reported to parasitize *Umbonia ataliba* (Olmi 2006).

In North America, a pathogen of Membracidae has also been identified: the fungus *Erynia delphacis* (Zygomycetes: Entomophthoraceae) attacks several Hemiptera, among them *Spissistilus festinus*; as this is a treehopper of economic significance, the fungus has been studied as a potential biological control agent (Millar and Harper 1987) (Fig. 34).

Host plants

Treehoppers use several groups of herbaceous and woody plants as hosts, including both gymnosperms and angiosperms (none are known from ferns). The degree of host specialization varies considerably, including some species that are specialists or monophagous (which feed on a single genus of host plants) and other species that are generalists or polyphagous (which feed on several genera of host plants) (Ballou 1936; Dietrich and Deitz 1991; Wood 1993). Among the most specific are *Enchenopa binotata* (a complex of species; Wood 1980, 1982, 1992), *Cyrtolobus* and *Platycotis vittata*, all of which are restricted to the trees of the genus *Quercus* (Keese and Wood 1991; Quisenberry, Yonke and Kopp 1978) (Fig. 35a,b).

Generalist treehoppers may use plants belonging to several related genera or else several plants belonging to relatively distant families (Wood 1993). *Umbonia crassicornis* feeds on at least nine different genera of Fabaceae (Mead 1962; Wood 1984). There are others that are even more generalist, like *Bolbonota*, *Guayaquila* and *Calloconophora*, which feed on two or more families of plants (Ballou 1936; Wood 1984, 1993; Dietrich and Deitz 1991). If we define polyphagy as feeding on two or more genera of plants within the treehopper's geographic range, then the majority of the subsocial and gregarious species of Central and South America are polyphagous (Wood 1984; Dietrich and Deitz 1991). Moreover, host records for solitary species suggest a limited range of host plants (Wood 1984), but this may be the result of inadequate sampling (Wood 1993). Some subsocial genera, like *Metcalfiella* and *Umbonia*, seem to be more restricted in the use of hosts at higher elevations (Wood 1984, 1993; Masters 1989; McKamey and Deitz 1991).

Figura 34. Agrupación de *Antianthe expansa* atacada por un hongo entomófago, en *Witheringia* sp., Costa Rica.

Figure 34. Aggregation of *Antianthe expansa* attacked by an entomophagous fungus, on *Witheringia* sp., Costa Rica.

parecen estar más restringidos a la utilización de hospederos en elevaciones altas (Wood 1984, 1993; Masters 1989; McKamey & Deitz 1991).

El tipo de oviposición puede tener un efecto sobre el nivel de especialización en ciertas plantas hospederas (Wood 1984). Según Wood (1993), las hembras que ovipositan en la superficie de las hojas o tallos pueden utilizar un amplio rango de plantas hospederas, en contraste con aquellas que insertan los huevos en el tejido vegetal; parece que esto se debe a que la reacción de la planta a la herida causada por el ovipositor puede causar mortalidad en los huevos.

Queremos hacer notar que la información de la lista de hospederos presentada en este libro (Apéndice 2) proviene tanto de la literatura como de nuestras observaciones. Algunos registros deben ser verificados, debido a que la literatura a veces contiene identificaciones erróneas del insecto o de la planta, o bien no se hace la distinción entre un verdadero hospedero (donde el membrácido coloca los huevos) y uno fortuito (observación ocasional de adultos sobre la planta).

Figura 35a. Ninfas de *Antianthe* sp. alimentándose de una solanácea, Costa Rica.
Figure 35a. Nymphs of *Antianthe* sp. feeding on a Solanaceae plant, Costa Rica.

The type of oviposition may affect the level of specialization on certain host plants (Wood 1984). According to Wood (1993), females that oviposit on the surface of leaves or stems utilize a broad range of host plants, in contrast to those that insert the eggs into plant tissue; apparently, this is due to the reaction of the plant to the injury caused by the ovipositor, which can cause egg mortality. It should be noted that the list of hosts provided here (under each genus and in Annex 2) is derived from both our own observations and from the literature. Many of the latter require verification since the literature sometimes repeats records based on misidentifications (of the treehopper or the plant) and does not always distinguish between true host plants (where the treehopper lays its eggs) and incidental host plants (the occasional observation of adults on the plant).

Economic importance

In general, few treehoppers cause significant damage to their host plant. However, some genera are considered minor pests, at least one species is a virus vector, and one treehopper was used for the biological control of a weed. The amount of sap consumed by treehoppers is generally of little significance (Funkhouser 1951), but the damage caused by insertions of the stylet or ovipositor can be significant. This author believes that when the eggs are inserted deeply into a small developing fruit it can become deformed, causing losses in the harvest. For example, *Amastris* causes damage to cacao plantations by feeding on flowers and young fruits (Lara and Shenefelt 1961; Saunders 1981). In contrast, the damage is not so serious when treehopper eggs are laid on developed fruits or in young leaves.

Figura 35b. Agrupación de ninfas de *Ennya chrysura* alimentándose de tomate de palo (*Solanum betaceum*), Costa Rica.

Figure 35b. Nymph aggregation of *Ennya chrysura* feeding on a tree tomato (*Solanum betaceum*), Costa Rica.

Importancia económica

En general, son pocos los insectos de la familia Membracidae que causan daños importantes para la planta hospedera. Sin embargo, varios géneros se consideran plagas menores, al menos una especie es vectora de virus y existe un caso en el que se usaron en el control biológico de una planta. La cantidad de savia consumida por el membrácido es generalmente poco significativa (Funkhouser 1951), pero el daño causado por las inserciones del estilete o el ovipositor puede ser importante. Este mismo autor considera que cuando los huevos son insertados profundamente en un fruto pequeño que se está desarrollando, éste puede llegar a deformarse, causando pérdidas en la cosecha. *Amastris* es uno de los géneros que se alimentan de flores y frutos, causando daños en plantaciones de cacao (Lara & Shenefelt 1961; Saunders 1981). En contraste, el daño no es tan serio cuando los membrácidos colocan los huevos en frutos ya bien desarrollados o en brotes de hojas.

La tribu Ceresini tiene cierta importancia económica, especialmente géneros como *Spissistilus* que causan hinchamientos en el tallo para facilitar su alimentación (Bailey *et al.* 1970; Mitchell & Newsom 1984; Andersen *et al.* 2002). Ciertas especies de *Ceresa* también pueden causar daños serios en la agricultura; el principal de ellos lo produce la oviposición en los tallos jóvenes y ramitas, ya que deja cicatrices que pueden persistir por algunos años (Marino de Remes 1973). Si las cortaduras se hacen en tallos anuales jóvenes y suaves, especialmente cuando son cercanas entre sí, los resultados son serios. Las cicatrices también facilitan la infección de hongos y la entrada de otros insectos que dañan la planta (Funkhouser 1951; Herzog *et al.* 1975). Estos dos géneros y *Stictocephala* son Ceresini que se han reportado como

The tribe Ceresini has some economic importance, especially genera that cause swelling of the stems on which they feed, such as *Spissistilus* (Bailey *et al.* 1970; Mitchell and Newsom 1984; Andersen *et al.* 2002). Certain species of *Ceresa* can also cause serious damage in agriculture, mainly by oviposition in young stems and twigs, which produce scars that can persist for some years (Marino de Remes 1973). If cuts are made in the young, soft stems of annuals, especially when the cuts are close to each other, the effects are serious. Scars also facilitate fungal infections and penetration by other insects that damage the plant (Funkhouser 1951; Herzog *et al.* 1975). These two genera, along with *Stictocephala,* are Ceresini that have been reported as pests, mainly in soybean and alfalfa fields in North America (Osborn 1911; Meisch and Randolph 1965; Bailey 1975).

The genus *Micrutalis* is the only treehopper known as a virus vector; *M. malleifera* transmits the virus known as "pseudo-curly top", a disease that affects tomatoes (*Lycopersicum esculentum*) in some parts of North America (Mead 1986). Some studies have been carried out on the symptoms and epidemiology of the virus, as well as on its transmission by the vector and the life cycle of the insect (Simons and Coe 1958; Simons 1962, 1980).

In the Neotropics, various genera of Membracidae have been reported as pests. *Aconophora, Antianthe, Amastris, Bolbonota, Ceresa, Cladonota, Cyphonia, Enchenopa, Ennya, Entylia, Horiola, Membracis, Metcalfiella, Spissistilus, Tylopelta, Umbonia, Vanduzea* and *Vestistilus* are genera that are considered occasional pests (Lara and Shenefelt 1961; Saunders 1981; Saunders *et al.* 1983, 1998; Dietrich and Deitz 1991; Gallego and Vélez 1992; Couturier and González 1995; Granadino and Cave 1997; Sánchez 2000; Picanço *et al.* 2003; Coto and Saunders 2004) (Figs. 10, 34a,b). These genera feed on crops of variable economic importance (Annex 2).

Some species of *Umbonia,* as well as *Metcalfiella monogramma,* are used as food in Mexico (Conconi 1982) and the latter has even been subjected to analyses to assess its food value (Conconi *et al.* 1983). In Amazonia. *Umbonia spinosa* is used as a food resource (De Foliart 2003).

Treehoppers have been used for biological control of weeds. Even though *Aconophora* has occasionally been reported as a minor pest of soursop, coffee and papaya, it is the only genus of the family that has been used for biological control. In 1995 it was introduced in Australia to control *Lantana camara* (Palmer *et al.* 1996) and it was considered a potential candidate to control the same plant in South Africa (Heystek and Baars 2004). However, since it also damages plants of the genus *Lippia* that are native to South Africa - and even reproduces better on these plants - the possibility of introducing *Aconophora* as a biological control agent was rejected (Heystek and Baars 2004).

plagas, sobre todo en plantaciones de soya y alfalfa en Norteamérica (Osborn 1911; Meisch & Randolph 1965; Bailey 1975).

El género *Micrutalis* es el único conocido como vector de virus; *M. malleifera* transmite el virus conocido en inglés como *"pseudo-curly top"* o "seudoencrespamiento", una enfermedad que ataca al tomate (*Lycopersicum esculentum*) en algunas partes de Norteamérica (Mead 1986). Se han hecho algunos estudios sobre la sintomatología y epidemiología del virus, su transmisión por el vector y el ciclo de vida del insecto (Simons & Coe 1958; Simons 1962, 1980).

En el Neotrópico, son varios los géneros de Membracidae que se han registrado como plagas. *Aconophora, Antianthe, Amastris, Bolbonota, Ceresa, Cladonota, Cyphonia, Enchenopa, Ennya, Entylia, Horiola, Membracis, Metcalfiella, Spissistilus, Tylopelta, Umbonia, Vanduzea* y *Vestistilus* son géneros registrados como plagas ocasionales (Lara & Shenefelt 1961; Saunders 1981; Saunders *et al.* 1983, 1998; Dietrich & Deitz 1991; Gallego & Vélez 1992; Couturier & González 1995; Granadino & Cave 1997; Sánchez 2000; Picanço *et al.* 2003; Coto & Saunders 2004) (Figs. 10; 34a,b). Estos géneros se alimentan de cultivos de importancia económica variable (Apéndice 2).

Algunas especies de *Umbonia* se utilizan como alimento en México, así como *Metcalfiella monogramma* (Conconi 1982) e incluso de esta última se hicieron análisis para conocer su valor nutritivo (Conconi *et al.* 1983). En la Amazonia se utiliza *Umbonia spinosa* como recurso alimentario (De Foliart 2003).

La familia Membracidae se ha utilizado muy poco en el control biológico de plantas. A pesar de que *Aconophora* se ha registrado ocasionalmente como plaga menor en guanábana, café y papaya, es el único género de la familia usado como controlador biológico. En 1995 fue introducido en Australia para controlar *Lantana camara* (Palmer *et al.* 1996) y se consideró un potencial candidato para controlar esta misma planta en Sudáfrica (Heystek & Baars 2004). Sin embargo, como también dañaba plantas nativas de Sudáfrica del género *Lippia*, e incluso se reproducía mejor en ellas, se rechazó la posibilidad de introducir *Aconophora* como controlador biológico (Heystek & Baars 2004).

Clave ilustrada de géneros según la forma del pronoto

Illustrated key of genera according to the shape of the pronotum

(Entre paréntesis se indica la página / *Page number is given in parenthesis*)

Grupo 1: Pronoto sin cuernos.

Group 1: *Pronotum without horns.*

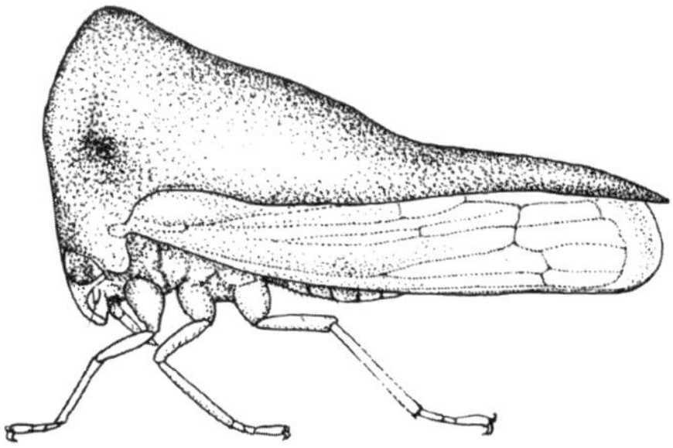

Hyphinoe (136)

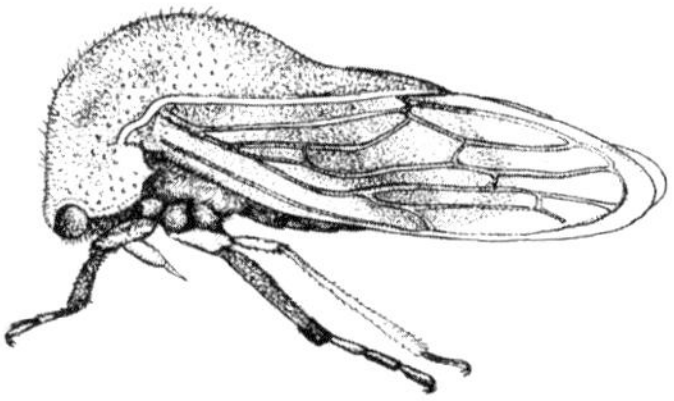

Centriculus (114)
Metcalfiella (169)
Ochropepla (174)
Procyrta (142)

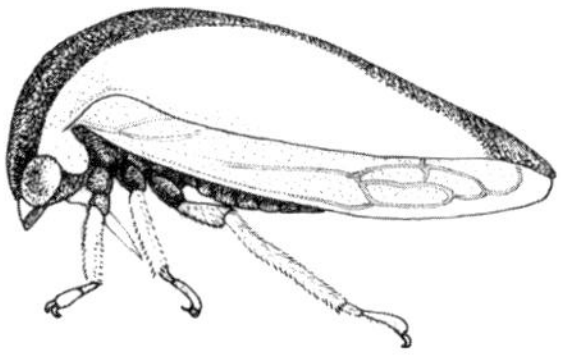

Darnis (124)
Hebetica (126)
Hebeticoides (127)
Ochrolomia (129)
Stictopelta (130)

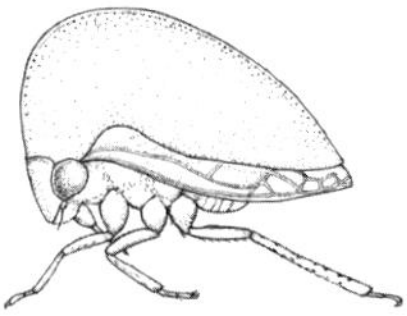

Amastris (224)

Chelyoidea (288)

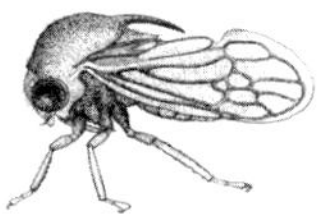

Brachybelus (110)
Centriculus (114)
Ischnocentrus (116)

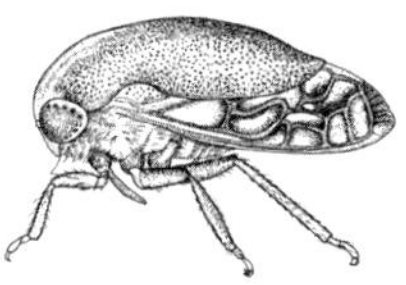

Vanduzea (231)

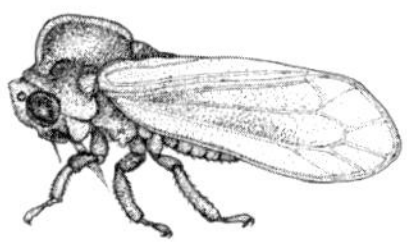

Endoiastus (144)

Bolbonota (197)

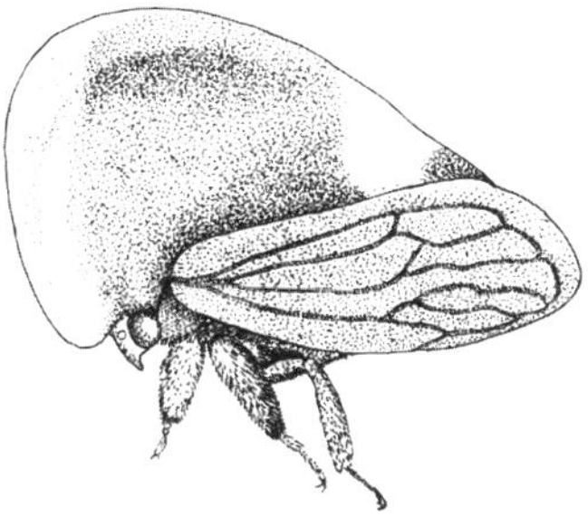

Membracis (212)

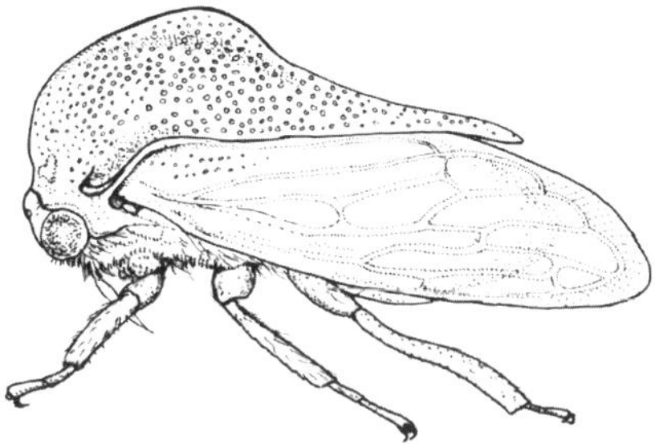

Calloconophora (159)
Platycotis (176)

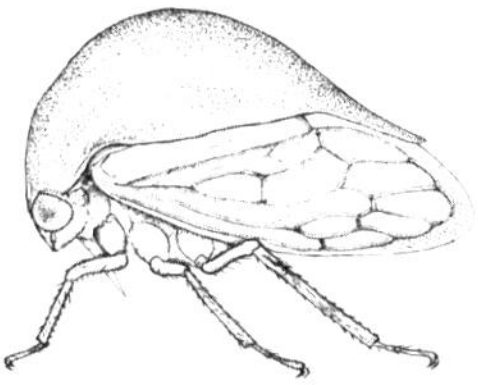

Cymbomorpha (118)

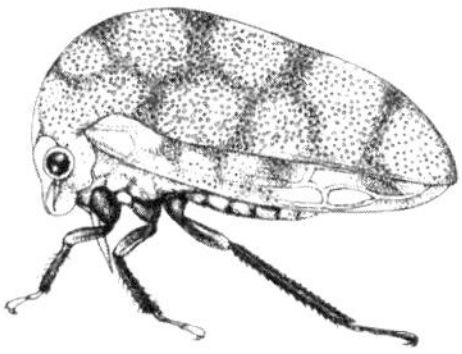

Adippe (258)
Cyrtolobus (284)

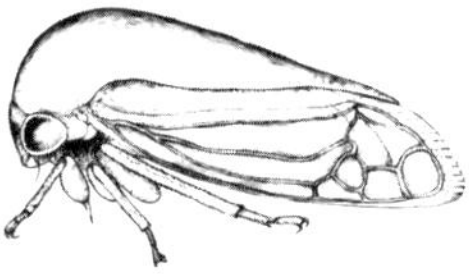

Acutalis (220)
Micrutalis (254)

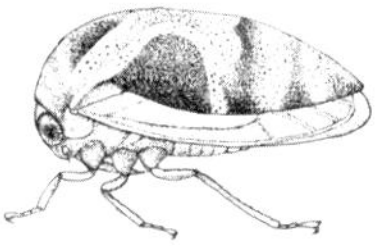

Horiola (290)
Tragopa (292)

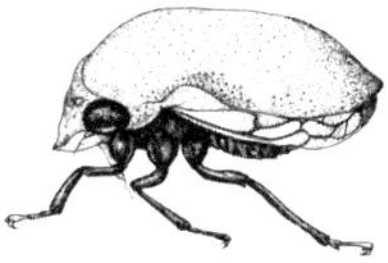

Harmonides (226)
Tynelia (230)

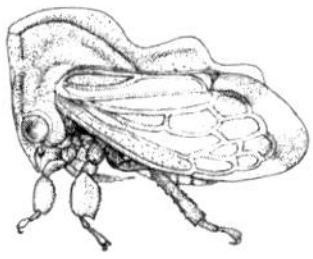

Erechtia (208)
Leioscyta (210)
Tylopelta (216)

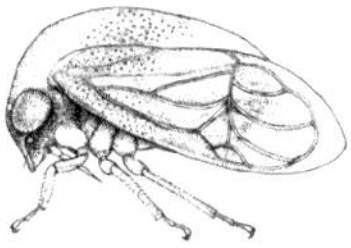

Rhexia (154)
Dysyncritus (148)

Grupo 2: Pronoto con una proyección o cuerno anterior, generalmente dirigido hacia adelante.

***Group 2**: Pronotum with anterior projection or horn, generally extending forward.*

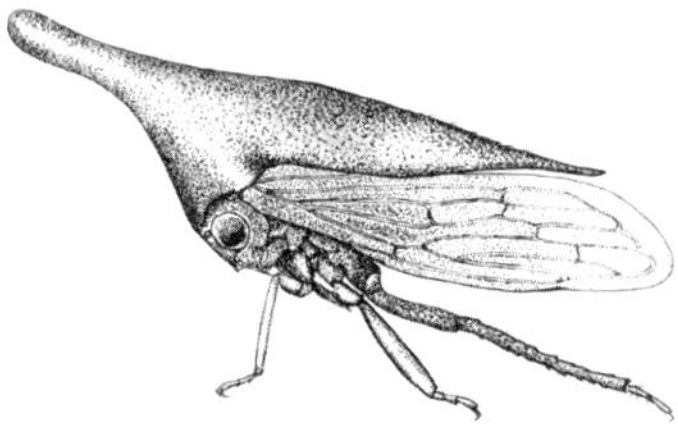

Aconophora (156)
Calloconophora (159)
Guayaquila (162)
Platycotis (176)

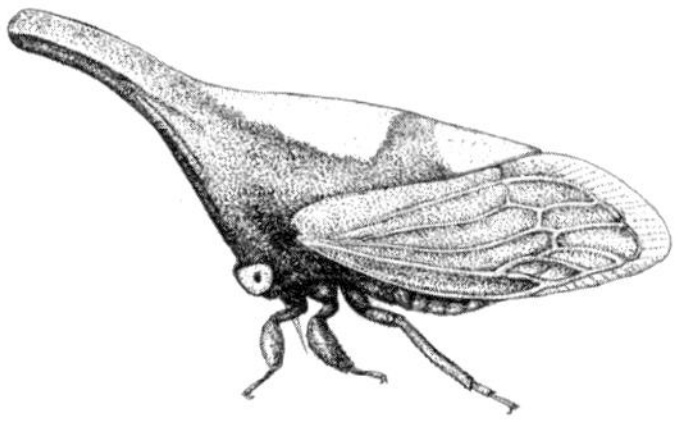

Campylenchia (200)
Enchenopa (202)
Enchophyllum (206)

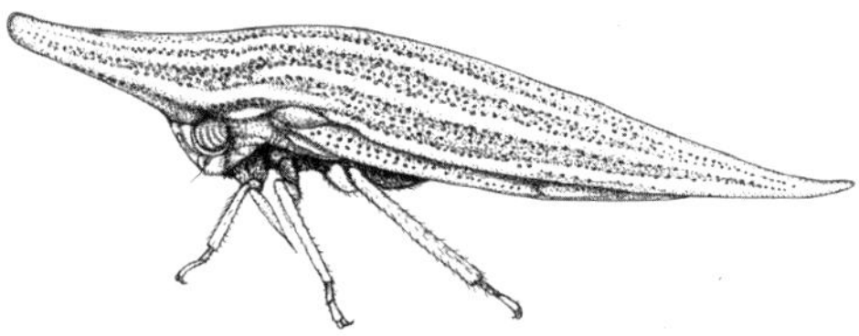

Polyglypta (273)
Polyglyptodes (278)

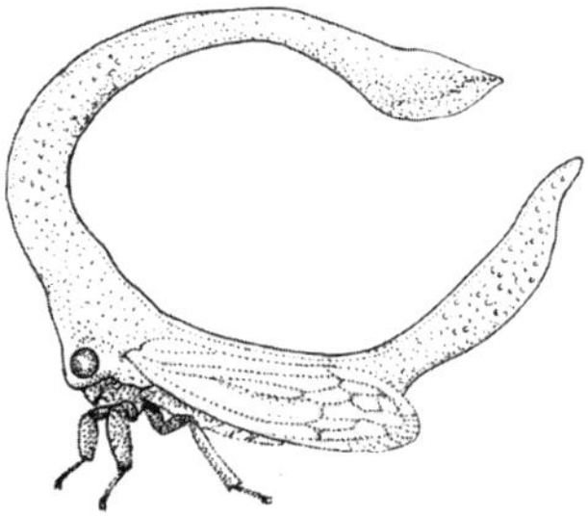

Cladonota (188)

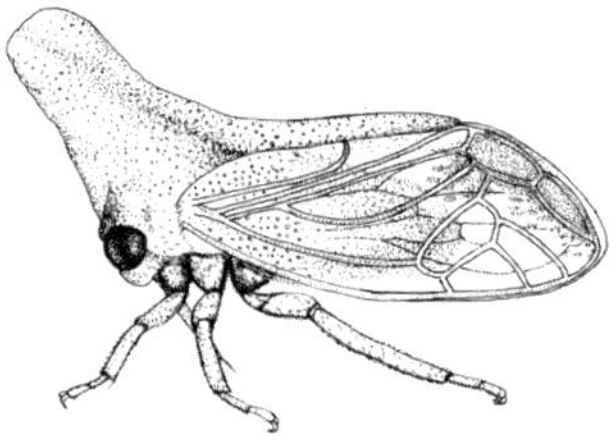

Hypsoprora (192)
Lycoderes (300)
Philya (196)
Stegaspis (306)

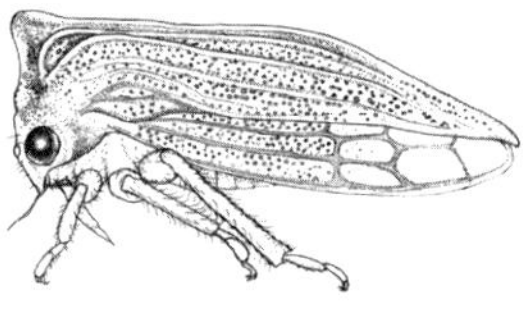

Metheisa (270)

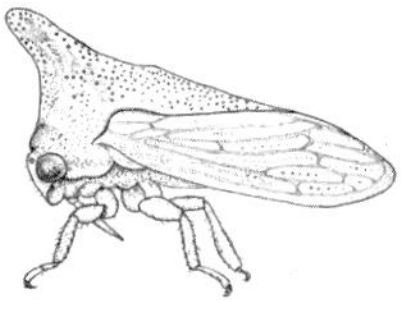

Potnia (179)

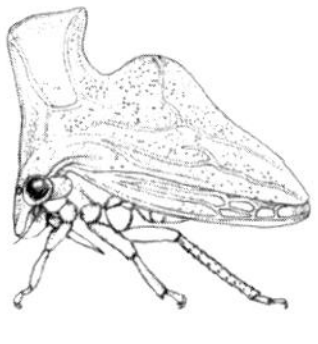

Entylia (266)

Grupo 3: Pronoto con un cuerno dorsal, generalmente dirigido hacia arriba.

Group 3: *Pronotum with dorsal horn, generally extending upward.*

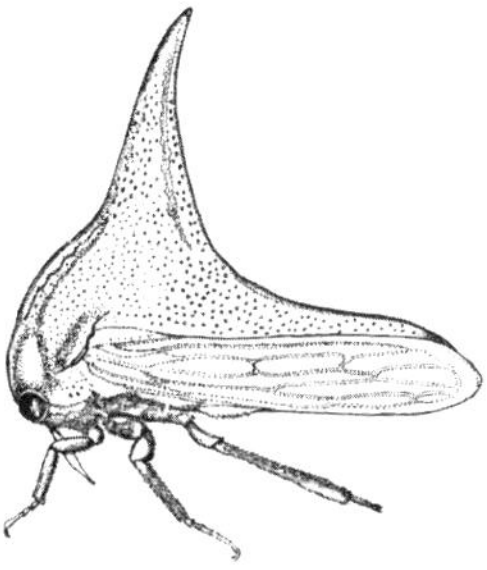

Umbonia (182)

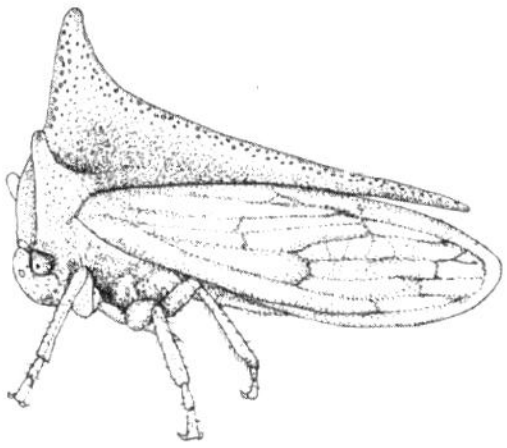

Alchisme (166)

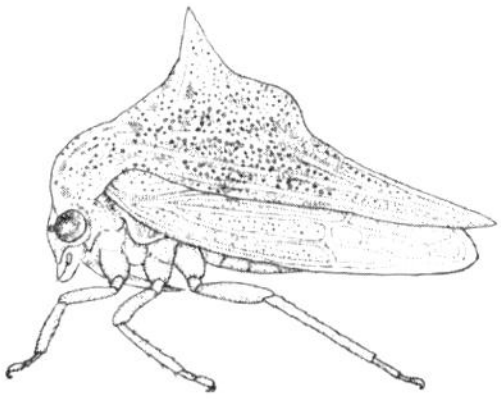

Ennya (262)
Hemikyptha (134)
Telamona (286)

Grupo 4: Pronoto con cuernos o proyecciones laterales.

Group 4: *Pronotum with lateral horns or projections.*

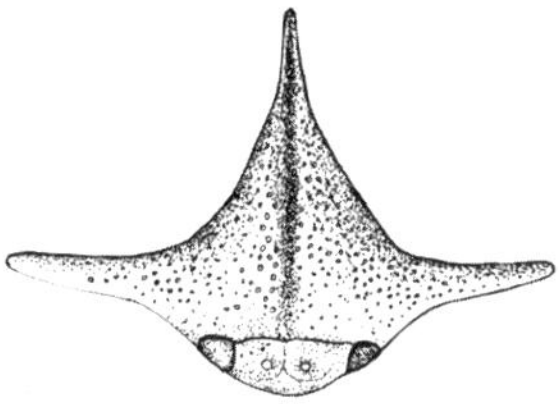

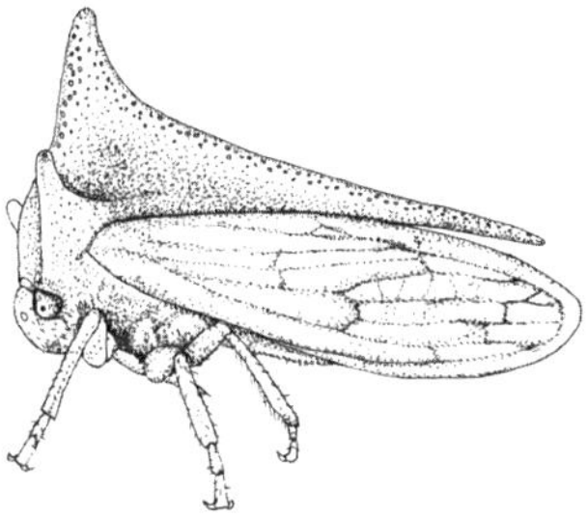

Hyphinoe (136)
Hemikyptha (134)

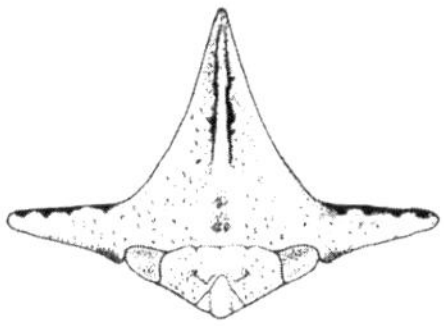

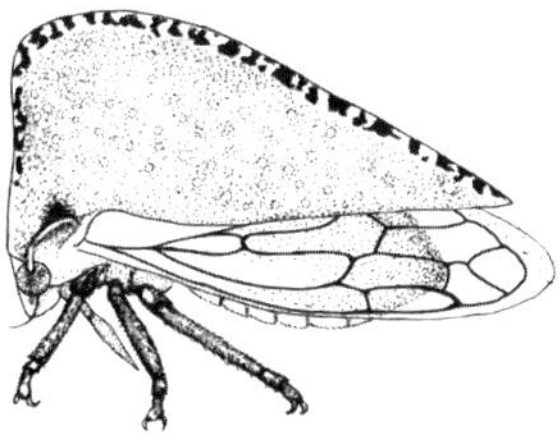

Antianthe (280)

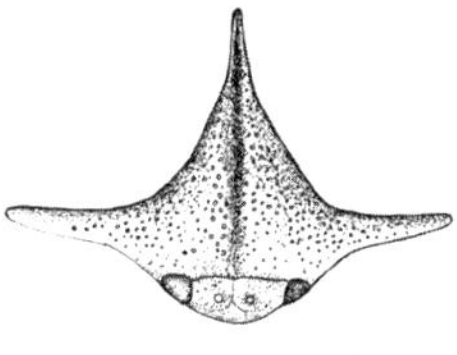

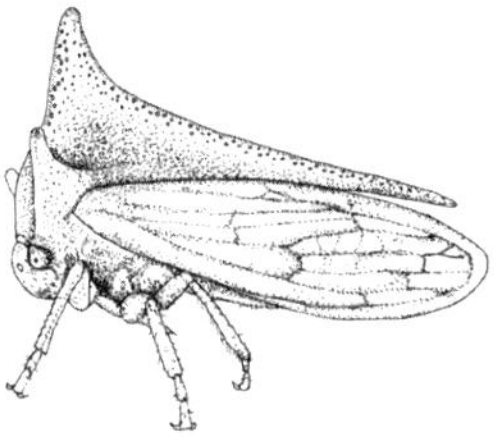

Alchisme (166)

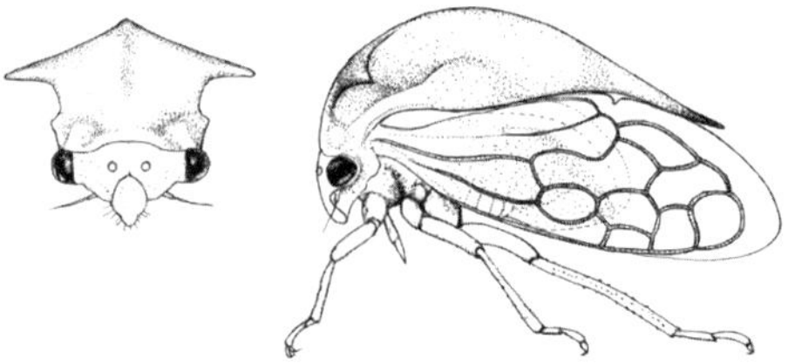

Ceresa (238)
Spissistilus (244)
Stictocephala (247)
Stictolobus (250)
Tomogonia (140)
Vestistilus (252)

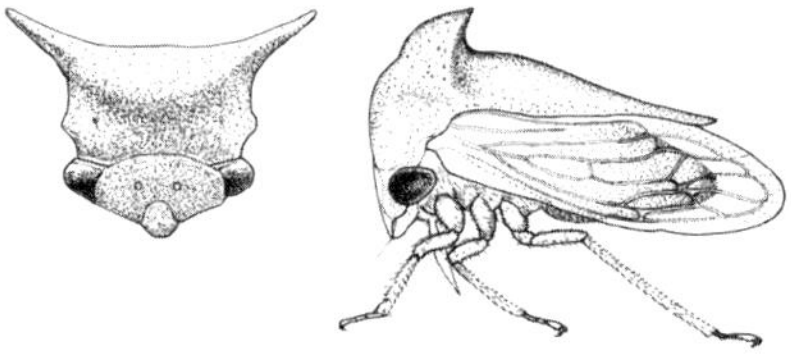

Sundarion (132)

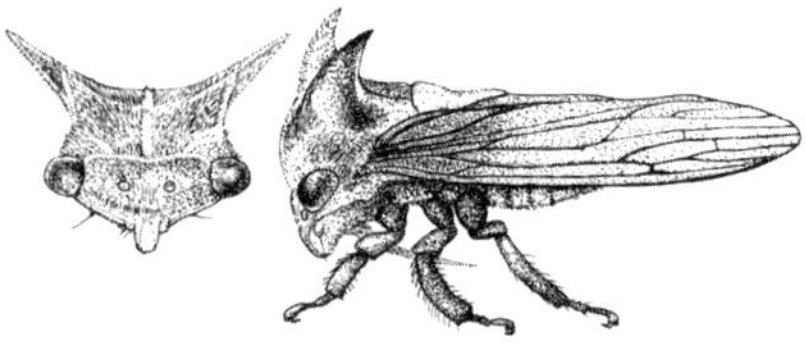

Tolania (218)

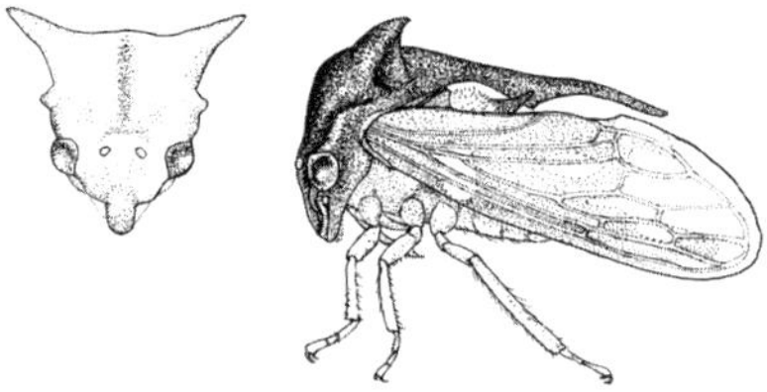

Campylocentrus (112)
Centruchoides (294)
Microcentrus (296)

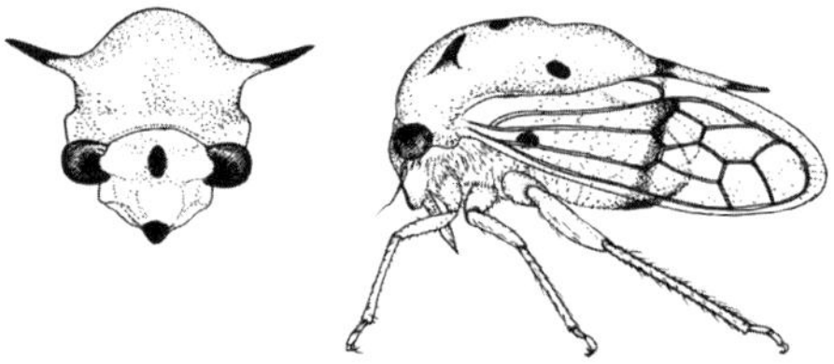

Antonae (236)

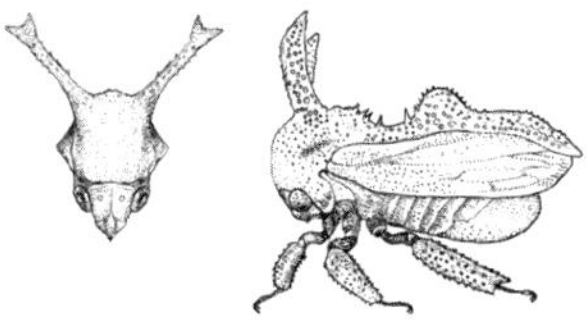

Notocera (193)

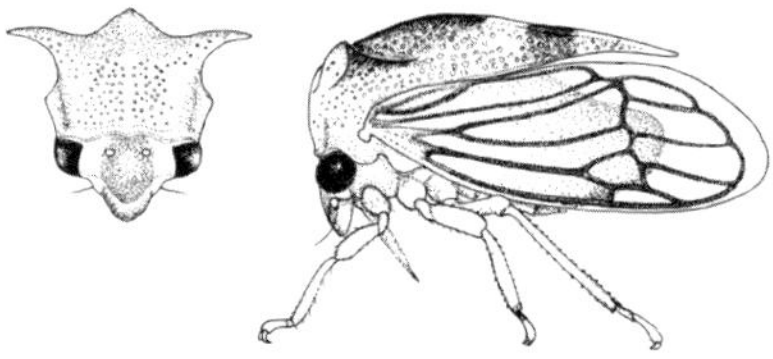

Nassunia (152)

Grupo 5: Pronoto con ornamentaciones irregulares extendidas hacia arriba, tubérculos o protuberancias dorsales.

Group 5: *Pronotum with irregular ornamentation extending upward, or with dorsal tubercles or protuberances.*

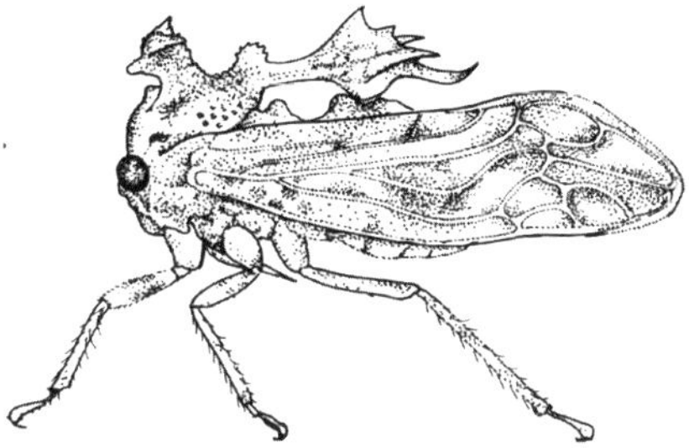

Smerdalea (304)

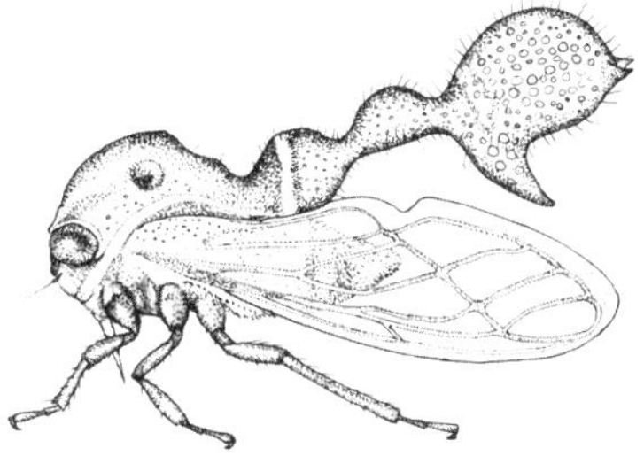

Heteronotus (150)

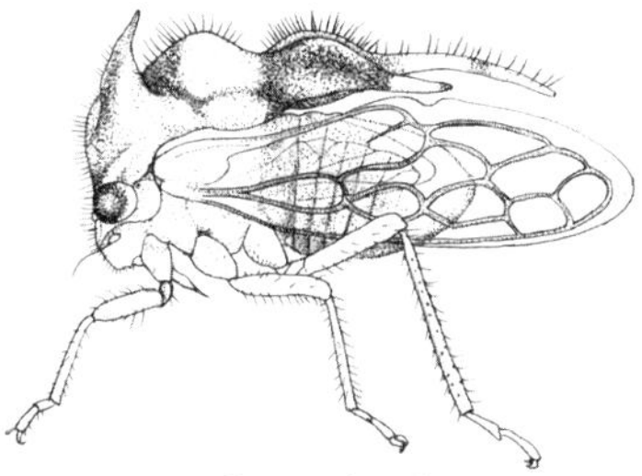

Poppea (242)

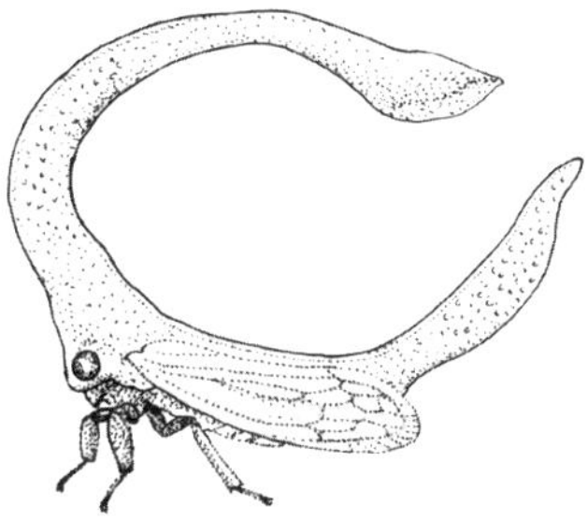

Cladonota (188)

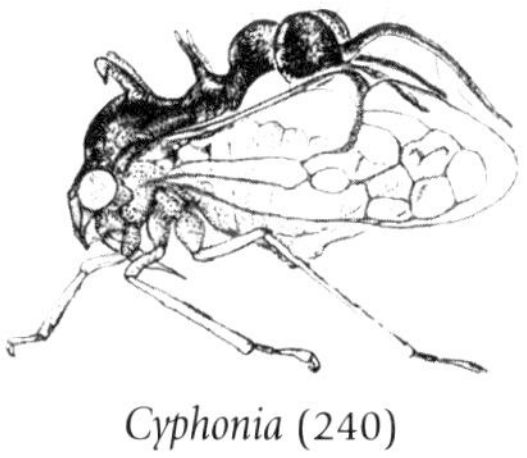

Cyphonia (240)

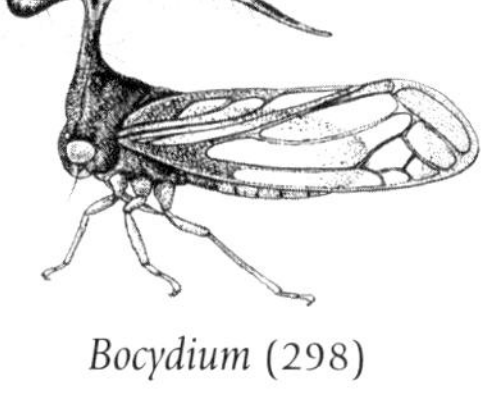

Bocydium (298)

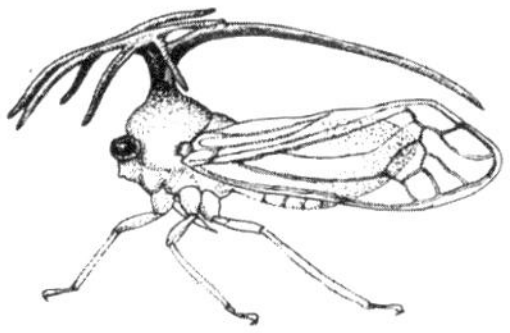

Stylocentrus (308)
Umbelligerus (310)

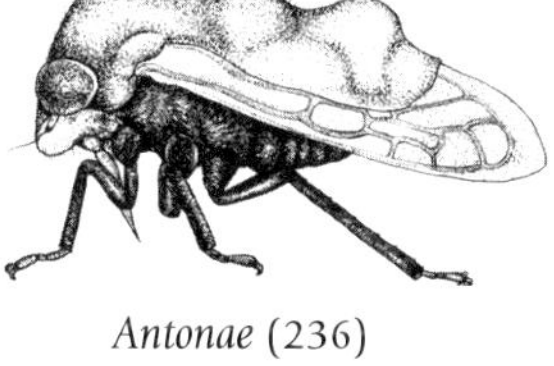

Antonae (236)
Lallemandia (228)

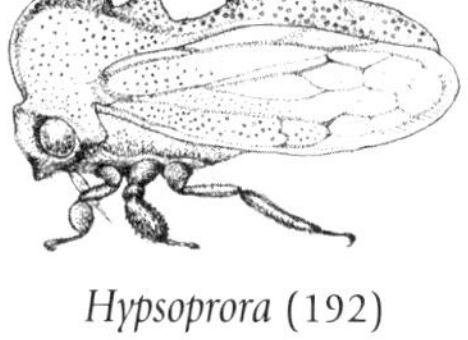

Hypsoprora (192)
Notocera (193)

Grupo 6: Pronoto que no cubre totalmente el escutelo.

Group 6: *Pronotum not totally covering scutellum.*

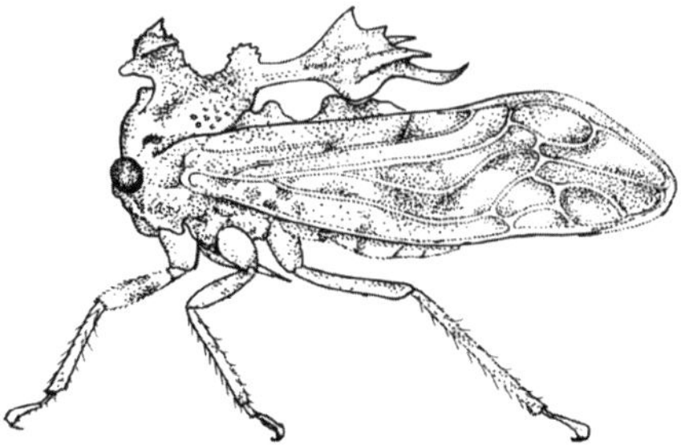

Smerdalea (304)

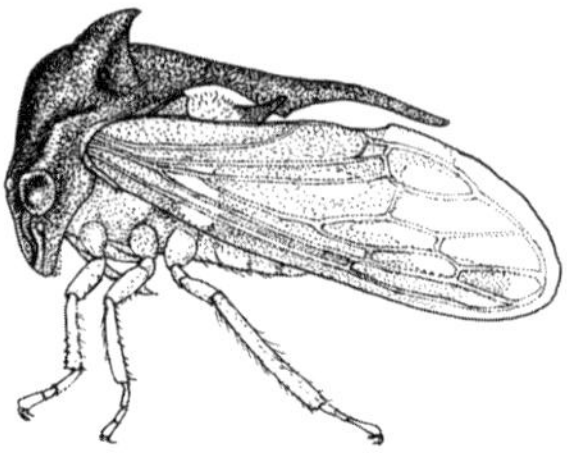

Campylocentrus (112)
Centruchoides (294)

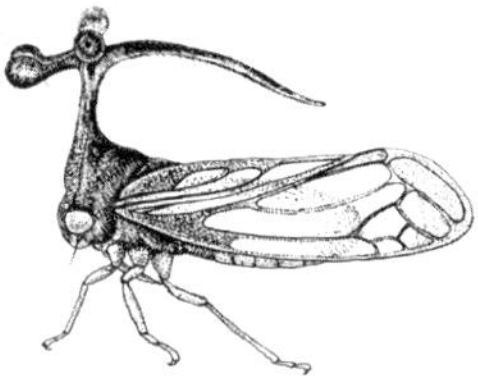

Bocydium (298)

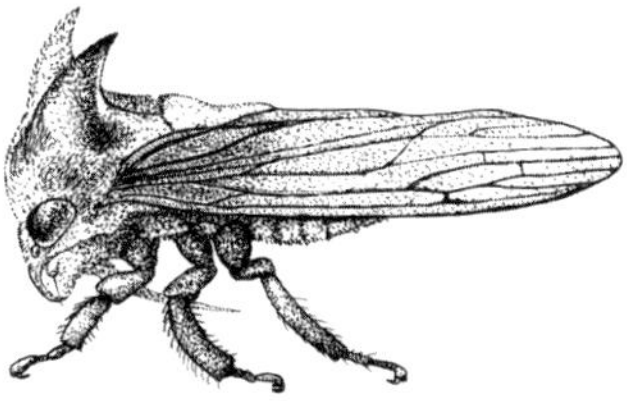

Microcentrus (296)
Tolania (218)

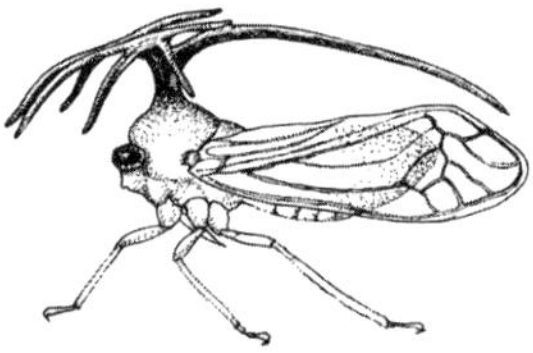

Stylocentrus (308)
Umbelligerus (310)

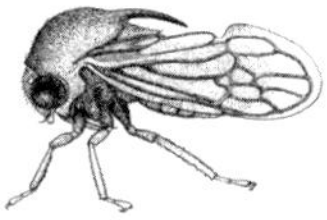

Brachybelus (110)
Centriculus (114)
Ischnocentrus (116)

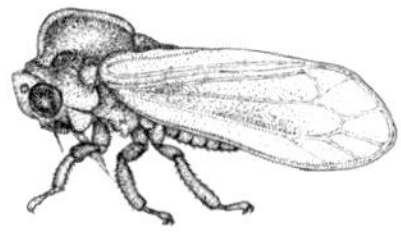

Endoiastus (144)

Grupo 7: Pronoto de aspecto inflado.

***Group 7**: Pronotum inflated.*

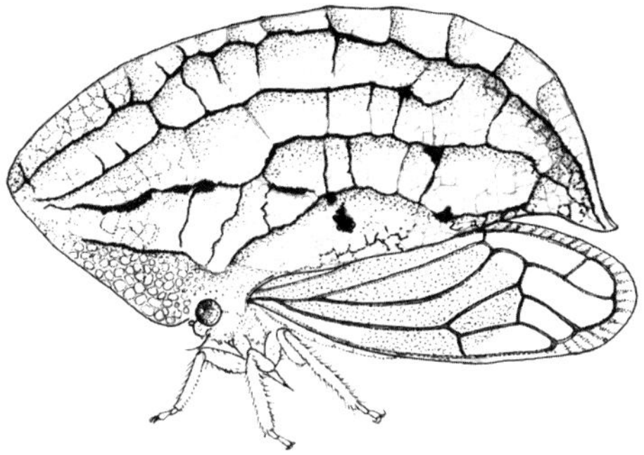

Oeda (302)

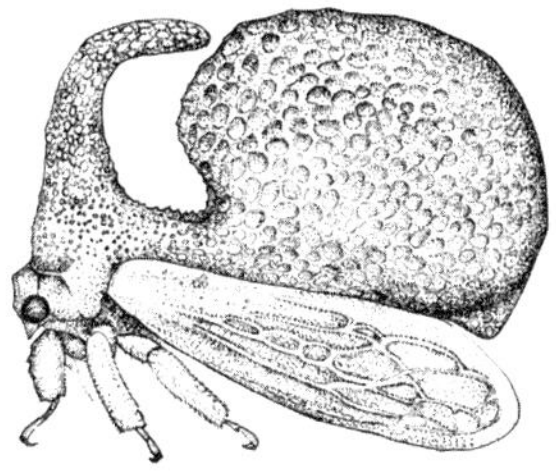

Cladonota (188)

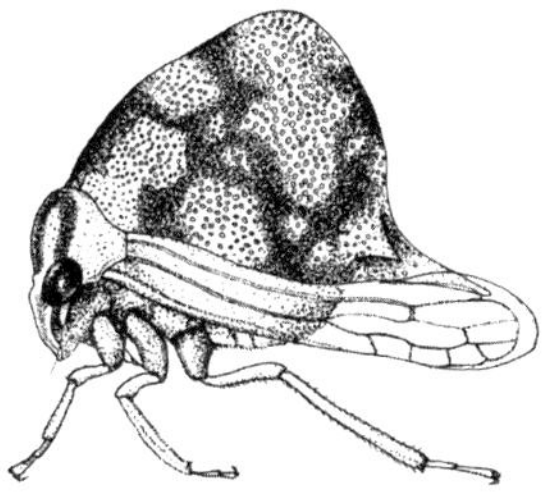

Anchistrotus (146)

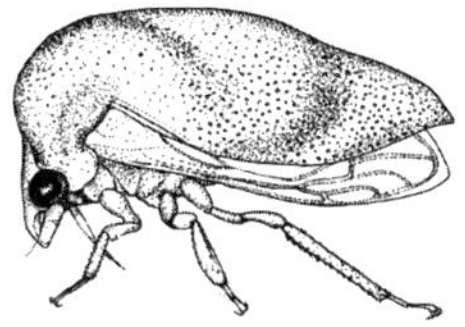

Aspona (120)
Cyphotes (122)

Key to subfamilies and tribes of Neotropical Membracidae

Modified from Dietrich *et al.* 2001.

1. Head in anterior view with width less than distance between humeral angles of pronotum; pronotum projected over scutellum or, if not, then forewing either with two or fewer r-m crossveins present, or vein R with 3 or fewer branches, or with both conditions 2
- Head in anterior view wider than pronotal width across humeri; pronotum not projected over scutellum (Figs. 36a,b); vein R of forewing with four or more branches. (Fig. 36c) **(Nicomiinae)** .... **Tolaniini**

2(1). Forewing clavus acuminate (Fig. 36c), apical limbus narrow............ 3
- Forewing clavus truncate apically, or if acuminate then apical limbus broad.. 5

3(2). Scutellum entirely exposed, acuminate, with median longitudinal keel posteriorly (Fig. 37); hindwing marginal vein reduced or absent **(Endoiatinae)**..**Endoiastini**
- Scutellum entirely exposed or only exposed laterally (Figs. 38a,b) (except in some *Lycoderes*), emarginate, rounded or with median longitudinal groove posteriorly, or if acuminate then without median keel; hind wing marginal vein well developed **(Stegaspidinae)**......................... 4

4(3). Forewing with two r-m crossveins (Fig. 39a) ....**Microcentrini**
- Forewing with one r-m crossvein(Fig. 39b)................. **Stegaspidini**

5(2). Abdominal terga conspicuously pitted, with marginal seta extended over each pit **(Centrotinae)** 6
- Abdominal terga not pitted, or if pits present, lacking marginal setae........ 7

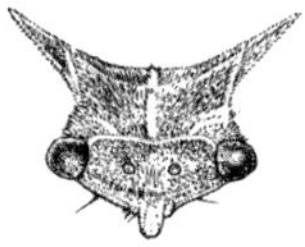

Figura / *Figure* 36a

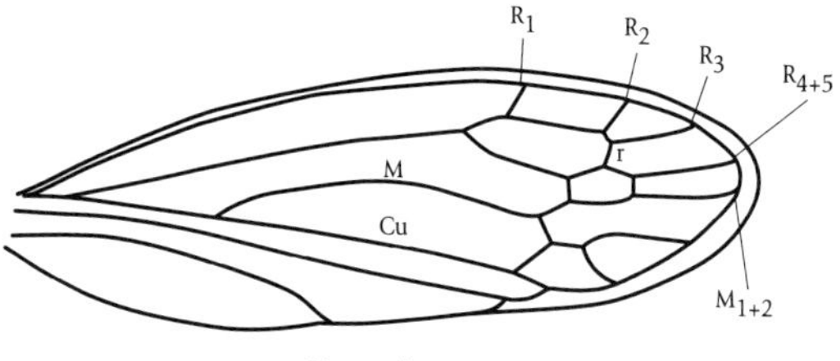

Figura / *Figure* 36c

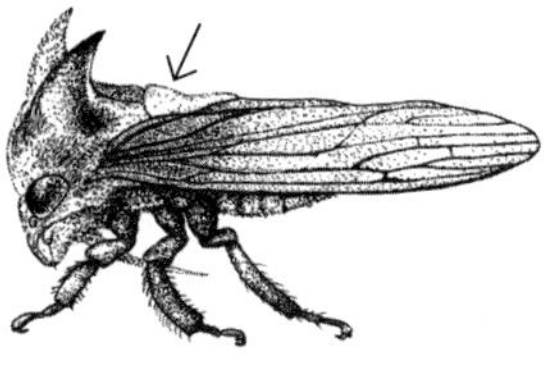

Figura / *Figure* 36b

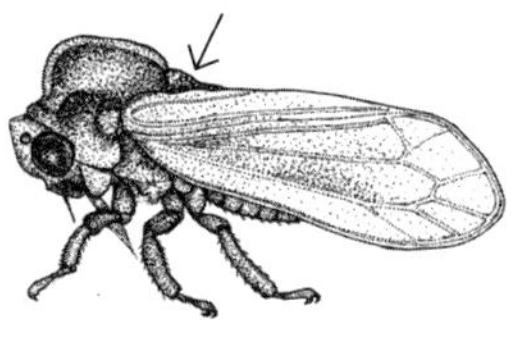

Figura / *Figure* 37

Clave de las subfamilias y tribus comunes neotropicales de Membracidae

Modificado de Dietrich *et al.* 2001.

1. La cabeza en vista frontal es más angosta que la distancia entre los ángulos humerales; el pronoto se proyecta sobre el escutelo, si no es así, el ala anterior tiene dos venas transversales r-m, o la vena R tiene 3 ó pocas ramas, o con ambas condiciones 2

\- La cabeza en vista frontal es más ancha que los ángulos humerales; el pronoto no se proyecta sobre el escutelo (Figs. 36a,b); ala anterior con la vena R con 4 ó más ramificaciones (Fig. 36c) **(Nicomiinae)** ... **Tolaniini**

2(1). Ala anterior con el clavus acuminado, el limbo apical angosto (Fig. 36c) 3

\- Ala anterior con el clavus truncado apicalmente, si es acuminado el limbo apical es ancho... 5

3(2). Escutelo expuesto totalmente, acuminado, con una quilla posterior medianamente longitudinal (Fig. 37); ala posterior con las venas marginales reducidas o ausentes **(Endoiatinae)** .... **Endoiastini**

\- Escutelo expuesto totalmente o a los lados (Figs. 38a,b) (excepto en algunos *Lycoderes*), hendido, redondeado o con una muesca longitudinal media posterior; si es acuminado, no presenta quilla media; ala posterior con venas marginales bien desarrolladas **(Stegaspidinae)**...............4

4(3). Ala anterior con dos venas transversales r-m (Fig. 39a) .... **Microcentrini**

\- Ala anterior con una vena transversal r-m (Fig. 39b)........ **Stegaspidini**

5(2). Tergitos abdominales punteados con pelos marginales extendidos sobre cada concavidad **(Centrotinae)**... 6

\- Tergitos abdominales no punteados, si hay punteados no tienen pelos... 7

Figura / *Figure* 38a

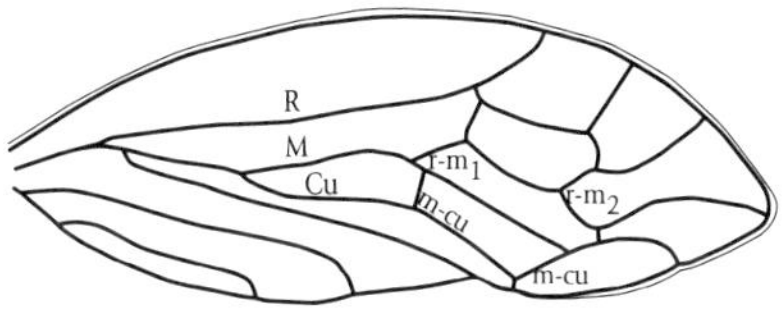

Figura / *Figure* 39a

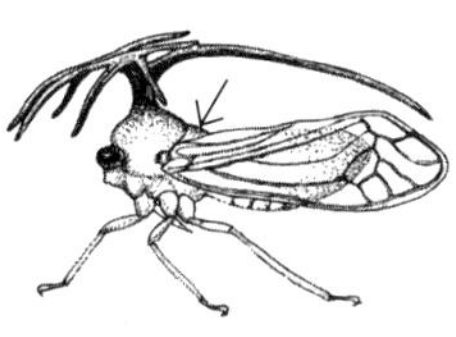

Figura / *Figure* 38b

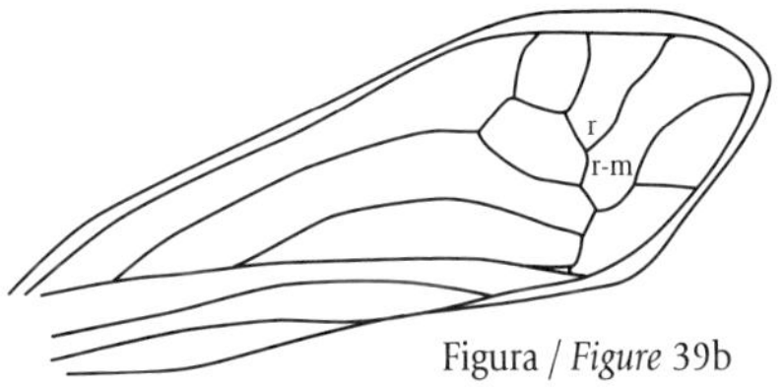

Figura / *Figure* 39b

6 (5). Posterior pronotal process absent or greatly reduced, elevated above scutellum, and spinelike (Fig. 40) .... **Abelini**

– Posterior pronotal process better developed, close to scutellum; scutellum exposed laterally or entirely (Fig. 41) .... **Boocerini**

7 (6). Posterior tibia without cucullate setal row III, or if present (some Aconophorini and some *Leioscyta* in Membracini) then with cucullate setae much smaller than those of rows I and II; forewing with two m-cu crossveins (Fig. 42) **(Membracinae)**.................................. 8

– Posterior tibia with cucullate setal row III well developed, setae about as large as those on rows I and II, or if row III absent or much reduced (some *Dysyncritus* in Heterotinae), then forewing with only one m-cu crossvein 11

8 (7). Posterior tibia clavate and tarsus distinctly shorter than anterior leg .... **Hoplophorionini**

– Posterior tibia not clavate, or, if slightly expanded apically, then tarsus nearly equal in length to that of anterior leg 9

9 (8). Forewing vein R initially divided into R_1 and Rs (Fig. 42)...... **Membracini**

– Forewing vein R initially divided into R_{1+2+3} and R_{4+5} (Fig. 43) 10

10 (9). Forewing clavus truncate apically (Fig. 44); abdominal terga without pits .... **Aconophorini**

– Forewing clavus acuminate; abdominal terga coarsely pitted (Fig. 43) .... **Hypsoprorini**

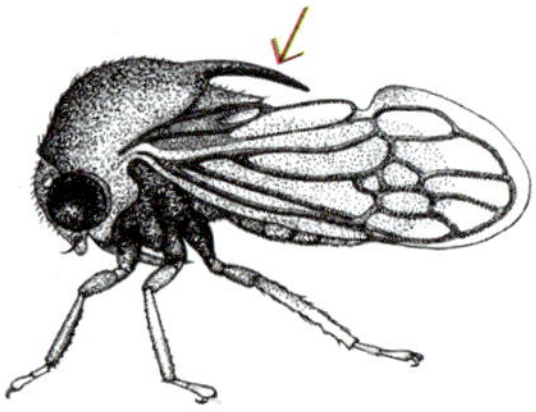

Figura / *Figure* 40

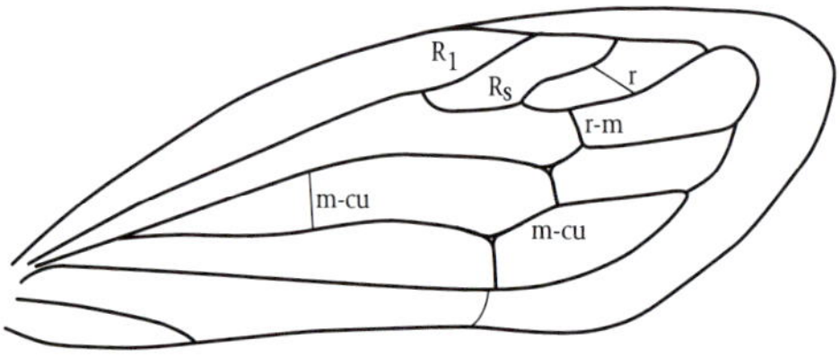

Figura / *Figure* 42

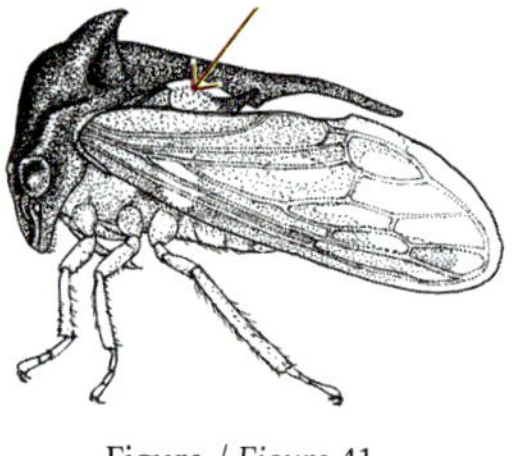

Figura / *Figure* 41

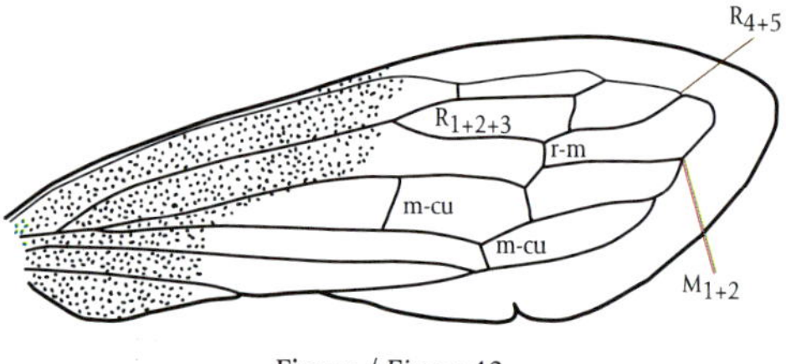

Figura / *Figure* 43

6(5). Proceso posterior del pronoto ausente, si está presente es reducido considerablemente en forma de espina, elevada sobre el escutelo (Fig. 40) .... **Abelini**

- Proceso posterior del pronoto mejor desarrollado, cercano al escutelo; escutelo expuesto enteramente o a los lados (Fig. 41) .... **Boocerini**

7 (6). Tibia posterior sin la fila III de pelos gruesos, si están presentes (en algunos Aconophorini y algunos *Leioscyta* Membracini) con pelos gruesos mucho más pequeños que las filas I y II; ala anterior con 2 venas m-cu transversales (Fig. 42) **(Membracinae)** 8

– Tibia posterior con la fila III de pelos gruesos bien desarrollados, pelos casi tan largos como las filas I y II; si la fila III está ausente o es muy reducida (algunos *Dysyncritus* de Heterotinae), entonces las alas anteriores con solo 1 vena m-cu transversal 11

8 (7). Tibias posteriores ensanchadas gradualmente y los tarsos más cortos que las patas anteriores.................................. **Hoplophorionini**

– Tibias posteriores no ensanchadas gradualmente; si están ligeramente expandidas apicalmente, los tarsos posteriores son casi iguales en longitud que las patas anteriores 9

9 (8). Ala anterior con vena R inicialmente dividida en R_1 y Rs (Fig. 42)........ .... **Membracini**

– Ala anterior con vena R inicialmente dividida en R_{1+2+3} y R_{4+5} (Fig. 43) ... .10

10(9). Clavus del ala anterior truncado apicalmente (Fig. 44); tergito abdominal sin punteado.. **Aconophorini**

– Clavus del ala anterior acuminado (Fig. 43); tergito abdominal ásperamente punteado.................................... **Hypsoprorini**

11(7). Ala anterior con las venas R_{4+5} y M_{1+2} confluentes antes de llegar al ápice (Figs. 45a,b) **(Smiliinae)** 17

– Ala anterior con venas R_{4+5} y M_{1+2} no confluentes, conectadas por un simple punto 12

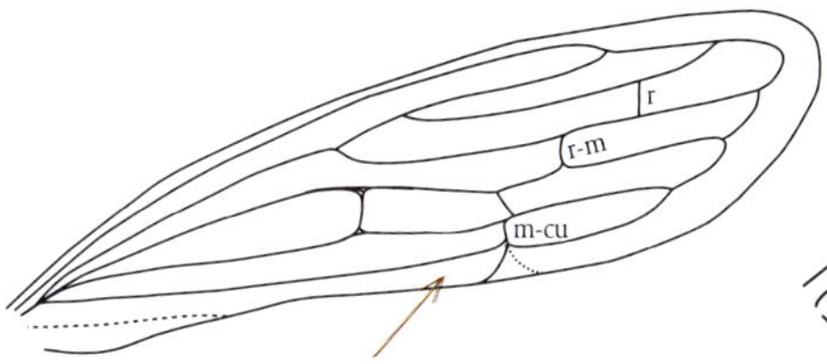

Figura / *Figure* 44

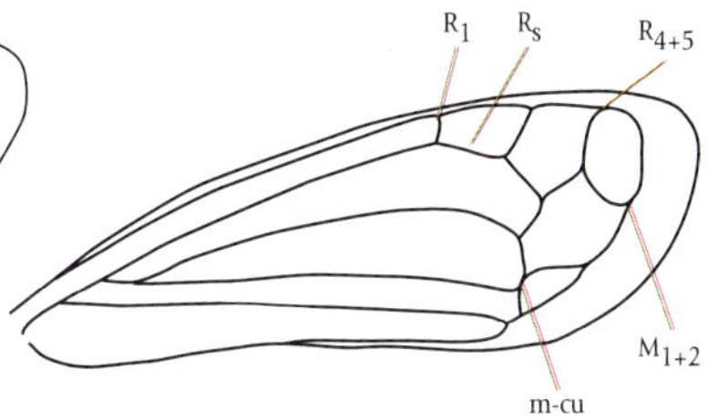

Figura / *Figure* 45a

11 (7). Forewing veins R_{4+5} and M_{1+2} confluent before reaching apex (Figs. 45a,b) **(Smiliinae)** 17

– Forewing veins R_{4+5} and M_{1+2} not confluent, at most connected at a single point 12

12(11). Forewing with one m-cu crossvein (Fig. 46) **(Heteronotinae)** .... **Heteronotini**

– Forewing with two m-cu crossveins (Fig. 47) **(Darninae)** 13

13(12). One or more femora with at least one row or band of cucullate setae ... 14

– All femora without rows or bands of cucullate setae 15

14(13). Hind trochanter with conspicuous spines around margin (Fig. 48) .... **Procyrtini**

– Hind trochanter without conspicuous spines .... **Darnini**

15(14). Tarsomere I of anterior leg with numerous cucullate setae on plantar (ventral) surface (Fig. 49) .... **Hyphinoini**

– Tarsomere I without cucullate setae on plantar surface 16

16(15). Posterior tibia with cucullate setae in row I (Fig. 50) .... **Cymbomorphini**

– Posterior tibia without cucullate setae in row I .... **Hemikypthini**

17(11). Hind wing vein A branched (Fig. 51); pronotum not or only sligthty overlapping forewing in resting position 18

– Hind wing vein A unbranched (Fig. 52); pronotum concealing approximately half of forewing in resting position 20

18(17). Forewing veins R and M confluent for a substantial distance in basal half of wing (Fig. 53) .... **Ceresini**

– Forewing veins R and M not confluent in basal half of wing 19

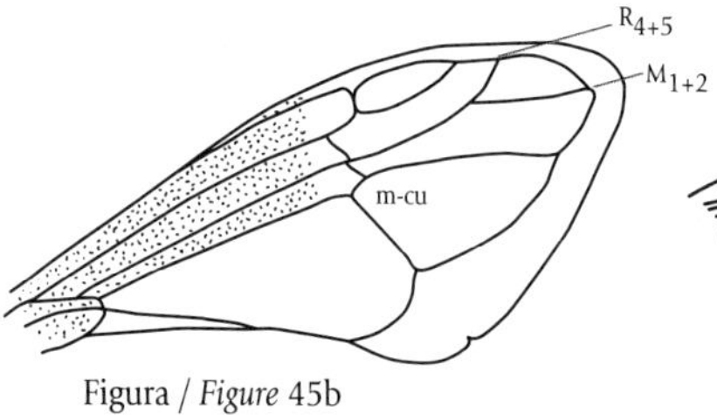

Figura / *Figure* 45b

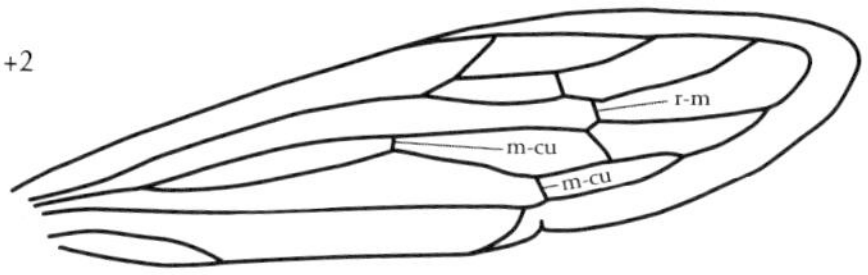

Figura / *Figure* 47

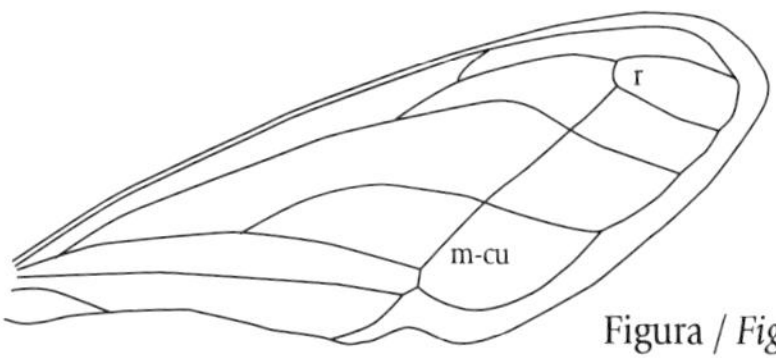

Figura / *Figure* 46

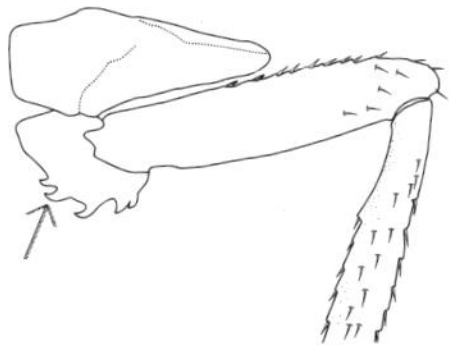

Figura / *Figure* 48

12(11). Ala anterior con una vena transversal m-cu (Fig. 46) **(Heteronotinae)** .. .. **Heteronotini**

– Ala anterior con dos venas transversales m-cu (Fig. 47) **(Darninae)** 13

13(12). Uno o más fémures al menos con una fila o banda de pelos gruesos..... 14

– Ninguno de los fémures tiene filas de pelos gruesos.................. 15

14(13). Pata posterior con el trocánter con espinas sobresalientes alrededor del margen (Fig. 48)... **Procyrtini**

– Pata posterior con el trocánter sin espinas sobresalientes........ **Darnini**

15(14). Tarsómero I de la pata anterior con numerosos pelos gruesos en la superficie plantar (ventral) (Fig. 49)......................... **Hyphinoini**

– Tarsómero I de la pata anterior sin pelos gruesos en la superficie plantar .. 16

16(15). Tibia de la pata posterior con pelos gruesos en la fila I (Fig. 50).......... .... **Cymbomorphini**

– Tibia de la pata posterior sin pelos gruesos en la fila .... **Hemikypthini**

17(11). Ala posterior con la vena A ramificada (Fig. 51); el ala en reposo no está cubierta por el pronoto, si lo está es solo ligeramente 18

– Ala posterior con la vena A no ramificada (Fig. 52); el ala en reposo está cubierta por el pronoto hasta aproximadamente la mitad 20

18(17). Ala anterior con las venas R y M confluentes por una gran distancia en la mitad basal del ala (Fig. 53) .... **Ceresini**

– Ala anterior con las venas R y M no confluentes en la mitad basal del ala 19

19(18). Ala anterior con la vena R dividida inicialmente en R_1 y R_s; la vena cruzada m-cu_1 ausente (Fig. 45a)....................................... **Acutalini**

– Ala anterior con la vena R dividida inicialmente en R_{1+2+3} y R_{4+5}; la vena cruzada m-cu_1 presente (Fig. 54)........................... **Micrutalini**

Figura / *Figure* 49

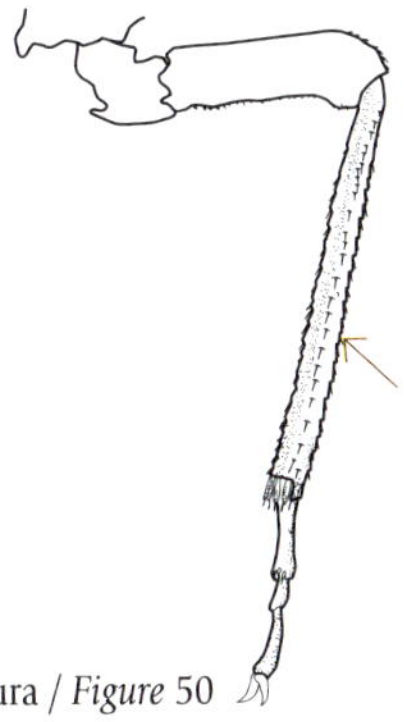

Figura / *Figure* 50

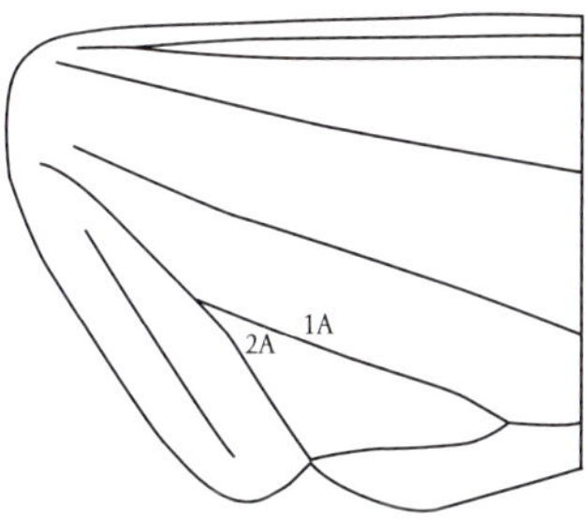

Figura / *Figure* 51

19(18). Forewing vein R initially diviided into R_1 and R_s. Forewing crossvein m-cu_1 absent (Fig. 45a) .... **Acutalini**

– Forewing vein R initially divided into R_{1+2+3} and R_{4+5}. Forewing crossvein m-cu_1 present (Fig. 54) .... **Micrutalini**

20(17). Forewing with basal half equally sclerotized in the anterior part (toward the costal margin) and in the part posterior to vein Cu 21

– Forewing with basal half more strongly sclerotized in the part anterior to vein Cu than posterior to Cu 22

21(20). Forewing veins R and M confluent basally, diverging near midlength of wing .... **Amastrini**

– Forewing veins R and M not confluent near base of wing .... **Smiliini**

22(20). Middle femur with apical ventrolateral cucullate seta; forewing with apical limbus wide (Fig. 55a); hind wing with r-m crossvein, veins R_{4+5} and M_{1+2} free (Fig. 55b) .... **Tragopini**

– Middle femur without apical ventrolateral cucullate seta; forewing with normal apical limbus; hind wing without r-m crossvein, veins R_{4+5} and M_{1+2} confluent near apex (Fig. 56) .... **Polyglyptini**

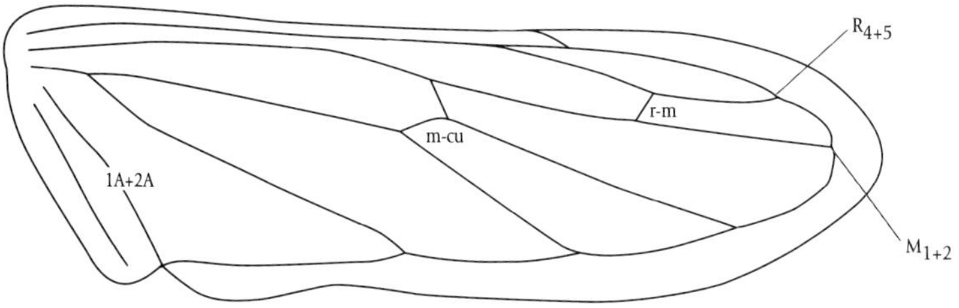

Figura / *Figure* 52

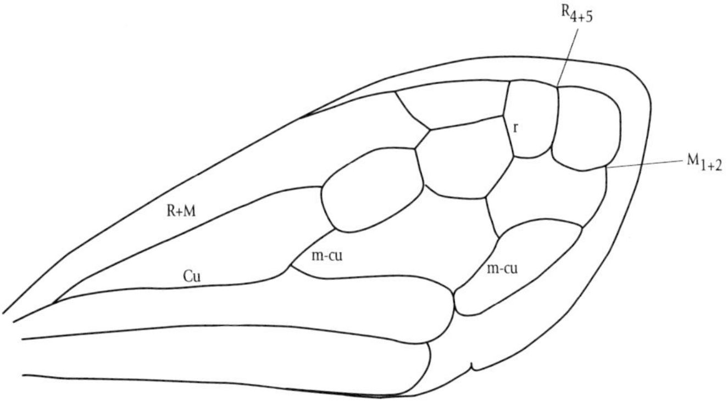

Figura / *Figure* 53

20(17). Ala anterior con la mitad basal igualmente esclerotizada en la parte anterior (hacia el margen costal) y en la parte posterior de la vena Cu 21

– Ala anterior con la mitad basal más fuertemente esclerotizada en la parte anterior de la vena Cu que en la posterior de la Cu 22

21(20). Ala anterior con las venas R y M confluentes en la base, divergiendo cerca de la longitud media del ala .... **Amastrini**

– Ala anterior con las venas R y M no confluentes cerca de la base del ala .. .. **Smiliini**

22(20). Fémur medio con pelos gruesos en el ápice de la parte ventrolateral; ala anterior con limbo ancho (Fig. 55a); ala posterior con la vena transversal r-m y las venas R_{4+5} y M_{1+2} no confluentes (Fig. 55b) .... **Tragopini**

– Fémur medio sin pelos gruesos en el ápice de la parte ventrolateral; ala anterior con limbo normal; ala posterior sin la vena transversal r-m y las venas R_{4+5} y M_{1+2} confluentes cerca del ápice (Fig. 56)..................... .... **Polyglyptini**

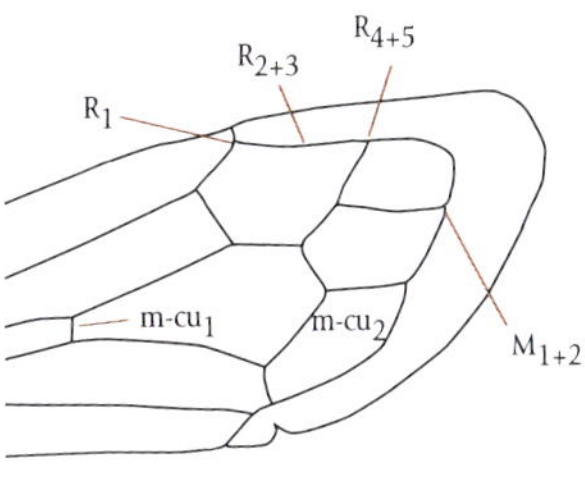

Figura / *Figure* 54

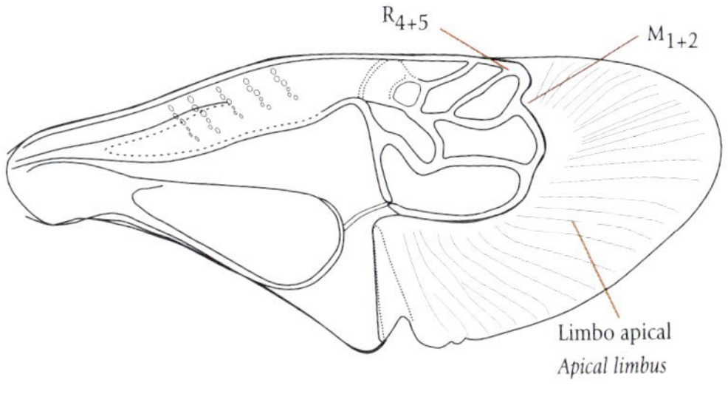

Figura / *Figure* 55a

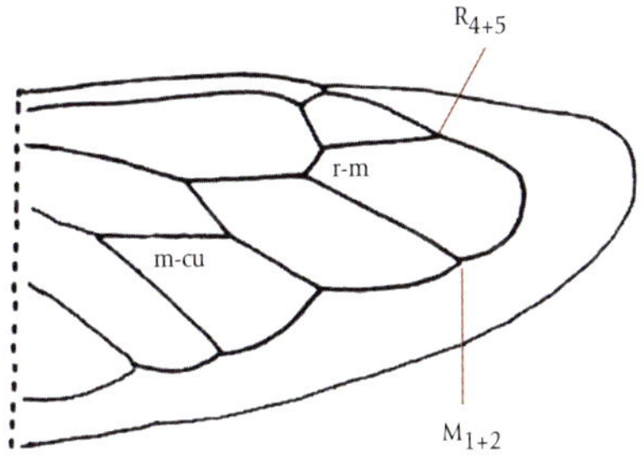

Figura / *Figure* 55b

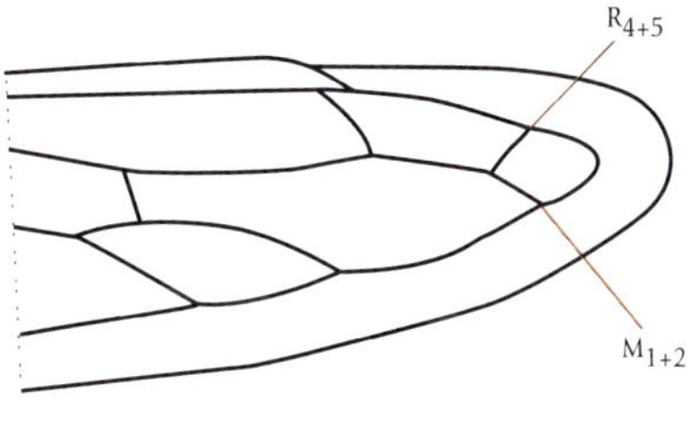

Figura / *Figure* 56

Lista de los géneros incluidos en esta guía, ordenados por subfamilia y tribu

List of genera included in this guide, by subfamily and tribe

(Entre paréntesis se indica la página / *Page number is given in parenthesis*)

Descripción de géneros
Description of genera

CENTROTINAE - BOOCERINI

Brachybelus

Identificación: Longitud 2,9-4,5 mm (Colección INBio). Coloración variable, oscura o combinación de claros y oscuros (por ejemplo, negro y verde). Cabeza más ancha que alta, bruscamente doblada hacia abajo, con ojos ovalados. El pronoto es ancho, convexo, sin cuernos suprahumerales y con ángulos humerales grandes y triangulares; el proceso posterior es corto, delgado, recto, sobrepasa ligeramente la mitad del abdomen y no alcanza los ángulos internos de las alas delanteras. El escutelo está expuesto a los lados del proceso posterior. Las alas anteriores son transparentes, con la base endurecida y punteada; las venas son marcadas y están llenas de pelos; presentan cinco celdas apicales, dos celdas discoidales y el limbo apical es angosto. Las patas son simples; los tarsos posteriores son más largos que los otros.
Historia natural: Los adultos son solitarios, pero no se conoce nada de los hábitos de las ninfas o del resto de la biología del género. En Costa Rica se han observado dos adultos de *Brachybelus* sp. en el matapalo *Phoradendron undulatum*.

Brachybelus

Identification: Length 2.9-4.5 mm (INBio collection). Color varies from completely dark, to dark combined with light colors (e.g., black and green). The head is broader than high, abruptly bent downward, with ovate eyes. The pronotum is broad, convex, without suprahumeral horns and with large, triangular humeral angles; the posterior process is short, slender and straight, slightly passing middle of abdomen, not reaching the internal angles of the forewings. The scutellum is broadly exposed on each side of the posterior process. The forewings are transparent, with a broadly hardened and punctured base; the veins are strong and hairy, with five apical and two discoidal cells, and a narrow apical limbus; hind wings with three apical cells. The legs are simple; the hind tarsi are the longest.
Natural history: Adults are solitary, but nothing is known about their nymphs and the rest of their biology. In Costa Rica, two adults of *Brachybelus* sp. have been observed on a mistletoe, *Phoradendron undulatum*.

Kenji Nishida

Hembra de *Brachybelus* sp. en *Phoradendron undulatum*, Orosi, provincia de Cartago, Costa Rica.
Female of *Brachybelus* sp. on *Phoradendron undulatum*, Orosi, Cartago province, Costa Rica.

Kenji Nishida

Hembra de *Brachybelus* sp. en *Phoradendron undulatum*, Orosi, provincia de Cartago, Costa Rica.
Female of *Brachybelus* sp. on *Phoradendron undulatum*, Orosi, Cartago province, Costa Rica.

CENTROTINAE - BOOCERINI

Campylocentrus

Identificación: Longitud 4,4-11 mm. Robusto. Coloración en diferentes tonos cafés a negro. Cabeza más ancha que alta, con ojos globulares. El pronoto es convexo, con cuernos suprahumerales fuertes y ángulos humerales triangulares, fuertes y redondeados; la longitud de los cuernos suprahumerales es igual a la distancia entre sus bases y se extienden hacia fuera y hacia arriba terminando en extremos puntiagudos; el proceso posterior es largo, en forma de techo, con un fuerte lóbulo medio inferior que hace contacto con el escutelo y es muy importante para identificar el género; este lóbulo medio inferior es puntiagudo y se extiende más allá de los ángulos internos de las alas anteriores. El escutelo está completamente expuesto y es triangular; tiene una muesca en la punta y la base hinchada y cubierta de pubescencia suave. Las alas anteriores son transparentes; la base del ala es endurecida y punteada, con el extremo redondeado; presenta cinco celdas apicales y dos discoidales; la celda discoidal exterior tiene la base truncada y el limbo apical es ancho. Las patas son simples; los tarsos posteriores son mucho más largos que los otros (Fig. 11a).

Historia natural: Los adultos son solitarios. Se desconocen los hábitos de las ninfas y el resto de su biología. *C. curvidens* se ha recolectado en plantas de soya, *Campylocentrus* sp. y *C. hamifer* en Anacardiaceae y Cucurbitaceae y *C. nigris* en Asteraceae.

Campylocentrus

Identification: Length 4.4-11 mm (INBio collection). These treehoppers are robust and vary from brown to black in color. Their head is wider than high, with globular eyes. The pronotum is convex, with strong suprahumeral horns and strong, triangular, blunt humeral angles; the suprahumeral horns are as long as the distance between their bases, extending outward and upward, with sharp tips; the posterior process is long, roof-like, with a strong inferior median lobe that touches the scutellum, and this lobe is very important in identifying the genus; it is sharp and extends well beyond the internal angles of the forewings. The scutellum is entirely exposed, triangular, with a notched tip and a swollen base, covered with soft pubescence. The forewings are translucent, with the base narrowly hardened and punctured, and a rounded tip; they have five apical and two discoidal cells; the exterior discoidal cell has a truncate base, and the apical limbus is broad. The legs are simple, and hind tarsi are much longer than the others (Fig. 11a).

Natural history: The adults exhibit solitary behavior. The habits of nymphs and their biology are basically unknown. *C. curvidens* has been collected on soybeans, *C. hamifer* and an unidentified species on Anacardiaceae and Cucurbitaceae, and *C. nigris* on composites (Asteraceae).

Macho de *Campylocentrus* sp. en *Sechium* sp., Orosi, provincia de Cartago, Costa Rica.
Male of *Campylocentrus* sp. on *Sechium* sp., Orosi, Cartago province, Costa Rica.

Macho de *Campylocentrus* sp., provincia de Cartago, Costa Rica.
Male of *Campylocentrus* sp., Cartago province, Costa Rica.

Centriculus

Identificación: Longitud *ca.* 5,5 mm (Colección INBio). Tamaño mediano; delgado. Coloración clara a oscura (por ejemplo, tonos amarillos a cafés). Cabeza más ancha que alta, con ojos globulares. El pronoto es convexo, sin cuernos suprahumerales y con ángulos humerales muy grandes y redondeados; el proceso posterior es muy corto y agudo y no alcanza el ápice del escutelo; el escutelo está expuesto a ambos lados del proceso posterior. Las alas anteriores son transparentes, con la mitad basal muy endurecida y punteada y el ápice redondeado; tiene cinco celdas apicales y dos discoidales, las celdas discoidales son oblongas y casi iguales y el limbo apical está bien desarrollado. Las patas son simples; los tarsos posteriores son más largos que los otros.

Historia natural: Los adultos son solitarios. No se conocen los hábitos de las ninfas ni el resto de la biología del género. En Costa Rica se recolectó un adulto de *Centriculus* dentro de una flor de *Cavendishia bracteata*.

Centriculus

Identification: Length about 5.5 mm (INBio collection). Medium-sized, slender bodied treehoppers. Light to dark colored (e.g., yellow to brown). The head is broader than long, with globular eyes. The pronotum is convex, without suprahumeral horns, and with very large and blunt humeral angles; the posterior process is very short, with an acute apex, and it does not reach beyond the apex of the scutellum. The scutellum is exposed on each side of the posterior process. The forewings are transparent, with their basal half broadly hardened and punctured, and a rounded apex; they have five apical and two discoidal cells; the latter are oblong and almost equal, and the apical limbus is well developed. The legs are simple, and the hind tarsi are longer than the others.

Natural history: Adults are solitary. Their biology, including the habits of the nymphs, is virtually unknown. In Costa Rica, an adult *Centriculus* was found hidden in a flower of *Cavendishia bracteata*.

Kenji Nishida

Hembra de *Centriculus* sp. dentro de una flor de *Cavendishia bracteata*, provincia de Heredia, Costa Rica.

Female of *Centriculus* sp. inside a *Cavendishia bracteata* flower, Heredia province, Costa Rica.

Carolina Godoy

Vista dorsal de *Centriculus rufotestaceus*. Museo de Historia Natural, Londres.

Dorsal view of *Centriculus rufotestaceus*. The Natural History Museum, London.

CENTROTINAE - BOOCERINI

Ischnocentrus

Identificación: Longitud 3-4 mm. Coloración café a negra; puede tener una línea dorsal pálida a lo largo del pronoto. Presenta áreas de pubescencia pálida, especialmente a los lados. Cabeza más ancha que alta, con ojos grandes y globulares. El pronoto es convexo y no tiene cuernos suprahumerales; presenta un proceso posterior pequeño y en forma de espina suspendido sobre el escutelo. El escutelo está totalmente expuesto y es triangular, más largo que ancho, con la base hinchada, cubierta de pelo, y la punta aguda. Las alas delanteras son transparentes, con la base coriácea y punteada; tiene cinco celdas apicales y dos discoidales, la celda discoidal exterior está truncada en la base. Las patas son simples y todos los tarsos tienen una longitud similar. Las bases de las patas son más oscuras que sus extremos distales.

Historia natural: Los adultos generalmente son solitarios, aunque se pueden encontrar en grupos pequeños. Se sabe poco de las ninfas, pero en *I. niger* son verdes y difíciles de distinguir de la planta; forman pequeñas agrupaciones de 5 a 16 individuos que son atendidos por hormigas (por ejemplo, *Ectatomma ruidum* y *E. tuberculatum*). Los adultos de esta especie también forman grupos pequeños, generalmente asociados al meristemo apical de la planta hospedera. Las hembras de *I. fowleri* protegen sus masas de huevos, que no son cubiertas por espuma. Entre las hospederas se encuentran varias plantas leñosas de las familias Fabaceae, Nyctaginaceae, Rubiaceae, Solanaceae y Sterculiaceae. En Panamá se registra *Solanum rudepannum* como planta hospedera de *I. fowleri.*

Ischnocentrus

Identification: Length 3-4 mm. Black or brown, sometimes with a pale dorsal line along the pronotum. Areas of pale pubescence are present, particularly on the sides of the body. The head is broader than high and the eyes are globular. The pronotum is convex and lacks supra-humeral horns; it has a small, spine-shaped posterior process high above the scutellum, which is very slender and with an acute apex. The scutellum is entirely exposed, triangular, longer than wide, with the base swollen and covered with soft pubescence, and the tip deeply notched. The forewings are transparent, with a hardened and punctured base; they have five apical and two discoidal cells, and the exterior discoidal cell is truncate at the base. The legs are simple and all tarsi are equal in length. The bases of the legs are darker than their distal ends.

Natural history: The adults are generally solitary, but they can form small groups. Little is known about the nymphs. The nymphs of *I. niger* are green and difficult to distinguish from the plant, and form small aggregations from 5 to 16 individuals

Carolina Godoy

Adulto de *Ischnocentrus* sp., provincia de Cartago, Costa Rica.
Adult of *Ischnocentrus* sp., Cartago province, Costa Rica.

Carolina Godoy

Vista lateral de *Ischnocentrus* sp. Colección INBio, Costa Rica.
Lateral view of *Ischnocentrus* sp. INBio collection, Costa Rica.

that are tended by ants (e.g. *Ectatomma ruidum* and *E. tuberculatum*). The adults of this species also form small groups generally associated with the apical meristem of the host plant. The females of *I. fowleri* protect their egg masses, which are not covered by any foamy substance. Among their host plants are several woody plants of the families Fabaceae, Nyctaginaceae, Rubiaceae, Solanaceae, and Sterculiaceae. In Panama, *Solanum rudepannum* is reported as a host plant of *I. fowleri*.

Cymbomorpha

Identificación: Longitud 6-9 mm. Tamaño grande. Coloración café claro o verde, ocasionalmente con marcas oscuras. Cabeza casi cuadrada, más ancha que alta, ásperamente esculpida y usualmente con estrías longitudinales. El pronoto es simple, con carena media de ligera a muy elevada y fuertemente comprimida lateralmente, con proyecciones robustas de los ángulos humerales, con o sin cuernos suprahumerales; el proceso posterior tiene forma de techo y cerca del final tiene una depresión hacia abajo, siguiendo la curva de las alas anteriores, con un extremo agudo que no alcanza la punta de las alas; el escutelo está completamente cubierto por el pronoto. Las alas anteriores son anchas, transparentes o ahumadas, completamente expuestas en reposo; tienen cinco celdas apicales y dos discoidales con un limbo apical ancho. Las patas son simples; la tibia posterior tiene pelos en la fila I; la pata media con o sin procesos opuestos en la coxa y trocánter. Algunas especies tienen protuberancias redondeadas en los segmentos dorsales del abdomen.

Historia natural: Los adultos son solitarios. Se desconocen los hábitos de las ninfas y el resto de su biología. Se han recolectado en plantas leñosas no identificadas. En Panamá se registra *Inga sapindoides* como planta hospedera de *C. prasina*. En Guyana se recolectó un espécimen en la plántula de un árbol de *Catostemma fragans.*

Cymbomorpha

Identification: Length 6-9 mm. Large, conspicuous treehoppers; light brown or greenish, occasionally with darker markings. The head is nearly quadrate, broader than high, roughly sculptured, and usually with longitudinal striae. The pronotum is simple with a slightly to greatly elevated median carina, strongly compressed laterally, with heavy projecting humeral angles, with or without suprahumeral horns; the posterior process is roof-like and depressed downward near the end, following the curve of the forewing but with the sharp tip not reaching the apex of the forewing. The scutellum is entirely concealed by the pronotum. The forewings are broad, transparent or smoky, with five apical and two discoidal cells and a broad limbus, and are entirely visible at rest. The legs are simple, the posterior tibia with thick setae in row 1, and the middle leg with or without opposed processes on the coxa and trochanter. Some *Cymbomorpha* have dorsal tubercles on the abdominal segments.

Natural history: Adults are solitary, but the habits of the nymphs and the rest of the biology are unknown. They have been collected on unidentified woody plants. In Panama, *Inga sapindoides* is reported as a host plant for *C. prasina*. In Guyana, a specimen was collected on a sapling of *Catostemma fragans.*

Kenji Nishida

Vista lateral y frontal de *Cymbomorpha vaginata* (hembra). Colección INBio, Costa Rica.
Lateral and frontal view of *Cymbomorpha vaginata* (female). INBio collection, Costa Rica.

Kenji Nishida

Vista lateral y frontal de *Cymbomorpha prasina* (hembra). Colección INBio, Costa Rica.
Lateral and frontal view of *Cymbomorpha prasina* (female). INBio collection, Costa Rica.

DARNINAE - DARNINI

Aspona

Identificación: Longitud 7,8-8,8 mm (Colección INBio). Coloración café, a veces con manchas claras. Cabeza triangular, tan ancha como alta, a veces prolongada hacia abajo. El pronoto es áspero e hinchado pero sin nódulos o espinas; los ángulos humerales son auriculados y fuertemente extendidos; el proceso posterior es "acinturado" atrás de los ángulos humerales, luego mucho más hinchado y más ancho que el abdomen y fuertemente convexo, luego se estrecha repentinamente formando un ápice agudo que alcanza el extremo posterior de las alas. Las alas anteriores son transparentes, casi tan largas como las posteriores y están cubiertas por los lados sobresalientes del pronoto hinchado; las venas longitudinales del área costal son muy cercanas una a la otra; presentan cinco celdas apicales alargadas y una o dos celdas discoidales. Las patas son simples; todos los tarsos son de longitud similar.
Historia natural: Desconocida. En la Guyana Francesa se han recolectado unos cuantos individuos de *Aspona* sp. con lámparas de mercurio.

Aspona

Identification: Length 7.8-8.8 mm (INBio collection). Brown, sometimes with clear markings. The head is triangular and extended downward, as broad as long. The pronotum is rough and swollen but without nodules or spines; the humeral angles are ear-shaped and strongly produced; the posterior process is constricted just behind the humeral angles, then swollen, much wider than the abdomen and strongly convex, and then suddenly narrowed to an acute apex which reaches the tips of the forewing. The forewings are transparent and more than half of each wing is covered by the overhanging sides of the swollen pronotum; the longitudinal veins of the costal area are very close together; the forewing shows five elongate apical cells and one or two discoidal cells; the forewings are about as long as the hindwings. The legs are simple and all tarsi are similar in length.
Natural history: Unknown. In French Guyana a few individuals of *Aspona* were collected by using mercury lamps.

Kenji Nishida

Vista lateral y frontal de *Aspona* sp. (hembra). Colección INBio, Costa Rica.
Lateral and frontal view of *Aspona* sp. (female). INBio collection, Costa Rica.

Kenji Nishida

Vista dorsolateral y lateral de *Aspona intermedia* (hembra). Colección INBio, Costa Rica.
Dorsolateral and lateral view of *Aspona intermedia* (female). INBio collection, Costa Rica.

Cyphotes

Identificación: Longitud *ca.* 6,5 mm (Colección INBio). Coloración café claro a oscuro. Cabeza grande y prolongada en posición oblicua hacia delante. El pronoto tiene un surco en el margen basal; el dorso del proceso posterior tiene tres protuberancias y surcos profundos longitudinales y tranversales; no tiene forma de techo; los ángulos humerales son extendidos como espinas cortas. Las alas anteriores están cubiertas por los lados del pronoto y son transparentes; presentan cuatro celdas apicales. Las tibias son ligeramente hinchadas en los extremos.
Historia natural: Desconocida. En Costa Rica se ha recolectado un espécimen del género en una trampa amarilla. En Guyana se capturó un espécimen en una plántula de un árbol de *Eperua rubiginosa*.

Cyphotes

Identification: Length about 6.5 mm (INBio collection). Light to dark brown. The head is large, extended obliquely forward. The basal margin of the pronotum has a ridge; the dorsum of posterior process has three knobs, and is deeply furrowed longitudinally and transversely; it is not roof-like; the humeral angles are extended into short spines. The forewings are mostly covered by the sides of the pronotum; they are transparent, with four apical cells. The tibiae are slightly widened at the extremities.
Natural history: Unknown. In Costa Rica, a specimen of this genus was collected in a yellow trap. In Guyana, a specimen was collected on a seedling of *Eperua rubiginosa*.

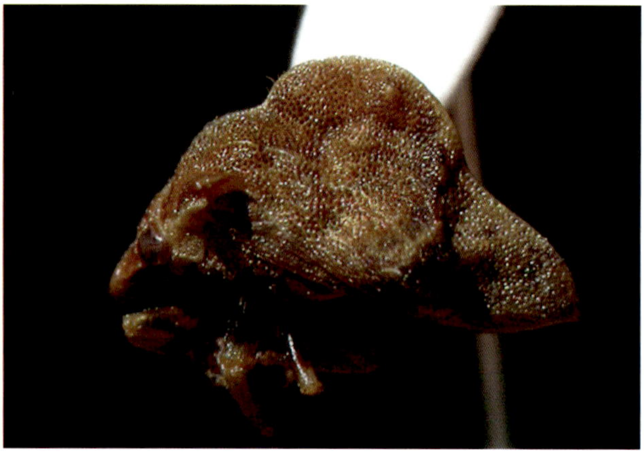

Kenji Nishida

Vista lateral de *Cyphotes* sp. (hembra). Colección INBio, Costa Rica.
Lateral view of *Cyphotes* sp. (female). INBio collection, Costa Rica.

Kenji Nishida

Vista frontal de *Cyphotes* sp. (hembra). Colección INBio, Costa Rica.

Frontal view of *Cyphotes* sp. (female). INBio collection, Costa Rica.

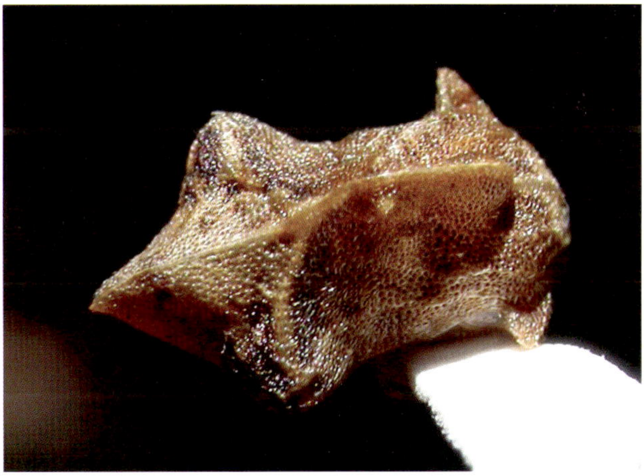

Kenji Nishida

Vista dorsal de *Cyphotes* sp. (hembra). Colección INBio, Costa Rica.

Dorsal view of *Cyphotes* sp. (female). INBio collection, Costa Rica.

DARNINAE - DARNINI

Darnis

Identificación: Longitud 6,8-9,7 mm (Colección INBio). Coloración variable. Cabeza ovalada. El pronoto se extiende hacia abajo sobre los lados, cubriendo casi la mitad de las alas anteriores; el cuerpo está cubierto por el pronoto que es duro, liso y de colores brillantes, dándole la apariencia de un escarabajo pequeño; los márgenes laterales son amarillos o negros; el proceso posterior es fuerte, redondeado y acuminado y se extiende casi hasta el extremo posterior de las alas. Las alas anteriores son transparentes y tienen cinco celdas apicales, dos celdas discoidales y tres venas longitudinales, con la externa dividida en la mitad del ala; el limbo apical es ancho.

Hitoria natural: Los adultos y las ninfas son solitarios. Las ninfas de *D. latior* presentan camuflaje y son difíciles de encontrar (Fig. 16a); ante un disturbio hacen caminatas cortas y a veces se sostienen fuertemente del tallo en la posición que tendría una yema de la planta. Cuando un adulto de *D. latior* es perturbado, hace caminatas rápidas y a veces levanta las patas posteriores y emite vibraciones del sustrato. Observaciones en Guyana sugieren que el período que transcurre entre la oviposición y la emergencia de las ninfas en *D. partita* es de cinco días. De las plantas hospederas se conoce muy poco; hay un registro de *D. latior* en *Hamelia* sp. En Guyana se recolectaron varios individuos de *D. lateralis* en plántulas de cinco especies de árboles en un bosque: *Catostemma fragans, Chlorocardium rodiei, Eperua rubiginosa, Mora gonggrijpii* y *Pentaclethra macroloba*.

Darnis

Identification: Length 6.8-9.7 mm (INBio collection). Color variable. The head is ovate. The pronotum extends downwards over the sides to cover about half of the forewings; the pronotum is entirely smooth, and often brilliantly colored, giving these treehoppers a beetle-like appearance; the lateral margins of the pronotum are yellow or black; the posterior process is heavy, rounded above, acuminate, and terminates close to the tips of the forewings. The forewings are transparent with five apical and two discoidal cells, and three longitudinal veins, with the outer vein forked near the middle of the wing; the apical limbus is broad.

Natural history: The adults and nymphs of *Darnis* are solitary. The nymph of *D. latior* is well camouflaged and is difficult to find (Fig. 16a); when disturbed, it walks a short distance and often rests near buds. When the adult is disturbed, it walks rapidly or sometimes pauses and raises its hind legs, and emits substrate vibrations. Observations on *D. partita* in Guyana suggest that the period between oviposition and the emergence of nymphs takes about five days. The host plants are not well known for the genus. There is a record of nymphs of *D. latior* from *Hamelia* sp. In a forest in Guyana various individuals of *D. lateralis* were found on saplings of the following trees: *Catostemma fragans, Chlorocardium rodiei, Eperua rubiginosa, Mora gonggrijpii*, and *Pentaclethra macroloba*.

Kenji Nishida

Adulto de *Darnis latior* en *Vernonia patens*, Sarapiquí, provincia de Heredia, Costa Rica.
Adult of *Darnis latior* on *Vernonia patens*, Sarapiquí, Heredia province, Costa Rica.

Kenji Nishida

Adulto de *Darnis partita* en una bignoniácea, Sarapiquí, provincia de Heredia, Costa Rica.
Adult of *Darnis partita* on a Bignoniaceae plant, Sarapiquí, Heredia province, Costa Rica.

DARNINAE - DARNINI

Hebetica

Identificación: Longitud 4,2-10 mm (Colección INBio). De apariencia general idéntica a la de los representantes de los géneros *Darnis, Hebeticoides, Ochrolomia* y *Stictopelta*. Cabeza ancha. El pronoto es algo áspero y pubescente y no tiene cuerno o protuberancia dorsal, frontal o lateral; justo detrás de los ojos tiene un pequeño lóbulo; el proceso posterior es largo y agudo, se extiende hasta el extremo de las alas anteriores. Las alas anteriores son largas, angostas, transparentes y con dos venas longitudinales que se dividen cerca del centro del ala; debe sacarse el ala desde el pronoto para observar esta importante característica.
Historia natural: Desconocida.

Hebetica

Identification: Length 4.2-10 mm. (INBio collection). In general appearance these treehoppers are practically identical to *Darnis, Hebeticoides, Ochrolomia* and *Stictopelta*. The head is broad. The pronotum is rather rough and pubescent and lacks dorsal, frontal or lateral horns or protuberances, but just behind the eye is a slight lobe; the posterior process is long and sharp, extending as far back as the tips of the forewing. The forewings are long, narrow and transparent, with two longitudinal veins, both forked near the center of the wing. Unfortunately, so little of the forewing projects below the lateral margins of the pronotum that it must be pulled out so that this important character can be seen.
Natural history: Unknown.

Carolina Godoy

Vista lateral de *Hebetica convoluta*. Museo de Historia Natural, Londres.
Lateral view of *Hebetica convoluta*. The Natural History Museum, London.

Hebeticoides

Identificación: Longitud 2,3-5 mm. Coloración variable y llamativa. Cabeza casi cuadrada, dos veces más ancha que alta. El pronoto es liso, lustroso, débilmente punteado y sin ningún tipo de carena; no presenta proceso frontal, dorsal o humeral; el proceso posterior es largo, acuminado y se extiende hacia atrás más allá del extremo de las alas anteriores. Las alas anteriores son angostas y están expuestas por casi un tercio de su ancho, debajo del margen lateral del pronoto.
Historia natural: Desconocida. En Costa Rica se encontró un macho solitario en *Rivina humilis* (Phytolaccaceae).

Hebeticoides

Identification: Length 2.3-5 mm. Quite colorful, though the colors vary. The head is nearly quadrate, twice as broad as long. The pronotum is smooth, shining, with weak punctuation and without a carina; there are no frontal, dorsal, or humeral processes of any kind; the posterior process is long and acuminate, extending backwards farther than the tips of the forewings. The forewings are narrowly and evenly exposed for about one-third of their width below the lateral margins of the pronotum.
Natural history: Unknown. In Costa Rica, a solitary male was collected on *Rivina humilis* (Phytolaccaceae).

Kenji Nishida

Vista lateral de *Hebeticoides* prob. *acuta*. Colección INBio, Costa Rica.
Lateral view of *Hebeticoides* prob. *acuta*. INBio collection, Costa Rica.

Kenji Nishida

Macho de *Hebeticoides* sp. en *Rivina humilis*, INBioparque, Santo Domingo, provincia de Heredia, Costa Rica.

Male of *Hebeticoides* sp. on *Rivina humilis*, INBioparque, Santo Domingo, Heredia province, Costa Rica.

Kenji Nishida

Vista dorsal y frontal de *Hebeticoides* prob. *acuta*. Colección INBio, Costa Rica.

Dorsal and frontal view of *Hebeticoides* prob. *acuta*. INBio collection, Costa Rica.

DARNINAE - DARNINI

Ochrolomia

Identificación: Longitud *ca.* 9-10 mm. Tamaño mediano a grande. Coloración variable, amarilla, anaranjada, café, negra o una combinación de estos. Cabeza casi cuadrada, dos veces más ancha que alta o más; con la parte inferior muy truncada y los ocelos notablemente cerca de los ojos. El pronoto es liso, brillante, con frecuencia marcado con bandas transversales brillantes; los márgenes laterales del pronoto son amarillos desde detrás de los humerales hasta casi el ápice; no presenta procesos de ningún tipo, excepto la proyección posterior, la cual es relativamente corta y no alcanza el ápice de las alas anteriores. Las alas anteriores son largas, angostas, transparentes o ahumadas, con cinco celdas apicales y tres discoidales; casi la mitad de las alas está cubierta por los lados del pronoto; el área costal está bastante expuesta mostrando las tres venas longitudinales de las alas anteriores, con la vena radial bifurcada.
Historia natural: Desconocida.

Ochrolomia

Identification: Medium to large in size. Colors include various shades of brown, yellow and black in rather striking combinations. The head is nearly quadrate, more than twice as broad as high, with the lower part very truncate; the ocelli are notably close to the eyes. The pronotum is smooth, glistening, often marked with brilliant transverse bands; the lateral margins of the pronotum are yellow from behind humeral angles almost to the apex; the pronotum lacks processes of any kind except the posterior projection, which is relatively short, not reaching the apices of the forewings. The forewings are long, narrow, transparent or smoky, with five apical and three discoidal cells; they are about half covered by the sides of the pronotum, but the costal area is exposed enough to show the three longitudinal veins of the forewing; the radial vein is forked.
Natural history: Unknown.

Carolina Godoy

Vista lateral de *Ochrolomia tricincta* (Perú). Museo Nacional de Historia Natural, Instituto Smithsonian, Washington D.C.

Lateral view of *Ochrolomia tricincta* (Perú). National Museum of Natural History, Smithsonian Institution, Washington D.C.

DARNINAE - DARNINI

Stictopelta

Identificación: Longitud 7,6-10,5 mm (Colección INBio). Tamaño grande; delgado y liso. Coloración variable, amarilla, anaranjada, café, negra o una combinación de estos. La cabeza es casi cuadrada, dos veces más ancha que larga, con el margen inferior redondeado. El pronoto es liso, brillante, con punteado débil y sin pubescencia; no presenta procesos excepto en la extensión posterior; el proceso posterior es largo, arqueado, acuminado y está proyectado hacia atrás hasta más allá de las alas; posee un lóbulo característico en el margen inferior del pronoto, visible justo detrás de los ojos. Las alas anteriores son largas, angostas y transparentes, con cinco celdas apicales y un número irregular (normalmente tres) de celdas discoidales; están cubiertas casi hasta la mitad por los lados del pronoto; también tienen dos venas longitudinales prominentes, ambas divididas casi a la mitad.

Historia natural: Desconocida. En Guyana se recolectó un individuo en una plántula del árbol *Mora gonggrijpii* (Fabaceae).

Stictopelta

Identification: Length 7.6-10.5 (INBio collection). Large, slender, smooth-bodied treehoppers of variable coloration: yellow, orange, brown, black or some combination of these colors. The head is nearly quadrate, twice as broad as long, with a rounded lower margin. The pronotum is smooth, shiny, weakly punctate, not pubescent, with no processes except the posterior extension; the posterior process is long, arcuate, acuminate, and projects backwards beyond the tips of the forewings; a characteristic lobe of the inferior margin of the pronotum is to be noted just behind the eyes. The forewings are long, narrow, transparent, with five apical cells and a variable number (usually three) of discoidal cells; they are about half concealed by the sides of the pronotum; they have two prominent longitudinal veins, both forked at about the middle.

Natural history: Unknown. In Guyana, a specimen of this genus was collected on a seedling of *Mora gonggrijpii* (Fabaceae).

Vista lateral y frontal de *Stictopelta* sp. Colección INBio, Costa Rica.
Lateral and frontal view of *Stictopelta* sp. INBio collection, Costa Rica.

Vista lateral y frontal de *Stictopelta varians*. Colección INBio, Costa Rica.
Lateral and frontal view of *Stictopelta varians*. INBio collection, Costa Rica.

Sundarion

Identificación: Longitud 8,7-9,7 (Colección INBio). Tamaño mediano. Coloración generalmente café. Cabeza más ancha que alta, con ojos globulares y protuberantes. El pronoto es convexo, elevado, con su punto más alto justo atrás de los cuernos suprahumerales; los cuernos son largos, fuertes, tricarenados, afilados y se extienden casi directamente hacia afuera; los ángulos humerales son redondeados y triangulares; el proceso posterior es gradualmente acuminado, en forma de techo, con tres carenas, puntiagudo, y se extiende más allá de las tres cuartas partes del ala; el escutelo está completamente cubierto por el pronoto. Las alas anteriores son libres, transparentes, anchas y con venas prominentes; tienen cinco celdas apicales y dos discoidales; el ápice es redondeado y el limbo apical ancho. Las patas son simples, con todos los tarsos de longitud similar.
Es difícil separar *Sundarion* de *Alcmeone, Hemiptycha* (no incluidos en esta guía) y *Hemikyptha*, tres géneros relacionados.
Historia natural: Desconocida. En Costa Rica se ha recolectado en zonas bajas con trampas de luz. En Guyana se recolectó un espécimen en una plántula del árbol *Pentaclethra macroloba* (Fabaceae).

Sundarion

Identification: Length 8.7-9.7 mm (INBio collection). Medium sized, generally brown treehoppers. The head is broader than high; the eyes are globular and protruding. The pronotum is convex, elevated, with its highest point just behind the suprahumeral horns; the horns are long, strong, tricarinate, sharp, and extending almost directly outward; the humeral angles are blunt and triangular; the posterior process is gradually acuminate, rooflike, tricarinate, with a sharp tip, and extends to reach a point beyond three quarters the length of the forewings. The scutellum is completely concealed by the pronotum. The forewings are free, transparent, broad, and have prominent veins; they have five apical and two discoidal cells, a rounded tip, and a broad apical limbus. The legs are simple, with all tarsi about equal in length. It is difficult to separate *Sundarion* from three related genera: *Alcmeone, Hemiptycha* (not included in this guide) and *Hemikyptha*.
Natural history: The biology of this genus is virtually unknown. In Costa Rica, some species have been collected at low altitudes at light traps. In Guyana, a specimen was collected on a seedling of *Pentaclethra macroloba* (Fabaceae).

Vista lateral de *Sundarion* sp. (macho), Costa Rica.
Lateral view of *Sundarion* sp. (male), Costa Rica.

Vista frontal de *Sundarion* sp. (macho), Costa Rica.
Frontal view of *Sundarion* sp. (male), Costa Rica.

DARNINAE - HEMIKYPTHINI

Hemikyptha

Identificación: Este género contiene las especies más grandes de la familia Membracidae y algunas miden más de 25 mm. Cuerpo robusto. Coloración generalmente café y puede tener tonos más oscuros a veces combinados con negro. Cabeza obtusamente triangular y lisa, con la base fuertemente arqueada y sinuosa y los ojos ovalados. El pronoto es fuerte, robusto y elevado; el metopidio es convexo, más ancho que alto; la carena media es débil y continua; los ángulos humerales son débiles y redondeados; los cuernos suprahumerales son largos, fuertes, usualmente curvados, puntiagudos y se extienden casi directamente hacia arriba; el dorso es arqueado y más alto en el centro; el proceso posterior es fuerte, en forma de techo, con tres carenas puntiagudas que se extienden casi hasta el ápice de las alas anteriores; el escutelo está completamente cubierto. Las alas anteriores son anchas, casi transparentes, la mayor parte está libre, pero algunas veces están ligeramente cubiertas en la parte posterior por los lados del pronoto; presentan cinco celdas apicales y dos celdas discoidales; el limbo apical es ancho. Las patas son simples; los tarsos posteriores son ligeramente más largos que los otros.

Historia natural: Desconocida; se piensa que son de vida solitaria.

Hemikyptha

Identification: This genus includes some of the largest treehoppers, some species reaching more than 25 mm in length; they are all large. Robust, generally brown, sometimes combined with black. The head is obtusely triangular, smooth, with the base strongly arched and sinuate, and the eyes ovate. The pronotum is heavy, robust, and elevated; the metopidium is convex and broader than high; the median carina is faintly continuous; the humeral angles are weak and rounded; the suprahumeral horns are long, strong, usually curved, sharp, and extending almost directly upward; the dorsum is arched, highest in the center; the posterior process is heavy, roof-like, with three ridges, sharp, extending nearly to the tips of the forewing; the scutellum is entirely concealed. The forewing is broad and nearly transparent, mostly free, but sometimes slightly covered at the posterior margin by the overhanging sides of the pronotum; there are five apical and two discoidal cells, and the apical limbus is broad. The legs are simple, with the hind tarsi slightly longer than the others.

Natural history: Unknown; they are probably solitary.

Carolina Godoy

Vista dorsal de *Hemikyptha crux*. Museo Nacional de Historia Natural, Instituto Smithsonian, Washington D.C.

Dorsal view of *Hemikyptha crux*. National Museum of Natural History, Smithsonian Institution, Washington D.C.

Carolina Godoy

Vista lateral de *Hemikyptha crux*. Museo Nacional de Historia Natural, Instituto Smithsonian, Washington D.C.

Lateral view of *Hemikyptha crux*. National Museum of Natural History, Smithsonian Institution, Washington D.C.

DARNINAE - HYPHINOINI

Hyphinoe

Identificación: Longitud 7,1-17 mm (Colección INBio). Cuerpo robusto. Coloración café claro a negra o café con manchas oscuras. Cabeza triangular, rudamente esculpida, con ojos triangulares. El pronoto es elevado, con el frente más o menos hinchado, generalmente con marcas o impresiones a los lados; el metopidio es altamente elevado e inclinado fuertemente o ligeramente perpendicular; los ángulos humerales son poco definidos y redondeados; los cuernos suprahumerales son fuertes, redondeados, generalmente extendidos hacia fuera y muy poco hacia arriba; el proceso posterior del pronoto se hace más angosto abruptamente debido a una grada detrás de la base bulbosa; este proceso tiene forma de techo y es redondeado, extendiéndose hasta un punto intermedio entre los ángulos internos y los ápices de las alas anteriores, el escutelo está completamente cubierto por el pronoto. Las alas anteriores son libres, anchas y opacas; la venación de las alas es bien definida, tiene cinco celdas apicales y dos discoidales, con el limbo apical ancho. Las patas son simples; los tarsos posteriores son más largos que los otros.
Historia natural: Los adultos aparentemente son solitarios. Algunos se han recolectado en plantas de la familia Cucurbitaceae. *H. cornuta* se ha encontrado en tallos leñosos de árboles de *Alchornea* sp. y *Theobroma* (cacao) y *H. asphaltina* sobre plantas herbáceas. Las ninfas de los últimos tres estadios de *H. camelus* son solitarias, de coloración verde y forma bastante críptica.

Hyphinoe

Identification: Heavy-bodied treehoppers. The head is triangular and roughly sculptured, with triangular eyes. The pronotum is elevated, heavy, and more or less swollen in front, usually with markings or slight depressions on each side; the metopidium is highly elevated and strongly sloping, nearly perpendicular; the humeral angles are weak and rounded; the suprahumeral horns are heavy, blunt, and usually extending directly outward and slightly upward; the posterior process of the pronotum is abruptly narrowed because of a distinct step behind the bulbous base; this process is roof-like and blunt, extending to a point about half way between internal angles and the tips of the forewings. The scutellum is entirely concealed. The forewings are free, broad, and opaque; the wing veins are heavy, with five apical and two discoidal cells, and the apical limbus is broad. The legs are simple, and the hind tarsi are longer than the others.
Natural history: The adults of this genus are apparently solitary. Some have been collected on plants of the family Cucurbitaceae. *H. carnuta* was found on lignified stems of *Alchornea* (Euphorbiaceae) and cacao. *H. asphaltina* has been recorded on herbaceous plants as well as coffee. Nymphs of *H. camelus* in the last three stages are solitary, morphologically cryptic, and green colored.

Kenji Nishida

Vista lateral y frontal de *Hyphinoe asphaltina* (hembra). Colección INBio, Costa Rica.
Lateral and frontal view of *Hyphinoe asphaltina* (female). INBio collection, Costa Rica.

Kenji Nishida

Vista dorsolateral y frontal de *Hyphinoe vulpecula* (hembra). Colección INBio, Costa Rica.
Dorsolateral and frontal view of *Hyphinoe vulpecula* (female). INBio collection, Costa Rica.

Kenji Nishida

Vista dorsolateral y frontal de *Hyphinoe latifrons* (macho). Colección INBio, Costa Rica.
Dorsolateral and frontal view of *Hyphinoe latifrons* (male). INBio collection, Costa Rica.

Carolina Godoy

Vista dorsal de *Hyphinoe camelus* (México). Museo Nacional de Historia Natural, Instituto Smithsonian, Washington D.C.

Dorsal view of *Hyphinoe camelus* (Mexico). National Museum of Natural History, Smithsonian Institution, Washington D.C.

Kenji Nishida

Vista dorsolateral y frontal de *Hyphinoe* sp. (hembra). Colección INBio, Costa Rica.
Dorsolateral and frontal view of *Hyphinoe* sp. (female). INBio collection, Costa Rica.

Kenji Nishida

Vista lateral y posterior de *Hyphinoe* sp. (macho). Colección INBio, Costa Rica.
Lateral and posterior view of *Hyphinoe* sp. (male). INBio collection, Costa Rica.

DARNINAE - HYPHINOINI

Tomogonia

Identificación: Longitud 7,6-12 mm (Colección INBio). Tamaño mediano; delgado. De colores brillantes, por ejemplo, amarillo con manchas negras. Cabeza triangular, con ojos redondos. El pronoto es convexo, en forma de techo, con impresiones ligeras a cada lado detrás de los cuernos suprahumerales; el metopidio es ligeramente elevado, convexo y va declinando gradualmente; los ángulos humerales son anchos y redondeados; los cuernos suprahumerales son de longitud variable pero siempre están presentes y generalmente se proyectan hacia fuera; el proceso posterior es fuerte, carenado, abruptamente acuminado y se extiende hasta un punto intermedio entre los ángulos internos y el ápice de las alas anteriores; el escutelo está completamente cubierto por el pronoto. Las alas anteriores son libres, anchas y ahumadas, tienen cinco celdas apicales, con la celda apical media truncada en la base y dos celdas discoidales alargadas cuya venación es algo curvada; el limbo apical es ancho. Las patas son simples; todos los tarsos tienen una longitud similar.
Historia natural: Desconocida.

Tomogonia

Identification: Length 7.6-12.0 mm (INBio collection). Medium sized, slender-bodied treehoppers with brilliant colors, for example yellow with black markings. The head is smooth and triangular, and the eyes are round. The pronotum is convex, rooflike, with slight depressions on each side behind the suprahumeral horns; the metopidium is sligthly elevated, convex, and gradually sloping; the humeral angles are broad, blunt, and rounded; the suprahumeral horns are variable in length but always present and usually projecting outward; the posterior process is strong, carinate, abruptly acuminate, and reaches a point about half way between the internal angles and the tips of the forewings. The scutellum is completely concealed by the pronotum. The forewings are entirely free, broad, and smoky; they have five apical cells, with the median cell truncate at the base, and two elongate discoidal cells with slightly curved veins somewhat; the apical limbus is broad. The legs are simple and all tarsi are similar in length.
Natural history: Unknown.

Kenji Nishida

Vista lateral y frontal de *Tomogonia vittatipennis* (macho). Colección INBio, Costa Rica.
Lateral and fronral view of *Tomogonia vittatipennis* (male). INBio collection, Costa Rica.

Kenji Nishida

Vista dorsal de *Tomogonia vittatipennis* (macho). Colección INBio, Costa Rica.
Dorsal view of *Tomogonia vittatipennis* (male). INBio collection, Costa Rica.

DARNINAE - PROCYRTINI

Procyrta

Identificación: Longitud 3,9-6 mm (Colección INBio). Tamaño pequeño. Coloración generalmente opaca, café en los especímenes recolectados en Costa Rica. Cabeza triangular, con ojos grandes y prominentes. El pronoto es un poco elevado, redondeado hacia arriba y al frente, comprimido hacia atrás, rudamente esculpido, con el dorso algo sinuoso, generalmente manchado con negro o café; no tiene cuernos u otros procesos anteriores; el proceso posterior es grande, en forma de techo, un poco comprimido lateralmente; su punta es repentinamente acuminada y se extiende hasta más allá de los ángulos internos, sin llegar hasta el ápice de las alas anteriores. El escutelo está completamente cubierto por el pronoto. Las alas anteriores son completamente libres, anchas y oscuras, generalmente con manchas cafés o negras y una base endurecida y punteada; presenta cinco celdas apicales con venación muy curvada y una celda discoidal; el limbo apical es ancho y el área apical está definida por una línea de venas transversales. Las patas son simples; todos los tarsos tienen una longitud similar; el trocánter posterior posee espinas grandes alrededor del margen.

Historia natural: Prácticamente desconocida. Los adultos de *P. pectoralis* aparentemente son solitarios. En Costa Rica se ha recolectado en las tierras bajas y medias, pero no se conoce el resto de su biología.

Procyrta

Identification: Length 3.9-6.0 mm (INBio collection). Small, brown colored treehoppers (at least in Costa Rica). The head is triangular with prominent large eyes. The pronotum is slightly elevated, rounded above in front and compressed behind, roughly sculptured, with the dorsum somewhat sinuate, usually spotted with brown or black; no horns or other anterior processes are present; the posterior process is heavy, roof-like, somewhat compressed laterally; its tip is suddenly acuminate and extends to a point beyond the interior angles, but does not reach the tips of the forewings. The scutellum is entirely concealed by the pronotum. The forewings are entirely free, broad, and dark, usually with brown or black markings, and with a hardened and punctured base; they have five apical cells with strongly curved venation, one discoidal cell, a broad apical limbus, and the apical area is set off by a line of transverse veins. The legs are simple, all tarsi are similar in length, and the hind trochanter bears conspicuous spines around its margin.

Natural history: Mostly unknown. The adults of *P. pectoralis* are apparently solitary. They have been collected in Costa Rica from low- to mid-elevations.

Kenji Nishida

Vista lateral de *Procyrta pectoralis*. Colección INBio, Costa Rica.
Lateral view of *Procyrta pectoralis*. INBio collection, Costa Rica.

Kenji Nishida

Vista lateral y frontal de *Procyrta* sp. Colección INBio, Costa Rica.
Lateral and frontal view of *Procyrta* sp. INBio collection, Costa Rica.

ENDOIASTINAE - ENDOIASTINI

Endoiastus

Identificación: Longitud *ca.* 3,7 mm (Colección INBio). Tamaño pequeño; frágil. Coloración en diferentes tonos cafés. Cabeza casi tan ancha como alta (su longitud parece ser mayor que el tamaño real, porque tiene la base elevada con dos grandes lóbulos y una muesca profunda entre ellos); ojos pequeños y lateralmente aplanados (Figs. 11d,e). El pronoto es convexo, sin cuernos u otras protuberancias, con carenas elevadas y bien definidas; el escutelo está completamente expuesto y es triangular, ligeramente más largo que ancho en la base y con una base convexa, ápice plano, y pequeñas carenas poco definidas. Las alas anteriores son endurecidas, opacas, muy redondeadas en los extremos, tienen cuatro celdas apicales y ninguna celda discoidal y carecen de limbo apical. Las patas son simples y muy delgadas; todos los tarsos tienen una longitud similar.
Éste es uno de los géneros más ancestrales de la familia. Antes se incluía en otra familia de Auchenorrhyncha cercana a Membracidae, llamada Aetalionidae. Sólo se ha descrito una especie en este género.
Historia natural: Las hembras de *E. caviceps* insertan sus huevos en grupos en los tejidos de la planta hospedera. Las hembras protegen a sus huevos y también se han observado acompañando a las ninfas. Los adultos y las ninfas son atendidos por hormigas, entre ellas especies del género *Crematogaster*. A veces las hormigas construyen refugios bajo la hoja, a lo largo de la vena central, y los membrácidos se encuentran dentro de estos refugios. Los huevos de *E. caviceps* son atacados por avispitas de la familia Trichogrammatidae. Entre las familias de plantas hospederas se encuentran Melastomataceae y Myrtaceae.

Endoiastus

Identification: Length about 3.7 mm (INBio collection). Small, fragile treehoppers with varying shades of brown. The head is about as broad as high (the length of the head appears exaggerated because of an elevated base with two large lobes that are deeply notched in between); the eyes are small and laterally flattened (Figs. 11d,e). The pronotum is convex, without processes of any kind and with strong, elevated ridges or carinae. The scutellum is entirely exposed, triangular, slightly longer than broad at the base, with a convex base, a flat apex, and very weak ridges. The forewings are hardened, opaque, and broadly rounded at the tips; they have four apical cells, no discoidal cells, and no apical limbus. The legs are simple, very slender, and all tarsi are similar in length. This is one of the most ancestral genera of treehoppers. Previously it was placed in another family, Aetalionidae, which is closely related to Membracidae. Only one species (*E. caviceps*) has been described.

Kenji Nishida

Vista lateral de *Endoiastus caviceps* (hembra). Colección INBio, Costa Rica.

Lateral view of *Endoiastus caviceps* (female). INBio collection, Costa Rica.

Stuart McKamey

Stuart McKamey

Hormiga atendiendo adultos de *Endoiastus caviceps* (izquierda) y una hembra de *E. caviceps* protegiendo sus huevos cerca de un macho de la misma especie (derecha), Costa Rica.

Ant tending adults of *Endoiastus caviceps* (left) and female of *E. caviceps* guarding eggs next to a conspecific male (right), Costa Rica.

Natural history: The females of *E. caviceps* insert their eggs in groups, in tissues of the host plant. They guard their eggs and have also been observed with their nymphs. The adults and the nymphs are tended by ants (e.g. *Crematogaster*). Sometimes the treehoppers are found in refuges constructed by ants on the undersides the leaves along the primary veins. The eggs are attacked by trichogrammatid parasitoids. The host plants include Melastomataceae and Myrtaceae.

HETERONOTINAE - HETERONOTINI

Anchistrotus

Identificación: Longitud *ca.* 7 mm (Colección INBio). Tamaño grande. Coloración brillante. Cabeza triangular, con ojos ovalados y prominentes. El pronoto es hinchado en forma de un globo muy grande, tan débilmente unido al cuerpo que es difícil recolectar un espécimen sin que se quiebre; esta expansión bulbosa generalmente está cubierta de espinas, especialmente en la parte posterior; la parte anterior del pronoto es inclinada, lisa y sin espinas; el pronoto se hace angosto abruptamente para convertirse en un proceso posterior corto que no alcanza el ápice de las alas anteriores; el escutelo está completamente cubierto por el pronoto. Las alas anteriores son transparentes, de ápices redondeados y con el limbo apical ancho; la venación tiende a ser irregular; solo hay una celda discoidal, pero el número de celdas apicales es variable. Las patas son simples; los tarsos posteriores son más largos que los otros.

Historia natural: Presenta comportamiento subsocial, las hembras protegen a sus huevos. Se encuentra en agrupaciones grandes que pueden tener de 20 a 30 adultos y cientos de ninfas. La mayor parte del pronoto se desprende cuando se toca, lo que posiblemente aumenta la supervivencia contra los ataques de depredadores. La fractura se da en una línea definida del pronoto y no afecta el comportamiento del membrácido. Se ha observado a *A. amitteraglobus* atendida por la abeja sin aguijón *Trigona fuscipennis*, y a *A. obfuscatus* (antes *A. maculatus*) atendida por hormigas. Sus plantas hospederas pertenecen a la familia Fabaceae.

Anchistrotus

Identification: About 7.0 mm in length (INBio collection). Large, brightly colored treehoppers. The head is triangular with ovate, prominent eyes. The pronotum is swollen into an enormous hollow globe which is so weakly attached to the body that it is difficult to collect specimens without detaching it; this bulbous expansion is generally armed with spines, especially on the posterior end; the anterior portion of the pronotum is sloping, smooth and unarmed; the pronotum narrows suddenly into a short posterior process which does not reach the tips of the forewings . The scutellum is entirely concealed. The forewings are transparent with rounded tips and a broad apical limbus; the wing venation tends to be irregular and the number of apical cells is variable, but there is only one discoidal cell. The legs are simple, with the hind tarsi longer than the others.

Natural history: The genus *Anchistrotus* is subsocial; the females protect their eggs. Nymphs and adults are found in large aggregations, with 20-30 adults and hundreds of nymphs. Most of the pronotum detaches on contact, which possibly increases survival against attacks from predators. The fracture occurs along a

Kenji Nishida

Vista lateral de *Anchistrotus maculatus*. Colección INBio, Costa Rica.
Lateral view of *Anchistrotus maculatus*. INBio collection, Costa Rica.

Kenji Nishida

Vista posterior de *Anchistrotus maculatus*. Colección INBio, Costa Rica.
Posterior view of *Anchistrotus maculatus*. INBio collection, Costa Rica.

defined line on the pronotum, and detachment apparently does not affect the treehopper's behavior. *A. amitteraglobus* has been observed with stingless bees, *Trigona fuscipennis*, and *A. obfuscatus* (formally *A. maculatus*) is tended by ants. Host plants are in the family Fabaceae.

Dysyncritus

Identificación: Longitud 4,8-5,8 mm (Colección INBio). Cuerpo oblongo. Coloración en tonos cafés y crema. Cabeza moderadamente grande. El pronoto tiene forma de diamante, con los ángulos humerales distintivos que se hacen gradualmente más angostos hacia atrás. Las alas anteriores son grandes, con cinco celdas apicales oblongas; las venas de las alas son gruesas y algo curvadas, con una celda discoidal cerca del margen exterior; la tercera celda basal es tan fuertemente peciolada que parece ser una celda discoidal en medio del ala. Los tarsos de las patas posteriores son más largos que los otros y las tibias posteriores tienen filas de espinas a cada lado.
Historia natural: Desconocida.

Dysyncritus

Identification: Length 4.8-5.8 mm (INBio collection). Colored with shades of brown and cream. Oblong treehoppers with a moderately large head. The pronotum is diamond-shaped, with distinct humeral angles, which are gradually narrowed behind. The forewings are large, with five oblong apical cells; the wing veins are thick and more or less curved, with one discoidal cell near the exterior margin; the third basal cell is so strongly petiolate that it seems to be a discoidal cell in the center of the wing. The posterior legs have the longest tarsi, and the posterior tibiae have rows of spines on each side.
Natural history: Unknown.

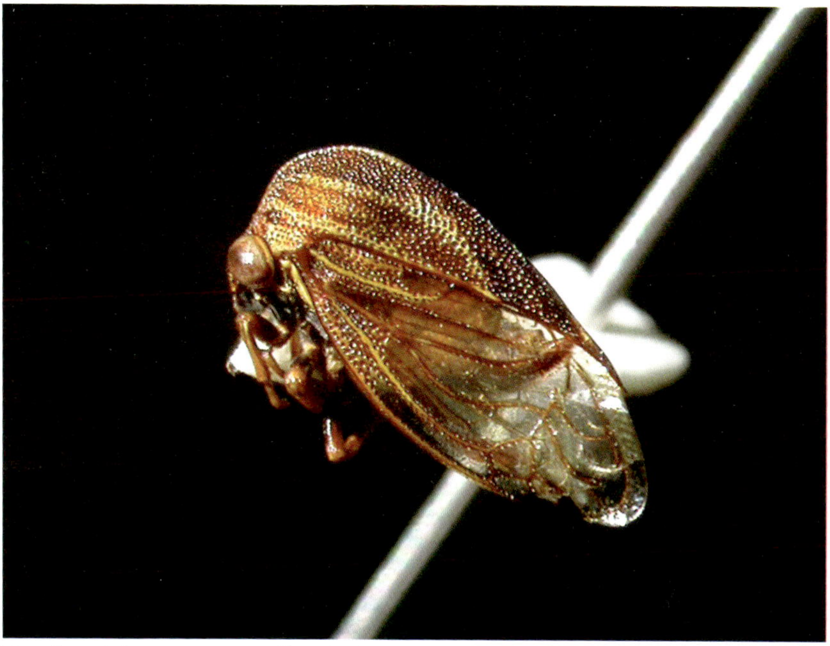

Kenji Nishida

Vista lateral de *Dysyncritus* sp. (hembra). Colección INBio, Costa Rica.
Lateral view of *Dysyncritus* sp. (female). INBio collection, Costa Rica.

Carolina Godoy

Vista lateral de *Dysyncritus* sp. Colección INBio, Costa Rica.
Lateral view of *Dysyncritus* sp. INBio collection, Costa Rica.

HETERONOTINAE - HETERONOTINI

Heteronotus

Identificación: Longitud 7,5-11,2 mm (Colección INBio). Tamaño grande; largo y delgado. Coloridos. Cabeza mucho más ancha que alta, generalmente lisa; con ojos extremadamente grandes, globulares y protuberantes. El pronoto generalmente es de colores brillantes y tiene nódulos hinchados con muchas espinas; el ápice del proceso posterior generalmente es globular y espinoso. Las alas anteriores son transparentes y se extienden mucho más allá del extremo del abdomen y del proceso posterior; tienen cinco celdas apicales y dos discoidales. Las patas son simples; los tarsos posteriores son más largos que los otros.
Historia natural: Los adultos de *Heteronotus* son solitarios (Fig. 2c). Se han encontrado ninfas de *H. trinodosus* en grupos de tres a cuatro, dentro de refugios de hormigas que las atienden. Las ninfas aparentemente se dispersan después de mudar a adultos y pasan a una vida solitaria. Entre las hormigas asociadas a este género está *Dolichoderus validus*.
En Venezuela, se encontró a *Heteronotus* sp. asociado a hormigas *Azteca* sp. en plantas de *Guatteria schomburgkiana*, y a hormigas *D. quadridenticulatus* en plantas de *Tachigalia guianensis*. En Brasil, se encontró a *H. formicoidea* en árboles jóvenes de *Acacia polyphylla*, en una agrupación de adultos y ninfas, atendidos por hormigas pertenecientes a varios géneros.
Entre las plantas hospederas de *Heteronotus* se conocen *Pentaclethra macroloba*, *Inga marginata* e *I. sapindoides* (todas Fabaceae, como *Tachigalia* y *Acacia*). En Costa Rica, *Heteronotus* se recolectó en *Trichilia*. En Guyana se recolectó un individuo de *H. tridens* en una plántula de *Catostemma fragans*.

Heteronotus

Identification: Length 7.5-11.2 mm (INBio collection). Large, colorful treehoppers with long, narrow bodies. The head is much wider than high and is usually smooth; the eyes are extremely large, globular and protruding. The pronotum is usually brightly colored and has swollen nodes with many spines; the apex of the posterior process is usually globular and spinose. The forewings are transparent and extend far beyond the abdomen and posterior process; they have five apical and two discoidal cells. The legs are simple and the hind tarsi are longer than the others.
Natural history: The adults of *Heteronotus* are solitary. Nymphs of *H. trinodosus* have been found in groups of three to four in shelters constructed by tending ants. They apparently disperse upon molting to an adult. Associated ants include *Dolichoderus validus* and, in Venezuela, *Azteca* ants on *Guatteria schmburgkiana* plants and *Dolichoderus quadridenticulatus* on *Tachigalia guianensis*. In Brazil, *H. formicoidea* was found on young *Acacia polyphylla* trees, and aggregations of adults and nymphs were tended by several genera of ants.

Hembra de *Heteronotus* sp. en *Trichilia havanensis*, provincia de Heredia, Costa Rica.
Female of *Heteronotus* sp. on *Trichilia havanensis*, Heredia province, Costa Rica.

Hembra de *Heteronotus* sp. en *Trichilia havanensis*, provincia de San José, Costa Rica.

Female of *Heteronotus* sp. on *Trichilia havanensis*, San José province, Costa Rica.

Other host plants include *Pentaclethra macroloba, Inga marginata* and *I. sapindoides* (all Fabaceae as are *Tachigalia* and *Acacia*). In Costa Rica this genus has been found on a tree of *Trichilia havanensis*. In Guyana, an individual of *H. tridens* was collected on a sapling of *Catostemma fragans*.

Nassunia

Identificación: Longitud 5,7 mm (Colección INBio). Tamaño mediano; robusto. Coloración en tonos combinados de café y crema. Cabeza triangular, con ojos ovalados. El pronoto es convexo, moderadamente elevado, con forma de techo; los ángulos humerales son poco definidos y triangularmente redondeados, no puntiagudos; los cuernos suprahumerales son robustos, afilados, divergentes y se extienden hacia fuera y hacia arriba; el proceso posterior es fuerte, con forma de techo, abruptamente acuminado y se extiende más allá del extremo del abdomen pero no alcanza el ápice de las alas anteriores; el escutelo está completamente cubierto por el pronoto. Las alas anteriores son libres y transparentes, con cinco celdas apicales, la celda apical media está truncada en la base; celda discoidal con venas fuertes, ligeramente levantadas; el limbo apical es ancho. Las patas son simples; los tarsos posteriores son más largos que los otros.

Historia natural: Las ninfas y los adultos de *N. bipunctata* forman agrupaciones que son atendidas por hormigas. No se conoce el resto de la biología del género. En Guyana, se recolectó un espécimen de *Nassunia* en una plántula de un árbol de *Chlorocardium rodiei* y otro en una plántula de *Pentaclethra macroloba*.

Nassunia

Identification: Length 5.7 mm (INBio collection). Medium sized, robust treehoppers with a combination of brown and cream coloration. The head is triangular, with ovate eyes. The pronotum is convex, moderately elevated, and roof-like; the humeral angles are weak, blunt, and triangular; the suprahumeral horns are stout, sharp, diverging, extending outward and upward; the posterior process is strong, roof-like, and abruptly acuminate; it extends beyond the end of the abdomen but does not reach the tips of the forewings. The scutellum is entirely concealed by the pronotum. The forewings are free and transparent, with five apical cells; the median apical cell is truncate at the base; the discoidal cell has strong, slightly raised veins; the apical limbus is broad. The legs are simple and the hind tarsi are longer than the others.

Natural history: The nymphs and adults of *N. bipunctata* form aggregations that are tended by ants. The rest of the biology is unknown. In Guyana, a specimen of this genus was collected on a seedling of *Chlorocardium rodiei*, and another on a seedling of *Pentaclethra macroloba*.

Carolina Godoy

Vista lateral de *Nassunia nigrofascia* (Perú). Museo Nacional de Historia Natural, Instituto Smithsonian, Washington D.C.

Lateral view of *Nassunia nigrofascia* (Perú). National Museum of Natural History, Smithsonian Institution, Washington D.C.

Rhexia

Identificación: Longitud 2,6-3,2 mm (Colección INBio). Cuerpo robusto, liso y brillante. Coloración en tonos claros y oscuros. Cabeza triangular, lisa y brillante; los ojos son diagonales y su ancho duplica su altura. El pronoto es liso y pulido, ligeramente punteado; los ángulos humerales son redondeados, muy ligeramente protuberantes; no tienen cuernos suprahumerales ni otros procesos anteriores; el dorso es convexo, redondeado, con su punto más alto en el medio, con una débil carena media y los lados con una ligera marca; el proceso posterior es ancho, alto, redondeado y abruptamente se hace angosto en la punta; el extremo del proceso apenas alcanza los ángulos internos de las alas anteriores. El escutelo está completamente cubierto por el pronoto. Las alas anteriores son libres, transparentes, con cinco celdas apicales y una discoidal; las venas apicales son claramente curvadas y la celda media apical es irregularmente truncada; el limbo apical es muy ancho. Las patas y los tarsos son simples.
Historia natural: Desconocida.

Rhexia

Identification: Length 2.6-3.2 mm (INBio collection). Robust treehoppers with a smooth and shiny appearance, and with light and dark colors. The head is triangular, smooth, and shiny; the eyes are slanting and twice as wide as high. The pronotum is smooth, polished, and lightly punctured; the humeral angles are rounded, and very slightly produced; it lacks horns and other anterior processes; the dorsum is convex, rounded, with its highest point in the middle, with a weak median carina, and with weak depressions on the sides; the posterior process is wide, high, rounded, abruptly narrowed at the tip, and reaches the internal angles of the forewings . The scutellum is entirely concealed by the pronotum. The forewings are entirely free, transparent, with five apical cells and one discoidal cell; the apical veins are distinctly curved and the median apical cell is irregularly truncate; the apical limbus is very broad. The legs and tarsi are simple.
Natural history: Unknown.

Kenji Nishida

Vista lateral, dorsal y frontal de *Rhexia* sp. (hembra). Colección INBio, Costa Rica.
Lateral, dorsal and frontal view of *Rhexia* sp. (female). INBio collection, Costa Rica.

Kenji Nishida

Vista lateral y frontal de *Rhexia* sp. Colección INBio, Costa Rica.
Lateral and frontal view of *Rhexia* sp. INBio collection, Costa Rica.

MEMBRACINAE - ACONOPHORINI

Aconophora

Identificación: Longitud 4,5-10,5 mm. Coloración amarilla, anaranjada, café, negra o una combinación de estos. El vértex de la cabeza generalmente tiene dos colores en uno o en ambos sexos. El pronoto tiene un punteado fino y, en vista lateral, un cuerno frontal largo, ancho y muy comprimido (excepto en *A. mexicana*) que frecuentemente presenta dos colores y tiene los márgenes casi paralelos o es ligeramente puntiagudo; las carenas humerales son desde moderadas hasta bien desarrolladas; el proceso posterior, en vista lateral es generalmente largo y sinuoso y se adelgaza cerca del ápice. Las alas anteriores tienen la mitad basal engrosada, semiopaca y usualmente punteada (este rasgo y el vértex de la cabeza distinguen a este género de los otros de su tribu); el margen costal a menudo es oscuro. Las tibias de las patas anteriores y medias tienen los márgenes usualmente angostos y ligeramente paralelos. El esternito IV del abdomen generalmente carece de carena transversal (excepto en *A. mexicana* y *A. cultellata*).

Historia natural: El género *Aconophora* es subsocial y gregario; las hembras permanecen con las agrupaciones de ninfas a través de su desarrollo. Colocan masas de huevos en ramas delgadas; una masa puede tener alrededor de 60 huevos. Depositan una sustancia clara y pegajosa alrededor del tallo, que parece ser una defensa contra depredadores y parasitoides, que usualmente se pegan a ella; sin embargo, las ninfas de los membrácidos y ciertos parasitoides pueden caminar sobre esta sustancia sin quedarse pegados. Se cree que esta sustancia impide a las hormigas atender a las ninfas.

Los estadios ninfales de *A. compressa* duran alrededor de 27 días. Durante el desarrollo, las ninfas cambian sus colores conforme van madurando y pueden tener coloración aposemática en las últimas etapas. Las hembras pueden responder a un disturbio caminando rápidamente hacia la base de la rama y agrupándose. En algunas especies, las hembras con huevos o ninfas no abandonan el sitio cuando son perturbadas, sin embargo, las ninfas caminan a sitios cercanos de la planta y se reagrupan inmediatamente. Las ninfas de varias especies de *Aconophora* son atendidas por hormigas. También las avispas *Parachartergus apicalis*, *Pseudopolybia compessa* (Vespidae) y las abejas del género *Trigona* (Apidae) atienden a este género. Los huevos de *Aconophora* pueden ser atacados por avispas parasitoides de la familia Mymaridae, entre ellas *Schizophragma basalis* y *Gonatocerus acanophorae*. Otros enemigos naturales para este género son las larvas de la familia Chrysopidae (Orden Neuroptera).

La mayoría de las especies de *Aconophora* se hospedan en plantas de la familia Fabaceae, aunque también pueden utilizar otras familias (ver Apéndice 2).

Importancia: *A. compressa* fue el primer membrácido utilizado como controlador biológico, al ser introducido en Australia en 1995 para controlar *Lantana camara*. *A. compressa* se ha registrado ocasionalmente como plaga menor en guanábana, café y papaya. En la papaya, este insecto se alimenta debajo de las hojas y los

Carolina Godoy

Hembra de *Aconophora mexicana* cuidando sus ninfas, Costa Rica.
Female of *Aconophora mexicana* guarding her nymphs, Costa Rica.

brotes, causando un pobre desarrollo de estas partes de la planta. La melaza secretada por las ninfas favorece el crecimiento de hongos en las hojas que reducen la fotosíntesis. En Colombia, se han encontrado algunas especies de *Aconophora* en *Ficus benjamina* y anonáceas como *Annona squamosa*, *A. cherimolia* y *A. muricata*.

Aconophora

Identification: Length 4.5-10.5 mm. Yellow, orange, brown, black, or some combination of these colors. The vertex of the head usually has two colors in at least one of the sexes. The pronotum is finely punctate, and in lateral view, has a long and wide strongly compressed frontal horn (except in *A. mexicana*), often with two colors, and with its margins nearly parallel or slightly tapering; the humeral carinae are moderately to well developed; the posterior process, in lateral view, is usually long and sinuate, narrowing near the apex. The forewings are semiopaque, thick, and usually punctate on the basal half (this characteristic and the vertex of the head distinguish this genus from others in the tribe); the costal margin is often dark. The fore- and middle tibiae are usually narrow and their margins are nearly parallel. Sternum IV of abdomen usually lacks transverse carina (except in *A. mexicana* and *A. cultellata*).

Kenji Nishida

Dos hembras de *Aconophora compressa* en Monteverde, provincia de Puntarenas, Costa Rica.
Two females of *Aconophora compressa* in Monteverde, Puntarenas province, Costa Rica.

Natural history: *Aconophora* is gregarious and subsocial, the females stay with the aggregations of nymphs throughout their development. They lay their eggs on thin branches, in masses of about 60, and deposit a clear-sticky substance around the stem, which appears to be a defense against predators and parasitoids. The latter usually adhere to the substance, but membracid nymphs and certain parasitoids can walk on it without getting stuck. It is also believed that the substance prevents ants from visiting. The nymphal stage of *A. compressa* lasts approximately 27 days. During their development, the nymphs change their color pattern as they mature and may have aposematic coloration in later stages. The females of this species often respond to a disturbance by walking rapidly toward the base of the branch and forming an aggregation. In some species, females with eggs or nymphs do not abandon the site when disturbed, but the nymphs immediately walk to a nearby site and re-group. Nymphs of various species are tended by ants; vespid wasps (*Parachartergus apicalis* and *Pseudopolybia compressa*) and bees (*Trigona*) also visit species in this genus. The eggs of *Aconophora* are attacked by mymarid parasitoid wasps (e.g. *Schizophragma basalis* and *Gonatocerus acanophorae*). Other natural enemies include larvae of lace wings (Chrysopidae: Neuroptera). Most *Aconophora* feed on Fabaceae but some have been found on other plant families (see annex 2).

Importance: In 1995, a species of this genus became the first treehopper used in classical biological control – *A. compressa* was introduced to Australia to control the plant, *Lantana camara*. However, *A. compressa* attacks some cultivated plants, such as papaya and coffee. Even though the genus is not considered a major pest, on papaya they feed on the undersides of leaves and buds, reducing their development. The honeydew secreted by nymphs attracts wasps and stingless bees but also favors fungal growth on leaves which impedes photosynthesis. In Colombia, some species in this genus have been found on *Ficus benjamina* and Anonaceae (e.g. *Annona squamosa*, *A. cherimolia*, and *A. muricata*).

MEMBRACINAE - ACONOPHORINI

Calloconophora

Identificación: Longitud 5,6-11 mm. Coloración anaranjada, café, negra o una combinación de estos. Cabeza con vértex de un solo color y densamente pubescente, convexo o casi aplanado. El pronoto es finamente punteado, con frecuencia pubescente, raramente con bandas longitudinales de setas oscuras; en vista lateral tiene un cuerno frontal generalmente corto, angosto y curvado, pero algunas veces es largo y recto; los márgenes del cuerno son aplanados; las carenas humerales están bien desarrolladas; el proceso posterior es moderadamente largo y con el ápice angosto. Este género se distingue de los otros de su tribu por las siguientes características: las alas anteriores tienen la mitad basal densa y uniformemente punteada, con frecuencia endurecida y opaca. Las patas anteriores y medias son generalmente aplanadas. El esternito IV del abdomen puede tener una carena transversal.

Historia natural: Este es un género subsocial. Las hembras depositan sus masas de huevos sobre los pecíolos de las hojas y las cubren con una sustancia blanca. Con frecuencia las hembras permanecen sobre los huevos y cuando eclosionan continúan cuidando a las ninfas. Las madres responden cuando son perturbadas moviendo las patas posteriores, caminando hacia los lados o abanicando sus alas. Las ninfas se dispersan ante cualquier disturbio pero se reagrupan nuevamente. Las hormigas no atienden directamente a las ninfas, pero ocasionalmente se han observado recolectando melaza en las hojas bajo la agrupación de membrácidos.

Las ninfas de *C. caliginosa* y *C. pinguis* se desarrollan en agrupaciones densas. Estos grupos muestran un patrón de forrajeo nómada, en el cual el grupo completo se mueve de un sitio de alimentación a otro. En *C. pinguis*, las ninfas que se encuentran en un tallo cuya calidad nutricional está disminuyendo, se van a explorar el resto de la planta. Cuando una ninfa encuentra un mejor sitio de alimentación, se detiene y produce una larga serie de vibraciones del sustrato que parecen mugidos. Estas señales son detectadas por otros individuos que las utilizan para localizar el nuevo sitio de alimentación.

Este género se encuentra en varias familias de plantas: *C. argentipennis* se ha recolectado en Tiliaceae, Fabaceae y Anacardiaceae; *C. obtusa* en Piperaceae, *C. obliqua* en Fabaceae y Euphorbiaceae, *C. pugionata* en Fabaceae y Araliaceae, *C. caliginosa* en Annonaceae, Euphorbiaceae, Sterculiaceae y Piperaceae; *C. pinguis* en Sterculiaceae y Fabaceae. En Costa Rica se observó una hembra de *Calloconophora* con una masa de huevos y un grupo de ninfas en *Trichilia havanensis*.

Importancia: En general no atacan plantas de importancia económica. Sin embargo, en Honduras se encontraron poblaciones altas de *C. caliginosa* como plaga de *Annona muricata*, y donde adultos y ninfas se alimentaban principalmente en yemas, flores y frutos, además las hembras ovipositaban en las yemas.

Calloconophora

Identification: Length 5.6-11.0 mm. Orange, brown, black or a combination of these colors. The head has a unicolored vertex and is densely pubescent, convex, or nearly flattened. The pronotum is finely punctate, often densely pubescent, rarely with longitudinal bands of dark setae; in lateral view it has a frontal horn, which is relatively short, narrow and curved, but sometimes long and straight, and with compressed margins; the humeral carinae are well developed; the posterior process is moderately long and has a narrow apex. The following features distinguish this genus: forewings with basal half densely and evenly punctate, often opaque and hardened. The fore and middle tibiae are usually flattened. Sternum IV of the abdomen may or may not have a transverse carina.

Natural history: This genus shows subsocial behavior. The eggs are laid in masses and are covered with a white substance which is secreted by the female during oviposition, and are usually laid on leaf petioles. The females often protect their eggs and nymphs, and respond to disturbances by moving their hind legs, moving from side to side, or fanning their wings. The nymphs disperse when disturbed, but later regroup. The nymphs are usually not tended by ants; however, ants are occasionally observed collecting honeydew from nymphal aggregations on the underside of leaves. The nymphs of *C. caliginosa* and *C. pinguis* form large aggregations, which show nomadic foraging whereby an entire group migrates from one feeding site to another. For example, nymphs of *C. pinguis* feeding on a stem low in nutrients begin to explore for another feeding site on the plant. When a nymph finds a better site, it produces a series of long, bellow-like vibrations on the substrate and these signals are detected by other individuals, resulting in a regrouping of the nymphs. This genus has been found on various plant families: *C. argentipennis* on Anacardiaceae, Fabaceae, and Tiliaceae; *C. obtusa* on Piperaceae; *C. obliqua* on Euphorbiaceae and Fabaceae; *C. pugionata* on Araliaceae and Fabaceae; *C. caliginosa* on Anonnaceae, Euphorbiaceae, Piperaceae, and Sterculiaceae; *C. pinguis* on Fabaceae and Sterculiaceae. In Costa Rica a female with young nymphs was observed on *Trichilia havanensis*.

Importance: In general, the species in the genus are not found on economically important plants. In Honduras dense populations of *C. caliginosa* were found on *Annona muricata* and reported as a pest. They feed on leaf buds, flowers and fruits, and the females oviposit on buds.

Kenji Nishida

Hembra de *Calloconophora* sp. con su masa de huevos en *Trichilia havanensis*, provincia de San José, Costa Rica.

Female of *Calloconophora* sp. with her egg mass on *Trichilia havanensis*, San José province, Costa Rica.

Kenji Nishida

Hembra de *Calloconophora* sp. con su masa de huevos y sus ninfas, provincia de San José, Costa Rica.

Female of *Calloconophora* sp. with her egg mass and nymphs, San José province, Costa Rica.

MEMBRACINAE - ACONOPHORINI

Guayaquila

Identificación: Longitud 4,3-7,5 mm. Coloración verde amarillento, anaranjado, café, púrpura, negro o combinaciones de estos. Cabeza con vértex de pubescencia esparcida, convexo o un poco aplanado. El pronoto tiene pubescencia esparcida y es gruesamente punteado; tiene un cuerno que puede ser corto y curvado, largo y recto o elevado, fuertemente comprimido; la carena humeral es débil o está ausente; el proceso posterior en vista laterales es corto y angosto o largo, ancho y curvado. Las características que distinguen a este género son: las alas anteriores presentan la mitad basal semiopaca, engrosada y punteada (excepto en *G. prunitia*), usualmente no tienen marcas apicales (excepto en *G. contorta*). Las tibias anteriores y medias son de moderada a fuertemente aplanadas y expandidas. El abdomen tiene en el esternito IV una distintiva carena transversal (si esta carena está ausente, no presenta bandas longitudinales de setas, o tiene las tibias de las patas anteriores y medias angostas).

Historia natural: Este es un género subsocial. Varias hembras pueden depositar sus huevos en una hoja, otras son solitarias, pero siempre permanecen sobre los huevos hasta que estos eclosionan (Fig. 23). Según sea la especie, pueden depositar los huevos en la vena media de las hojas, como *G. pallescens*, o en la superficie de las ramas, como *G. emarginata* y *G. obesa*. Las masas contienen cerca de 60 huevos y están cubiertas por una secreción cerosa y pegajosa. Cuando las hembras que protegen los huevos son perturbadas, a veces se alejan temporalmente de la masa de huevos (Figs. 7b, 21b).

Este género está asociado con hormigas. Las agrupaciones de *G. xiphia* son atendidas por varias especies de *Camponotus* y *Ectatomma edentatum*. Las hormigas atacan a los enemigos potenciales y tratan de mantener a la cría libre de parasitoides. En *G. xiphia*, aunque las hormigas *Camponotus* tengan en la planta hospedera otra fuente de azúcar, continúan atendiendo a los membrácidos. Las hormigas pueden estar presentes antes de que los huevos eclosionen o llegar inmediatamente después. En general las ninfas solo son atendidas por hormigas y ocasionalmente por otros Hymenoptera sociales (por ejemplo, abejas del género *Trigona* o las avispas *Pseudopolybia compressa* y *Parachartegus fraternus*) (Fig. 31b). El comportamiento de las hembras hacia estos organismos en general es pasivo, pero a veces son agresivas; si una avispa ronda para cazar las ninfas, la hembra abanica las alas repetidamente y patea para defender a sus crías (Fig. 27). Las hembras pueden reconocer cuando una avispa llega para atenderlas, esto sucede cuando la avispa se aproxima y toca al membrácido con las antenas. Las ninfas responden a las avispas cuidadoras doblando hacia arriba la punta del abdomen y liberando una gota de melaza.

El género *Guayaquila* puede encontrarse en un gran número de plantas hospederas. En Costa Rica, se encontraron dos adultos con una masa de huevos en el pedúnculo

Kenji Nishida

Hembra de *Guayaquila* sp. con sus huevos en una solanácea, Cerro de la Muerte, provincia de San José, Costa Rica.

Female of *Guayaquila* sp. with her eggs on a Solanaceae plant, Cerro de la Muerte, San José province, Costa Rica.

Kenji Nishida

Adulto y ninfa de *Guayaquila* sp., Parque Nacional Santa Rosa, provincia de Guanacaste, Costa Rica.

Adult and nymph of *Guayaquila* sp., Santa Rosa National Park, Guanacaste province, Costa Rica.

Kenji Nishida

Hembras con huevos y ninfas de *Guayaquila* sp. atendidas por hormigas, provincia de Alajuela, Costa Rica.

Egg-guarding females and nymphs of *Guayaquila* sp. tended by ants, Alajuela province, Costa Rica.

de un fruto de *Cinnamomum cinnamomifolium* y una hembra protegiendo huevos en *Quercus seemannii* y en macadamia (*Macadamia ternifolia*). Además, se han encontrado ninfas y adultos en dos géneros diferentes de matapalos (*Struthanthus orbicularis, Phoradendron undulatum*). En *Eugenia truncata* se informó de ninfas y adultos. En todos estos registros no se observaron hormigas.

Importancia: *G. pallescens* tiene importancia económica al sur de México como plaga en plantaciones de papaya.

Guayaquila

Identification: Length 4.3-7.5 mm. Greenish yellow, orange, brown, purplish, black or a combination of these colors. Head with vertex sparsely pubescent, convex, or a little flattened. The pronotum is sparsely pubescent and coarsely punctate; it has a horn of variable length that can be curved or straight, elevated, and strongly compressed; humeral carinae are weak or absent; the posterior process, in lateral view, is short and narrow, or long, wide, and curved. This genus differs from related genera by having the following combination of features: The basal half of the forewing is punctate, with semi-opaque sclerotization in the basal half between veins C and M and in anal area (except in *G. prunitia*), and without an apical mark (except in *G. contorta*). The fore and middle tibiae are moderately to strongly flattened and expanded. Sternum IV of the abdomen usually has a distinct transverse carina (if absent, it does not have longitudinal bands of setae, or the fore and middle tibiae are narrow).

Natural history: This genus is subsocial. Several females are found together and deposit their egg masses on a single leaf; they remain on the eggs until the nymphs

Ninfas y adulto de *Guayaquila* sp., Parque Nacional Santa Rosa, provincia de Guanacaste, Costa Rica.

Nymphs and adult of *Guayaquila* sp., Santa Rosa National Park, Guanacaste province, Costa Rica.

hatch. Some species, like *G. pallescens*, deposit their egg masses on the mid-vein of the leaves, and other species like *G. emarginata* and *G. obesa* lay egg masses on the surface of the branches. These masses contain nearly 60 eggs, and are usually covered with a waxy, sticky secretion. When a female that is guarding her egg mass is perturbed, she sometimes moves away temporarily from her egg mass (Figs. 7b, 21b).

Aggregations of *Guayaquila* are tended by ants, which attack predators and parasitoids; for example, *G. xiphia* is tended by several species of *Camponotus* and *Ectatomma edentatum*. Although the *Camponotus* ants find a source of sugar directly from the plant, they continue to tend the treehoppers. In some cases the ants are present before the nymphs emerge from the eggs. Nymphs are occasionally tended by bees (*Trigona*) and vespid wasps (*Pseudopolybia compressa* and *Parachartegus fraternus*) (Fig. 31b). Females are usually passive toward these visitors, but they react aggressively towards wasps that are searching for prey (nymphs) instead of honeydew, in which case the female fans her wings repeatedly and kicks the wasp (Fig. 27). Females can recognize wasps that are searching for honeydew since the latter show characteristic tending behavior of approaching and repeatedly tapping the nymphs with their antennae. The nymphs respond to the wasps by raising the tip of their abdomen and secreting honeydew.

Guayaquila feeds on a large number of plants. In Costa Rica, adults with egg masses have been observed on a peduncle of the fruit of *Cinnamomum cinnamomifolium*, on *Quercus seemannii*, and on macadamia. Nymphs and adults have been seen on *Eugenia truncate*. All of these cases were found without tending ants.

Importance: In southern Mexico, *G. pallescens* is a pest in papaya plantations.

MEMBRACINAE - HOPLOPHORIONINI

Alchisme

Identificación: Las hembras miden 8-15 mm de largo, los machos son un poco más pequeños. Coloración variable, de amarillo oscuro a verdoso y café; en algunas especies el macho es café oscuro y la hembra amarilla. Cabeza lisa, punteada o pubescente; muy ancha, corta y triangular, con ojos prominentes que sobresalen a los lados. El pronoto es liso o con punteado pequeño, a menudo sin pelos; el metopidio es redondeado o recto y a partir de éste el pronoto se levanta y forma un proceso suprahumeral convexo; este proceso puede ser marcado, tener forma de techo o proyectarse en un cuerno que se dirige hacia delante, hacia arriba o ligeramente hacia atrás; los ángulos humerales se proyectan y forman cuernos cortos o largos que son cónicos o delgados, y se pueden dirigir en varias direcciones; la carena media es dorsalmente definida y de color negro, café, rojo o igual que el pronoto, a veces tiene puntos oscuros; el proceso posterior tiene el ápice triangular y agudo y es un poco más corto que las alas anteriores. Las alas anteriores son transparentes, ahumadas, amarillentas o cafés; lanceoladas, tres a cuatro veces más anchas que largas y arrugadas entre las venas; el área basal es coriácea y finamente punteada, con venación débilmente reticulada (hay venas cruzadas adicionales a lo largo del

Kenji Nishida

Vista lateral de *Alchisme apicalis* (hembra). Colección INBio, Costa Rica.
Lateral view of *Alchisme apicalis* (female). INBio collection, Costa Rica.

Agrupación de adultos de *Alchisme grossa* en una solanácea, Cerro de la Muerte, provincia de San José, Costa Rica.

Adult aggregation of *Alchisme grossa* on a Solanaceae plant, Cerro de la Muerte, San José province, Costa Rica.

ala); presenta cinco celdas apicales. Los fémures de las patas medias y posteriores tienen una longitud similar.

Historia natural: Los adultos son subsociales. Las hembras cuidan sus huevos y ninfas. Se han observado algunas hembras con agrupaciones de ninfas en edades de dos a tres días (Figs. 2a, 5). Algunas especies insertan los huevos en la vena media de las hojas. Al ovipositar, las hembras hacen cortes adicionales y las ninfas se alimentan por estas incisiones al eclosionar. No se conocen organismos mutualistas, depredadores ni parasitoides de este género.

Se alimentan de un grupo diverso de plantas, pero aparentemente prefieren solanáceas y en general con hojas largas y suaves. *A. bos* y *A. obscura* se han encontrado en una planta de *Cestrum* sp.; *A. fastidiosa* en *Cestrum lorentzianum*; *A. grossa* en *Croton gossypiifolius*, una euforbiácea no identificada, *Cestrum* sp., *Coffea arabica*, *Inga tonduzii* y *Zea mays*; *A. laticornis* en *Weinmannia tomentosa*; *A. neuquina* en *Azara microphylla* y una especie no identificada de *Alchisme* en una *Nicotiana*. Este género se presenta principalmente en los tipos de bosque montano húmedo y submontano. En Costa Rica se recolectó una *Alchisme* sp. en una solanácea a 2.300 m de altitud.

Alchisme

Identification: Adult females are 8-15 mm long, and males can be a little smaller. Dark yellow or greenish to brown; in some species the male is dark brown and the female is yellow. The head is very wide, short, and tends to be triangular; it is smooth, punctate or pubescent, with prominent eyes bulging towards the sides. The pronotum is smooth or has small pits, and often lacks setae; the metopidium can be rounded or straight, and behind it the pronotum rises slightly to form a convex suprahumeral process; this process can be strong, roof-like, or projected into a horn that is directed forward, upward or slightly back; the humeral angles of the pronotum are projected in various directions to form short or long horns, which can be conical or slender; the middle carina is dorsally defined and can be black, brown, red or the same color as the pronotum and sometimes with small dark spots; the posterior process has an acute, triangular apex, and is a little shorter than the forewing. The forewings are transparent or smoky, yellowish or brownish; they have a lanceolate shape, are three to four times wider than long, and are wrinkled between the veins; the basal area is hardened and finely punctate, with weakly reticulate venation (additional crossveins along the wing); five apical cells are present. The middle and posterior femora are of similar length.

Natural history: The adults are subsocial. The females protect their eggs and nymphs, and some females with aggregations of two to three day old nymphs have been observed (Figs. 2a, 5). Some species insert their eggs in the primary veins of leaves. When ovipositing, the females make additional cuts, and the nymphs feed on the incisions upon hatching from the eggs. There are no records of associated ants or parasitoids. The host plants for the genus are diverse, yet the preferred family appears to be Solanaceae or plants with long and soft leaves. Known hosts include: *A. bos* and *A. obscura* on *Cestrum* sp.; *A. fastidiosa* on *C. lorentzianum; A. grossa* on *Croton gossypiifolius*, an unidentified Euphorbiaceae, *Cestrum* sp., *Coffea arabica, Inga tonduzii*, and *Zea mays; A. laticornis* on *Weinmannia tomentosa; A. neuquina* on *Azara microphylla*; and an unidentified *Alchisme* sp. on *Nicotiana* sp. This genus occurs primarilly at higher altitudes; for example, in Costa Rica a species was found on Solanaceae at the elevation of 2300 m.

Keiji Morishima

Agrupación de adultos de *Alchisme* sp.

Adult aggregation of *Alchisme* sp.

MEMBRACINAE - HOPLOPHORIONINI

Metcalfiella

Identificación: Longitud 6-16 mm. Los machos generalmente son más pequeños. Coloración variable, café, amarilla, anaranjada, roja o negra. Cabeza angosta, el vértex tiene setas negras erectas en la mayoría de las especies. El pronoto no presenta proyecciones en forma de cuerno y no se extiende posteriormente más allá del ápice del abdomen; generalmente tiene setas erectas, grandes, largas y negras; este género difiere de los otros en su tribu por tener el pronoto con muchas más setas pálidas que huequitos; el dorso tiene forma de escudo; la carena media es elevada a lo largo de una parte o de toda su longitud; los ángulos humerales no están proyectados lateralmente más allá que el ancho basal en vista posterolateral, su margen lateral es continuo (en la parte posterior) con el margen lateral del dorso; los márgenes del pronoto, en la parte posterior de los ángulos humerales, están fuertemente sinuados; el ápice posterior se extiende más o menos hasta el ápice abdominal. Las alas anteriores sin venación reticulada. Las patas tienen los fémures posteriores más angostos que los medios, pero casi tan largos como el fémur de la pata media.

Historia natural: Los adultos son subsociales e invierten mucha energía en su descendencia. Generalmente, la hembra inserta más de 70 huevos elipsoides en hospederos leñosos, en los cuales hacen incisiones longitudinales formando una

Kenji Nishida

Vista dorsolateral de *Metcalfiella cinerea* (hembra). Colección INBio, Costa Rica.

Dorsolateral view of *Metcalfiella cinerea* (female). INBio collection, Costa Rica.

Kenji Nishida

Vista lateral de *Metcalfiella cinerea* (hembra). Colección INBio, Costa Rica.

Lateral view of *Metcalfiella cinerea* (female). INBio collection, Costa Rica.

Kenji Nishida

Vista frontal de *Metcalfiella cinerea* (hembra). Colección INBio, Costa Rica.

Frontal view of *Metcalfiella cinerea* (female). INBio collection, Costa Rica.

masa continua de huevos o dos masas opuestas. Después de la oviposición, la madre permanece sobre los huevos durante la mayor parte de su desarrollo. Antes de que las ninfas emerjan, las hembras se mueven por debajo de la masa de huevos y hacen cientos de incisiones alrededor del tallo, a manera de puntos en serie, formando espirales u otros patrones alrededor de las ramas. Las secreciones de cera producida por la hembra están ausentes o son delgadas, débiles y depositadas solamente sobre la incisión.
Las ninfas generalmente son aposemáticas, sedentarias y se alimentan por las incisiones a través de su desarrollo. La madre permanece con sus ninfas hasta que estas se dispersan algunos días después de alcanzar la madurez.
Los adultos jóvenes son aposemáticos, pero los adultos de muchas especies son más bien crípticos. El cortejo de *M. erecta* ocurre en la planta hospedera e involucra vibraciones abdominales intermitentes. En *M. monogramma* de México, hay traslape de generaciones a través del año y los machos copulan hasta después de haberse dispersado hacia otra planta o rama de la hospedera. Muchas especies pueden formar agrupaciones, tales como *M. cinerea, M. jaramillorum* y *M. semitecta.*
Sus enemigos naturales pertenecen a las familias Mymaridae, Coccinelidae, Syrphidae y varias familias de arañas. Aunque las hembras tratan de alejar a las avispitas parasitoides de los huevos protegiéndolos con su cuerpo y pateándolas, el porcentaje de parasitismo puede ser muy alto, como es el caso de *M. jaramillorum.*
El género *Metcalfiella* se ha encontrado en varias familias de plantas, como Annonaceae, Asteraceae, Juglandaceae, Lauraceae, Moraceae, Myrtaceae, Rosaceae, Rubiaceae, Rutaceae, Sabiaceae, Salicaceae, Solanaceae y Sterculiaceae. Puede encontrarse desde zonas bajas (250 m de altitud) hasta altas (3.800 m).
Importancia: Algunas especies son una plaga seria de aguacate, cacao y café. *M. monogramma* está restringida al aguacate y ha llegado a ser plaga agrícola en México; la oviposición causa daño porque seca la corteza de la planta y si el número de huevos es alto, puede causar la muerte de la rama; aunque el daño principal lo causan las ninfas y los adultos al succionar la savia. Las poblaciones de *M. pertusa* en Brasil ocasionalmente son plaga en cacao y cítricos; las densas cicatrices de la oviposición y la alimentación llegan a secar las ramas. En Colombia, *M. vicina* se considera plaga del guácimo o nogal cafetero (*Cordia alliodora*), y *M. monogramma* de varias anonáceas como la anona (*Annona squamosa*), el chirimoyo (*A. cherimolia*) y la guanábana (*A. muricata*). *M. monogramma* se utiliza en México como alimento.

Metcalfiella

Identification: Length 6.0-16 mm; males are usually smaller than females. Coloration is variable, including brown, yellow, orange, red, and black. The head is narrow and the vertex has erect, black setae in most species. The pronotum lacks horn-like projections and extends posteriorly to near the abdominal apex; there are usually conspicuous, long, erect, black setae; this genus is distinct within Hoplophorionini in having the surface of the pronotum with many more pale setae than pits; the dorsum is shield-like, with the median carina elevated for a portion or all of its length; the humeral angles are not projected laterally farther than basal width in posterolateral view, its lateral margin smoothly contiguous with the lateral margin of the dorsum; the

Kenji Nishida

Vista lateral de *Metcalfiella* sp. (hembra). Colección INBio, Costa Rica.
Lateral view of *Metcalfiella* sp. (female). INBio collection, Costa Rica.

pronotal margins posterior to the humeral angles are strongly sinuate. The forewing venation is not reticulate. The posterior femur is narrower than the middle femur, but the two are nearly equal in length.

Natural history: This genus is subsocial and the females invest a lot of energy in maternal care for their offspring. The female usually inserts about 70 eggs in an ellipsoidal form on woody plants by making longitudinal incisions which forms a continuous mass or two masses in opposite positions from each other. After oviposition, the mother remains on her eggs for most of their development. Before the emergence of the nymphs, the female moves below the egg mass and makes hundreds of incisions or punctures around the stem, which may form spirals or other patterns. Wax secretions by the female are absent, or are restricted to thin deposits over the incisions. The nymphs possess aposematic coloration, are sedentary, and feed on the incisions throughout their development. The mother remains with her nymphs until they mature. Young adults also possess aposematic colors, but the mature adults can be cryptic.

The courtship of *M. erecta* occurs on the host plant and involves intermittent abdominal vibrations. In Mexico, some generations of *M. monogramma* are observed overlapping throughout the year, and the males mate with females after dispersing to other plants. Many species in the genus can form aggregations; among them are *M. cinerea*, *M. jaramillorum*, and *M. semitecta*.

Natural enemies include mymarid wasps, coccinelid beetle larvae, syrphid fly larvae, and several families of spiders. Although the females try to protect their eggs from parasitoids, the percentage of parasitism can be very high as is the case in *M. jaramillorum*.

Host plants include Annonaceae, Asteraceae, Juglandaceae, Lauraceae, Moraceae, Myrtaceae, Rosaceae, Rubiaceae, Rutaceae, Sabiaceae, Salicaceae, Solanaceae, and Sterculiaceae. The genus has been recorded from lowlands (250 m) to high elevations (3800 m).

Importance: Some species are serious pests of avocado, cacao, and coffee. In Mexico *M. monogramma* attacks avocado and has become a serious pest. The oviposition of this species causes the bark to dry and if there are numerous ovipositions the branch can die. Although the main damage is caused by nymphs, some is caused by adults feeding on the plants. In Brazil *M. pertusa* is occasionally a pest on cacoa and citrus. When ovipositional scars are dense and heavy feeding occurs, the result is drying of the branches. In Colombia, *M. vicina* is considered a pest of *Cordia alliodora*, and *M. monogramma* attacks *Annona squamosa*, *A. cherimolia*, and *A. muricata*. In México *M. monogramma* is utilized as food.

MEMBRACINAE - HOPLOPHORIONINI

Ochropepla

Identificación: Longitud 3-5 mm. Tamaño mediano; cuerpo casi triangular, corto y ancho. Coloración verde pálido o amarillenta. Cabeza tan ancha como el tórax, con ocelos equidistantes entre sí y con relación a los ojos. El pronoto carece de procesos dorsales o cuernos; la carena media es continua a través de toda su longitud, extendiéndose hasta cerca del ápice del abdomen; los ángulos humerales no se extienden lateralmente más allá del ancho basal. Las alas anteriores tienen dos celdas discoidales; las alas posteriores tienen cuatro celdas apicales. Los fémures posteriores son distintamente más cortos que los fémures medios.

Historia natural: Los adultos son subsociales; las hembras cuidan los huevos y las ninfas. Hay poca información sobre la biología de *Ochropepla*, quizás porque son insectos pequeños y crípticos. Las hembras insertan las masas de huevos dentro de tejido herbáceo, con frecuencia en la vena principal del envés de las hojas jóvenes. Cada masa de huevos es colocada en forma circular o elíptica y generalmente no está asociada a secreciones cerosas o incisiones adicionales. La excepción es *O. triangulum*, que coloca cera blanca o café alrededor del tallo, encima o debajo de la masa de huevos. No se ha informado de enemigos naturales o mutualistas de *Ochropepla*. Este género se puede encontrar desde el nivel del mar hasta 2.500 m de altitud.

Ochropepla

Identification: Medium sized with a short, broad body that is almost triangular; yellowish or pale-green. The head is as wide as the thorax; ocelli are equidistant from each other and from the eyes. The pronotum lacks dorsal processes and horns; the median carina runs through its entire length; the posterior process extends almost to the end of the abdomen; the humeral angles do not extend laterally farther than the basal width. The forewings have two discoidal cells and the hind wings have four apical cells. The posterior femur is distinctly shorter than the middle femur.

Natural history: The adults are subsocial: females protect their eggs and nymphs. Many species are cryptic and there is little information on their biology. The females frequently insert circular or elliptical egg masses into primary veins on the undersides of young leaves of herbaceous plants. Normally the females do not make additional incisions and apparently they do not secrete wax, except *O. triangulum*, which deposits a white or brown wax secretion around the egg mass. The species in this genus have been found from sea level up to 2500 m above. No egg parasitoids or mutualists have been reported.

Kenji Nishida

Vista lateral de *Ochropepla inaequalis* (hembra). Colección INBio, Costa Rica.
Lateral view of *Ochropepla inaequalis* (female). INBio collection, Costa Rica.

Kenji Nishida

Vista frontal de *Ochropepla inaequalis* (hembra). Colección INBio, Costa Rica.
Frontal view of *Ochropepla inaequalis* (female). INBio collection, Costa Rica.

MEMBRACINAE - HOPLOPHORIONINI

Platycotis

Identificación: Longitud 11 mm (Colección INBio). Coloración variable, amarilla, café, verde cafesusco, puede tener líneas rojas en el pronoto. Cabeza (en vista frontal e incluyendo los ojos) casi tan ancha como la distancia entre las bases de las alas. La superficie del pronoto está cubierta por huequitos asociados cada uno a una seta; el pronoto se extiende hasta al ápice abdominal; el cuerno pronotal frontal, cuando está presente, tiene forma variable. Las alas anteriores tienen dos bandas transversales adyacentes y contrastantes, pálidas y oscuras (blancas o amarillas). La pata media presenta una estructura triangular en la coxa.

Historia natural: Los adultos son subsociales; las hembras cuidan los huevos y las ninfas. Este es uno de los géneros en los cuales se han estudiado los mecanismos reproductivos de los membrácidos. En *P. vittata* se dan cópulas tempranas y almacenamiento de esperma, posiblemente por el prolongado desarrollo de los ovarios, la alta mortalidad y la dispersión de los machos. La continua receptividad de la hembra y el desplazamiento del esperma le permite copular con machos viejos, un mecanismo que parece estimular el apareamiento con machos que demuestran su larga longevidad. Los adultos se mantienen agrupados tanto en presencia como en ausencia de hembras que cuidan huevos o ninfas. Las hembras depositan las masas de huevos en tejido leñoso. Además de las incisiones propias de la oviposición, las hembras hacen otras más en filas oblicuas debajo de la masa de huevos. Cuando las ninfas emergen, utilizan estas incisiones como sitios para alimentarse.

Cuando la hembra de *P. vittata* no protege a sus crías, la supervivencia de huevos y ninfas es mucho menor; es por eso que esta hembra defiende muy activamente a sus ninfas de las avispas de las familias Vespidae y Sphecidae. Se han observado avispas de *Hoplisoides costales* (Sphecidae) aprovisionando sus nidos con membrácidos adultos de *Platycotis*. Algunas aves Passeriformes del género *Vireo* y algunos colibríes también se alimentan ocasionalmente de *Platycotis* adultos. Los adultos jóvenes de *P. tuberculata* son aposemáticos (su coloración indica peligro a los depredadores). Las lagartijas inexpertas se alimentan de ninfas, adultos jóvenes y adultos maduros, pero las lagartijas maduras no lo hacen. Existe variación latitudinal en la biología de *P. vittata*, específicamente en la diapausa (detención temporal del desarrollo), la eclosión de los huevos y el desarrollo de las ninfas. Estas variaciones parecen ser el resultado de la sincronización de su biología con el desarrollo de la planta hospedera.

En Norteamérica, *Platycotis* utiliza como plantas hospederas casi exclusivamente árboles de roble (*Quercus*, Fagaceae); otras familias que utiliza ocasionalmente son Betulaceae, Hamamelidaceae, Myricaceae y Platanaceae.

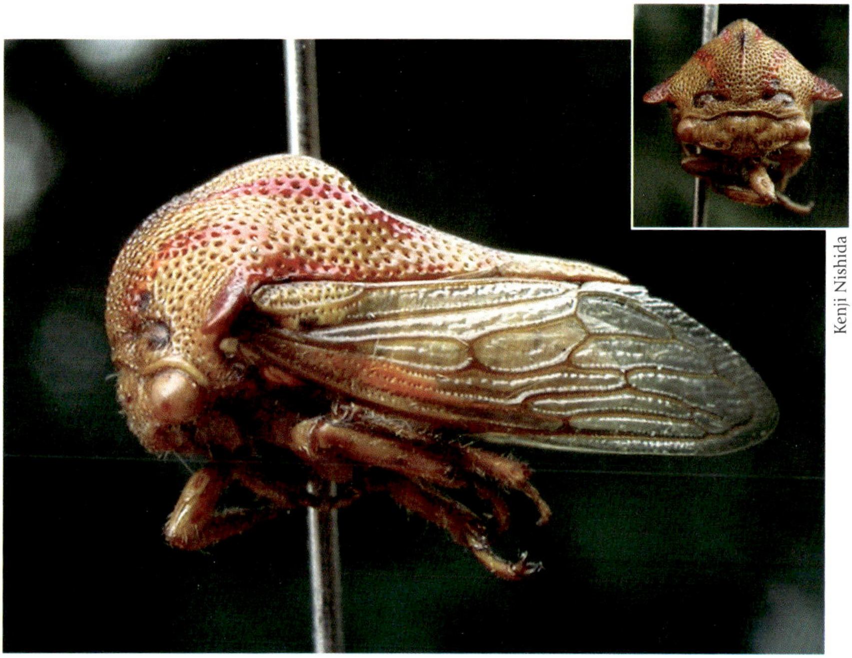

Kenji Nishida

Vista lateral y frontal de *Platycotis* sp. (hembra). Colección INBio, Costa Rica.
Lateral and frontal view of *Platycotis* sp. (female). INBio collection, Costa Rica.

Platycotis

Identification: Length 11.0 mm (INBio collection). Yellow, brown, or brownish green, sometimes with red lines on the pronotum. The head width (in frontal view, including the eyes) is similar to the distance between wing bases. The surface of the pronotum is covered with shallow pits, and each pit is associated with a single seta; the pronotum extends to the abdominal apex; the frontal pronotal horn, when present, are variable in size and shape. The forewings have two adjacent and contrasting pale and dark transverse bands (white or yellow). The middle leg has a triangular structure on the coxa.

Natural history: This genus is subsocial: females guard their eggs and nymphs. It is one of the few genera whose reproductive mechanisms have been studied. *P. vittata* copulates early in the adult stage and the female stores sperm, possibly because of the prolonged development of the ovaries, and because of the high mortality and dispersion of the males. The continuous receptiveness of the female and the displacement of the sperm allow her to copulate with older males, which seems to promote copulation with males showing prolonged survival. The adults maintain aggregations with or without the presence of females that are protecting their eggs and nymphs. The egg masses are deposited in woody tissue of the host plants and, in addition to oviposition incisions, the females make additional incisions in rows surrounding the egg mass. When the nymphs emerge they feed in the incisions.
The females actively defend nymphs against natural enemies (e.g. predatory wasps), which enhances their survival. *Hoplisoides costales* (Sphecidae) have been

observed provisioning their nests with adult *Platycotis*, and some birds (e.g. vireos and hummingbirds) also occasionally feed on adults. Nymphs and young adults of *P. tuberculata* possess aposematic coloration; inexperienced lizards sometimes try to feed on them, but they learn not to do so. *P. vittata* shows variation in diapause (a temporary dentention of development), which is correlated with latitudinal distribution. These variations seem to be the result of synchronization of their biology with the phenology of the host plant. In North America most species in the genus feed exclusively on oak trees. Other species have been found feeding on plant families such as Betulaceae, Hamamelidaceae, Myricaceae, and Platanaceae.

Carolina Godoy

Vista frontal de *Platycotis histrionica* (macho). Museo de Historia Natural, Londres.

Frontal view of *Platycotis histrionica* (male). The Natural History Museum, London.

Carolina Godoy

Vista lateral de *Platycotis vittata* (hembra). Museo de Historia Natural, Londres.

Lateral view of *Platycotis vittata* (female). The Natural History Museum, London.

Carolina Godoy

Vista lateral de *Platycotis vittata* (macho). Museo de Historia Natural, Londres.

Lateral view of *Platycotis vittata* (male). The Natural History Museum, London.

Potnia

Identificación: Longitud *ca.* 6-8 mm. Tamaño mediano. Coloración variable, café amarillento a café oscuro, algunas veces con manchas oscuras. Cabeza casi triangular y angosta, con ojos globulares, en general un poco sobresalientes. El pronoto tiene la superficie punteada; el metopidio es amplio, con marcas musculares evidentes; tiene un cuerno polimórfico en forma de proceso anterior y de color variable, a veces con manchas rojizas, más o menos desarrollado (en el macho generalmente es reducido o está ausente), dirigido hacia adelante; los lados del tórax son lisos y el proceso posterior es corto y ligeramente en forma de techo, nunca alcanzando el ápice de las alas anteriores y generalmente llegando al extremo del abdomen; la carena media es variable, prominente en algunas especies, y puede presentar arrugas laterales y extenderse posteriormente mucho más allá del abdomen casi hasta el ápice del ala anterior en reposo; en otras especies la carena no es tan elevada, no tiene arrugas laterales y se extiende hasta el abdomen. Las alas anteriores son transparentes, corrugadas entre las venas, con cinco celdas apicales y dos celdas discoidales; las alas posteriores tienen cuatro celdas discoidales. El fémur posterior es más corto que el fémur medio.

Historia natural: Este género es subsocial. Los adultos de ambos sexos viven en agrupaciones. Sus agrupaciones no se alteran tan fácilmente si se comparan con el comportamiento de otros géneros, como *Metcalfiella*, *Platycotis* y *Umbonia*, que muchas veces se dispersan explosivamente cuando son perturbados.

Kenji Nishida

Adulto de *Potnia* sp., Sarapiquí, provincia de Heredia, Costa Rica.

Adult of *Potnia* sp., Sarapiquí, Heredia province, Costa Rica.

Kenji Nishida

Hembra de *Potnia* sp. con sus huevos (en Annonaceae), provincia de Heredia, Costa Rica.
Potnia sp. female with eggs (on Annonaceae), Heredia province, Costa Rica.

Kenji Nishida

Vista lateral y frontal de *Potnia* sp. (hembra). Colección INBio, Costa Rica.
Lateral and frontal view of *Potnia* sp. (female). INBio collection, Costa Rica.

La hembra deposita su masa de huevos en plantas hospederas de tallos leñosos y hace incisiones en forma de media luna, que cubre con una capa delgada y compacta de material blanco. También hace incisiones adicionales sobre y debajo de la masa de huevos, pero sin aparente orden. Cuando emergen, las ninfas pueden alimentarse por estas incisiones. La hembra permanece sobre los huevos durante su desarrollo.
En algunas especies de *Potnia* se da mutualismo con himenópteros, entre ellos abejas meliponas como *Oxytrigona tataira* y hormigas como *Ectatomma ruidum*, que atiende a *P. granadensis*.
Este género se alimenta de varias familias de plantas y se encuentra principalmente en hábitats húmedos de bajas elevaciones. En Panamá se registran *P. granadensis* en *Casearia guianensis* y *P. gladiator* en *Eugenia oerstediana* e *Hiraea reclinata*. En Guyana se han recolectado especímenes de *P. gladiator* en plántulas de los árboles *Chlorocardium rodiei*, *Eperua rubiginosa* y *Catostemma fragans*.

Potnia

Identification: Length about 6-8 mm. Medium sized treehoppers of varying coloration, ranging from yellow to dark yellow, sometimes with dark pigmented areas. The head is triangular and narrow, roughly sculptured; the eyes are usually globular and a bit bulging. The pronotum usually has a coarsely punctate surface; it bears a polymorphic horn in the form of an anterior process that is colored or dark, sometimes with reddish markings, which is more or less developed (usually reduced or absent in males) and is directed forwards; the sides of the thorax are smooth and the posterior process is short, never reaching the apex of forewings and usually not extending as far as the tip of the abdomen; the median carina is variable, prominent in some species, with lateral rugae, extended posteriorly much farther than abdomen, almost to apex of forewing (at rest); in other species the median carina is not strongly elevated, lacks lateral rugae, and extends posteriorly only about as far as the tip of the abdomen. The forewings are transparent, corrugated between veins, with five apical and two discoidal cells; the hind wings have four apical cells. The posterior femur is distinctly shorter than the middle femur.
Natural history: This genus shows subsocial behavior and the adults usually form aggregations. Individuals in an aggregation are not as easily disturbed as those of *Metcalfiella*, *Platycotis*, or *Umbonia*, which are easily and explosively perturbed. The female lays egg masses on stems of woody plants, making incisions in the form of a half moon, and then covers them with a thin and compact layer of white substance. The females make additional incisions on the stem, which are located above and below the egg masses but lack a specific pattern. The females remain on their egg masses until the nymphs hatch, whereupon the latter begin feeding in the incisions. Various species are associated with hymenopteran mutualists, for example, *P. granadensis* is tended by stingless bees (*Oxytrigona tataira*) and ants (*Ectatomma ruidum*). Most of species of *Potnia* are found principally in humid habitats in lowlands. The host plants include several plant families. In Panama, *P. granadensis* has been found on *Casearia guianensis*, and *P. gladiator* on *Eugenia oerstediana* and *Hiraea reclinata*. In Guyana, *P. gladiator* has been collected on saplings of *Chlorocardium rodiei*, *Eperua rubiginosa*, and *Catostemma fragans*.

MEMBRACINAE - HOPLOPHORIONINI

Umbonia

Identificación: Longitud 9-17 mm (Colección INBio). Coloración amarilla o verdosa, con menos frecuencia roja; la cabeza y el pronoto presentan varias líneas rojas. Cabeza angosta, casi triangular, con el vértice esculpido y punteado grueso; el pico labial es corto, no alcanza el extremo posterior de la coxa media (Fig. 4); ojos globulares, un poco sobresalientes. El pronoto es toscamente punteado (Fig. 12); el metopidio es amplio, con una marca muscular evidente; el proceso dorsal en general está bien desarrollado y tiene forma de espina vertical puntiaguda, o con el ápice ensanchado, inclinado hacia el frente o hacia atrás, en algunos casos reducido, apenas discretamente elevado o convexo; el proceso posterior tiene forma de techo y es puntiagudo, alcanzando casi el ápice de las alas anteriores. Las alas anteriores son alargadas y de forma lanceolada; las venas están bien definidas; la venación es paralela y está parcialmente cubierta por el pronoto, con cinco celdas apicales alargadas, más o menos paralelas entre sí.

Historia natural: El género *Umbonia* tiene comportamiento subsocial (Figs. 3a,b). La especie más estudiada es *U. crassicornis*. Las hembras de esta especie mantienen activamente a las agrupaciones de ninfas y protegen a las crías de los depredadores (Figs. 1, 16e, 19). Aparentemente, es necesario que permanezcan con su descendencia a través de cinco estadios ninfales para que la progenie pueda desarrollarse. La hembra invierte mucha energía en sus crías, sus cuidados comienzan al ovipositar en las ramitas de la corteza tierna de la planta hospedera y luego permanece con los huevos hasta que eclosionan. Para facilitar la alimentación de las ninfas, antes de que eclosionen los huevos, la madre hace con su ovipositor una serie de incisiones en forma de espiral en la corteza de la planta por debajo de los huevos. Las ninfas, en su primer estadio se alinean en esas incisiones para alimentarse de savia.

Cuando las ninfas son atacadas por algún depredador, pueden pedir ayuda a su madre mediante vibraciones del sustrato que son percibidas por ella. Cuando son atacadas por la avispa *Pseudopolibia compressa* (Vespidae), toda la agrupación produce una señal en forma sincronizada, a la cual la madre responde tratando de ahuyentar a la avispa por medio de patadas y vibraciones de sus alas. Es necesario que haya coordinación de las señales entre las ninfas para que la madre venga en su ayuda y comience la defensa. Los beneficios del cuidado maternal requieren de un esfuerzo colectivo y por lo tanto hay un elemento de cooperación en este comportamiento. La ayuda de la madre es eficaz, pero desgraciadamente para la hembra y sus ninfas, la avispa es capaz de recordar el sitio exacto donde están y puede regresar. El comportamiento social no se restringe a la acción recíproca entre las madres y sus crías, sino que continúa entre los hermanos y hermanas subadultos, que permanecen juntos de 20 a 30 días. Estas agrupaciones de subadultos no sólo tienen propósitos alimentarios sino también de defensa. El pronoto del subadulto tiene una coloración que indica peligro (aposemática) a los eventuales depredadores, por ejemplo, pequeñas

Hembra y ninfas de *Umbonia* sp. en una *Acacia*, provincia de San José, Costa Rica.
Female and nymphs of *Umbonia* sp. on *Acacia*, San José province, Costa Rica.

Adultos de *Umbonia spinosa* en *Calliandra haematocephala* en un jardín, provincia de San José, Costa Rica.

Adults of *Umbonia spinosa* on *Calliandra haematocephala* in a garden, San José province, Costa Rica.

lagartijas (*Anolis*). En esta etapa, el pronoto es suave y flexible. Cuando las hembras llegan a la madurez sexual, pierden la coloración aposemática y el pronoto es lo suficientemente duro para protegerlas de los depredadores vertebrados.

Los machos subadultos de *U. crassicornis* dejan la agrupación antes y se dispersan más lejos que sus hermanas, mientras que ellas se aparean con otros machos y depositan los huevos cerca de su hospedero natal. Este comportamiento contrasta con el de *U. ataliba*, donde los hermanos y hermanas se aparean entre sí antes de dispersarse, algo poco común.

En la época de apareamiento, los machos adultos llaman la atención de las hembras al volar de planta a planta en su búsqueda. El macho produce vibraciones del sustrato a las cuales responde la hembra y después de cantar a dúo, él encuentra a la hembra.

En general, *Umbonia* no muestra relación con organismos mutualistas como hormigas, abejas sin aguijón y avispas. Sus depredadores incluyen arañas, chinches y escarabajos. Además, hay registros de ninfas pequeñas de *U. crassicornis* capturadas por la avispa *Polistes major* (Hymenoptera: Vespidae) y de adultos capturados por otra avispa, *Sphecius speciosus* (Hymenoptera: Sphecidae). Existen observaciones de capturas de adultos y ninfas y hasta ataques de agrupaciones de *U. spinosa* por parte de véspidos.

El género *Umbonia* se alimenta usualmente de plantas de la familia Fabaceae, en particular del género *Inga*. Se han encontrado solo adultos en *Bidens pilosa*, *Callistemon* sp., *Casuarina* sp., *Citrus* spp., *Ilex* sp., *Litchi chinensis*, *Persea americana*, *Phoenix roebeleni*, *Phoenix* sp. y *Roystonea* sp. Es notable que una de las plantas reportadas como hospedera es *Glottidium*, que es venenosa para el ganado.

Importancia: *Umbonia* ocasionalmente es plaga de plantas ornamentales y árboles frutales, los cuales daña al succionar la savia (Fig. 3c) y hacerles cortes al ovipositar. Según registros, en Colombia *U. crassicornis* está entre los insectos que afectan el cultivo de *Pithecellobium dulce*, junto con *U. spinosa*, la cual ataca a *Crotalaria juncea* e *Inga* spp. En México, algunas personas utilizan *U. spinosa*, *U. reclinata* y *U. crassicornis* como alimento. En la Amazonia, *U. spinosa* se usa con el mismo propósito.

Umbonia

Identification: Length 9-17 mm (INBio collection). Yellow or greenish, less frequently reddish; the head and pronotum have a red line. The head is narrow, almost triangular; the vertex has heavy punctures; the labial tip is short, not reaching the posterior end of mid coxa (Fig. 4); the eyes are globular, but only slightly projecting. The pronotum is heavily punctate (Fig. 12); the metopidium is wide, with an evident muscular mark; the dorsal process is generally well developed and in the form of a vertical spine that can be pointed or with an expanded apex, inclined forward or backward, or in some cases reduced, slightly elevated or convex; the posterior process is roof-like, sharp, reaching almost to the apex of the forewings. The forewings are elongate, lanceolate, partially covered by the pronotum, with well defined parallel veins; they have five apical cells, which are elongate and more or less parallel to one another.

Natural history: *Umbonia* is subsocial (Figs. 3a,b) and apparently the females must stay with their offspring during all five nymphal instars. In one of the best studied species, *U. crassicornis*, the females take care of aggregations of their nymphs, protecting them against predators (Figs. 1, 16e, 19). The female invests considerable energy on maternal care for her progeny, beginning with oviposition into soft bark of branches. She stays with her egg mass and before they hatch she uses her ovipositor to make a series of spiral incisions on the stem, below the oviposition site. During the first stage, the nymphs line up in these incisions

Kenji Nishida

Ninfas de *Umbonia crassicornis* en una acacia, provincia de San José, Costa Rica.
Nymphs of *Umbonia* sp. on *Acacia*, San José province, Costa Rica.

Adultos de *Umbonia spinosa* en *Calliandra haematocephala* en un jardín, provincia de San José, Costa Rica.

Adults of *Umbonia spinosa* on *Calliandra haematocephala* in a garden, San José province, Costa Rica.

in order to feed on plant sap. When nymphs are attacked by a predator, they produce substrate vibrations which the mother perceives. For example, when the nymphs are attacked by *Pseudopolibia compressa* (Vespidae), all nymphs produce a sound synchronously, and the mother tries to frighten off the wasp by kicking and vibrating her wings. Coordination of the synchronized sound between the nymphs is important in order to receive help from their mother. The mother's help is effective, but often the wasps return. To gain benefits from the maternal care requires a collective effort, and thus there is a cooperative element in this behavior. This social behavior is not restricted to the reciprocal action between the mothers and their offspring; it is also seen among sub-adult siblings which usually remain together for 20 to 30 days. During the sub-adult stage, the pronotum is soft and flexible, having a warning coloration (aposematic coloration). For example, small lizards (*Anolis*) avoid them. When sexually mature, the pronotum loses the aposematic coloration and hardens enough to protect against predators.

The young females usually stay on the same plant or disperse to nearby host trees, while the young males (of *U. crassicornis*) leave the aggregation and disperse to encounter females. In contrast, siblings of *U. ataliba* mate before dispersing, a behavior that is less common. During the mating season, males fly from plant to plant, producing vibrations on the plant substrate. When a female responds to the vibrations, they start to sing (vibrate) in duet until the male encounters the female.

Umbonia generally does not show mutualistic relationships with organisms such as ants, stingless bees, and wasps. Known predators of this genus include wasps, spiders, true bugs, and beetles. Vespid wasps often attack on *U. spinosa* aggregations, and small nymphs of *U. crassicornis* are sometimes captured by *Polistes major* (Vespidae) and adults are captured by *Sphecius speciosus* (Sphecidae).

Aggregations of nymphs and sub-adults of *Umbonia* are usually found feeding on Fabaceae, especially *Inga*. *Glottidium*, which is known to be very poisonous to livestock, is also reported as one of their host plants. Adults only (without nymphs) have been seen on *Bidens pilosa*, *Callistemon* sp., *Casuarina* sp., *Citrus* spp., *Ilex* sp., *Litchi chinensis*, *Persea americana*, *Phoenix roebeleni*, and *Roystonea* sp.

Importance: *Umbonia* is occasionally a pest of ornamental plants and fruit trees, the damage resulting from both feeding and ovipositon. In Colombia, *U. crassicornis* is one of the insects that affect the cultivation of *Pithecellobium dulce*, and *U. spinosa* affects *Crotalaria juncea* and *Inga* spp. In Mexico, some people use *U. spinosa, U reclinata* and *U. crassicornis* as a food source, and in the Amazon *U. spinosa* is used for the same purpose.

Kenji Nishida

Varios adultos de *Umbonia crasssicornis y U. spinosa* en *Mimosa* sp., provincia de Guanacaste, Costa Rica.

Several adults of *Umbonia spinosa* and *U. crassicornis* on *Mimosa* sp., Guanacaste province, Costa Rica.

MEMBRACINAE - HYPSOPRORINI

Cladonota

Identificación: Longitud 4-13 mm. La mayoría de las especies presentan dimorfismo sexual; los machos son más pequeños y oscuros. Coloración variable entre las especies y durante la vida de un individuo; incluyendo café claro y oscuro y tonos amarillentos, rojizos o casi negros; son frecuentes las manchas cafés o amarillentas. La cabeza trilobulada es la característica que lo distingue de otros géneros de su tribu. El pronoto puede tener forma de arco, a veces con hinchamientos alargados o fungiformes que se pueden extender más allá del extremo de las alas. Las alas son alargadas y con frecuencia libres; suelen tener un aspecto rugoso, similar al pronoto, aunque pueden tener pequeñas zonas transparentes. En muchas especies las tibias son amarillas o café claro, contrastando con los colores más oscuros del resto del cuerpo.

Historia natural: Este género, antes conocido como *Sphongophorus*, está entre los insectos más ornamentados que se conocen. Las extrañas estructuras a veces semejan trocitos de ramas, hojas, frutillos secos, líquenes, excrementos de aves u otros animales e incluso agallas y se piensa que son formas de camuflaje. Los que se parecen a un trocito seco de corteza desprendida a veces reposan en las axilas de las hojas, donde son frecuentes tales estructuras. Aunque tiene casi 50 especies y es el género más grande de la tribu, su biología es prácticamente desconocida. Los adultos y las ninfas tienden a la vida solitaria, aunque se pueden encontrar en grupos de dos o tres. Las ninfas son esporádicamente atendidas por hormigas, entre ellas *Ectatoma ruidum*. En el caso de *C. latifrons*, se han encontrado ninfas y adultos en la misma planta, pero sin formar agrupaciones. En cuanto a la comunicación mediante vibraciones del sustrato, los machos de *C. apicalis* emiten un canto espontáneo que posiblemente es para atraer hembras; una vez que se encuentran, el macho emite un canto de cortejo complicado y bastante rítmico que combina sonidos con vibraciones de las alas.

Este género se encuentra en varias familias de plantas, incluyendo Asteraceae, Clusiaceae, Monimiaceae, Solanaceae y Verbenaceae. Hay registros de ninfas de *C. apicalis* en *Vismia*, en las axilas de brotes terminales; aparentemente, un individuo de *C. apicalis* puede pasar al menos cinco días alimentándose del mismo punto de una planta. *C. latifrons* se reproduce en *Ipomoea cuernavacensis*. En México se han recolectado muchos especímenes del género en *Piper* sp. y *Jatropha urens*, pero no se ha confirmado si son plantas hospederas. En Costa Rica se ha recolectado *C. apicalis* en *Priva lappulacea* y en una plántula de Cecropiaceae; *C. luctuosa* en *Montanoa* sp. y *M. hibiscifolia* y sus ninfas y adultos jóvenes en *Vernonia triflosculosa* (Fig. 16c). Se registra como una plaga menor del cacao (*Theobroma cacao*).

Kenji Nishida

Adulto de *Cladonota inflatus*, provincia de Guanacaste, Costa Rica.
Adult of *Cladonota inflatus*, Guanacaste province, Costa Rica.

Kenji Nishida

Adulto de *Cladonota biclavatus*, Sarapiquí, provincia de Heredia, Costa Rica.
Adult of *Cladonota biclavatus*, Sarapiquí, Heredia province, Costa Rica.

Cladonota

Identification: Length 4-13 mm. Most species are sexually dimorphic; males are smaller and darker. Color variable; light to dark brown, yellowish, reddish, or almost black, often with brown or yellowish spots. The apex of the head is trilobed, a characteristic that separates *Cladonota* from other genera in the tribe. The pronotum can have the shape of a bow, sometimes with elongated or fungiform swellings that can extend beyond the wing extremities. The elongate wings are usually free and often rugose, like the pronotum, although small transparent zones are common. In many species, the tibiae are yellow or light brown, contrasting with the darker colors of the rest of the body.

Natural history: This genus was previously known as *Sphongophorus*. The species are very ornamented and have strange body forms, sometimes resembling pieces of branches, leaves, dry fruits or seeds, lichens, bird droppings, or even plant galls. These forms apparently serve as camouflage, making them more cryptic to their natural enemies. For example, the species that resemble a "dry piece of bark" is sometimes found resting on axils of leaves. Although it is the largest genus in the tribe (about 50 described species), their biology is poorly known. The adults and nymphs are mostly solitary, but they can be found in groups of two or three individuals. The nymphs are sporadically tended by ants (e.g. *Ectatomma ruidum*).

Kenji Nishida

Hembra de *Cladonota apicalis* en una hoja de guarumo (*Cecropia* sp.), Sarapiquí, provincia de Heredia, Costa Rica.

Female of *Cladonota apicalis* on a *Cecropia* sp. leaf, Sarapiquí, Heredia province, Costa Rica.

Kenji Nishida

Hembra de *Cladonota luctuosa* en *Montanoa hibiscifolia*, San José province, Costa Rica.
Female of *Cladonota luctuosa* on *Montanoa hibiscifolia*, San José province, Costa Rica.

Nymphs and adults *C. latifrons* can be found on the same plant, but without forming aggregations. The males of *C. apicalis* emit a spontaneous sound (substrate vibrations) that possibly attracts females. Once a male mounts a female, he emits complex courting sounds which are quite rhythmic and combined with wing vibrations.

This genus has been observed on Asteraceae, Clusiaceae, Monimiaceae, Solanaceae, and Verbenaceae. *C. latifrons* reproduces on *Ipomoea cuernavacensis* (Convolvulaceae) and there are records of nymphs of *C. apicalis* from the axils and terminal buds of *Vismia* (Clusiaceae), with one individual found feeding on the same spot for five days. In Mexico, many specimens have been collected on *Piper* and *Jatropha urens*, but their status as host plants requires confirmation. In Costa Rica, adults of C. *apicalis* have been collected on *Montanoa* and *Priva lappulacea*. Nymphs and young adults of *Cladonota luctuosa* were found feeding on *Vernonia triflosculosa* (Fig. 16c). *Cladonota* is registered as a minor pest of cacao trees (*Theobroma cacao*).

Hypsoprora

Identificación: Longitud 3,3-3,7 mm (Colección INBio). Tamaño relativamente pequeño. Coloración oscura, similar al género *Philya*. Cabeza casi cuadrada. El pronoto tiene el dorso decorado con espinas y pequeñas protuberancias, a menudo con un proceso medio dorsal erecto; el cuerno anterior del pronoto es fuerte, alto, recto, carenado y dirigido hacia arriba o hacia delante o reducido a un tubérculo. Las alas anteriores son lanceoladas y usualmente opacas, con venación que no se distingue. Los tres pares de tibias son muy aplanados.
Historia natural: Desconocida. Hay un registro de *H. coronata* en *Calea urticifolia* (Asteraceae).

Hypsoprora

Identification: Length 3.3-3.7 mm (INBio collection). All species of this genus are relatively small and dark. *Hypsoprora* is similar to *Philya* but with the dorsum decorated with spines and often bearing an erect median dorsal process; the anterior horn of the pronotum is strong and produced upward or forward, high, erect, carinate, or reduced to a tubercle; the dorsum is tuberculate and spinose. The forewings are lanceolate and generally opaque, with indistinct venation. All three pairs of tibiae are strongly flattened.
Natural history: Unknown. There is one record of *H. coronata* on *Calea urticifolia* (Asteraceae).

Ximena Miranda

Vista lateral de *Hypsoprora* sp. (macho). Colección INBio, Costa Rica.

Lateral view of *Hypsoprora* sp. (male). INBio collection, Costa Rica.

Ximena Miranda

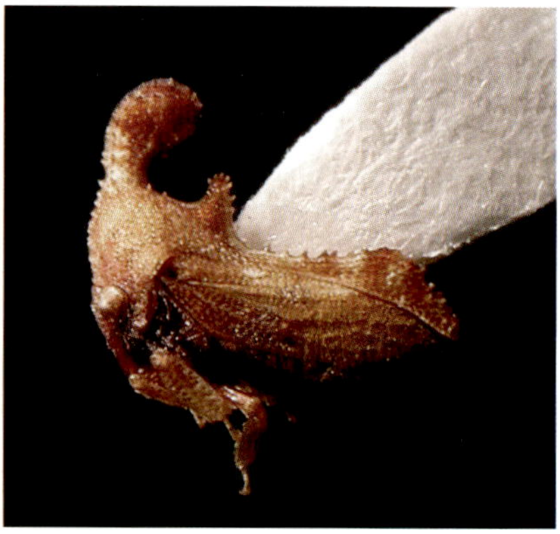

Vista lateral de *Hypsoprora* sp. (hembra). Colección INBio, Costa Rica.

Lateral view of *Hypsoprora* sp. (female). INBio collection, Costa Rica.

MEMBRACINAE - HYPSOPRORINI

Notocera

Identificación: Longitud 4-6,2 mm (Colección INBio). Tamaño relativamente pequeño; cuerpo cubierto en mayor o menor grado con cera blanca. Coloración oscura. Cabeza más alta que ancha, en forma de hoja. Este género se distingue de los otros de su tribu por los dos cuernos suprahumerales anchos y el dorso muy espinoso y nodulado. Las alas anteriores son generalmente opacas y tienen una venación normal. Los tres pares de tibias son anchos y aplanados. El par de cuernos y el dorso espinoso le dan un aspecto descrito como "diabólico" y algunos biólogos han designado especies con nombres como *N. daemoniaca* (actualmente *crassicornis*) y *N. satanas*.

Historia natural: Los adultos son solitarios. Las ninfas, como las de *N. spinidorsa* y *N. bituberculata*, forman agrupaciones y son atendidas por hormigas. Observaciones realizadas de *N. bituberculata* indican que esta especie emite diferentes vibraciones del sustrato en las plantas, entre ellas un "tick" repetido por los machos al cual las hembras responden. Una hembra y un macho formaron un dúo con este tipo de comunicación durante más de 10 minutos, hasta que el macho encontró a la hembra e inmediatamente copularon; la cópula duró algunos segundos y luego el macho caminó y emitió una vibración distinta a la del dúo. Una hembra de esta misma especie ovipositó en una planta de la familia Sapindaceae, insertó los huevos a lo largo de un tallo delgado en una sola línea larga y no los cubrió con secreciones espumosas ni permaneció con los huevos.

Entre las plantas hospederas de *Notocera* se mencionan *Cecropia* sp., *Cupania* sp. y *Paullinia* sp. En Panamá se registra *Serjania mexicana* como planta hospedera de *N. bituberculata*. En Guyana se recolectaron varios individuos de *Notocera* sp. en plántulas de cinco especies de árboles en un bosque: *Catostemma fragans, Chlorocardium rodiei, Eperua rubiginosa, Mora gonggrijpii* y *Pentaclethra macroloba*. En Costa Rica, *Notocera* se ha recolectado en una especie de *Gouania*.

Notocera

Identification: Length 4.0-6.2 mm (INBio collection). All are relatively small and dark, with varying amounts of white wax. The head is longer than wide and leaf-like. This genus can be recognized by the two wide suprahumeral horns and by the very spinose and nodulate dorsum. The forewings are usually opaque but with normal venation. All three pairs of tibiae are broadly flattened. The horns and spiny dorsum give these treehoppers a diabolical appearance, and consequently some have received names such as *daemoniaca* (now known as *crassicornis*) and *satanas*.

Natural history: The adults are solitary. The nymphs (e.g. those of *N. spinidorsa* and *N. bituberculata*) form aggregations and are tended by ants. Observations made on

Kenji Nishida

Macho de *Notocera* sp. en una bignoniácea, provincia de Heredia, Costa Rica.

Male of *Notocera* sp. on a Bignoniaceae plant, Heredia province, Costa Rica.

Kenji Nishida

Adulto de *Notocera bituberculata* en *Gouania* sp., provincia de Guanacaste, Costa Rica.
Adult of *Notocera bituberculata* on *Gouania* sp., Guanacaste province, Costa Rica.

N. bituberculata indicate that the males and females emit various vibrations via the plant substrate. A male produced a repeated "tick" vibration to which the female responded. The male and female performed a vibrational duet for more than 10 minutes and then immediately mated. The copulation lasted a few seconds, and later the male walked away and produced a different type of vibration. Females of *N. bituberculata* were observed laying eggs on Sapindaceae and these were inserted in a single long line along a slender stem; the latter were not covered with foam or guarded by the female. Host plants that are mentioned in the literature include *Cecropia, Cupania* and *Paullinia*. In Panama *N. bituberculata* has been found on *Serjania mexicana* and in Guyana undetermined species have been recorded on saplings of *Catostemma fragans, Chlorocardium rodiei, Eperua rubiginosa, Mora gonggrijpii*, and *Pentaclethra macroloba*. In Costa Rica an undetermined species has been collected on *Gouania*.

Philya

Identificación: Longitud *ca.* 7 mm (Colección INBio). Tamaño pequeño; delgado. Coloración de tonos oscuros. Cabeza rectangular. Se distinguen de otros géneros de la subfamilia por tener en el pronoto un largo y único proceso anterior que se extiende hacia adelante horizontalmente, que en general es hinchado y puede ser bidentado en la punta; los lados del pronoto son rugosos o están rudamente esculpidos, el dorso es liso. Las alas delanteras son largas y angostas. Todas las tibias son muy aplanadas.
Historia natural: Se conoce muy poco de su biología. Los adultos solo se han encontrado como individuos solitarios. Observaciones no confirmadas sugieren que las hembras protegen sus huevos. Se han recolectado en leguminosas.

Philya

Identification: Length about 7.0 mm (INBio collection). Members of this genus are inconspicuous and dull colored. All are small and have slender bodies and a rectangular head. They are distinguished by the pronotum with a single long, anterior process that extends forwards horizontally, and is usually slightly swollen and often bidentate at the tip; the sides of the pronotum are rugose or roughly sculptured, and the dorsum is smooth. The forewings are long and narrow. All tibiae are strongly flattened.
Natural history: Very little is known about the biology of this genus. The adults have only been found as solitary individuals, on legumes (Fabaceae), and unconfirmed observations suggest that females protect their eggs.

Carolina Godoy

Vista lateral de *Philya* sp., Museo Nacional de Historia Natural, Instituto Smithsonian, Washington D.C.

Lateral view of *Philya* sp., National Museum of Natural History, Smithsonian Institution, Washington D.C.

Bolbonota

Identificación: Longitud 2,2-5,5 mm (Colección INBio). Tamaño pequeño. Coloración de tonos oscuros. Cabeza ancha y aplanada. El pronoto tiene forma globular, rugosa y corrugada (estas características distinguen a este género del resto de la subfamilia); carecen de los cuernos pronotales. Las alas anteriores presentan dos celdas discoidales. Las tibias son anchas y aplanadas.

Historia natural: Las especies de *Bolbonota* pueden encontrarse solitarias o en agrupaciones (Fig. 2b). La hembra cubre su masa de huevos con una secreción blanca pegajosa y espumosa. Una hembra pone al menos 20 huevos por masa en los tallos o en la superficie de las hojas (Figs. 25a,b,c,d; 32a). Las madres generalmente abandonan sus huevos un día después de ovipositar. Las hembras de *B. insconspicua* pueden depositar al menos una masa de huevos por día y durante varios días consecutivos; no siempre cuidan sus huevos. Las ninfas de *B. aspidistrae* se desarrollan en alrededor de 24 días y algunas permanecen juntas por uno a tres días después de mudar a adultos. Los huevos de este género pueden ser parasitados por avispitas de la familia Mymaridae, por ejemplo, los de *B. pictipennis* son parasitados por *Gonatocerus membraciphagus*. En Costa Rica se ha observado un parasitoide atacando huevos de una especie de *Bolbonota* ovipositados en una planta del género *Piper*.

Los adultos y las ninfas son atendidos por hormigas. Se tienen los siguientes registros de hormigas: *Dolichoderus quadridenticulatus* asociado a *Bolbonota* sp. en la planta *Xylopia*; *B. insignis* con *Ectatomma tuberculatum* y *E. ruidum*; *B inconspicua* con *E. tuberculatum*, *E. ruidum*, *Solenopsis germinata* y *Crematogaster* sp.; *B. pictipennis* con *E. ruidum*. En *Conostegia xalapensis* y *Miconia calvescens* son atendidos por *Paratrechina* sp., *Pheidole anastasii* y *Camponotus planatus*. Otras especies de *Bolbonota* han sido observadas atendidas por *Crematogaster curvispinosa*, *Paratrechina steinheili* y *Pheidole* sp.

Bolbonota se ha encontrado en varias familias de plantas, pero es en Melastomataceae, Fabaceae y Solanaceae donde existen más registros de agrupaciones de ninfas. En Brasil se observaron todas las fases de desarrollo de *B. melaena* en *Solanum gilo* (sin cuidado maternal), por lo que se considera una plaga menor. En Costa Rica se ha recolectado en varias plantas.

Bolbonota

Identification: Length 2.2-5.5 mm (INBio collection). Small, usually darkly colored treehoppers. The head is broadly flattened. The pronotum has a globular form, with a wrinkled and corrugated appearance, characters which readily distinguish this genus; pronotal horns are absent. The forewings have only two discoidal cells. The tibiae are broadly flattened.

Kenji Nishida

Adultos y ninfas de *Bolbonota* sp. en *Acnistus arborescens*.
Adults and nymphs of *Bolbonota* sp. on *Acnistus arborescens*.

Kenji Nishida

Adultos de *Bolbonota* sp. en *Conostegia xalapensis*, Sarapiquí, provincia de Heredia, Costa Rica.
Adults of *Bolbonota* sp. on *Conostegia xalapensis*, Sarapiquí, Heredia, province, Costa Rica.

Kenji Nishida

Adulto de *Bolbonota* sp. atendido por hormigas, San Ramón, provincia de Alajuela, Costa Rica.

Adult of *Bolbonota* sp. tended by ants, San Ramón, Alajuela province, Costa Rica.

Ninfas, masas de huevos y hembra adulta de *Bolbonota* sp.

Nymphs, egg masses, and an adult female of *Bolbonota* sp.

Natural history: *Bolbonota* can be found as solitary individuals or in aggregations (Fig. 2b). The female covers her egg mass with white sticky foam that she secretes. A female lays at least 20 eggs per mass, on stems or leaf surfaces (Figs. 25a-d, 32a). The females generally abandon their eggs a day after oviposition. The females of *B. insconspicua* can deposit at least one egg mass per day, for various days consecutively, and do not always guard them. The nymphs of *B. aspidistrae* require approximately 24 days for reaching the adult stage, and some stay together for a day or more after molting to adults. Eggs are parasitized by mymarid wasps; for example, those of *B. pictipennis* are attacked by *Gonatocerus membraciphagus*. In Costa Rica, a mymarid species was observed trying to parasitize eggs found on *Piper*.

The adults and nymphs of *Bolbonota* are tended by ants. For example, an undetermined species on *Xylopia* is associated with *Dolichoderus quadridenticulatus*; *B. insignis* with *Ectatomma tuberculatum* and *E. ruidum*; *B inconspicua* with *E. tuberculatum*, *E. ruidum*, *Solenopsis germinata* and *Crematogaster* sp.; and *B. pictipennis* with *E. ruidum*. *Bolbonota* on *Conostegia xalapensis* and *Miconia calvescens* are tended by *Paratrechina* sp., *Pheidole anastasii* and *Camponotus planatus*. Other *Bolbonota* secies have been observed being tended by *Crematogaster curvispinosa*, *Paratrechina steinheili*, and *Pheidole* sp.

Host plants include various plant families, some of the most frequent being Melastomataceae, Fabaceae and Solanaceae. In Brazil, all developmental phases of *B. melaena* (which lacks maternal care) occur on *Solanum gilo*, and therefore it is considered a minor pest. In Costa Rica, *Bolbonota* species have been collected on various plants.

Campylenchia

Identificación: Longitud 7,7-9,5 mm (Colección INBio). Coloración café oscuro a café claro. Cabeza más larga que ancha entre los ojos. El pronoto se extiende anteriormente como un largo y aplanado cuerno, con líneas elevadas en el centro, variando mucho en longitud y grado de la curvatura, solo un poco comprimido lateralmente, descendiendo suavemente desde los ángulos humerales al ápice posterior; la carena posterior es extendida o casi extendida posteriormente y hacia los márgenes laterales; la superficie del pronoto es asperamente punteada y gruesa. La separación entre los géneros *Campylenchia* y *Enchenopa* es muy sutil y se hace por la carena dorso-transveral, que en *Campylenchia* está un poco más cerca del margen superior del proceso anterior que en *Enchenopa*. La venación de las alas anteriores no es reticulada y presenta cinco celdas apicales y dos discoidales. Las patas tienen las tibias anteriores y medias de forma aplanada. Según algunos autores, estos dos géneros son sinónimos.

Historia natural: La hembra cubre los huevos con una secreción cerosa, similar a la utilizada por *Enchenopa binotata*. *C. hastata* coloca las masas de huevos sobre el envés de las hojas; según otras observaciones recientes, los huevos son insertados dentro de la planta hospedera y colocados en grupos en las ramitas. Aparentemente, la hembra cuida los huevos, aunque algunos pueden ser parasitados por avispitas mimáridas. Los huevos eclosionan en una semana y las ninfas son atendidas por homigas. Las hormigas pueden comenzar a atender a las ninfas entre ocho y nueve días después de la eclosión. Se sabe que las ninfas y los adultos son atendidos por las hormigas *Azteca paraensis y Ectatomma tuberculatum*.

Algunos adultos de *C. latipes* pueden hibernar, pero en general son los huevos los que lo hacen. Los huevos son colocados cerca de la base del tallo de las plantas herbáceas hospederas. Los últimos estadios ninfales migran hacia arriba de la planta para alimentase de los tallos y son atendidos por hormigas. *C. latipes* es atacada por avispas de la familia Sphecidae; las avispas *Hoplisoides costalis* y *H. spilopterus* depredan a los adultos y *H. placidus* (antes *nebulosus*) depreda tanto adultos como ninfas.

La mayoría de las plantas hospederas pertenece a la familia Asteraceae y Fabaceae.

Campylenchia

Identification: Length 7.7-9.5 mm (INBio collection). Cinnamon brown to dark brown. The head is longer than the distance between the eyes. The pronotum extends anteriorly into a long, flattened horn, ridged in the center and flattened (foliaceous) above and below, varying greatly in length and degree of curvature, only slightly compressed laterally; the pronotum slopes downward evenly from above humeral angle to the posterior apex; the pronotal carina extends posteriorly to the lateral margins, or nearly so; the pronotal surface is thick and coarsely

Carolina Godoy

Vista lateral de *Campylenchia hastata* de Venezuela. Museo Nacional de Historia Natural, Instituto Smithsonian, Washington D.C.

Lateral view of *Campylenchia hastata* from Venezuela. National Museum of Natural History, Smithsonian Institution, Washington D.C.

punctate. The distinction between *Campylenchia* and *Enchenopa* is subtle and is based on the dorso-transverse carina, which in *Campylenchia* is slightly closer to the superior margin of the anterior process than in *Enchenopa*. The forewing venation is not reticulate, and has five apical and two discoidal cells. The front and middle tibiae are flattened. According to some authors these two genera are synonymous.
Natural history: The complete life history of this genus is unknown but there are some life history notes. The female inserts her eggs into the host plant and covers the egg mass with a wax-like secretion similar to that of *Enchenopa binotata*. Although there is one report of *C. hastata* placing egg masses on the undersides of leaves, more recent observations suggest that they are usually clustered on twigs. The female may guard the egg mass, which is sometimes parasitized by mymarid wasps. The eggs hatch within a week, but the nymphs are not tended by ants until eight to nine days later. Both nymphs and adults may be tended by *Azteca paraensis* and *Ectatomma tuberculatum*.

Some individuals of *C. latipes* may overwinter as adults but most pass the winter in the egg stage. The eggs of this species are laid near the base of the stem of their herbaceous host plant. Later instars migrate up the plant and feed on the stems where they are tended by ants. The predatory wasps, *Hoplisoides costalis* and *H. spilopterus* (Sphecidae), are predators of adult *C. latipes*, while *H. placidus* preys on both adults and nymphs. The host plants are principally Asteraceae and Fabaceae.

MEMBRACINAE - MEMBRACINI

Enchenopa

Identificación: Longitud 8,5-14 mm. Coloración café a negra, generalmente con áreas definidas de tonos claros. Cabeza más larga que ancha entre los ojos. El pronoto es poco elevado, ligeramente comprimido; tiene un cuerno frontal más o menos horizontal, el cual es la única porción lateralmente aplanada del pronoto; el cuerno tiene una sola carena que se extiende a lo largo del centro, dejando ambos márgenes aplanados y de ancho similar; los lados del pronoto tienen una carena elevada que comienza cerca de la base del cuerno, se extiende posteriormente más allá de los ángulos humerales y generalmente alcanza los márgenes laterales; la longitud de esta carena lateral elevada es una característica importante para separar a *Enchenopa* de *Enchophyllum* (excepto *Enchophyllum dubium*). La venación de las alas anteriores no es reticulada. Las patas tienen las tibias anteriores y medias de forma aplanada.

Historia natural: Los adultos del género son generalmente solitarios y no presentan cuidado maternal, pero las ninfas viven en agrupaciones. Este último comportamiento se ha registrado en ninfas de *E. ferruginea*, *E. gladius* y *E. ignidorsum*.

En Norteamérica se han realizado muchas investigaciones de *E. binotata*, que ha sido modelo para estudios sobre la especiación simpátrica (surgimiento de especies sin necesidad de aislamiento geográfico). *E. binotata* es un notable complejo de nueve especies de membrácidos, que utilizan ocho géneros de plantas hospederas. La íntima relación entre la fenología (fases del ciclo vegetativo) de la planta hospedera, el ciclo de vida del insecto y la sincronización del apareamiento sugiere mecanismos que podrían facilitar el aislamiento de las poblaciones y en consecuencia la especiación simpátrica. En este complejo de especies se han estudiado los genitales de los adultos, las variaciones genéticas y bioquímicas y se han hecho análisis filogenéticos (estudio evolutivo). Para tener más éxito reproductivo, las hembras de *E. binotata* deben ovipositar en la planta hospedera. Las que ponen huevos en plantas no hospederas depositan una masa pequeña y tienen una viabilidad más baja. La hembra deposita la masa de huevos bajo la corteza de las ramas y los cubren con una secreción espumosa blanca. Esa espuma parece tener un químico atrayente de oviposición, que atrae a otras hembras que llegan a ovipositar sobre la misma rama. Por esta razón, las masas de huevos están muy agrupadas en las ramas de la planta hospedera. Cuando emergen de los huevos, las ninfas forman grandes agrupaciones de hermanas con ninfas no emparentadas. Estas agrupaciones atraen a las hormigas, entre ellas *Pheidole*, que "ordeñan" a las ninfas. La supervivencia de las ninfas depende de que sean atendidas por las hormigas. Los adultos de *Enchenopa* no son atendidos por hormigas.

Se ha estudiado la comunicación por vibraciones del sustrato en este género. Los machos de *E. binotata* producen señales para llamar la atención de las hembras. La hembra responde a esas vibraciones con su propia señal y la cópula ocurre después de un dúo entre ambos sexos. Los machos de las especies del complejo *E.*

Kenji Nishida

Adulto de *Enchenopa ignidorsum* en *Conostegia xalapensis*, provincia de Heredia, Costa Rica.

Adult of *Enchenopa ignidorsum* on *Conostegia xalapensis*, Heredia province, Costa Rica.

Kenji Nishida

Adulto y ninfa de *Enchenopa* sp. en una inflorescencia de *Eugenia truncata*, provincia de San José, Costa Rica.

Adult and nymph of *Enchenopa* sp. on an *Eugenia truncata* inflorescence, provincia de San José, Costa Rica.

Dos adultos de *Enchenopa* sp. y una ninfa en *Phoradendron undulatum*, provincia de Cartago, Costa Rica.

Two adults of *Enchenopa* sp. on *Phoradendron undulatum*, Cartago province, Costa Rica.

binotata producen cantos distintos y se han hecho experimentos para determinar si las hembras responden preferiblemente a los machos de su especie. Las hembras responden más frecuentemente a los machos de su especie y no al canto de los machos de las dos especies más cercanas; aunque responden al canto de la especie menos derivada del complejo. Con estos experimentos se determinó que el sistema de comunicación juega un importante papel en el aislamiento reproductivo.
Enchenopa se hospeda en varias familias de plantas leñosas. Los géneros de plantas asociadas al complejo *E. binotata* en Norteamérica son *Liriodendron, Juglans, Ptelea, Cercis, Viburnum, Robinia, Celastrus* y *Carya*. También hay informes de que en Norteamérica se pueden encontrar en robles. En Brasil, una especie de *Enchenopa* fue encontrada en un árbol joven de *Caesalpinia*; se trataba de una agrupación de adultos y ninfas que eran atendidos por varios géneros de hormigas. En Costa Rica se han recolectado ninfas y adultos de *Enchenopa* en *Conostegia xalapensis*, y hembras con huevos en *Conyza bonariensis*; en estas recolectas no se observaron hormigas atendiendo ninfas ni adultos.

Enchenopa

Identification: Length 8.5-14 mm. Brown to black, generally with well-defined light colored areas. The head is longer than the distance between the eyes. The pronotum is not very elevated, only slightly compressed laterally, with a more or less horizontal frontal horn; the horn has a single ridge running along the middle, leaving both margins flattened and about equal in width; the sides of the pronotum have an elevated ridge which starts near the frontal horn and extends posteriorly beyond the humeral angles and normally reaches the lateral margins; the length of this lateral elevated ridge is an important character to separate *Enchenopa* from most species of *Enchophyllum* (except *Enchophyllum dubium*). The forewing venation is not reticulate. The front and middle tibiae are flattened.

Natural history: The adults are generally solitary and do not exhibit parental care, but the nymphs live in aggregations. Aggregations of nymphs have been observed in *E. ferruginea*, *E. gladius* and *E. ignidorsum*. In North America many investigations have been carried out on *E. binotata*, a model species for studies of sympatric speciation (speciation without geographic isolation). *E. binotata* is a complex of nine species that have been recorded on eight different genera of plants. The intimate relationship between the phenology (phases of the vegetative cycle) of the host plant, the life cycle of the insect, and the synchronization of mating have suggested mechanisms that could facilitate the isolation of populations and, as a consequence, the occurrence of sympatric speciation. Studies of this complex of species have focused on the genitalia, genetics, biochemistry and phylogeny (evolutionary study).

Females of *E. binotata* that oviposit on the appropriate host plant are more successful. Those that lay eggs on other plants lay smaller masses of eggs and the nymphs that hatch show a lower survival rate. They deposit masses of eggs under the bark of branches, and then cover the eggs with a white foamy secretion. The foam seems to have a chemical attractant leading other females to oviposit on the same branch. These egg masses are laid close to one another and the nymphs that hatch from several egg masses form a large aggregation of sisters together with unrelated nymphs. Large aggregations attract ants, for example species of *Pheidole*, which "milk" the nymphs for honeydew. The survival of the nymphs is enhanced by tending ants, but adults of *Enchenopa* are not tended by ants.

Males of *E. binotata* produce substrate vibrations that serve as "propaganda" for attracting females. The females respond to the males' vibrations with their own vibrations, and mating occurs following the duet between the female and the male. The males of each species in the *E. binotata* complex produce distinct vibrations, and experiments have shown that females respond more frequently to the males of their own species. They do not respond to the male "songs" of closely related species although they do respond to the song of males belonging to most ancestral species. This communication system therefore plays a role in the reproductive isolation.

Echenopa feeds on several families of woody plants. The host plants of the *E. binotata* complex in North America include: *Carya*, *Celastrus*, *Cercis*, *Juglans*, *Liriodendron*, *Ptelea*, *Quercus*, *Robinia*, and *Viburnum*. In Brazil, adults and nymphs of an *Enchenopa* species were found on a young tree of *Caesalpinia*; the nymphs were tended by ants of several genera. In Costa Rica, nymphs and adults of a species of *Enchenopa* were collected on *Conostegia xalapensis*, and females with eggs were observed on *Conyza bonariensis*; in both cases they were not tended by ants.

MEMBRACINAE - MEMBRACINI

Enchophyllum

Identificación: Longitud 3,9-8,2 mm (Colección INBio). Tamaño mediano. Coloración café a negra, generalmente con áreas definidas de tonos claros. Cabeza casi cuadrada. El pronoto es poco elevado y moderadamente comprimido, con un largo proceso pronotal que generalmente se proyecta hacia adelante sobre la cabeza; el cuerno frontal tiene carenas laterales, pero no se extienden más allá de los ángulos humerales. Las alas anteriores son lanceoladas y más o menos opacas. Las tibias frontales son aplanadas.
Historia natural: *Enchophyllum* vive en agrupaciones. De *E. lanceolatum* se han observado todos los estadios en *Casuarina* sp. Entre las plantas que se mencionan como hospederas de *E. dubium* está *Acalypha;* para *E. lanceolatum* se citan *Croton gossypifolius, Cydonia oblonga, Cytisus fragans, Diphysa robinioides, Parkinsonia aculeata, Passiflora* sp. y *Pyrus comunis.* En Costa Rica se recolectaron adultos y ninfas de *Enchophyllum* sp. en el mangle *Laguncularia racemosa* (Figs. 6a,b,c,d).
Importancia: *E. lanceolatum* se considera plaga del gandul o frijol de palo en Costa Rica.

Enchophyllum

Identification: Length 3.9-8.2 mm (INBio collection). Medium sized treehoppers, brown to black with well defined light colored areas. The head is nearly quadrate. The pronotum is slightly elevated and only moderately compressed, with a long anterior pronotal process that is usually projected forward over the head; the frontal horn bears lateral carinae, but these ridges do not extend farther backward than the humeral angles. The forewings are lanceolate and usually more or less opaque. The front tibiae are flattend.
Natural history: This genus is found living in aggregations. All life stages of *E. lanceolatum* have been observed on a *Casuarina; E. dubium* is recorded from *Acalypha;* and *E. lanceolatum* from *Croton gossypifolius, Cydonia oblonga, Cytissus fragans, Diphysa robinioides, Parkinsonia aculeata, Passiflora* sp., and *Pyrus comunis.* In Costa Rica, adults and nymphs of *Enchophyllum* sp. were collected on the mangrove, *Laguncularia racemosa* (Figs. 6a,b,c,d).
Importance: In Costa Rica, *E. lanceolatum* is considered a pest on pigeon pea (*Cajanus cajan*).

Kenji Nishida

Adulto de *Enchophyllum* sp. en *Inga vera*, provincia de San José, Costa Rica.

Adult of *Enchophyllum* sp. on *Inga vera*, San José province, Costa Rica.

Kenji Nishida

Adulto de *Enchophyllum* sp. en la inflorescencia de una asterácea, Zurquí, provincia de San José, Costa Rica.

Adult of *Enchophyllum* sp. on the inflorescence of an Asteraceae plant, Zurquí, San José province, Costa Rica.

Erechtia

Identificación: Longitud 3-5,1 mm (Colección INBio). Cuerpo triangular. Coloración oscura. El pronoto generalmente es angulado en el frente, sin proceso anterior; gradualmente declinado a recto posteriormente; los lados del pronoto son carenados, generalmente con tres líneas elevadas paralelas; el metopidio tiene un fuerte borde sobre los ojos. Las alas anteriores son libres y casi completamente transparentes, con cinco celdas apicales y tres discoidales. Todas las tibias son muy aplanadas.

Historia natural: Este es un género subsocial. Un ejemplo de este tipo de comportamiento es *E. sallaei*, cuya hembra inserta los huevos en las inflorescencias de su planta hospedera; en cada masa deposita de 13 a 65 huevos. Cuando los huevos maduran, se expande el tejido de la planta, forzando lateralmente a formar un espacio en forma de copa donde la hembra está sentada. Si las hembras son perturbadas, permanecen con sus huevos o se desplazan ligeramente y retornan para seguir cuidándolos. Una vez que los huevos eclosionan, las hembras permanecen con sus ninfas durante todo su desarrollo.

Erechtia puede o no estar asociado con organismos mutualistas. Se ha asociado con las hormigas *Cephalotes atratus* en árboles de *Goupia glabra*. En *E. sallaei*, algunas agrupaciones no están atendidas por mutualistas, pero otras pueden estar asociadas con las avispas *Parachartegus apicaus* y *Pseudopolybia compressa*, que recolectan melaza y caminan encima de las ninfas; o con las hormigas *Dolichoderus bispinosus* y *Ectatomma tuberculatum*. En ausencia de organismos mutualistas, las hembras con huevos o crías responden a las perturbaciones y depredadores abanicando sus alas y moviéndose lateralmente; sin embargo, esta respuesta no se observa cuando las avispas o las hormigas están presentes.

Erechtia

Identification: Length 3.0-5.1 mm. (INBio collection). The body is triangular and dark colored. The pronotum is usually angulate in front but without an anterior process; it is gradually sloping to straight posteriorly; the sides of the pronotum are carinate, usually with three parallel ridges, and the metopidium is strongly ridged above the eyes. The forewings are entirely free, almost entirely transparent, and have five apical and three discoidal cells. All three pairs of tibiae are broadly flattened.

Natural history: Species in this genus show subsocial behavior as seen, for example, in *E. sallaei*. The females lay eggs in masses, inserting 13 to 65 eggs per mass in the inflorescence of host plants. As the eggs mature, they expand and push out the plant tissue, forming a flat cup-shaped area where the female sits. The females stay with their eggs and nymphs throughout their development. If disturbed, the female stays with her eggs, or moves only slightly and then returns to continue protecting

Carolina Godoy

Vista lateral de *Erechtia* sp. Colección INBio, Costa Rica.
Lateral view of *Erechtia* sp. INBio collection, Costa Rica.

Kenji Nishida

Vista dorsolateral y frontal de *Erechtia* sp. (macho). Colección INBio, Costa Rica.
Dorsolateral and frontal view of *Erechtia* sp. (male). INBio collection, Costa Rica.

the eggs. Females with eggs or nymphs, but without tending ants, usually respond by buzzing their wings and moving from side to side. However, these responses are not observed when tending ants are present.

The aggregations may or may not be tended by ants or wasps. Species of *Erechtia* on *Goupia glabra* trees were found with *Cephalotes atratus* ants. Some aggregations of *E. sallaei* are tended by wasps (*Parachartegus apicaus* and *Pseudopolybia compressa*), which collect honeydew and walk on top of the nymphs, while others are tended by ants (*Ectatomma tuberculatum* and *Dolichoderus bispinosus*).

Leioscyta

Identificación: Longitud 3-5 mm (Colección INBio). Tamaño pequeño; cuerpo angosto. Coloración generalmente café, con combinaciones de tonos oscuros y claros. Cabeza casi cuadrada, aplanada, con ocelos poco desarrollados. El pronoto tiene los márgenes dorsales rectos; presenta una carena media continua, pero los lados del pronoto son generalmente lisos o con no más de una cresta en cada lado; el metopidio tiene una o más carenas cortas sobre cada ojo. Las alas anteriores son completamente libres; presentan cinco celdas apicales y dos celdas discoidales, el limbo apical es ancho. Los dos primeros pares de tibias son aplanados.

Historia natural: Las ninfas viven en agrupaciones, pero no existen evidencias de cuidado maternal. La hembra pone una masa de huevos de forma lenticular, blanca y brillante (en el caso de *L. spiralis* es de color café); luego produce una sustancia cerosa que coloca en hilos espirales alrededor de los tallos, por encima y debajo del sitio de oviposición. Las ninfas tienen manchas blancas similares a los patrones de cera que la hembra coloca sobre la planta. Se piensa que las ninfas se confunden con el patrón y que esto funciona como camuflaje contra los depredadores que se guían por información visual. Las ninfas de *L. nitida* viven en agrupaciones; después de la muda, los adultos se mueven al lado inferior de las hojas maduras, donde forman grupos de dos o tres individuos.

Entre sus plantas hospederas están *Siparuna* y *Vismia*. En Brasil, se observó una especie de *Leioscyta* en árboles de *Myrcia* sp. Los adultos y las ninfas han sido encontrados viviendo en grupos, atendidos por varios géneros de hormigas.

Leioscyta

Identification: Length 3.0-5.0 mm (INBio collection). Small, narrow-bodied treehoppers; generally brown, with a combination of dark and light shades. The head is nearly quadrate and flattened, with the ocelli poorly developed. The pronotum has a straight dorsal margin; a continuous median carina is present, but the sides of the pronotum are usually smooth or with no more than one ridge on each side; the metopidium has one or more short carinae over each eye. The forewings are entirely free, with five apical but only two discoidal cells, and with a broad apical limbus. The first two pairs of tibiae are flattened.

Carolina Godoy

Vista lateral de *Leioscyta spiralis*. Colección INBio, Costa Rica.
Lateral view of *Leioscyta spiralis*. INBio collection, Costa Rica.

Natural history: The nymphs live in aggregations, but there is no evidence of maternal care. The female lays masses of eggs which are lenticular in form and shiny white (or in the case of *L. spiralis* is brown). She then produces a waxy substance and deposits it as spiral threads around the stem, above and below the oviposition site. The nymphs have white spots similar to the pattern of wax deposited by the female, which probably function as camouflage against natural enemies that use visual cues in hunting. The nymphs of *L. nitida* live in aggregations; after molting to the adult stage, they move to the underside of mature leaves where they rest and feed in groups of two or three individuals. Host plants include *Siparuna*, *Vismia* and, in Brazil, *Myrcia*. Those on the latter plant live in groups of both nymphs and of adults, which are tended by several genera of ants.

MEMBRACINAE - MEMBRACINI

Membracis

Identificación: Longitud 8-13 mm. Uno de los géneros de tamaño más grande en la familia. Coloración generalmente de colores brillantes. Se distinguen por su pronoto muy elevado, aplanado lateralmente y en forma de hoja. No poseen proceso pronotal posterior y el cuerpo generalmente tiene forma de placa arqueada. Las tibias delanteras son comprimidas y aplanadas como hojas.

Historia natural: Los adultos son solitarios, pero las ninfas pueden formar agrupaciones y ser atendidas por hormigas (Fig. 16b). Depositan sus huevos en tallos y hojas jóvenes y luego cubren las masas de huevos con espuma (Fig. 24).

Las hembras de *M. dorsata*, colocan una sustancia blanca espumosa antes de ovipositar, y luego depositan los huevos encima de ella en la superficie inferior de las hojas jóvenes, en dos líneas paralelas; después de la oviposición cubren los huevos con más sustancia blanca y forman una masa elíptica; cada masa de esta especie tiene alrededor de 60 huevos y el período de incubación es de unos 20 días. Antes de llegar a adultos pasan por cinco estadios ninfales, que duran 45 días en promedio. Las hembras viven más que los machos. Durante el cortejo, el macho se aproxima a la hembra, abanica las alas fuertemente y produce vibraciones; la cópula puede durar cerca de 70 minutos. Los huevos de *M. dorsata* son parasitados por avispitas *Anaphes* sp. (antes *Patasson* sp., Hymenoptera-Mymaridae). Entre sus depredadores está la araña saltícida *Plexippus paykulli*. Varios insectos se alimentan de la melaza que excretan, entre ellos la abeja *Apis mellifera*, las avispas *Polybia ignobilis* y *P. consobrinus*; varias especies de moscas como *Hydrotaea nicholsoni*, *Phaenicia eximia*, *Sarnesia chlorogaster* y *Udamopyga percita*; y hormigas del género *Camponotus*.

En Costa Rica se encontró una hembra de *M. dorsata* con ninfas que eran atendidas por hormigas *Ectatomma tuberculatum*, y agrupaciones de ninfas de *M. fuscata* con *Ectatomma ruidum*. En México, *M. mexicana* se ha asociado con las hormigas *Camponotus planatus*, *Paratrechina* sp. y *Solenopsis geminata*. En Venezuela, *M. foliata* está asociada con hormigas *Azteca* sp. en plantas de *Nectandra cuspidata* y con *Pheidole biconstricta* en la planta *Ferdinandusa* (probablemente *F. elliptica*).

Este género se ha recolectado en numerosas familias de plantas (ver Apéndice 2). Las ninfas de *M. suctifructus* se agrupan en los botones florales y frutos jóvenes de *Annona muricata* formando una masa blanca; la abundancia de esta especie es similar tanto en época seca como lluviosa; también se recolectó en *Terminalia cattapa*. En Brasil, la planta hospedera de *M. dorsata* es *Monstera deliciosa* y no hay indicios de que cause daño a la planta.

En Costa Rica se ha observado *M. mexicana* en tallos y pedúnculos de flores de *Macadamia ternifolia* y también se ha encontrado en *Eugenia truncata*, *Inga vera* y *Struthanthus orbicularis*. Adultos y ninfas de esta misma especie se han visto en tallos de *Piper* sp. atendidos por hormigas, y en *Cajanus cajan* con hormigas *Paratrechina longicornis* atendiendo a las ninfas.

Kenji Nishida

Adulto de *Membracis mexicana* en *Macadamia ternifolia*, provincia de San José, Costa Rica.
Adult of *Membracis mexicana* on *Macadamia ternifolia*, San José province, Costa Rica.

Piotr Naskrecki

Adulto de *Membracis dorsata* en *Phodostemonodaphne kunthiana*, provincia de Heredia, Costa Rica.
Adult of *Membracis dorsata on Phodostemonodaphne kunthiana*, Heredia province, Costa Rica.

Kenji Nishida

Ninfas de *Membracis mexicana* en *Piper* sp., Costa Rica.

Nymphs of *Membracis mexicana on Piper* sp., Costa Rica.

Importancia: En México, *M. mexicana* ataca árboles de anona, carambola, ciruela, guanábana, mango, nance y uva de playa. En Honduras se han encontrado poblaciones grandes de *M. mexicana*, la cual se ha registrado como plaga en *Annona muricata*; los adultos y las ninfas prefieren alimentarse en yemas, frutos y tallos jóvenes. Los adultos se alimentan y ovipositan en lugares protegidos del sol directo y de la lluvia en las copas de los árboles. Los frutos jóvenes fuertemente infestados con ninfas son deformes y débiles y no alcanzan su tamaño potencial o caen prematuramente del árbol. Este membrácido también puede provocar que la flor caiga prematuramente. En Costa Rica, *M. mexicana* se considera plaga del arbusto *Cajanus cajan*, ya que los adultos y las ninfas se alimentan de los tallos y raquis de las flores, cerca de los extremos de los brotes de las plantas maduras o senescentes, causando la caída de la flor. En América Central, estos membrácidos también se alimentan de arvejas, melón y papa. En Colombia, la especie se menciona en la lista de plagas del cacaotero.

Membracis

Identification: Length 8-13 mm. Members of this genus are among the largest and most conspicuous of all treehoppers, and are often brilliantly colored. They are distinguished by the elevated, leaf-like pronotum, which is strongly flattened laterally. The entire body is generally like an arched plate. The frontal tibiae are broadly flattened.

Natural history: The adults of *Membracis* are solitary, but the nymphs can form groups that are tended by ants (Fig.16b). The females lay eggs in masses on young stems and leaves, and cover the mass with a foamy substance. The females of *M. dorsata* secrete a foamy white substance prior to oviposition and then deposit eggs in the same spot. These eggs are laid on the underside of young leaves, side by side in parallel lines; after oviposition, the female covers the eggs by secreting more white substance, forming an elliptical shaped mass. Each of these masses contains around 60 eggs, and the egg stage takes approximately 20 days. The nymphs go through five stages in approximately 45 days before becoming adults. The females usually live longer than the males. Courtship behavior takes place when a male

Ninfas de *Membracis dorsata* en *Phodostemonodaphne kunthiana*, Costa Rica.

Nymphs of *Membracis dorsata* on *Phodostemonodaphne kunthiana*, Costa Rica.

approaches a female. The male produces sounds by buzzing his wings strongly, and if the female accepts him they mate for nearly 70 minutes.

The eggs of *M. dorsata* are parasitized by *Anaphes* wasps (Mymaridae; formerly known as *Patasson*) and a salticid spider (*Plexippus paykulli*) has been observed preying on this same treehopper. Various insects feed on the nymphs' honeydew, for example honeybees (*Apis mellifera*), wasps (*Polybia ignobilis, P. consobrinus*), flies (*Hydrotaea nicholsoni, Phaenicia eximina, Sarnesia chlorogaster, Udamopyga percita*), and ants (*Camponotus*). In Costa Rica, a female of *M. dorsata* with nymphs tended by *Ectatomma tuberculatum* ants and aggregations of nymphs of *M. fuscata* tended by *E. ruidum* have been observed. In Mexico, *M. mexicana* has been seen with *Camponotus planatus, Paratrechina* sp., and *Solenopsis geminata*. In Venezuela *M. foliate* was visited by *Azteca* ants on *Nectandra cuspidate*, and by *Pheidole biconstricta* on *Ferdinandusa*.

Membracis has been collected on numerous families of plants (see Annex 2). The nymphs of *M. suctifructus* group together on the flower buds and young fruits of *Annona muricata* and these groups resemble a white mass. The abundance of this species is about the same during both the dry and wet seasons. It has also been collected on *Terminalia cattapa*. In Brazil, *M. dorsata* feeds on *Monstera deliciosa*, but does not cause any severe damage on the plant. In Costa Rica, *M. mexicana* has been observed on stems and flower peduncles of macadamia, and on other plants such as *Eugenia truncata, Inga vera*, and *Struthanthus orbicularis*. Adults and nymphs of this species have also been seen on stems of *Piper* tended by unidentified ants, and on *Cajanus cajan* tended by *Paratrechina longicornis*.

Importance: In Mexico, *M. mexicana* attacks starfruit, custard apple, nance, plum, mango, and beach grape. In Honduras, some large populations of *M. mexicana* have been reported as a pest on *Annona muricata*; the adults and nymphs feed on buds, fruits, and young stems. They feed and oviposit near canopy level on places where the direct sunlight and rain does not hit. The young fruits are strongly infested with nymphs, causing the fruits to deform and fall off the trees before harvest. They also cause the flowers to fall off. In Costa Rica, this species is considered a pest of pigeon pea (*Cajanus cajan*). The adults and nymphs feed on the stem, flower rachis, and near the tip of growing shoots, on mature to old trees, causing the flowers to fall off. In Colombia, it is listed as a pest of cacao trees. Other host plants in Central America are melon, pea, and potato.

Tylopelta

Identificación: Longitud 3-4 mm. Robusto, de forma triangular. Coloración generalmente café. El pronoto es angular en la parte frontal, tiene un borde elevado continuo y dos carenas a cada lado. Este género tiene un dorso fuertemente sinuoso, con frecuencia en forma de gradas que salen desde encima de los ángulos humerales hasta el ápice posterior; tiene una carina corta y gruesa sobre el metopidio por encima de los ojos. Las alas anteriores son cortas y anchas y no están completamente cubiertas por el pronoto; tienen cinco celdas apicales y tres discoidales. Las patas presentan tibias anteriores y medias aplanadas.
Historia natural: Las hembras de *T. gibbera* insertan los huevos dentro de tallos herbáceos y luego los cubren con una espuma blanca; cada masa contiene alrededor de 46 huevos. Las ninfas son atendidas por hormigas que recolectan su melaza. Las plantas hospederas de este género pertenecen a las familias Clusiaceae, Fabaceae y Monimiaceae. Se registra como plaga menor del gandul (*Cajanus cajan*).

Tylopelta

Identification: Length 3-4 mm. The body is robust and triangular, and generally brown. The pronotum is angular in front and bears a continuous median carina and two lateral carinae on each side; the genus has a strongly sinuate dorsum, often forming steps that begin above the humeral angles and end at the posterior apex. There is a single short, heavy ridge on the metopidium above the eyes. The forewings are short and broad, not completely concealed by the pronotum, and have five apical and three discoidal cells. The fore and middle tibiae are flattened.
Natural history: The females of *T. gibbera* insert their eggs inside herbaceous stems, then cover the eggs with a white, foamy substance; each egg mass contains around 46 eggs. Nymphs are tended by ants, and the ants collect the honeydew from the nymphs. The known host plants for this genus belong to the families Clusiaceae, Fabaceae, and Monimiaceae. The genus is registered as a minor pest of pigeon pea (*Cajanus cajan*).

Carolina Godoy

Vista lateral de *Tylopelta gibbera* (macho). Colección INBio, Costa Rica.
Lateral view of *Tylopelta gibbera* (male). INBio collection, Costa Rica.

NICOMIINAE - TOLANIINI

Tolania

Identificación: Longitud 4,8-8,2 mm. Robusto, con las alas anteriores largas. Coloración en tonos cafés. Cabeza casi cuadrada, dos veces más ancha que alta (Fig. 36a), con ojos grandes y ovalados. El pronoto es convexo, con un par de cuernos humerales que varían en longitud y agudeza pero siempre prominentes; sin proceso posterior; el metopidio vertical es más ancho que alto; la carena media es continua; posee ángulos humerales fuertes pero redondeados. El escutelo está enteramente expuesto (Fig. 36b), es casi cuadrado y mide aproximadamente dos veces el largo que el ancho, inflado en la base adelgazándose en los dos últimos tercios del ápice, con el borde débil y la punta redondeada. Las alas anteriores son libres, transparentes; la base es ancha, dura y con puntos; las puntas son redondeadas; las venas tienden a ser espinosas, con siete celdas apicales pero sin celdas discoidales; el limbo apical es muy angosto. Las patas son simples, con fémures cilíndricos y tibias triangulares; las patas posteriores son más largas.

Historia natural: Este género es solitario y se desconoce el resto de su biología. El grupo formado por los géneros *Tolania* y *Nicomia* (éste último no se trata en esta guía) es de gran interés para los estudios filogenéticos, ya que no son membrácidos típicos pues carecen del proceso posterior pronotal. La evidencia morfológica parece indicar que este grupo se originó en membrácidos que tenían muy desarrollada esta estructura, pero la perdieron en el transcurso del proceso evolutivo. En Costa Rica se han recolectado especímenes en trampas de luz.

Tolania

Identification: Length 4.8-8.2 mm. Robust bodies with long forewings; various shades of brown. Head nearly quadrate, twice as broad as high; (Fig. 36a) the eyes are large and ovate. The pronotum is convex and bears a pair of suprahumeral horns which vary in length and in sharpness but are always prominent; without a posterior process; metopidium vertical, broader than high; median carina continuous; humeral angles heavy and blunt; scutellum entirely exposed, (Fig. 36b) nearly quadrate, about twice as long as broad, swollen at the base, flat on apical two-thirds, weakly carinate; tip blunt and regularly rounded. The forewing is free, transparent, with the base broadly coriaceous and punctate, the tips rounded, the veins tending to be spinose, with seven apical and no discoidal cells, and a very narrow apical limbus. The legs are simple, the femora cylindrical, the tibiae triangular, and the hind legs the longest.

Natural history: Species in this genus are solitary, but little else is known of their biology. The subfamily Nicomiinae comprises the genera *Tolania* and *Nicomia* (the

Kenji Nishida

Kenji Nishida

Hembra de *Tolania* sp., Sarapiquí, provincia de Heredia, Costa Rica.

Female *Tolania* sp., Sarapiquí, Heredia province, Costa Rica.

latter is not treated in this guide), both of which are of great interest for phylogenetic studies (evolutionary studies) because they are not typical treehoppers and do not possess a posterior projection of the pronotum. Based on the morphological evidence it seems that this group has lost the posterior projection over evolutionary time. In Costa Rica specimens have only been collected at light traps.

SMILIINAE - ACUTALINI

Acutalis

Identificación: Longitud 4,1-9 mm. La coloración puede variar en una misma especie (por ejemplo, *A. fusconervosa* es café claro y negro): café claro, amarillo, verde y negro. Cabeza triangular, lisa y brillante, tres veces más ancha que larga; con ojos ovalados. El pronoto es bajo, liso y brillante; el proceso posterior consiste en un ápice puntiagudo que se extiende hasta el final de la quinta celda apical del ala anterior; los márgenes laterales del pronoto tienen una impresión longitudinal y un punteado más visible después de los ángulos humerales. Las alas anteriores son libres, transparentes o negras; las venas R, M y Cu están separadas cerca de la base y se ramifican después de la mitad del ala (Fig. 45a); presentan cinco celdas apicales y ninguna discoidal. Esta ausencia de celdas discoidales separa a *Acutalis* de los otros géneros de Acutalini.

Historia natural: Este es un género de adultos solitarios. Las hembras de *A. tartarea* insertan grupos generalmente de 12 a 15 huevos en la planta hospedera, preferiblemente debajo de la hoja o en el extremo superior del tallo. En una planta de *Ambrosia artemisiifolia*, una sola hembra puede poner unos 12 a 62 huevos, los cuales eclosionan después de 10 a 23 días. Sin embargo, el tiempo de incubación es mayor si los huevos se colocan en *Callistephus chinensis*. Las ninfas más jóvenes tienen un comportamiento gregario y sedentario cerca del área donde eclosionaron; conforme se van desarrollando se dispersan en la planta, alimentándose de tallos y pecíolos, pero no de hojas. El tiempo de desarrollo de las ninfas en *A. artemisiifolia* dura aproximadamente 35 días, mientras que en *C. chinensis* es mayor. Sin embargo, en comparación con *A. artemisiifolia*, la longevidad de los adultos es mayor cuando se alimentan de *C. chinensis*. En ambas plantas, las hembras viven más que los machos. Las poblaciones fluctúan con las estaciones y el pico de actividad; el tamaño de la población suele alcanzarse en el verano (de junio a agosto en zonas templada del hemisferio norte).

Las principales plantas hospederas del género *Acutalis* pertenecen a la familia Asteraceae. En Estados Unidos, *A. tartarea* se alimenta de *Ambrosia artemisiifolia* y está ocasionalmente en *Bidens bipinnata*; se han recolectado ninfas en *Solidago* sp. En Costa Rica, se han recolectado especies de *Acutalis* en *Vernonia* sp.

Acutalis

Identification: Length 4.1-9 mm. Color variation is observed within species (e.g. *A. fusconervosa* varies from light brown to black); the genus includes individuals with light brown, yellow, green, and black coloration. The head is triangular, shiny, and three times as wide as long. The eyes are ovate. The pronotum is low, smooth, and shiny; the posterior process is pointed and reaches the end of the fifth apical cell of the forewing; the lateral margins of the pronotum have a longitudinal depression, and punctures

Kenji Nishida

Hembra de *Acutalis* sp., provincia de San José, Costa Rica.
Female of *Acutalis* sp., San José province, Costa Rica.

that are more visible behind the humeral angles. The forewings are free, transparent or black, with veins R, M, and Cu separated near the base and branched beyond the first half of the wing (Fig. 45a); they have five apical cells and no discoidal cells. The absence of discoidal cells distinguishes *Acutalis* from other Acutalini.

Natural history: Adults of *Acutalis* are solitary. The females of *A. tartarea* insert groups of usually 12 to 15 eggs in host plants, preferring the undersides of leaves or near the stem apex. On *Ambrosia artemisiifolia* a single female lays around 12 to 62 eggs, and the nymphs hatch in 10 to 23 days; interestingly, the incubation time takes longer when they are laid on *Callistephus chinensis*. The small nymphs show

Kenji Nishida

Adulto de *Acutalis* sp. alimentándose en *Montanoa sp.*
Adult of *Acutalis* sp. feeding on *Montanoa* sp.

gregarious behavior and stay close to where they hatched. As they mature, they disperse along the plant, and feed from the stems and petioles, but not from the leaves. The developmental period of nymphs on *A. artemisiifolia* is approximately 35 days, and is longer on *C. chinensis*. However, the life span of the adults is longer when they are fed on *C. chinensis* rather than on *A. artemisiifolia*. On both plants, the females live longer than males. The populations fluctuate throughout the season but the peak in activity and population size usually occurs in summer (June to August in temperate zones in the northern hemisphere).

The host plants of *Acutalis* are principally in the family Asteraceae. In the United States, *A. tartarea* feeds on *Ambrosia artemisiifolia* and occasionally on *Bidens bipinnata*, and the nymphs have been collected on *Solidago*. In Costa Rica, *Acutalis* has been collected on *Vernonia*.

Kenji Nishida

Adulto de *Acutalis* sp. en *Vernonia* sp., Sarapiquí, provincia de Heredia. Costa Rica.
Adult of *Acutalis* sp. on *Vernonia* sp., Sarapiquí, Heredia province. Costa Rica.

Carolina Godoy

Vista lateral de *Acutalis* sp. Colección INBio, Costa Rica.
Lateral view of *Acutalis* sp. INBio collection, Costa Rica.

SMILIINAE - AMASTRINI

Amastris

Identificación: Longitud 2,8-6,8 mm. Coloración variable, generalmente verde, a veces con manchas oscuras. Cabeza grande, vertical o inclinada levemente hacia atrás, tan ancha como el pronoto; con ojos grandes y prominentes. El pronoto tiene su ancho máximo entre los ángulos humerales y disminuye gradualmente hacia el extremo posterior; en vista lateral es redondeado y ligeramente más alto antes de la posición media; no presenta cuernos ni procesos laterales; el dorso es liso y regularmente curvado, con pubescencias dispersas largas y erectas. Las alas anteriores están parcialmente cubiertas por el pronoto y tienen cinco celdas apicales y tres discoidales. La presencia de tres celdas discoidales separa a *Amastris* de *Erosne* (el cual tiene sólo una y no se incluye en esta guía); la parte basal de la celda subcostal y las áreas expuestas de las celdas anales son endurecidas y punteadas, con pubescencias cortas y erectas; la quinta celda apical es muy grande, a menudo tanto como todas las otras celdas juntas, y está cubierta completamente o casi completamente por el pronoto.

Historia natural: En Costa Rica, se han encontrado adultos solitarios de *A. alapigmentata* y *A. straminea*. Las ninfas de la primera especie pueden desarrollarse dentro de refugios de hormigas. Se encontraron agrupaciones de ninfas y adultos de *A. triviale* y una especie no identificada, las cuales eran atendidas por hormigas *Azteca* sp. y *Pheidole* sp., respectivamente. Habitan principalmente en bosques y sabanas neotropicales que a menudo presentan altas precipitaciones. Se ha sugerido que el género se originó en territorios al este y norte de los Andes y en América Central. Entre sus plantas hospederas están *Alchornea* sp., *Cassia* sp., *Cordia* sp. y *Hamelia* sp. En Panamá se registra *Desmopsis panamensis* como planta hospedera de *A. triviale.* En Guyana, dos ejemplares de la misma especie fueron recolectados en plántulas del árbol *Pentaclethra macroloba.* En América Central se registra como plaga menor del cacao (*Theobroma cacao*).

Amastris

Identification: Length 2.8-6.8 mm. Color variable; most species are green and may have dark spots. The head is large, vertical or slightly sloped toward the back; its width is equal to the maximum width of the pronotum; the eyes are large and prominent. The pronotum has its maximum width between the humeral angles, gradually becoming more slender towards the posterior end; in lateral view it is rounded and highest in front of the middle; horns and lateral processes are absent; the dorsum is smooth and regularly curved, with disperse, long, and erect pubescence. The forewings are partially covered by the pronotum, and have five apical and three discoidal cells; the presence of three discoidal cells separates

Carolina Godoy

Vista lateral de *Amastris* sp. Colección INBio, Costa Rica.
Lateral view of *Amastris* sp. INBio collection, Costa Rica.

Amastris from *Erosne* (the latter not included in this guide, a close relative that has one discoidal cell); the basal part of the subcostal cell and the exposed areas of the anal cells are hardened and punctured with short and erect pubescence; the fifth apical cell is very large, often as large as all the other cells together, and is almost completely concealed by the pronotum.

Natural history: In Costa Rica, solitary adults of *A. alapigmentata* and *A. straminea* were found. The nymphs of the latter species can develop inside refuges of tending ants. Aggregations of nymphs and adults of *A. triviale,* and of an unidentified species of *Amastris,* were observed being tended by ants, *Azteca* and *Pheidole,* respectively. The species in this genus live principally in Neotropical forests and savannas with high precipitation. It has been suggested that the genus originated in the area east and north of the Andes and in Central America. The known host plants are *Alchornea, Cassia, Cordia* and *Hamelia.* In Panama, *A. triviale* was observed feeding on *Desmopsis panamensis.* In Guyana, two specimens of this species were collected on saplings of *Pantaclethra macroloba.* In Central America *Amastris* is registered as a minor pest of cacao trees (*Theobroma cacao*).

SMILIINAE - AMASTRINI

Harmonides

Identificación: Longitud 3-5 mm. Coloración brillante. Cabeza triangular, casi dos veces más ancha que larga; con ojos grandes. El pronoto es desde finamente punteado hasta casi liso, convexo, y parece cubrir todo el cuerpo pero cubre solo parcialmente las alas anteriores; está marcado dorsalmente con una depresión transversal que tiene cierta forma de "U"; en vista lateral tiene un contorno sinuado; la carena media tiene forma de línea elevada y lisa; los ángulos humerales son un poco sobresalientes. Las alas anteriores generalmente son transparentes, pero tienen manchas oscuras a lo largo de las venas; presentan tres celdas apicales y dos o tres celdas discoidales. Las patas son simples.

Historia natural: Este es un género subsocial. Las ninfas de *H. reticulata* forman agrupaciones (Fig. 16d) que son atendidas por hormigas, entre las cuales se encuentran *Ectatomma ruidum* y *Dolichoderus bispinosus*. Los jóvenes adultos se dispersan inmediatamente después de las mudas. Se observó un adulto de *Harmonides* en un refugio de hormigas con membrácidos de otros géneros, específicamente *Tragopa* sp. y *Horiola picta*. También se encontró en estos refugios una hembra sentada en una masa de huevos. Estos refugios están situados en la parte inferior de las hojas, a lo largo de la vena central, o cerca de los brotes apicales de las plantas hospederas. Las plantas hospederas de *H. reticulata* son *Erythroxylum* y *Markea*. En Panamá se ha recolectado este género en trampas de luz y en las copas de los árboles.

Harmonides

Identification: Length 3-5 mm. Brightly colored treehoppers. The head is triangular, nearly twice as wide as long, with large eyes. The pronotum is finely punctate to nearly smooth, convex, appearing to cover nearly the entire body but only partially covering the forewings; dorsally, the pronotum bears a transverse, somewhat U-shaped depression; in lateral view, it has a sinuous outline; the median carina has the shape of a smooth elevated line; the humeral angles are slightly protruding. The forewings are generally transparent, but with dark pigmentation along the veins; they have 3 apical cells and 2-3 discoidal cells, and the third terminal cell is bifurcate. The legs are simple

Natural history: The genus is subsocial. The nymphs of *H. reticulata* form aggregations (Fig. 16d) that are tended by ants (*Ectatomma ruidum* and *Dolichoderus bispinosus*), but the young adults disperse right after the last molt. An unidentified species was found in a refuge constructed by ants, together with other membracid genera, *Tragopa* and *Horiola picta*. A female was found sitting on top of her egg

Kenji Nishida

Adulto de *Harmonides* sp. atendido por hormigas, Turrialba, provincia de Cartago, Costa Rica.

Adult of *Harmonides* sp. tended by ants, Turrialba, Cartago province, Costa Rica.

Carolina Godoy

Vista lateral de *Harmonides* sp. Colección INBio, Costa Rica.

Lateral view of *Harmonides* sp. INBio collection, Costa Rica.

Carolina Godoy

Vista lateral de *Harmonides* sp. Colección INBio, Costa Rica.

Lateral view of *Harmonides* sp. INBio collection, Costa Rica.

mass in one of these refuges. These refuges are located along the central veins on the underside of the leaves or near the apical buds of host plants. The known host plants for the species are *Erythroxylum* and *Markea*. In Panama some species have been collected at light traps in the canopy.

Lallemandia

Identificación: Longitud 6,2-7,4 mm. Coloración en tonos oscuros. Cabeza lisa, aplanada, casi cuadrada, dos veces más ancha que alta; tiene la base sinuosa y está profundamente hendida en la mitad; ojos redondos, enormes y saltones. El pronoto es convexo y bulboso; presenta una constricción transversal justo detrás de los ángulos humerales y otra en la base del proceso posterior, y éstas, junto con un profundo surco longitudinal que desciende por la línea media dorsal, dividen la superficie posterior del dorso en dos pares de elevaciones redondeadas; el metopidio es bajo e inclinado y más ancho que alto; la carena media está presente en el metopidio pero desaparece detrás de la línea de los ángulos humerales; los cuernos suprahumerales están ausentes; los ángulos suprahumerales son fuertes, triangulares y algo hinchados; el proceso posterior del pronto es aplanado, truncado detrás del último par de bulbos nudosos y sobrepasa ligeramente los ángulos internos de las alas anteriores; los lados del pronoto son ásperamente esculpidos y punteados pero no crestados, se extienden hacia abajo, cubriendo casi la mitad de las alas anteriores; el escutelo está completamente cubierto por el pronoto. Las alas anteriores son transparentes y casi la mitad de ellas está descubierta; la venación es irregular y presenta cinco celdas apicales y tres discoidales; la celda apical media es triangular y peciolada; el limbo apical es ancho y arrugado. Las patas son simples y casi cilíndricas; los tarsos posteriores son más largos que los otros.

Historia natural: Desconocida; se piensa que son de vida solitaria.

Lallemandia

Identification: Length 6.2-7.4 mm. The head is nearly quadrate, flat, smooth, twice as wide as high; its base is sinuate, deeply indented in the middle; the eyes are enormous, globular, and bulging. The pronotum is convex and bulbous; it has a transverse constriction right behind the humeral angles, and another constriction at the base of the posterior process; these constrictions, together with a deep longitudinal furrow that runs down the median dorsal line, divide the posterior surface of the dorsum into two pairs of rounded elevations; the metopidium is low and sloping, broader than high; the median carina is present on the metopidium but disappears behind the line of the humeral angles; no suprahumeral horns are present; the humeral angles are strong, triangular, somewhat swollen; the posterior process is flattened, truncate and suddenly depressed behind the last pair

Carolina Godoy

Vista lateral de *Lallemandia nodosa*. Museo Nacional de Historia Natural, Instituto Smithsonian, Washington D.C.

Lateral view of *Lallemandia nodosa*. National Museum of Natural History, Smithsonian Institution, Washington D.C.

of bulbous nodes, and reaches just beyond the internal angle of the forewing; the sides of the pronotum are roughly sculptured, punctate but not ridged, extending downwards to cover about one-half of the forewings. The scutellum is entirely concealed by the pronotum. The forewings are transparent, with about half of their surface exposed; the venation is irregular and heavy; there are five apical and three discoidal cells; the median apical cell is triangular and petiolate; the apical limbus is broad and wrinkled. The legs are simple, nearly cylindrical; the hind tarsi are longer than the others.

Natural history: Unknown; they are probably solitary.

Tynelia

Identificación: Longitud 5-7 mm. Las hembras tienden a ser más grandes. Cuerpo oblongo u ovalado, ligeramente pubescente. Coloración generalmente café oscuro. Cabeza alargada, fuertemente proyectada hacia el frente, de superficie lisa y convexa; su forma es muy importante para identificar el género. El pronoto es alargado, arqueado a lo largo y levemente acinturado después de los ángulos humerales. Las alas anteriores tienen cinco celdas apicales, la tercera de las cuales está formada por una vena bifurcada; también tienen tres celdas discoidales y tres basales, de las cuales la costal es bastante alargada y estrecha, dilatada en el ápice. Las patas tienen tibias casi triangulares y los tarsos posteriores son ligeramente más largos que los anteriores.
Historia natural: Desconocida; se piensa que son de vida solitaria.

Tynelia

Identification: Length 5-7 mm; females are often larger than males. Usually dark brown. The body is oblong or ovate, slightly pubescent. The head is long, strongly projected forward, with a smooth and convex surface; its shape is very important to identify the genus. The pronotum is longitudinally arched, slightly constricted after the humeral angles. The forewings have five apical cells, with the third one formed by a bifurcate vein; they also have three discoidal cells and three basal cells, of which the costal is very long and thin, wider at its apex. The tibiae are nearly triangular and the hind tarsi are slightly longer than the others.
Natural history: Unknown; they are probably solitary.

Carolina Godoy

Vista lateral de *Tynelia pubescens*. Museo Nacional de Historia Natural, Instituto Smithsonian, Washington D.C.

Lateral view of *Tynelia pubescens*. National Museum of Natural History, Smithsonian Institution, Washington D.C.

SMILIINAE - AMASTRINI

Vanduzea

Identificación: Longitud 3,8-6,5 mm. Tamaño pequeño; robusto, con frecuencia pubescente. Coloración variable, desde clara hasta oscura, a veces combinación de ambos. Cabeza triangular, con el área facial levemente convexa y ojos ovalados. El pronoto es bajo, convexo, sin cuernos suprahumerales; generalmente es hundido en el centro, con ángulos humerales bien desarrollados, anchos y obtusos; el proceso posterior es grande, convexo, con los márgenes laterales extendidos cubriendo parcialmente las alas; el ápice del proceso alcanza el ángulo interno de las alas. Las alas anteriores son generalmente transparentes, de venación regular; presentan cinco celdas apicales y tres discoidales; la tercera celda apical es vertical, alargada, con la base sumamente recta, esta característica es la más importante para identificar el género; la cuarta celda es irregularmente cuadrangular; el limbo apical tiene un ancho moderado.

Historia natural: Las especies de *Vanduzea* casi siempre viven en agrupaciones de ninfas y adultos. En zonas templadas, los huevos de *V. arquata* se insertan en la corteza del árbol hospedero, donde pasan el invierno. Las masas consisten de tres a seis huevos. Las ninfas emergen en la primavera y se alimentan en la base de los nuevos vástagos en crecimiento, a veces formando agrupaciones con los adultos. Las ninfas de una agrupación pueden provenir de huevos depositados en varios sitios distintos de una planta. Se pueden presentar hasta cuatro generaciones por año y en verano son muy abundantes. Las ninfas heridas liberan sustancias

Kenji Nishida

Macho de *Vanduzea albifrons* en *Ficus colubrinae*, provincia de Heredia, Costa Rica.

Male of *Vanduzea albifrons* on *Ficus colubrinae*, Heredia province, Costa Rica.

Kenji Nishida

Macho de *Vanduzea albifrons* en *Ficus colubrinae*, provincia de Heredia, Costa Rica.
Male of *Vanduzea albifrons* on *Ficus colubrinae*, Heredia province, Costa Rica.

químicas que desencadenan un comportamiento de alarma en los otros individuos de la agrupación.

Varios géneros de hormigas atienden a este grupo (Fig. 30b). En zonas templadas de Norteamérica, *Formica subsericea* atiende a ninfas y adultos durante el día y la noche; son hormigas agresivas que ahuyentan a los depredadores. En Costa Rica se observaron ninfas de *V. albifrons* en *Ficus colubrinae* atendidas por hormigas *Crematogaster carinata* (Fig. 29). También se han encontrado adultos y ninfas de *Vanduzea* sp. con las hormigas *Solenopsis geminata* y *Paratrechina longicornis* en *Malachra alceifolia*, y con hormigas no identificadas en Asteraceae. *V. segmentata* también es atendida por abejas sin aguijón (*Trigona* sp.). En México, *V. segmentata* se ha asociado con las hormigas *Camponotus planatus*, *Solenopsis geminata* y *Paratrechina* sp. En Venezuela, *Vanduzea* sp. está asociado con *Azteca* sp. en *Vochysia vismiaefolia*.

Se ha reportado que la avispita parasítica *Schizophragma latipennis* (Mymaridae) ataca los huevos de *Vanduzea* sp.

Este género parece ser muy específico en cuanto a sus plantas hospederas en Norteamérica, pero podría ser más generalista en el neotrópico. Las ninfas no se alimentan de otra planta que no sea la hospedera y son capaces de identificarla rápidamente con una inserción del estilete. En Costa Rica, *V. segmentata* se recolectó en *Brunfelsia* sp., *Cajanus cajan* y *Calliandra* sp. En Norteamérica se han recolectado ninfas y adultos de *Robinia pseudoacacia*; *V. triguttata* se ha encontrado en *Lespedeza* sp.

Importancia: En Costa Rica, *V. segmentata* se considera plaga del gandul o frijol de palo. En este cultivo, los adultos y las ninfas en colonias pequeñas visitadas por hormigas chupan savia de los extremos de los brotes y raquis de las flores de plantas maduras o senescentes, causando la caída de la flor y acelerando la senescencia. En América Central, esta especie también se considera plaga de varias leguminosas. La literatura indica que, en México, *V. segmentata* se ha registrado como plaga de la carambola (*Averrhoa carambola*) y de la guanábana (*Annona muricata*); las ninfas y los adultos se establecen en las ramas, flores y frutos, tanto en la época seca como en la lluviosa. Al excluir a ciertos depredadores, las hormigas que atienden a *V. arquata*

Kenji Nishida

Adulto de *Vanduzea segmentata* en *Cajanus cajan*, provincia de Cartago, Costa Rica.
Adult of *Vanduzea segmentata* on *Cajanus cajan*, Cartago province, Costa Rica.

pueden favorecer el crecimiento de poblaciones de otros herbívoros defoliadores de una planta. *V. triguttata* se ha encontrado alimentándose en plantaciones de alfalfa, pero no se considera plaga.

Vanduzea

Identification: Length 3.8-6.5 mm.. These are small treehoppers with robust bodies, often pubescent. Color varies from light to dark, sometimes with a combination of both. The head is triangular, with a slightly convex facial area and ovate eyes. The pronotum is low, convex, and lacks suprahumeral horns; it is usually concave in the center, and has well developed, wide, robust humeral angles; the posterior process is large, convex, with extended lateral margins that partially cover the wings; the apex of the process reaches the internal angle of the wings. The forewings are generally transparent, with regular venation; they have five apical and three discoidal cells; the third apical cell is vertically long and has a straight base, and is the most important characteristic for identifying the genus; the fourth apical cell is irregularly quadrangular; the apical limbus is of moderate length.
Natural history: Species of *Vanduzea* are usually found living in aggregations of nymphs and adults. In temperate zones, the females of *V. arquata* lay masses of 3 to 6 eggs, inserted into bark of their host trees, and the eggs go through the winter. The nymphs emerge in the spring and feed on the base of new growing buds, at times forming aggregations with adults. An aggregation is usually formed by nymphs hatching from various egg masses in different sites on the plant. They are most abundant during the summer and they can have up to four generations per year. A wounded nymph secretes chemical substances that trigger alarm behavior in other individuals of the aggregation.

Kenji Nishida

Adultos de *Vanduzea* sp. atendidos por hormigas en una asterácea, provincia de San José, Costa Rica.

Adults of *Vanduzea* sp. tended by ants on an Asteraceae plant, San José province, Costa Rica.

Several genera of ants have been observed tending species in this treehopper genus (Fig. 30b). In North America the aggressive *Formica subsericea* drives away predators of *Vanduzea* nymphs and adults by patrolling and tending them both day and night. In Costa Rica nymphs of *V. albifrons* have been observed on *Ficus colubrinae* tended by *Crematogaster carinata* (Fig. 29). Adults and nymphs of a *Vanduzea* species tended by *Solenopsis geminata* and *Paratrechina longicornis* were observed on *Malachra alceifolia*, and by unidentified ants on Asteraceae. Stingless bees (*Trigona*) have been observed tending *V. segmentata* in Costa Rica. In Mexico, *V. segmentata* is associated with several ants (*Camponotus planatus*, *Solenopsis geminata*, and *Paratrechina* sp.). In Venezuela, a *Vanduzea* species on *Vochysia vismiaefolia* is associated with *Azteca* ants. A parasitic wasp (*Schizophragma latipennis*, Mymaridae) has been reported attacking the eggs of *Vanduzea*.

Species of *Vanduzea* in North America are highly host specific, and nymphs can rapidly distinguish hosts and non-hosts by inserting their stylets, but they seem to be generalist in the Neotropics. In Costa Rica, *V. segmentata* feeds on *Brunfelsia* sp., *Cajanus cajan* and *Calliandra* sp. In North America *V. triguttata* has been collected on *Lespedeza* and the nymphs and adults of an undetermined species on *Robinia pseudoacacia*.

Importance: In Costa Rica, *V. segmentata* is considered a pest of pigeon pea (*Cajanus cajan*). The adults and nymphs form small aggregations and are tended by ants. They feed from the tip of buds and rachis of the flowers on mature plants, causing the flowers to fall off and weaken the plant. In Central America, they are pests of several leguminous plants. In the literature *V. segmentata* is reported as a pest of star fruit (*Averrhoa carambola*) and custard apple (*Annona muricata*) in Mexico, with nymphs and adults feeding on branches, flowers, and fruits during both dry and wet seasons. *V. triguttata* feeds on alfalfa, but is not considered a pest.

Kenji Nishida

Hembra de *Vanduzea* sp. en una asterácea, provincia de San José, Costa Rica.

Female of *Vanduzea* sp. on an Asteraceae plant, San José province, Costa Rica.

SMILIINAE - CERESINI

Ceresa

Identificación: Longitud 6,5-10,2 mm. Coloración verde a café rojizo, a menudo con marcas de tonos más claros. El pronoto tiene poca ornamentación, solo los cuernos suprahumerales son prominentes. Para separar *Ceresa* de otros géneros de Ceresini, especialmente de los que tienen poca ornamentación en el pronoto, es necesario utilizar características de los genitales del macho.

Historia natural: Los adultos de este género generalmente son solitarios. La hembra inserta los huevos en grupos y deposita de 4 a 15 huevos, generalmente en la base de los entrenudos. En climas templados pasan el invierno en estado de huevo y las ninfas emergen en primavera. Las ninfas son difíciles de encontrar y se ubican en las partes bajas de la planta, alrededor de los tallos. A veces forman cicatrices de alimentación en forma de anillo, que pueden provocar quebraduras y otros daños a la planta. En Costa Rica, *Ceresa* se encuentra en *Acnistus arborescens* y se relaciona con varios insectos que aprovechan su melaza, entre ellos hormigas y la avispa *Parachartergus apicalis*.

Entre las plantas hospederas de *Ceresa* están *Acnistus arborescens, Medicago sativa, Rubus* cf. *eriocarpus, Solanum gilo, S. tuberosum, Trifolium repens* y algunas gramíneas como *Bromus unioloides* y *Triticum aestivum.*

Importancia: Aunque no se menciona como plaga importante, se alimenta de algunos cultivos como papa, berenjena y alfalfa.

Ceresa

Identification: Length 6.5-10.2 mm. Green to reddish brown, often with lighter spots. The pronotum is not very ornamented, having only prominent suprahumeral horns. In order to separate *Ceresa* from other genera of Ceresini, especially the ones that have little ornamentation, it is necessary to use characteristics of the male genitalia.

Natural history: Adults are solitary. The females insert their eggs in groups of 4 to 15, generally in the base of internodes. In temperate climates they spend the winter in the egg stage and the nymphs emerge in the spring. The nymphs are difficult to find since they normally feed at the base of the plant stem. Sometimes they cause wounds in the form of a ring, causing stem splitting and other damage to the plant. In Costa Rica a species of *Ceresa* that feeds on *Acnistus arborescens* (Solanaceae) is associated with various insects (ants and *Parachartergus apicalis* wasps) that feed on honeydew secreted by the nymphs. Other host plant records include *Medicago sativa, Trifolium repens, Rubus* cf. *eriocarpus, Solanum gilo, S. tuberosum*, and various grasses (e.g. *Bromus unioloides* and *Triticum aestivum*).

Importance: Although not mentioned as important pests, some species feed on crops such as potato, eggplant and alfalfa.

Comportamiento de limpieza en vista lateral de *Ceresa* sp. en *Rubus* cf. *eriocarpus*, provincia de San José, Costa Rica.

Grooming behaviour, lateral view of *Ceresa* sp. on *Rubus* cf. *eriocarpus*, San José province, Costa Rica.

Kenji Nishida

Ceresa sp. en *Rubus* cf. *eriocarpus*, provincia de San José, Costa Rica.

Ceresa sp. on *Rubus* cf. *eriocarpus*, San José province, Costa Rica.

SMILIINAE - CERESINI

Cyphonia

Identificación: Longitud 4,1-8,4 mm. Coloración café a negra, a menudo con manchas de tonos pálidos o brillantes. Cabeza triangular, rudamente esculpida. El pronoto tiene una ornamentación muy llamativa, es nudoso y con espinas; en la parte media tiene una constricción lateral que lo divide en pronoto anterior y pronoto posterior; el pronoto anterior tiene un par de cuernos suprahumerales prominentes cuyas bases son infladas, aunque en algunas especies son simples; en vista lateral, tiene un par de espinas largas que salen de la región posterior a los ángulos suprahumerales, una a cada lado de la carena media, y se proyectan hacia atrás; el pronoto posterior tiene el bulbo basal expandido y de él salen un proceso apical y un par de espinas laterales que a menudo son infladas. Las alas anteriores son transparentes y las celdas son de forma irregular; presentan cinco celdas apicales y dos discoidales; el limbo apical es muy ancho. Las alas posteriores con frecuencia son reducidas. Las patas son simples; los tarsos posteriores casi duplican la longitud de los otros.
Historia natural: Se conoce muy poco de la biología de este género. Los adultos tienden a ser solitarios. *C. clavata* es ocasionalmente atendida por hormigas *Dolicoderus.* En Perú, se ha observado generalmente en terreno abierto o en los bordes de la selva; algunas especies viven en las alturas de los Andes. La especie *C. capra* se alimenta de *Solanum gilo*; sin embargo, esta especie aparentemente no es una plaga importante. En un estudio realizado en Perú en un sistema agroforestal, en un bosque de *Calycophyllum spruceanum*, se observaron adultos y ninfas de *C. clavata* usando esta planta como hospedera. Aunque esta especie fue poco abundante, se registró en todas las plantas. En Costa Rica, se ha encontrado *C. clavata* en *Eupatorium odoratum* y *Cestrum lanatum* (Fig. 21a).

Cyphonia

Identification: Length 4.1-8.4 mm. Brown or black, often brightly colored with lighter markings. The head is triangular and roughly sculptured. The pronotum has gaudy ornamentation, and is nodulate and spinose; it has a lateral constriction in the middle that divides it into anterior and posterior pronotum; the anterior pronotum has a pair of prominent suprahumeral horns whose bases are expanded, or they can be simple in some species; in lateral view, it has a pair of long spines that are projected backwards and come out of a region behind the suprahumeral horns, one on each side of the median carina; the posterior pronotum has an expanded basal bulb and an apical process projecting from it, with a pair of lateral spines that are often expanded. The forewings are transparent, with irregularly shaped cells; there are five apical and two discoidal cells; the apical limbus is very

Keiji Morishima

Vista lateral de *Cyphonia trifida*, Perú.

Lateral view of *Cyphonia trifida*, Perú.

Kenji Nishida

Vista lateral de *Cyphonia clavata* (hembra). Colección INBio, Costa Rica.

Lateral view of *Cyphonia clavata* (female). INBio collection, Costa Rica.

broad. The hind wings are often reduced. The legs are simple and the hind tarsi are about twice as long the others.

Natural history: The biology of *Cyphonia* is virtually unknown. The adults normally show solitary behavior. *C. clavata* is sometimes tended by *Dolicoderus.* In Peru, the genus is generally observed in open fields or edges of forests, and some species are recorded from high elevations of the Andes. *C. capra* feeds on *Solanum gilo* but is apparently not considered a pest. In other studies conducted in Peru, adults and nymphs of *C. clavata* have been observed on *Calycophyllum spruceanum*. In Costa Rica, *C. clavata* was found on *Cestrum lanatum* and *Eupatorium odoratum* (Fig. 21a).

Poppea

Identificación: Longitud 6-12 mm. Coloración muy llamativa, brillante. El pronoto está muy ornamentado; en la parte media tiene una constricción lateral que lo divide en pronoto anterior y pronoto posterior; el pronoto anterior tiene cuernos suprahumerales y un lóbulo pronotal bien desarrollado; este lóbulo tiene a menudo un par de proyecciones cónicas cortas; en vista lateral, carece de las espinas largas que se proyectan hacia atrás, característica importante para separar a este género de *Cyphonia* y de *Eucyphonia* (este último no incluido en esta guía); el pronoto posterior se divide en tres a partir del lóbulo basal y tiene un par de espinas laterales que a menudo tienen sus bases infladas. *Poppea* es muy similar a *Proxolonia* (género no incluido en esta guía y registrado solamente en Brasil), pero es posible separarlos utilizando características de los genitales del macho.

Historia natural: *P. capricornis* se encuentra en agrupaciones y es atendida por hormigas, entre ellas *Ectatomma tuberculatum*. Entre las plantas hospederas de esta especie están *Acalypha* sp. y *A. diversifolia*, además de *Cassia* sp. El resto de la biología del género se desconoce.

Poppea

Identification: Length 6-12 mm. Colorful treehoppers. The pronotum has marked ornamentation and a lateral constriction in the middle which divides it into anterior and posterior pronotum; the anterior pronotum has suprahumeral horns and a well developed pronotal lobe; this lobe often has a pair of short cone-shaped projections; in lateral view, it lacks long spines projecting backwards, an important character to separate *Poppea* from *Cyphonia* and *Eucyphonia*; the posterior process is divided into three parts behind the basal lobe, and has a pair of lateral spines whose bases are often expanded. *Poppea* is very similar to *Proxolonia*, a genus that is present only in Brazil; in order to separate them, characters of the male genitalia are necessary.

Natural history: Very little is known about the biology of this genus. *P. capricornis* has been observed in aggregations being tended by ants (e.g. *Ectatomma tuberculatum*). Host plant records include *Acalypha* and *Cassia*.

Kenji Nishida

Kenji Nishida

Adultos de *Poppea capricornis* en *Acalypha diversifolia*, Turrialba, provincia de Cartago, Costa Rica.
Adults of *Poppea capricornis* on *Acalypha diversifolia*, Turrialba, Cartago province, Costa Rica.

SMILIINAE - CERESINI

Spissistilus

Identificación: Longitud 5,2-8,9 mm. Coloración verde cuando están vivos y café amarillento en especímenes muertos. El pronoto está poco ornamentado; el dorso es redondeado y los cuernos suprahumerales variables; el metopidio es amplio, redondeado transversal y posteriormente; el proceso posterior es puntiagudo. Para separar *Spissistilus* de otros géneros de Ceresini, especialmente de los que tienen poca ornamentación en el pronoto, es necesario utilizar características de los genitales del macho.

Historia natural: Este género es solitario; a veces las ninfas forman agrupaciones de pocos hasta una moderada cantidad de individuos. *S. festinus* inserta los huevos en el pecíolo o en el tallo de la planta, a menudo en los nódulos o en la axila donde se une un tallo secundario al principal. A veces los coloca en la base de la planta, justo bajo la superficie de la tierra. Una hembra vive cerca de 40 días y puede producir más de 200 ninfas. Los adultos y las ninfas desarrolladas producen cicatrices en forma de anillo en los tallos y pecíolos, insertando el estilete varias veces a su alrededor. Estas cicatrices, conocidas como "anillos", pueden interrumpir el sistema vascular y provocar hinchamiento en la planta. Los membrácidos prefieren alimentarse del hinchamiento, en la región superior de la cicatriz, aprovechando la acumulación de nutrientes. Las cicatrices facilitan la alimentación de las ninfas pequeñas y aumentan sus posibilidades de supervivencia. Cuando se forma un hinchamiento en las plantas de maní, allí se acumulan nutrientes por siete u ocho días y los membrácidos, luego de utilizarlo, lo abandonan para formar una nueva cicatriz. En climas templados, las poblaciones pueden completar tres generaciones al año. Los adultos de una generación hibernan en árboles de pino, antes de colonizar las plantas en las cuales se reproducen. Estos adultos acumulan mucha grasa en su cuerpo, mientras que en las hembras los ovarios disminuyen de tamaño.

Spissistilus es uno de los géneros en los cuales se ha estudiado la comunicación por vibraciones del sustrato. El macho de *S. festinus* emite una serie de señales de amplitud y frecuencia modulada, las cuales viajan por la planta y son detectadas por la hembra que se encuentra en esa misma planta (o en otra que hace contacto con la suya). Si la hembra está interesada en el macho, responde a ese canto con su propia señal. Este intercambio de vibraciones sirve para el reconocimiento y la localización de la pareja en ausencia de señales visuales, táctiles o químicas.

Spissistilus es generalista, se alimenta y se reproduce en muchas familias de plantas, pero la alfalfa y la soya están entre sus principales hospederas.

Importancia: Este género se considera una plaga menor, pero ataca diversos cultivos. *S. festinus* ataca alfalfa, soya, algodón, maní y otras plantas de importancia económica. El daño es provocado por las cicatrices de alimentación y por los huevos incrustados en el tejido de los tallos. Las cicatrices producen constricción

Carolina Godoy

Vista lateral de *Spissistilus festinus* (Brasil), Museo Nacional de Historia Natural, Instituto Smithsonian, Washington D.C.

Lateral view of *Spissistilus festinus* (Brazil), National Museum of Natural History, Smithsonian Institution, Washington D.C.

y necrosis y hacen que la planta se quiebre, principalmente las plantas jóvenes. Si continúan creciendo, no producen vainas o lo hacen de manera limitada. Otros daños causados a la planta son un flujo restringido de nutrientes, reducción del área foliar, bajo crecimiento, menor número de nódulos y fijación de nitrógeno y la predisposición a la infección por el hongo *Sclerotium rolfsii*.
Algunos enemigos naturales que se podrían utilizar en el control biológico son los parasitoides de huevos *Polynema* sp. y *Anaphes ovijentatus* (Hymenoptera: Mymaridae), las chinches *Geocoris punctipes, Nabis roseipennis* y *Orius insidiosus* y el hongo *Erynia delphasis*.

Spissistilus

Identification: Length 5.2-8.9 mm. Usually green when alive but yellowish brown in collected specimens. They have little ornamentation on the pronotum; it has a rounded dorsum and variable suprahumeral horns; the metopidium is wide and rounded transversely and posteriorly; the posterior process is pointed. In order to separate *Spissistilus* from other genera of Ceresini, particularly the ones that lack ornamentation, it is necessary to use characteristics of the male genitalia.
Natural history: Species of *Spissistilus* are solitary, although the nymphs sometimes form aggregations of a few to several individuals. *S. festinus* inserts its eggs into the petiole or stem, often in the nodes or axils where secondary stems are united.

Sometimes the eggs are laid at the base of the plant just under the ground surface. A female can live nearly 40 days and can lay more than 200 eggs. Adults and mature nymphs make scars on stems and petioles in the form of a ring by inserting their stylet several times. These scars can interrupt the vascular system, causing swellings on the plant, and the treehoppers usually feed on the upper part of the stem near the swellings, taking advantage of the accumulation of nutrients near the swollen region. The scars also facilitate the feeding of small nymphs thereby increasing their survival rate. On peanut plants, increased nutrition of swellings usually lasts about seven to eight days and after feeding on them, the nymphs abandon the site and make new scars to form swellings at another site. In temperate climates, the populations can complete three generations per year. The adults spend the winter on pine trees and later colonize their host plants to reproduce. During reproductive diapause the bodies of the adults accumulate fat and the ovaries of females become atrophied.

Spissistilus is one of the genera in which communication via substrate vibrations has been investigated. The male of *S. festinus* emits vibrations which have modulated amplitude and frequency; these signals travel via the plant. The female detects the vibration and if interested in the male she responds (the female may be on the same plant or on another plant that is in contact with the plant on which the male is located). This exchange of vibrations between the male and the female serves for recognition and encountering one another in the absence of visual, tactile, or chemical signals. *Spissistilus* is a generalist and feeds and reproduces on a variety of plants, for example alfafa and soybeans.

Importance: The species in the genus attack various crops but are generally considered only minor pests. *S. festinus* attacks alfalfa, soybean, cotton, peanut, and other plants of economic importance. Scars on the plants are caused by feeding and by the insertion of eggs in clusters. The scars produce constriction and necrosis which can result in the breakage of stems on small plants. Even if the plants continue to grow, they do not produce seedpods or they produce very few seedpods. Other effects include restricted flow of nutrients, reduced leaf area, reduced growth, reduction in the number of nitrogen fixing nodules, and vulnerability to to fungal infection (e.g. *Sclerotium rolfsii*). Some natural enemies that could be used in biological control of these membracids are mymarid egg parasitoids (*Polynema* sp. and *Anaphes ovijentatus*), predatory bugs (*Geocoris punctipes, Nabis roseipennis,* and *Orius insidiosus*) and fungi (*Erynia delphasis*).

Stictocephala

Identificación: Longitud 6,5-11,5 mm. La hembra es un poco más grande que el macho. Coloración verde, a veces con manchas negras o café oscuro. Cabeza triangular, con ojos ovalados. El pronoto tiene poca ornamentación; el dorso es elevado, más alto en el frente que a la mitad; los cuernos suprahumerales son variables; los márgenes verticales laterales del metopidio son angulados. Es necesario usar características de los genitales del macho para separar *Stictocephala* de otros géneros de Ceresini, especialmente los que tienen poca ornamentación en el pronoto.

Historia natural: Este es un género de vida solitaria. Los datos registrados de su biología corresponden a zonas templadas de Norteamérica. En climas templados, *S. basalis* y *S. bisonia* (sinonimizado como *S. alta*) ponen huevos en el otoño en árboles o arbustos deciduos; pasan como huevos el invierno y las ninfas emergen en la primavera. Estas se quedan algunas horas en la planta en la que nacieron y luego se dejan caer al suelo, donde se alimentan de plantas herbáceas. Las ninfas de *S. taurina* se quedan hasta el segundo estadio en árboles de manzana o pera y luego se dejan caer para buscar plantas herbáceas. *S. diceros* pone los huevos en *Sambucus canadensis* y

Carolina Godoy

Vista lateral de *Stictocephala bisonia*. Museo de Historia Natural, Londres.

Lateral view of *Stictocephala bisonia*. Natural History Museum, London.

Carolina Godoy

Vista lateral de *Stictocephala lutea*. Museo de Historia Natural, Londres.
Lateral view of *Stictocephala lutea*. The Natural History Museum, London.

son los huevos los que hibernan. En otras especies, como *S. brevitylus*, las ninfas de los últimos estadios o los adultos son los que hibernan.
Los machos de *S. bisonia* emiten una señal por vibraciones del sustrato, a la cual las hembras responden con la suya propia. Además, emiten otras vibraciones del sustrato pero no se conoce su función. El macho camina hacia la hembra mientras su canto a dúo continúa, luego la corteja e intenta copular. Los machos muestran comportamiento de rivalidad entre ellos. Después de copular, la hembra inserta sus huevos en la corteza de ciertos árboles. *Stictocephala* es generalista y se encuentra en muchas familias de plantas, algunas de ellas cultivos como *Prunus* y *Vitis* (ver Apéndice 2).

Stictocephala

Identification: Length 6.5-11.5 mm. The female is slightly larger than the male. Usually green, sometimes with black or dark brown spots. The head is triangular, with oval eyes. The pronotum has little ornamentation; the dorsum is elevated, highest in front of middle, and with variable suprahumeral horns; the lateral vertical margins of the metopidium are distinctly angulate. In order to separate

Stictocephala from the other genera of Ceresini, particularly from the ones that have little ornamentation, it is necessary to use characters of the male genitalia.

Natural history: The species in this genus are solitary. Most information on this genus comes from temperate zones in North America. In temperate climates, *S. basalis* and *S. bisonia* (synonymized as *S. alta*) lay eggs in the fall on deciduous trees and bushes. They pass the winter as eggs and the nymphs emerge in the spring. The nymphs stay for a few hours on the host plant and then drop to the ground where they feed on herbaceous plants. Nymphs of *S. taurina* remain on apple or pear trees until the second instar before dropping onto herbaceous plants to feed. *S. diceros* lays eggs on *Sambucus canadensis* where the eggs pass the winter. Other species such as *S. brevitylus* hibernate as late instar nymphs or adults. During courtship the males and females of *S. bisonia* emit vibrations via the plant substrate. As the duet procedes the male walks toward the female and inter-male rivalry may be expressed via vibrations. Other types of substrate vibrations are also produced but their functions are unknown. The species in this genus feed on a variety of plants, some of them crops like *Prunus* and *Vitis* (see Annex 2).

Stictolobus

Identificación: Longitud 5-8 mm. Coloración verde a café amarillento. Cabeza triangular. El pronoto está rudamente punteado y tiene poca ornamentación, el metopidio es casi vertical y poco elevado, el dorso es ligeramente arqueado; el ápice del pronoto llega casi hasta el extremo del abdomen y los cuernos suprahumerales son variables; los márgenes verticales laterales del metopidio son redondeados. Es necesario usar características de los genitales del macho para separar *Stictolobus* de otros géneros de Ceresini, especialmente de los que tienen poca ornamentación en el pronoto.

Historia natural: La biología de *Stictolobus* es prácticamente desconocida, pero posiblemente son de vida solitaria. Parece que en zonas templadas, su ciclo de vida completo ocurre en una sola planta hospedera. La planta hospedera de *S. minutus* es *Taxodium distichum*.

Stictolobus

Identification: Length 5-8 mm. Green to yellowish brown. The head is triangular. The pronotum is coarsely punctured and has little ornamentation, with an almost vertical and not very elevated metopidium, and a slightly arched dorsum; the apex of the pronotum almost reaches the apex of the abdomen, and the suprahumeral horns are variable; the lateral vertical margins of metopidium are rounded. In order to separate *Stictolobus* from other genera of Ceresini, particularly those with little ornamentation on the pronotum, it is necessary to use characteristics of the male genitalia.

Natural history: The biology of *Stictolobus* is practically unknown, but they are probably solitary. In temperate zones, *S. minutus* was found feeding on *Taxodium distichum*.

Carolina Godoy

Vista lateral de *Stictolobus minor*. Museo Nacional de Historia Natural, Instituto Smithsonian, Washington D.C.

Lateral view of *Stictolobus minor*. National Museum of Natural History, Smithsonian Institution, Washington D.C.

Kenji Nishida

Kenji Nishida

Macho adulto de *Stictolobus* sp. en *Vernonia patens*, provincia de Heredia, Costa Rica.
Male of *Stictolobus* sp. on *Vernonia patens*, Heredia province, Costa Rica.

Vestistilus

Identificación: Longitud 8,2-12,2 mm. Coloración verde a café amarillento. El pronoto tiene cuernos suprahumerales prominentes, el metopidio es ancho, el dorso muy arqueado y el proceso posterior agudo. Es necesario usar características de los genitales del macho para separar *Vestistilus* de otros géneros de Ceresini, especialmente de aquellos con poca ornamentación en el pronoto.
Historia natural: Los adultos de *V. testaceus*, *V. nigrovittatus* y *V. variabilis* son de vida solitaria. En Nicaragua se recolectó *V. testaceus* en *Coffea arabica*. En Costa Rica, se recolectó *Vestistilus* en *Sechium* sp. Esta es la única información que se tiene sobre la biología del género.

Vestistilus

Identification: Length 8.2-12.2 mm. Green or yellowish brown. The pronotum has prominent suprahumeral horns, a wide metopidium, a strongly arched dorsum, and an acute posterior process. In order to separate *Vestistilus* from other genera of Ceresini, especially the ones that lack ornamentation on the pronotum, it is necessary to use characteristics of the male genitalia.
Natural history: Only a few records exist for the biology of this genus. The adults of *V. testaceus*, *V. negrovittatus*, and *V. variabilis* were found as solitary individuals. *V. testaceus* was collected in Nicaragua on trees of *Coffea arabica*. In Costa Rica, some species have been collected on *Sechium*.

Carolina Godoy

Vista lateral de *Vestistilus nigrovittatus*. Museo Nacional de Historia Natural, Instituto Smithsonian, Washington D.C.

Lateral view of *Vestistilus nigrovittatus*. National Museum of Natural History, Smithsonian Institution, Washington D.C.

Kenji Nishida

Kenji Nishida

Macho de *Vestistilus* sp. en *Sechium* sp., provincia de Cartago, Costa Rica.
Male of *Vestistilus* sp. on *Sechium* sp., Cartago province, Costa Rica.

SMILIINAE - MICRUTALINI

Micrutalis

Identificación: Longitud 2,4-6,6 mm. Tamaño pequeño. Generalmente presentan dimorfismo sexual en la coloración y en una misma especie pueden haber variaciones entre los individuos del mismo sexo, por ejemplo, *M. calva* varía entre negro brillante y café amarillento y puede tener manchas. Cabeza convexa y casi cuadrada, con ojos globulares. El pronoto es bajo, densamente punteado, liso, a menudo brillante y negro; el proceso posterior es gradual o abruptamente agudo; los lados del pronoto cubren ligeramente el margen de las alas. Las alas anteriores son transparentes o semiopacas; tienen cuatro celdas apicales con venación poco marcada y pálida (esta última característica separa a *Micrutalis* de *Acutalis*, el cual tiene cinco celdas apicales y la venación marcada y oscura [Figs. 54, 45a]).

Historia natural: Los adultos tienden a tener una vida solitaria, pero las ninfas son gregarias. La reproducción de *M. malleifera* es mayor durante los meses más calientes. En zonas templadas, los adultos de esta especie sobreviven el invierno pero su reproducción resulta muy afectada en esa época. Las ninfas se alimentan de tallos y pecíolos y con frecuencia forman grupos cerca del ápice de la planta. Las ninfas y los adultos de *M. calva* se alimentan principalmente de las partes florales y las ninfas a menudo se esconden dentro de las flores. Para la oviposición y el desarrollo de los estadios inmaduros, esta especie utiliza *Gleditsia triacanthos*, aunque los adultos pueden alimentarse en otra planta. En zonas templadas, los huevos de *M. calva* hibernan y las ninfas emergen poco después de la aparición de los botones. Las ninfas cambian de color verde oliváceo a verde amarillento a través de su desarrollo, imitando el cambio de color que se da en las partes florales. En Costa Rica, el género se ha recolectado en las siguientes plantas: *Miconia* sp., *M. calvescens*, *Hamelia* sp., *Acalypha* sp., *Ageratina ixiocladion*, *Conyza* sp. y *Aegiphila anomala*. En Panamá, *Micrutalis* sp. es atendida por *Camponotus* sp. En Nicaragua, *Micrutalis* se ha recolectado en gandul, papa y berenjena. En Norteamérica, *M. malleifera* y *M. calva* se encuentran en varias especies de plantas.

Importancia: *M. malleifera* es el único vector en Norteamérica del virus conocido como "seudoencrespamiento", una enfermedad que ataca al tomate (*Lycopersicum esculentum*). El problema es leve cuando la producción de tomate ocurre durante los meses de bajas temperaturas y las poblaciones del insecto vector son más bajas. En los meses calientes, muchos adultos mueren por la infección del hongo *Beauveria* sp. El insecto puede controlarse eliminando las plantas hospederas silvestres cerca de las plantaciones de tomate. *M. malleifera* se ha recolectado también en plantaciones de coco y repollo. Otra especie, *M. calva*, causa deformación foliar y decoloración de la planta ornamental *Gleditsia triacanthos*.

Adulto de *Micrutalis* sp. en *Conyza* sp., provincia de Guanacaste, Costa Rica.
Adult of *Micrutalis* sp. on *Conyza* sp., Guanacaste province, Costa Rica.

Micrutalis

Identification: Length 2.4-6.6 mm. These small treehoppers generally show sexual dimorphism in color and variations can occur between individuals of the same sex; for example, *M. calva* can vary from brilliant black to yellowish brown, and variable spots can also occur in this species. The head is convex and almost quadrate, and the eyes are globular. The pronotum is low, slightly flattened, triangular in dorsal view, lacking processes and carinae, densely punctured, smooth, often shiny and black; the metopidium is sloping, and wider than high; the humeral angles are weak and obtuse; the posterior process is flattened, and gradually or abruptly acute; the sides of the pronotum slightly cover the margins of the wings. The forewings are transparent or semi-opaque, with four apical cells and one discoidal cell, and with pale venation that is not very distinct. This characteristic separates *Micrutalis* from *Acutalis*, which has five apical cells and dark, distinct venation (Figs. 54, 45a).

Natural history: The adults are solitary but the nymphs are gregarious. The reproductive rate of *M. malleifera* is higher during months of hot weather. In temperate zones the adults of this species survive the winter, but their reproduction is very low during this time. The nymphs feed on stems and petioles, frequently forming groups near the apex of the plant. The nymphs and adults of *M. clava* feed principally on flowers and the nymphs are often found inside the flowers.

Kenji Nishida

Adulto de *Micrutalis* sp. en una asterácea, Parque Nacional Chirripó, provincia de San José, Costa Rica, 3.800 m.

Adult of *Micrutalis* sp. on an Asteraceae plant, Chirripó National Park, San José province, Costa Rica, 3800 m.

The oviposition and development of immature stages of this species takes place on *Gleditsia triacanthos*, although adults can feed on other plants. In temperate areas, winter is passed as eggs and nymphs hatch soon after the new buds emerge. Nymphs change their olive green color to yellowish green during their development, coinciding with the color changes of the host flower parts.

A species of *Micrutalis* is tended by *Camponotus* ants in Panama. In North America, *M. malleifera* and *M. calva* occur on several species of plants. In Nicaragua the genus has been collected on gandul, potato, and eggplant. Some of the host plants in Costa Rica are *Acalypha* sp., *Aegiphila anomala*, *Ageratina ixiocladion*, *Conyza* sp., *Hamelia* sp., *Miconia* sp., and *M. calvescens*.

Importance: *M. malleifera* is the only known vector of the virus "pseudo-curly top", a disease that attacks tomato plants. The problem is not severe during the months when the temperature is low because the vector populations are low. During the warm season the problem usually becomes more severe, although many adult treehoppers die from a fungal infection by *Beauveria*. The treehoppers can be controlled by eliminating wild host plants around tomato fields. *M. malleifera* has also been collected on coconut and cabbage. Another species, *M. calva,* causes deformation of leaves and fading of an ornamental plant, *Gleditsia triacanthos*.

Kenji Nishida

Hembra de *Micrutalis* sp. en *Miconia calvescens*, provincia de Heredia, Costa Rica.
Female of *Micrutalis* sp. on *Miconia calvescens*, Heredia province, Costa Rica.

Kenji Nishida

Ninfa de *Micrutalis* sp. en *Miconia calvescens*, provincia de Heredia, Costa Rica.
Nymph of *Micrutalis* sp. on *Miconia calvescens*, Heredia province, Costa Rica.

SMILIINAE - POLYGLYPTINI

Adippe

Identificación: Longitud 3,7-8,7 mm. Coloración variable y llamativa. Cabeza triangular, con la base sinuada y ojos grandes y ovalados. El pronoto está comprimido lateralmente, es elevado y tiene forma de techo; la carena media es fuerte y continua pero sin bordes laterales; el ápice posterior del pronoto casi alcanza la punta de las alas anteriores. Las alas anteriores son transparentes y el pronoto casi las cubre hasta la mitad; presenta tres venas longitudinales prominentes y casi paralelas, que se extienden a través de la mitad basal; presentan cinco celdas apicales, pero no celdas discoidales; el limbo apical es ancho. Las patas son simples; los tarsos posteriores son más largos que los demás.

Historia natural: Los adultos (Fig. 18) y las ninfas viven en agrupaciones; las hembras cuidan sus huevos y ninfas. Con frecuencia son atendidos por hormigas. Generalmente insertan los huevos dentro de la vena media del envés de las hojas, aunque también pueden insertarlos en brotes terminales de tallos leñosos. *A. nigroruba* se observó en un tallo leñoso, sentada sobre huevos eclosionados, pero muy cerca de un grupo de ninfas del segundo estadio. Al perturbarla, hizo movimientos rápidos de lado a lado y abanicó sus alas repetidamente; en este caso, ni las ninfas ni la hembra fueron atendidas por hormigas. *A. nigroruba* se ha recolectado en Costa Rica a una altitud de 1.400-2.800 m. *A. inaequalis* puede encontrarse en agrupaciones de hembras y ninfas, atendidas por hormigas como *Ectatomma ruidum* y *E. tuberculatum*, en plantas de *Ocotea cooperi*. En este país también se encontró otra especie no identificada, a 2.600 m de altitud: se trataba de un grupo de adultos y ninfas en una planta de *Ocotea* sp. Una masa de huevos de estos membrácidos puede contener entre 35 y 60 unidades. Las ninfas hermanas, después de madurar, permanecen juntas de 7 a 12 días y en este período continúan siendo atendidas por las hormigas.

En Panamá, *A. inaequalis* se hospeda en *Doliocarpus major* y es atendida por la hormiga *Pheidole* sp.; mientras que en *Nectandra globosa* es atendida por *Pheidole* sp. y *Dolichoderus validus*.

Además de las plantas hospederas mencionadas (la familia Lauraceae), otros registros incluyen *A. inaequalis* en *Carica mexicana*, *A. zebrina* en *Siparuna* sp. y una especie no identificada en Urticaceae.

Adippe

Identification: Length of 3.7-8.7 mm. These treehoppers are often rather gaudily ornamented. The head is triangular with a sinuate base; the eyes are large and ovate. The pronotum is laterally compressed, elevated, highest at about the middle, and roof-like; the median carinae are strong and continuous but with no lateral

Kenji Nishida

Hembras de *Adippe nigrorubra* protegiendo sus huevos, Cerro de la Muerte, provincia de San José, Costa Rica.

Females of *Adippe nigrorubra* guarding eggs, Cerro de la Muerte, San José province, Costa Rica.

Kenji Nishida

Kenji Nishida

Adultos y ninfas de *Adippe* sp. en *Ocotea* (Laureceae), Parque Nacional Chirripó, Costa Rica 2.600 m.

Adults and nymphs of *Adippe* sp. on *Ocotea* (Laureceae) Chirripó National Park, Costa Rica 2600 m.

margins; the posterior apex of the pronotum just reaches the tips of forewings. The forewings are transparent and about half covered by the pronotum; three prominent longitudinal veins which are nearly parallel extend through the basal half; there are five apical and no discoidal cells; the apical limbus is broad. The legs are simple and the hind tarsi are the longest.

Natural history: The adults and nymphs live in aggregations, which are frequently tended by ants, and the females protect their eggs and nymphs. They generally insert their eggs in the midvein on the underside of leaves, but sometimes insert them in the terminal buds of lignified stems. A female of *A. nigroruba* has been observed sitting on top of empty eggs, near a group of second instar nymphs, which were not tended by ants. The female moved rapidly from side to side and buzzed her wings repeatedly when she was disturbed. This species has been collected in Costa Rica at elevations between 1400 and 2800 m. Aggregations of females and nymphs of *A. inaequalis* have been found on *Ocotea cooperi* and these were tended by *Ectatomma ruidum* and *E. tuberculatum* ants. Also in Costa Rica, adults and nymphs of an unidentified species were found on *Ocotea* at an altitude of 2,600 m. An egg mass of this treehopper contains 35 to 60 eggs. After the nymphs mature, siblings remain together for seven to twelve days, and during this period they continue to be tended by ants. In Panama *A. inaequalis* has been observed on *Doliocarpus major* tended by *Pheidole*, and on *Nectandra globosa* tended by *Pheidole* or *Dolichoderus validus*. In addition to the above host plant records (from Lauraceae), *A. inaequalis* has been found on *Carica mexicana*, *A. zebrine* on *Siparuna*, and an unidentified species on Urticaceae.

Vista lateral de *Adippe zebrina*. Colección INBio, Costa Rica.

Lateral view of *Adippe zebrina*. INBio collection, Costa Rica.

Hembra de *Adippe zebrina* protegiendo sus huevos, provincia de Alajuela, Costa Rica.

Female of *Adippe zebrina* protecting eggs, Alajuela province, Costa Rica.

SMILIINAE - POLYGLYPTINI

Ennya

Identificación: Longitud 5,7-8,5 mm. El dimorfismo sexual es común en este género, el macho tiende a ser más pequeño y/o más oscuro que la hembra (figs. 3 c, d). Coloración variable, amarilla, negra, verde claro, café claro o café oscuro. El color puede variar con la edad; es común que las hembras se tornen más claras cuando envejecen. El pronoto es generalmente bajo y con forma de bote invertido, a veces con una elevación dorsal; esta elevación es variable entre especies o incluso entre sexos de una especie; puede tener una proyección dorsal redondeada, triangular puntiaguda, o dirigida hacia adelante en forma de cuerno con la punta redondeada. Las alas anteriores tienen la primera celda discoidal casi siempre presente; la tercera y quinta celdas apicales son normales. Tanto la venación del ala anterior como la forma del pronoto son utilizadas para distinguir *Ennya* de otros géneros de Polyglyptini.

Historia natural: Este grupo muestra un comportamiento subsocial. *E. chrysura* y *E. pacifica* se encuentran generalmente en agrupaciones de ninfas, adultos o ambos, y no se asocian con hormigas (Figs. 20, 28, 33b, 35b). Los huevos se insertan bajo las hojas, en una vena central o secundaria o en los pecíolos de hojas o inflorescencias (Fig. 33a). Las hembras permanecen con los huevos y con las ninfas, aunque pueden abandonarlos en cualquiera de los estadios. Defienden las masas de huevos con patadas y vibraciones de alas que disminuyen el impacto de algunos parasitoides de huevos; también producen vibraciones del sustrato como parte del despliegue agresivo. En ambas especies, las hembras tienden a ovipositar en grupos.

Una hembra de *E. chrysura* responde más rápidamente a un estímulo táctil después de que ha sido expuesta a la señal de alarma de otra hembra. La comunicación por vibraciones del sustrato en adultos y ninfas es compleja; se han identificado ocho señales distintas en los adultos y al menos una señal en las ninfas. Los machos emiten una señal llamada "sirena" que posiblemente interfiere con el canto de cortejo de otros machos, un comportamiento que entre los insectos solamente se ha encontrado en esta especie de *Ennya* y en una especie de chicharra. Las hembras producen, como amenaza, una señal con un sonido similar a un tambor "redoblante". También producen otras vibraciones, que son parte del encuentro de pareja y del comportamiento de cortejo.

La avispita parasítica *Prionomastix* de la familia Encyrtidae oviposita en las ninfas de *E. chrysura* (Fig. 33c). Otros enemigos naturales que controlan esta especie son los parasitoides de huevos *Schizophragma latipenis* y *Gonatocerus* sp. (Mymaridae), la araña *Chryso* sp. y larvas de Syrphidae.

Entre las plantas hospederas de este género, *E. chrysura* se encuentra en *Solanum betaceum* (antes *Cyphomandra betacea*) y *E. pacifica* en *Bocconia frutescens* y *Solanum gilo*.

Importancia: *E. chrysura* ataca el tomate de palo o tomate francés (*Solanum betaceum*) (Fig. 34b), una planta nativa de los Andes que se cultiva en América Central, el sur

Hembra de *Ennya chrysura* protegiendo la masa de huevos que ha insertado en la vena central de una hoja.

Female of *Ennya chrysura* guarding the eggs that she has inserted in the central vein of a leaf.

Agrupación de ninfas de *Ennya chrysura* alimentándose en tomate de palo (*Solanum betaceum*), provincia de San José, Costa Rica.

Nymph aggregation of *Ennya chrysura* feeding on tree tomato (*Solanum betaceum*), San José province, Costa Rica.

Kenji Nishida

Agrupación de ninfas de *Ennya pacifica* en una inflorescencia de *Bocconia frutescens*, Orosi, provincia de Cartago, Costa Rica.

Nymph aggregation of *Ennya pacifica* on a *Bocconia frutescens* inflorescence, Orosi, Cartago province, Costa Rica.

de Brasil, India, Indonesia y Nueva Zelanda para producir jaleas y conservas a partir de su fruto. El daño es provocado a la planta principalmente por la inserción de las masas de huevos; el impacto sobre el cultivo es generalmente leve. *E. pacifica* ataca la berenjena (*Solanum gilo*), aunque no se considera plaga importante.

Ennya

Identification: Length 5.7-8.5 mm. Sexual dimorphism is common; the male is usually smaller and/or darker (figs. 3 c, d). Yellow, black, light green, light brown, or dark brown. The colors may also change with the age of the individual; females can lose pigmentation and become whitish with age. The pronotum is usually low and hull shaped, sometimes with a dorsal elevation; this elevation can vary between species or sexes of a given species; it can be rounded, triangular and pointed, or directed towards the front in the form of a pointed horn, with or without a posterior angle. The first discoidal cell of the forewing is almost always present; the third and fifth apical cells are normal. Both the venation of the forewings and the shape of the pronotum are used to separate *Ennya* from other genera of Polyglyptini.

Natural history: This genus shows subsocial behavior. *E. chrysura* and *E. pacifica* are generally found in aggregations of nymphs, adults, or both, but no ants atend them (Fig. 20). The eggs are inserted in masses on the underside of leaves, in the central or secondary veins, the petiole, or inflorescences (Fig. 33a). Females stay with their eggs and nymphs, although these are sometimes abandoned. The females protect the egg masses from egg parasitoids by kicking and vibrating their wings. They also produce substrate vibrations as part of aggressive displays.

A female of *E. chrysura* responds more rapidly to a tactile stimulus after she has been exposed to the alarm vibrations of another female. Substrate-borne communication is complex in both adults and nymphs; eight distinctive vibrations produced by the adults and at least one by the nymphs have been identified. The males produce a vibration (the 'siren') that possibly interferes with the courtship songs of other

Macho de *Ennya pacifica* cortejando a una hembra en una inflorescencia de *Bocconia frutescens*, Orosi, provincia de Cartago, Costa Rica.

Male of *Ennya pacifica* courting a female on a *Bocconia frutescens* inflorescence, Orosi, Cartago province, Costa Rica.

males, a behavior that among all insects has only been described in this species of *Ennya* and in one species of cicadas. Females produce 'drumming' as a threatening signal. Other vibrations are part of mate finding and courtship behavior.

A parasitic wasp., *Prionomastix* (Encyrtidae), oviposits in nymphs of *E. chrysura*. Other natural enemies of this species include the egg parasitoids *Schizophragma latipenis* and *Gonatocerus* sp. (Mymaridae), a *Chryso* spider, and flower fly larvae (Syrphidae). The host plant of *E. chrysura* is *Solanum betaceum* (formerly *Cyphomandra betacea*); *E. pacifica* feeds on *Bocconia frutescens* and *Solanum gilo*.

Importance: *E. chrysura* attacks *Solanum betaceum* (Fig. 34b), which is native to the Andes and is cultivated throughout Central America, southern Brazil, India, Indonesia, and New Zealand for the production of jam and canned goods. Damage to the plants is caused principally by the insertion of eggs, but the impact on the plants is generally minimal. *E. pacifica* attacks eggplant (*Solanum gilo*), but is not considered to be and important pest.

SMILIINAE - POLYGLYPTINI

Entylia

Identificación: Longitud 3,6-4,3 mm. Existe una gran variación en el color y la forma del pronoto en una misma especie, incluso dentro de una población pequeña en una sola planta. Cabeza triangular, con ojos ovalados pero con el margen interno recto. El pronoto es elevado, aplanado lateralmente, tiene surcos muy marcados, con una muesca profunda y ancha en el centro que resulta en dos lóbulos elevados, anterior y posterior, que a menudo se llaman "crestas"; los ángulos humerales son redondeados; los lados del pronoto son ásperos e irregularmente surcados y se extienden hacia abajo hasta cubrir al menos dos tercios de las alas anteriores; el proceso posterior tiene forma de techo, gradualmente agudo, y se extiende un poco más allá del extremo de las alas anteriores. Existe gran variación en el color y la forma del pronoto en una sola especie, incluso dentro de una población pequeña en una sola planta. Las alas anteriores son transparentes, en las áreas basal y costal punteadas y endurecidas; presentan cinco celdas apicales y dos discoidales; el limbo apical es ancho en el margen anal pero no está presente en los márgenes costales y apicales. Las patas son simples, con todos los tarsos de longitud similar. *Entylia* consiste de una sola especie: *carinata.*

Historia natural: *Entylia* es un género subsocial. La hembra cuida los huevos y las ninfas viven en agrupaciones. Las hembras de *E. carinata* insertan sus masas de huevos en la venación del envés de la hojas, y generalmente los protegen; a veces insertan el ovipositor en la vena central, cerca del pecíolo, lo cual provoca que las láminas caigan cerrando la hoja hacia abajo. *E. carinata* puede ovipositar de 75 a 100 huevos por masa en *Cirsium pumilum.* Algunas hembras abandonan sus masas de huevos antes de la eclosión; estas masas desprotegidas tienen menos huevos y la cantidad de ninfas que emerge es menor. La hembra protege sus ninfas atacando a los depredadores con despliegues agresivos. Este comportamiento se desencadena cuando reconoce visualmente al enemigo o detecta sustancias de alarma liberadas por ninfas heridas. Algunas hembras abandonan sus masas de huevos antes de la eclosión; estas masas desprotegidas tienen menos huevos y la cantidad de ninfas que emerge es menor. Las ninfas forman agrupaciones y responden con su propio comportamiento de alarma a las sustancias liberadas por una ninfa herida. En zonas templadas, los adultos hibernan y pueden llegar a producir de una a cuatro generaciones por año.

Las ninfas y los adultos son atendidos por hormigas, las cuales ahuyentan a los depredadores. Si la hembra abandona sus huevos antes de la eclosión, la probabilidad de que las ninfas sean atendidas por hormigas es menor; es posible que el alto volumen de melaza producido por la madre sea necesario para atraer a las hormigas, ya que la cantidad excretada por las ninfas pequeñas es muy poca. Además, las hembras colocan masas de huevos más grandes en presencia de hormigas. A veces se dan agrupaciones mixtas de *Entylia* y *Publilia* (un género no incluido en esta guía).

Adulto de *Entylia* carinata alimentándose en *Mikania* sp., provincia de Alajuela, Costa Rica.
Adult of *Entylia* carinata feeding on *Mikania* sp., Alajuela province, Costa Rica.

En Costa Rica, *E. carinata* se ha recolectado en plantas de la familia Asteraceae. En Estados Unidos, esta especie se alimenta de varias plantas hospederas y se han encontrado ninfas y adultos en *Ambrosia artemisifolia*, *Erechtites hieraciifolius*, *Cirsium pumilum* y *Helianthus tuberosus*; también se alimenta de *Solanum gilo*, pero en la literatura no se menciona como plaga. En América Central se registra como plaga menor del frijol (*Phaseolus vulgaris*).

Entylia

Identification: Length 3.6-4.3 mm. Color varies considerably and the shape of the pronotum can vary within species, and even within a population on the same plant. The head is triangular, the eyes are ovate but have straight inner margins. The pronotum is elevated, flattened laterally, strongly ridged, and with a deep broad notch in the center which results in a high anterior and posterior lobes on the dorsum often called "crests". The humeral angles are broadly rounded; the sides of the pronotum are roughly and irregularly ridged and extended downward to cover at least two thirds of the forewings; the posterior process is roof-like, gradually becoming acute, and extends just beyond the tips of the forewings. The forewings are transparent, with punctured and hardened basal and costal areas; they have five apical and two discoidal cells, and the apical limbus is broad on the anal margin but not present on costal and apical margins. The legs are simple, with all tarsi equal in length. This genus consists of just one species.

Kenji Nishida

Adulto de *Entylia carinata* atendido por hormigas mientras se alimenta en una solanácea, provincia de San José, Costa Rica.

Adult of *Entylia carinata* tended by ants while it feeds on a Solanaceae plant, San José province, Costa Rica.

Natural history: Species in this genus are subsocial. The females usually protect their eggs, and the nymphs live together in aggregations. The females of *E. carinata* insert egg masses into veins on the underside of leaves. This species sometimes inserts eggs near the leaf petiole causing the leaf to wilt. *E. carinata* oviposits around 75 to 100 eggs on *Cirsium pumilum*. Some females abandon their egg masses before the nymphs hatch, but these unprotected egg masses normally contain fewer eggs. Several studies of this species show that the females protect their nymphs against predators by aggressive displays. This behavior begins when the female visually recognizes the enemy or when alerted by an alarm substance emitted from disturbed nymphs. The nymphs also respond with their own alarm behavior to this substance. In temperate zones, adults survive the winter and can produce one to four generations per year.

The nymphs and adults are tended by ants, which protect them from predators. If a female abandons her eggs mass before the nymphs hatch, the probability that the nymphs will be tended by ants decreases. The nymphs secrete only small quantities of honeydew and it is possible that the high volume of honeydew produced by the mother is necessary to attract ants. Moreover, the females lay a larger number of eggs in the presence of ants. Mixed aggregations of *Entylia* and *Publilia* (the latter genus is restricted to North America and is not included in this book) have been observed on some occasions. In Costa Rica, *E. carinata* was collected on Asteraceae. In the United States, *E. carinata* feeds on various plants, for example *Ambrosia artemisifolia, Cirsium pumilum, Erechtites hieraciifolia, Helianthus tuberosus* and *Solanum gilo*, but is not known as a pest. In Central America it is registered as a minor pest of beans (*Phaseolus vulgaris*).

Kenji Nishida

Ninfas de *Entylia carinata* atendidas por hormigas mientras se alimentan en una solanácea, provincia de San José, Costa Rica.

Nymphs of *Entylia carinata* tended by ants while they feed on a Solanaceae plant, San José province, Costa Rica.

Kenji Nishida

Adulto de *Entylia carinata* atendido por hormigas en una planta de *Conyza* sp., provincia de San José. Costa Rica.

Adult of *Entylia carinata* tended by ants on *Conyza* sp., San José province. Costa Rica.

SMILIINAE - POLYGLYPTINI

Metheisa

Identificación: Longitud 4-5,6 mm. Coloración en tonos claros (como verde) a oscuros. Algunas especies presentan dimorfismo sexual, como *M. lucillodes*, donde el macho es más pequeño y oscuro, con un proceso anterior más corto. Cabeza triangular, densamente punteada, de ancho y largo similares; con ojos ovalados y prominentes. El pronoto es bajo, densamente punteado, con forma de bote invertido, y tiene 3-4 carenas laterales longitudinales; se proyecta anteriormente en un proceso corto y redondeado, también con carenas laterales; los lados del pronoto cubren parcialmente las alas y el proceso posterior llega hasta el ápice de las mismas; los ángulos humerales son obtusos, no proyectados. Las alas anteriores tienen la mitad basal expuesta y endurecida, punteada en la misma forma que el pronoto; tienen cinco celdas apicales, con apariencia de cuatro celdas (la cuarta tiene la vena M_{3+4} unida con la M_{1+2} antes de alcanzar la vena marginal); la tercera celda apical es relativamente grande, ocupando la porción apical del ala anterior; es casi circular y tan grande como la segunda; también tienen una celda discoidal (R_{2+3}); la venación es bastante distintiva y es muy importante para separar *Metheisa* de otros géneros similares de Polyglyptini.

Historia natural: *Metheisa* es un género subsocial. *M. lucillodes* vive en agrupaciones de ninfas, adultos o ambos. Las hembras insertan los huevos en el tejido de la planta, generalmente en los tallos, y protegen sus masas de huevos (Fig. 21c). Las agrupaciones son atendidas por hormigas. Parece que tanto las hormigas como los membrácidos producen vibraciones del sustrato, pero no se ha hecho un estudio de su comunicación. Las plantas hospederas de *Metheisa* pertenecen a la familia Piperaceae. *M. lucillodes* es común en Costa Rica, sobre todo en el Valle Central. En este país se han observado adultos y ninfas de *Metheisa* sp. atendidos por hormigas *Linepithema* sp. en plantas de *Piper* sp.; así como un macho de *Metheisa* sp. atendido por hormigas en el mismo género de planta; en esta especie, el macho se distingue de la hembra por tener la mitad anterior del ala más oscura.

Existen registros de *Metheisa* sp. en *Piper hispidum*, atendida por las hormigas *Pheidole biconstricta* y *Linepithema* probablemente *dispertitum*.

Metheisa

Identification: Length 4.0-5.6 mm. Color varies from light (e.g. green) to dark. Some species show sexual dimorphism; for example, in *M. lucillodes* the males are smaller, darker, and have a shorter anterior process. The head is triangular, densely punctured, and with the length the same as the width; the eyes are ovate and prominent. The pronotum is low, densely punctured, shaped like an inverted boat, and has 3-4 lateral longitudinal ridges; the pronotum projects forward in a short,

Kenji Nishida

Macho de *Metheisa* sp. atendido por hormigas en *Piper* sp., provincia de San José, Costa Rica.
Male of *Metheisa* sp. tended by ants on *Piper* sp., San José province, Costa Rica.

Kenji Nishida

Ninfas de *Metheisa* sp. atendidas por hormigas en *Piper* sp., provincia de San José, Costa Rica.
Nymphs of *Metheisa* sp. tended by ants on *Piper* sp., San José province, Costa Rica.

Kenji Nishida

Adultos y ninfas de *Metheisa* sp. atendidos por hormigas (*Linepithema* sp.), en *Piper* sp., provincia de Alajuela, Costa Rica.

Adults and nymphs of *Metheisa sp.* tended by ants (*Linepithema* sp.) on *Piper* sp., Alajuela province, Costa Rica.

rounded process, and has lateral ridges; the sides of the pronotum partially cover the wings, and the posterior process reaches the apex of the wings; the humeral angles are obtuse and not projected. The forewings have the basal half exposed and hardened, punctured in the same way as the pronotum; there are five apical cells, but the fourth has the vein M_{3+4} joined with the M_{1+2} before they reach the marginal vein, giving the appearance of four apical cells; the third apical cell is relatively large, occupying the apical portion of the forewings; this third apical cell is nearly circular and as large as the second apical cell; the forewings also have one discoidal cell (R_{2+3}). The peculiar forewing venation distinguishes *Metheisa* from other genera of Polyglyptini.

Natural history: The species of this genus are subsocial. *M. lucillodes* lives in aggregations of nymphs, adults, or both, and they are tended by ants. The females insert the eggs in the tissues of the host plant, generally in the stems, and they protect their egg masses. Apparently, these treehoppers and the tending ants produce substrate vibrations, although no studies of communication have been done. This species is common in the Central Valley of Costa Rica, feeding on Piperaceae. An unidentified species of *Metheisa* was found on *Piper hispidum* tended by ants (*Pheidole biconstricta* and *Linepithema* probably *dispertitum*).

Kenji Nishida

Adultos de *Metheisa* sp. atendidos por hormigas en *Piper* sp., provincia de San José, Costa Rica.

Adults of *Metheisa* sp. tended by ants on *Piper* sp., San José province, Costa Rica.

Polyglypta

Identificación: Longitud 10-17 mm. Largo y delgado. Algunas especies presentan dimorfismo sexual en la coloración; por ejemplo, machos oscuros y hembras claras. Cabeza triangular, con ojos globulares. El pronoto es bajo y convexo, con carenas longitudinales muy marcadas; tiene un cuerno anterior largo y fuerte que se extiende hacia adelante sobre la cabeza; no tiene cuernos suprahumerales y los ángulos humerales son débiles y redondeados; los lados del pronoto son punteados y se extienden hacia abajo hasta cubrir más de la mitad de las alas; el dorso es casi recto, con el punto más alto justo detrás de los ángulos humerales, gradualmente curvado hacia el extremo del proceso posterior; este proceso es largo, delgado, convexo, acuminado y sobrepasa el extremo de las alas. Las alas anteriores son transparentes, con las áreas basales y costales fuertemente punteadas; tienen dos venas longitudinales prominentes, cinco celdas apicales, la celda mediana apical alargada y un limbo apical delgado. Las patas son simples; los tarsos posteriores son un poco más largos que los otros.

Historia natural: Este género es subsocial. *Polyglypta* forma agrupaciones de ninfas, adultos o de ambos (fig. 10). Las hembras protegen los huevos y las ninfas, según registros de *P. lineata*, *P. dorsalis*, *P. costata* y *P. dispar* (Fig. 7a). En *P. dispar* la hembra inserta masas de 20 a 110 huevos en el tejido vegetal, generalmente en una vena, en la parte inferior de la hoja (Fig. 26). El proteger sus masas de huevos parece ahuyentar a ciertos enemigos, pero este comportamiento de defensa

Kenji Nishida

Macho de *Polyglypta* sp. en *Montanoa hibiscifolia*, provincia de San José, Costa Rica.
Male of *Polyglypta* sp. on *Montanoa hibiscifolia*, San José province, Costa Rica.

Kenji Nishida

Adulto de *Polyglypta* sp., provincia de San José, Costa Rica.
Adult of *Polyglypta* sp., San José province, Costa Rica.

no siempre es eficaz y es normal que las hembras abandonen a los huevos. Estas masas abandonadas a veces son adoptadas por otra hembra. En esta misma especie aparentemente existe una cooperación entre las hembras que protegen los huevos, ya que algunas dejan sus huevos bajo la protección de otras. Parece que con esto se aprovechan del cuidado de la otra hembra y disminuyen en su vida los costos del cuidado materno, que incluyen la interrupción de la oviposición, una mayor exposición a los depredadores y la energía invertida en el comportamiento de defensa. Para la hembra que protege huevos ajenos, esto no es necesariamente algo negativo, ya que los huevos adicionales se colocan alrededor de la masa y es ésta la zona más afectada por los parasitoides de huevos, así que los huevos adicionales podrían funcionar como protección de los suyos propios. Además, el movimiento local de la hembra es limitado y con ello podría estar protegiendo los huevos de una pariente cercana y aumentando la posibilidad de supervivencia de sus "sobrinos" o "primos". En ese caso, la hembra estaría también aumentando la probabilidad de que sus genes pasen a la siguiente generación, por medio de esos huevos ajenos que protege.

Las cicatrices de la oviposición de *P. lineata* puede provocar quebraduras en las hojas. En Costa Rica se observaron dos ninfas y 16 adultos viviendo en el envés de una hoja casi marchita. También se observó en una planta de *Verbesina gigantea* una avispita Mymaridae atacando una masa de huevos (Fig. 32b). Las plantas hospederas de *P. dispar* son *Montanoa hibiscifolia* y *Verbesina turbacensis*; mientras que *P. costata* y *P. lineata* se hospedan en *Verbesina* sp.

Polyglypta

Identification: Length 10-17 mm. These are long, slender, narrow-bodied treehoppers. Colors are sometimes sexually dimorphic (e.g. males darker than females). The head is triangular, with globular eyes. The pronotum is low and convex, with strong longitudinal ridges; it has a long, strong, anterior horn extending forward over the head; suprahumeral horns are not present; the humeral angles are weak and rounded; the sides of pronotum are punctate, and extend downward to cover more than half of the forewings; the dorsum is nearly straight, highest just behind humeral angles, gradually curving to the tip of the posterior process; this process is long, slender, convex, acuminate, and reaches beyond the tips of the wings. The forewings are transparent, with basal and costal areas strongly punctate; they have two prominent longitudinal veins originating from the base, which are contiguous or united, sometimes appearing as one vein toward base; there are five apical cells and the median apical cell is fingerlike; the apical limbus is narrow. The legs are simple and the hind tarsi are slightly longer than the others.

Natural history: This genus is subsocial. *Polyglypta* forms aggregations of nymphs, adults, or both (fig. 10). Females of *P. costata*, *P. dispar*, *P. dorsalis*, and *P. lineata*

Kenji Nishida

Ninfa de *Polyglypta* sp. en *Montanoa hibiscifolia*, provincia de San José, Costa Rica.
Nymph of *Polyglypta* sp. on *Montanoa hibiscifolia*, San José province, Costa Rica.

Kenji Nishida

Sombra de grupo de adultos de *Polyglypta* sp. en *Montanoa hibiscifolia*, provincia de San José, Costa Rica.

Shadow of a group of adults of *Polyglypta* sp. on *Montanoa hibiscifolia*, San José province, Costa Rica.

Kenji Nishida

Macho de *Polyglypta* sp. en *Montanoa hibiscifolia*, provincia de San José, Costa Rica.

Male of *Polyglypta* sp. on *Montanoa hibiscifolia*, San José province, Costa Rica.

Kenji Nishida

Ninfa y adultos de *Polyglypta* sp. en *Montanoa hibiscifolia*, provincia de San José, Costa Rica.
Nymph and adults of *Polyglypta* sp. on *Montanoa hibiscifolia*, San José province, Costa Rica.

protect their eggs and nymphs (Fig. 7a). In *P.* dispar, the female inserts masses of 20 to 110 eggs in the plant tissue, usually in the veins under the leaves (Fig. 26). Protecting their egg masses is not always effective against predators, and females commonly abandon their eggs. Unattended masses are sometimes adopted by other females, and some insert their eggs in another female's mass that is being guarded. It seems that this is a form of cooperation between females. On one hand, a female takes advantage of the egg defense of another female and reduces the costs of brooding, including the interruption of oviposition, a greater risk of predation, and the investment of energy on defense behavior. On the other hand, for the female that protects eggs that are not her own, this can be advantageous, since additional eggs are usually placed on the periphery of the mass, which is the most parasitized zone, and therefore additional eggs would be parasitized first and would reduce the mortality of her own eggs. Furthermore, since dispersion of females is limited, there is a good chance that the additional eggs are those of a close relative, in which case the female could be passing her genes by enhancing the survival of her 'nieces' or 'cousins'.

The females of *P. lineata* oviposit in leaf veins, and this usually causes them to split. In Costa Rica two nymphs and sixteen adults of this species were found on the underside of a leaf of the *Montanoa*, causing the leaf to wilt. A mymarid parasitoid wasp was observed on eggs of a *Polyglypta* sp. found on *Verbesina gigantea* (Fig. 32). *P. dispar* has been observed frequently on *Montanoa hibiscifolia* and *Verbesina turbacensis*, and *P. costata* and *P. lineata* are also found on species of *Verbesina*.

SMILIINAE - POLYGLYPTINI

Polyglyptodes

Identificación: Longitud 8-10 mm. Cuerpo alargado. Coloración uniforme, probablemente verduzca o café oscuro en vida, que cambia a amarillo claro hasta café oscuro en el insecto muerto. Cabeza casi triangular, con ojos ovalados. El pronoto se proyecta hacia adelante horizontalmente en un cuerno algo puntiagudo; al lado del cuerno hay entre cinco y seis elevaciones alargadas (carenas); los lados del pronoto son casi paralelos; el proceso posterior alcanza el ápice de las alas anteriores; la superficie del pronoto es punteada pero no áspera; el dorso es deprimido y arqueado detrás del cuerno frontal, gradualmente inclinado hacia el ápice posterior, el cual es agudo y se extiende ligeramente más allá de la punta del ala anterior; la carina del metopidio es casi tan ancha como alta; los ángulos humerales son fuertes, cortos y redondeados; la carina media es marcada y continua. Las alas anteriores están cubiertas por el pronoto casi sus tres cuartas partes; presentan cinco celdas apicales y una celda discoidal; el limbo apical es moderado, transparente o ligeramente translúcido; el área costal basal es punteada. Las patas son café amarillento; los tarsos posteriores son más largos que los otros.
Historia natural: Los adultos de *P. viridis* son subsociales. En Costa Rica se observó esta especie en la planta *Diphysa*, donde se registraron seis hembras con sus masas de huevos insertados dentro del pecíolo de una hoja; dos de las masas contenían entre 36 y 48 huevos. En los pecíolos también se encontraron siete hembras con ninfas del primer y tercer estadio ninfal. En los mismos pecíolos había hembras con ninfas y con masas de huevos eclosionadas. Además, tres agrupaciones de adultos de 11 individuos estuvieron también en los pecíolos, además de una pareja en cortejo.

Polyglyptodes

Identification: Length 8.0-10.0 mm. Elongate, uniformly colored treehoppers; preserved specimens are generally light yellow-brown, which is probably greenish or dark brown when alive. The head is nearly triangular, with oval eyes. The pronotum is produced into a moderately sharp horn which extends forward horizontally; at the sides of the horn there are five or six distinct elevated ridges; the sides of the pronotum are nearly parallel; the posterior process reaches the apex of the forewings; the surface of the pronotum bears punctures which are close together and distinct, but not coarse; the dorsum is depressed and arcuate behind the frontal horn, then gradually sloping toward the posterior apex which is acute and extends slightly beyond the tips of the forewings; the carina of the metopidium is about as broad as high; the humeral angles are strong, short, and

Vista lateral de *Polyglyptodes cucullatus*. Museo Nacional de Historia Natural, Instituto Smithsonian, Washington D.C.

Lateral view of *Polyglyptodes cucullatus*. National Museum of Natural History, Smithsonian Institution, Washington D.C.

blunt; the median carina is strong and continuous. Approximately three-quarters of the forewing are covered by the pronotum; the forewings possess five apical cells and one discoidal cell; the apical limbus is moderate, transparent or slightly frosted; the basal costal area is punctate. The legs are yellowish brown and the hind tarsi are the longest.

Natural history: The adults of *P. viridis* show subsocial behavior. In Costa Rica, six females of this species and their egg masses were found on *Diphysa*. The eggs were inserted into the leaf petiole, and each egg mass contained approximately 36 to 48 eggs. Seven females with their first instar nymphs have also been observed on the leaf petioles. Furthermore, three adult aggregations of 11 individuals were observed on the petioles, in addition to a courting pair.

SMILIINAE - SMILIINI

Antianthe

Identificación: Longitud 7-16 mm. Tamaño grande, los machos generalmente mucho más pequeños que las hembras. Coloración amarilla a verde oscuro. Cabeza muy ancha, con ojos más anchos que altos, saltones (Fig. 11b). El pronoto está fuertemente comprimido lateralmente, muy elevado sobre los húmeros y descendente hasta el extremo de las alas anteriores; el metopidio es triangular y vertical; la carena media es continua; los cuernos suprahumerales son horizontales, puntiagudos y largos; el borde dorsal está marcado con puntos pequeños pero conspicuos. Las alas anteriores están cubiertas a los lados por el proceso posterior; son transparentes y poseen cinco celdas apicales y dos celdas discoidales. El ápice de la tibia y el tarso posterior son peculiarmente espinosos.

Historia natural: *Antianthe* es un género subsocial; en una misma planta se encuentran individuos recién nacidos y adultos (Fig. 9). La biología de la especie *A. expansa* en la planta *Capsicum annuum* ha sido estudiada en detalle. Los huevos miden alrededor de 2 mm de largo y son transparentes. Las hembras ponen sus huevos en la corteza, preferiblemente en los tallos y en las ramas de mayor grosor, y los protegen. Los huevos son colocados en forma de racimo, uno a la par del otro, incrustados; en cada postura pueden colocarse unos 40-50 huevos (Fig. 22). Las ninfas tardan de 16 a 25 días para emerger y pasan cerca de 90 días como inmaduros. Son atendidas por hormigas, que aprovechan las secreciones azucaradas de las ninfas. Los adultos ejercen mayor actividad durante el día en las horas más cálidas y luminosas. La cópula se inicia cuando el macho toma por un costado a la hembra, después le coloca su aparato genital por unos segundos, repitiendo esta acción tres veces.

En Guatemala, se encontraron ninfas y adultos de *A. expansa* atendidos por hormigas *Crematogaster*, y se observaron abejas sin aguijón (*Trigona amaltea*) tomando secreciones azucaradas de las ninfas. En Costa Rica, se observaron adultos y ninfas de *Antianthe* sp. atendidos por hormigas (Fig. 30a) y una avispa de *Parachartegus* sp. (Vespidae) atendiendo ninfas (Fig. 31a).

Entre los enemigos naturales del género se encuentra la avispita parasitoide de huevos *Schizophragma latipennis* (antes llamada *Anaphoidea letipennis*) de la familia Mymaridae. Otros enemigos naturales son las larvas de moscas de flores (Syrphidae), que atacan ninfas y adultos. Además, en Costa Rica se ha registrado un hongo entomopatógeno de *A. expansa* en plantas de *Witheringia* cf. *solanacea* (Fig. 34). *A. expansa* también se hospeda en *Acnistus arborescens* y con frecuencia se pueden observar muchos individuos.

Importancia: En Costa Rica, *A. expansa* es considerada plaga del chile dulce o pimiento (*Capsicum annuum*) (Fig. 35a). El daño consiste en la muerte de los tejidos y en la interrupción de toda la actividad del proceso de circulación de la savia, llegando a dañar toda la planta o reduciendo el área foliar, disminuyendo así

Kenji Nishida

Hembra de *Antianthe* sp.ovipositando en una solanácea.

Female of *Antianthe* sp. laying eggs on a Solanaceae plant.

Kenji Nishida

Adulto y ninfas de *Antianthe* sp. atendidos por hormigas.

An adult and nymphs of *Antianthe* sp. tended by ants.

la producción de frutos. Las oviposiciones de las hembras causan deformaciones, tales como nudosidades y esponjamiento en los tallos, marchitamiento y ataque de enfermedades fungosas.

Antianthe

Identification: Length 7.0-16 mm. Large membracids, with males considerably smaller than females from the same species. Yellow to dark green. The head is very wide. The eyes are wider than high and bulging. The pronotum is strongly compressed laterally, distinctly elevated above the humerus and sloping downward to the tips of the forewings; the metopidium is vertical and triangular, the median carina continuous; the pronotal suprahumeral horns are sharp, long and horizontal, the dorsal margin of pronotum with small conspicuous spots. The sides of the forewings are covered by posterior process; the forewings are transparent, with five apical cells and two discoidal cells. The apex of the hind tibiae and the tarsi are peculiarly spined.

Natural history: The genus is subsocial. Young nymphs and adults can be found on the same plant. The biology of *A. expansa* on *Capsicum annuum* has been studied in detail. The size of the egg is approximately 2 mm long and it is translucent. The females lay eggs on the bark of stems and thick branches, and they are laid in clusters of 40 to 50, one next to the other. Females usually guard their eggs. The

Ángel Solís

Adulto de *Antianthe* sp., provincia de Alajuela, Costa Rica.
Adult of *Antianthe* sp. Alajuela province, Costa Rica.

Ninfas de *Antianthe* sp. alimentándose en una solanácea, provincia de San José, Costa Rica.
Nymphs of *Antianthe* sp. feeding on a Solanaceae plant, San José province, Costa Rica.

egg stage lasts between 16 to 25 days and the nymphal stages around 90 days. The nymphs are tended by ants that feed on their honeydew. Adults are more active on sunny days, when temperatures are higher. Copulation begins when a male mounts the female; the male then inserts his genitalia for a few seconds and repeats this action three times.

In Guatemala, nymphs and adults of *A. expansa* are tended by *Crematogaster* ants and stingless bees (*Trigona amaltea*). In Costa Rica, adults and nymphs of an unidentified *Antianthe* were observed being tended by the ant *Wassmannia auropunctata* (Fig. 30a), and the nymphs by a wasp (Vespide: *Parachartegus*) (Fig. 31a). Natural enemies of this genus include a mymarid egg parasitoid, *Schizophragma latipennis* (formerly called *Anaphoidea letipennis*), and larvae of flower flies (Syrphidae) that attack nymphs and adults. In Costa Rica many individuals of *A. expansa* are frequently observed on *Acnistus arborescens* (Solanaceae). There are a few records of an entomopathogenic fungus attacking this species on plants of *Witheringia* cf. *solanacea* (Fig. 34).

Importance: In Costa Rica, *A. expansa* is considered a pest of green peppers (*Capsicum annuum*) (Figs. 10, 35a). Damage caused by feeding consists of tissue death due to reduction of the fluid transport in the plant, which can kill the entire plant or can reduce the number of leaves, finally resulting in the production of fewer fruits. Also, insertion of eggs by the females causes wilting and malformations such as knotty or spongy stems. These damages also make the plant more susceptible to fungal infection.

SMILIINAE - SMILIINI

Cyrtolobus

Identificación: Longitud 3-9 mm. Tamaño generalmente pequeño. Coloración variable, moteada, en tonos claros a oscuros. Cabeza casi triangular, con ojos ovalados. El pronoto es moderadamente elevado, comprimido lateralmente, arqueado, más alto en el centro y punteado; el metopidio es más ancho que alto; la carena media es continua; los ángulos humerales son débiles y redondeados; el ápice posterior del pronoto se hace gradualmente angosto hasta formar una punta aguda que se extiende más allá, pero sin alcanzar la punta de las alas anteriores; los ángulos humerales son obtusos pero no proyectados. Las alas anteriores son largas y expuestas y solo una pequeña parte está cubierta por el pronoto, son transparentes u opacas; presentan cinco celdas apicales y dos celdas discoidales; el limbo apical es ancho. Las patas son simples; todos los tarsos son casi iguales en longitud.

Historia natural: Este género es solitario. En Norteamérica, *Cyrtolobus* se encuentra predominantemente asociado a varias especies de robles (*Quercus*) de la familia Fagaceae. Sólo una cantidad reducida de individuos de otras especies del género se encuentra en otras familias de plantas. Estudios realizados en esa región sobre *Cyrtolobus* sp. en *Q. palustris* indican que las poblaciones son mayores entre mayo y principios de junio; los adultos fueron recolectados en árboles maduros y jóvenes, la mayoría estaban en el dosel y eran mucho más abundantes a partir de la parte media y superior de los árboles. Hay registros de otros estudios en los cuales se capturaron *Cyrtolobus* por encima de los 15 m de altura. *C. dixianus* y *C. tuberosus* se observaron en cópula en un árbol de *Q. bicolor.*

Cyrtolobus

Identification: Length 3.0-9.0 mm. Color variable, usually mottled with light and dark colors. The head is nearly triangular, the eyes are ovate. The pronotum is moderately elevated, laterally compressed, arched, highest in middle, punctate; the metopidium is wider than high; the median carina is continuous; the humeral angles are weak and rounded; the posterior apex of the pronotum is gradually narrowed to an acute point extending posteriorly but not reaching the tip of the forewing; the humeral horns are obtuse, but not produced. The forewing is largely exposed, with only a small part of the wing being covered by the sides of the pronotum; it is transparent or clouded, with five apical and two discoidal cells, and the apical limbus broad. The legs are simple and all tarsi about equal in length.

Carolina Godoy

Vista lateral de *Cyrtolobus pallidifrontis*. Museo de Historia Natural, Londres.

Lateral view of *Cyrtolobus pallidifrontis*. The Natural History Museum, London.

Carolina Godoy

Vista lateral de *Cyrtolobus distinguendus*. Museo de Historia Natural, Londres.

Lateral view of *Cyrtolobus distinguendus*. The Natural History Museum, London.

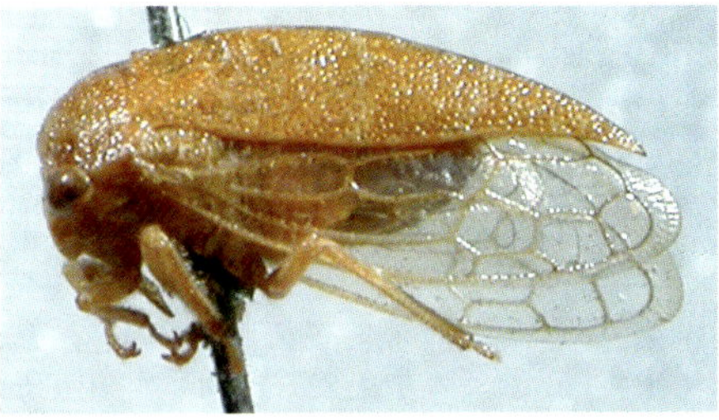

Carolina Godoy

Vista lateral de *Cyrtolobus viriscens*. Museo de Historia Natural, Londres.

Lateral view of *Cyrtolobus viriscens*. The Natural History Museum, London.

Natural history: These treehoppers are solitary. In North America species in this genus are associated primarily with oaks (*Quercus*), but a few species have been found on other families of plants. Studies of *Q. palustris* in North America indicate that the populations are found in high numbers in May and early June. Adults have been collected on young and mature trees; however, they were more common in the upper parts of the canopy (sometimes 15 m above the ground). *C. dixianus* and *C. tuberosus* have been observed on *Q. bicolor*.

SMILIINAE - SMILIINI

Telamona

Identificación: Longitud 9-12 mm. Coloración variable, café con manchas oscuras o moteado de grisáceo y café oscuro. El pronoto es alargado, triangular y tiene una cresta más o menos cuadrangular situada detrás de los ángulos humerales, el dorso de la cresta generalmente es horizontal o casi horizontal; la cresta es inclinada o sinuada pero gradualmente, sin gradas, y raramente muestra manchas pálidas en el margen. Los ángulos humerales son variables, generalmente agudos o rectangulares.

Historia natural: Este género es solitario. *T. monticola* coloca un promedio de nueve huevos, de colores crípticos, en la base de las ramitas. Las ninfas se desarrollan en ocho semanas, agarradas a la superficie inferior de los tallos; descansan con las tibias muy cerca del tórax; sus tibias aplanadas y el abdomen probablemente les ayudan a sujetarse. Su cuerpo aplanado y su color las asemejan a la corteza. El desarrollo de las ninfas está asociado con la madurez de las hojas del hospedero. Efectuada la última muda, los adultos se dispersan unas horas después. Para el cortejo, el macho corre hacia la hembra y cuando está paralelo a ella, vibra el cuerpo y se monta sobre su pronoto anterior; la copulación ocurre cuando el macho asume la posición típica de "cola a cola". El pico de las poblaciones de *Telamona* spp. en Norteamérica ocurre entre agosto y setiembre; la mayoría de los especímenes se recolectan en las copas de los árboles y se registran recolectas hasta a 27 m de altura. Generalmente se encuentran en árboles de roble (*Quercus*), pero también usan otras plantas como hospederas.

Telamona

Identification: Length 9.0-12.0 mm. Color variable; brown with darker markings or motted with gray and dark brown. The pronotum is elongate, triangular, with a more or less quandrangular crest placed well back of the humeral angles, the dorsum of crest usually being horizontal or nearly so, sometimes sloping or sinuate but not stepped and rarely showing a pale spot on the margin. The humeral angles are variable, usually acute or rectangular.

Natural history: The species in this genus are solitary. *T. monticola* lays an average of nine cryptically colored eggs at the base of twigs. The nymphs occur on the undersides of stems, with their tibiae placed right next to the thorax. The flattened tibiae and the abdomen probably help to hold on to the plant surface. The flattened body and the color resemble the bark of the plant. Nymphs develop in about eight weeks, their development being associated with the maturation of the leaves. A few hours after the last molt, young adults disperse. During courtship, the male approaches the female, and when their bodies are parallel the male vibrates his body and mounts the female's anterior pronotum; copulation occurs when the male takes the typical back to back position. In North America population peaks occur between August and September. Most specimens have been collected from canopies (up to 27 meters high) of oak trees (*Quercus*), although some have been taken from other plants.

Carolina Godoy

Vista lateral y frontal de *Telamona* sp. colección INBio, Costa Rica
Lateral and frontal view of *Telamona* sp. INBio collection, Costa Rica

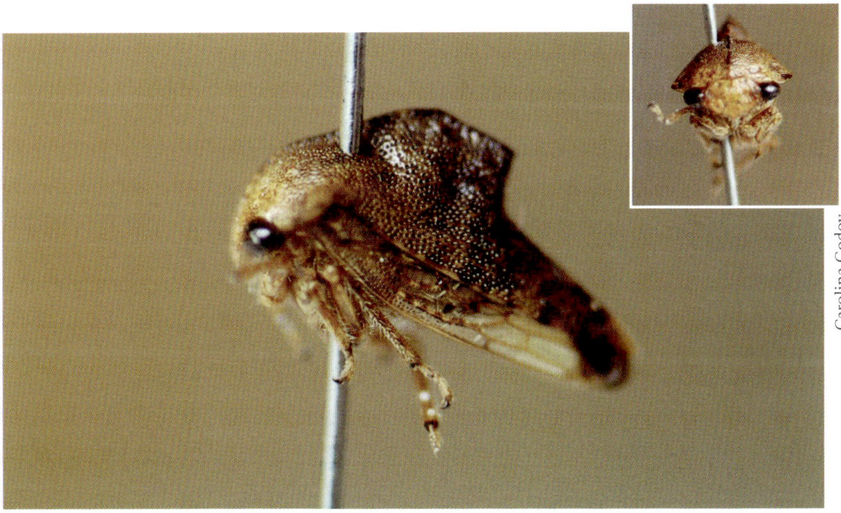

Carolina Godoy

Vista lateral y frontal de *Telamona* sp. colección INBio, Costa Rica
Lateral and frontal view of *Telamona* sp. INBio collection, Costa Rica

Chelyoidea

Identificación: Longitud 4-6 mm. Coloración oscura, azul verdoso tornasolado, a veces con amarillo. Cabeza vertical, cubierta casi completamente por la base del proceso pronotal; en vista lateral se proyecta un área amplia y densa con pelos en las partes anterior y lateral y por debajo. El pronoto está desde finamente hasta toscamente punteado; los húmeros no son prominentes y dorsalmente no se distingue con claridad la carena media; el ápice es ancho y redondo. La apariencia abultada y la forma casi hemisférica del pronoto le dan un aspecto de tortuga o de una mariquita brillante. Las alas anteriores frecuentemente son café oscuro, opacas, gruesas y con los márgenes basal y costal ligeramente punteados; el limbo apical es muy ancho y ocupa casi un tercio de la superficie; la venación generalmente no se distingue, pero es más evidente hacia el extremo; presenta solo una celda discoidal y la celda apical es más o menos circular o cuadrangular. Las patas son amarillas a negras y las posteriores no poseen filas longitudinales de setas femorales fuertes.
Historia natural: Este género vive asociado a pequeñas hormigas, las cuales hacen sus refugios en las hojas de las plantas y cubren los estadios inmaduros del membrácido, de cuya melaza se alimentan. Los membrácidos adultos visitan los nidos de las hormigas en la noche y durante las épocas de lluvia. A veces forman agrupaciones.

Chelyoidea

Identification: Length 4.0-6.0 mm. Dark colored membracids, iridescent blue-green with yellow. The head is strongly vertical, almost completely covered by the base of the pronotal process; in side view there are areas of dense hairs on the anterior, lateral and lower regions. The pronotum is finely or coarsely punctate; the humeri are not prominent and the median carina is indistinct; the apex is broad and round. The bulky appearance and nearly hemispherical shape of the pronotum give the impression of a tortoise or a shining ladybird beetle. The forewing is usually dark brown, opaque, leathery, the basal and costal margins slightly punctate, with a very broad apical limbus occupying about one third of the surface; the venation is usually indistinct, but more evident towards tip; there is one discoidal cell and the apical cell is of a more or less circular or quadrangular form. The legs are yellow to black and the posterior femora lack longitudinal rows of strong setae.
Natural history: These treehoppers are associated with small ants, which feed on the honehdew and construct refuges to cover the immature stages. Adult treehoppers visit these refuges when it rains and at night. They can sometimes form aggregations.

Kenji Nishida

Vista lateral de *Chelyoidea* sp. (hembra). Colección INBio, Costa Rica.

Lateral view of *Chelyoidea* sp. (female). INBio collection, Costa Rica.

Kenji Nishida

Vista dorsolateral de *Chelyoidea* sp. (hembra). Colección INBio, Costa Rica.

Dorsolateral view of *Chelyoidea* sp. (female). INBio collection, Costa Rica.

Horiola

Identificación: Longitud 2,5-5 mm. Coloración variable, amarilla, café, negra o combinaciones de estos. El pronoto es relativamente liso, convexo, con ángulos humerales grandes, en el medio tiene marcas laterales distintivas; en vista lateral el pronoto es muy visible sobre el húmero y la mitad del dorso; el proceso posterior es acuminado y cubre casi totalmente las alas cuando están en reposo. Las alas anteriores poseen cuatro celdas apicales y ninguna celda discoidal; el limbo apical es moderadamente ancho.
Historia natural: Este es un género subsocial, los individuos tienden a formar agrupaciones. Los huevos de *H. picta* (antes *H. arcuata*) son colocados en grupos de 30 a 40, en hendiduras de la epidermis de los tallos de las plantas hospederas. Esta misma especie es atendida por hormigas, entre ellas *Camponotus femoratus* y *Crematogaster limata*; sus huevos son parasitados por las avispitas *Schizophragma latipennis* y *Gonatocerus anomocerus* (Mymaridae) y también por *Trichogramatella tristis* (Trichogrammatidae). *H. picta* se alimenta de varias plantas, principalmente de los tallos de *Vismia ferruginea*. En América Central y Colombia se registra cómo plaga menor del cacao (*Theobroma cacao*)

Horiola

Identification: Length 2.5-5 mm. Yellow, brown, black, or a combination of these colors. The pronotum is relatively smooth, convex, with large humeral angles; the middle of the pronotum has distinct lateral depressions, which in lateral view are visible above the humerus and the middle of the dorsum; the posterior process is acuminate and almost completely conceals the wings at rest. The forewings have four apical cells; discoidal cells are absent and the apical limbus is moderately broad.
Natural history: This genus is subsocial and gregarious. In *H. picta* (formally *H. arcuata*) the eggs are laid in groups of 30 to 40 in the epidermis of the host plant and these eggs are parasitized by the wasps, *Gonatocerus anomocerus, Schizophragma latipennis* (Mymaridae), *Trichogramatella tristis, Tumidifemur pulchrum* and *Uscanella bicolor* (Trichogrammatidae). They are tended by ants such as *Camponotus femoratus* and *Crematogaster limata*. *H. picta* feeds on various plants, principally the stems of *Vismia ferruginea*. In Central America and Colombia it is registered as a minor pest of cacao (*Theobroma cacao*).

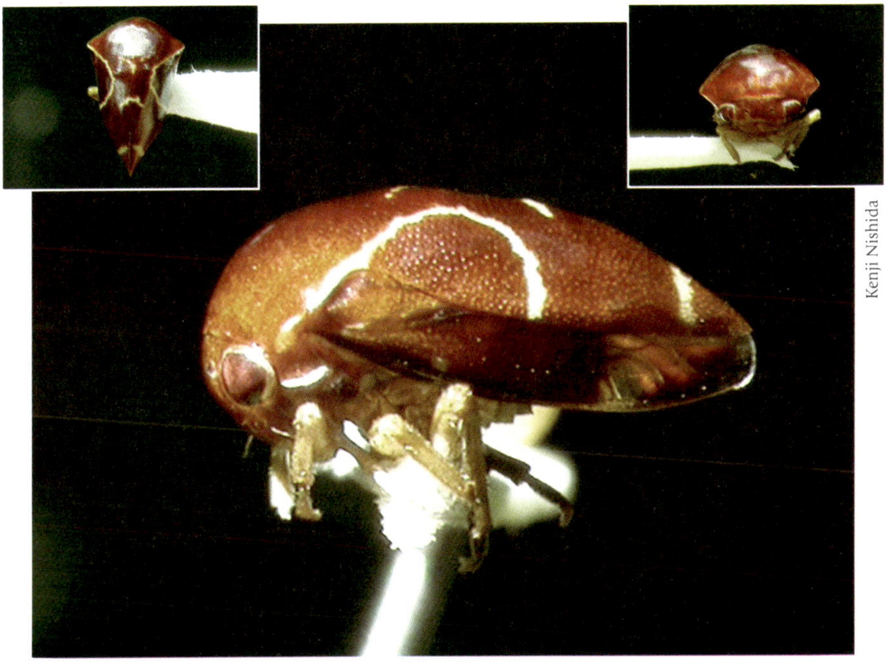

Kenji Nishida

Vista lateral, dorsal y frontal de *Horiola* sp. (macho). Colección INBio, Costa Rica.
Lateral, dorsal and frontal view of *Horiola* sp. (male). INBio collection, Costa Rica.

Keiji Morishima

Adultos y ninfas de *Horiola* sp. atendidos por hormigas, Perú.
Adults and nymphs of *Horiola* sp. tended by ants, Perú.

Tragopa

Identificación: Longitud 3,3-5 mm. Tamaño pequeño; de forma globular o aplanada, con apariencia de caparazón ancho, semejante al de un escarabajo. Presentan una gran variedad de diseños en el pronoto, algunos de colores brillantes. Cabeza triangular y usualmente lisa; el vértex tiene proyecciones sobresalientes; ojos pequeños y globosos. El pronoto es más o menos aplanado, sin cuernos, espinas u otras protuberancias; cubre casi completamente el tórax, el abdomen y las alas anteriores; la base del pronoto tiene una depresión lineal transversal; en vista lateral, presenta impresiones laterales muy distintivas; la carena media está ausente o es tenuemente continua; no tiene un proceso posterior definido, y la parte posterior del pronoto es gradualmente redondeada. El escutelo está cubierto por el pronoto. Las alas anteriores son muy grandes y están cubiertas por el pronoto; el limbo apical es ancho, ocupando casi un tercio de la superficie del ala; la venación casi no se distingue, aunque es más evidente hacia el ápice; presenta una celda dicoidal y las celdas apicales son más o menos circulares o cuadrangulares. Las patas son simples; los tarsos posteriores son mucho más largos que los otros.
Historia natural: Este es un género subsocial. Se ha sugerido que su forma y color les sirven para camuflarse en la corteza de los árboles. En Panamá se encontró un adulto de *Tragopa* sp. en un refugio de hormigas junto con los membrácidos *Harmonides reticulata* y *Horiola picta*; también se encontró otro individuo de este género en un grupo de *Aphetea incospicua* (género no incluido en esta guía). Estos refugios de hormigas están situados en la parte inferior de las hojas, a lo largo de la vena central o cerca de los brotes apicales de las plantas hospederas. En Costa Rica se observó una hembra con una masa de huevos y con ninfas, tanto ella como las ninfas eran atendidas por hormigas. En Venezuela se observó a *Tragopa* sp. asociado con las hormigas *Dolichoderus quadridenticulatus* en plantas de *Xylopia calophylla*, con *D. bispinosus* en *Pourouma melinonii*; con *Cephalotes atratus* en *Vochysia vismiaefolia* y con *Ectatomma tuberculatum en Mollia lepidota* y en *P. melinonii*. Además de las plantas hospederas mencionadas, este género se asocia con *Hamelia*, *Markea*, *Miconia*, *Paullina* y *Vismia*.

Tragopa

Identification: Length 3.3-5.0 mm. Small, globular or flattened treehoppers, with a broad carapace-like pronotum, superficially resembling a beetle. Color patterns are variable, often including some bright colors. The head is triangular and usually smooth; the vertex bears strong projections; the eyes are small and globular. The pronotum is usually more or less flattened, almost completely covering the thorax, abdomen and forewings, and entirely without horns, spines or other protuberances; the base of the pronotum has a transverse linear depression; the middle of the pronotum has a distinct lateral depression, clearly visible in lateral view; the median carina is absent or only faintly continuous; the posterior process is not defined, since

Vista lateral, frontal y dorsolateral de *Tragopa insignis* (macho). Colección INBio, Costa Rica.

Lateral, frontal and dorsolateral view of *Tragopa insignis* (male). INBio collection, Costa Rica.

the posterior end of the pronotum is gradually rounded and blunt; the scutellum is concealed by the pronotum. The forewings are very largely covered by the pronotum; the apical limbus is broad, occupying about one third of the surface; the venation is usually indistinct and more evident towards the tip, with one discoidal cell; the apical cells are more or less circular or quadrangular in form. The legs are simple, and the hind tarsi are much longer than the others.

Adultos y ninfas de *Tragopa* sp. atendidos por hormigas, Bolivia.

Adults and nymphs of *Tragopa* sp. *tended by ants,* Bolivia.

Natural history: These membracids are subsocial. Their forms and colors are well camouflaged on the bark of trees. An adult of one species has been found in a refuge constructed by ants, together with other membracids, *Harmonides reticulata* and *Horiola picta;* another individual was found in a group of *Aphetea incospicua* (member of a genus not included in this guide). The refuges are located on the underside of leaves along the central veins, or near apical shoots of the host plants. In Venezuela, a *Tragopa* species was found tended by *Dolichoderus quadridenticulatus* ants on the plant *Xylopia calophylla*, by *D. bispinosus* on *Pourouma melinonii*, by *Cephalotes atratus* on *Vochysia vismiaefolia*, and by *Ectatomma tuberculatum* on *Mollia lepidota* and *Pourouma melinonii*. In Costa Rica a female was observed with an egg mass and with nymphs, all tended by ants. Other host plant records include *Hamelia*, *Markea*, *Miconia*, *Paullina* and *Vismia*.

STEGASPIDINAE - MICROCENTRINI

Centruchoides

Identificación: Longitud 7,1-9,2 mm. Tamaño grande, cuerpo robusto. Coloración café claro a negra. Cabeza casi cuadrada, cerca de dos veces más ancha que alta, con la superficie rudamente esculpida y cubierta por pelos muy finos; la proyección dorsal es pequeña, débilmente proyectada. El pronoto es punteado y está cubierto de pelos finos; tiene una forma convexa con un par de cuernos suprahumerales fuertes y bien desarrollados, proyectados, no ramificados y de longitud y estructura variables; el metopidio es casi vertical, más ancho que alto; la carena media es continua; los ángulos humerales son gruesos, triangulares pero no puntiagudos; el proceso posterior es largo, simple y como una espina (estos tres últimos rasgos y los cuernos suprahumerales no ramificados son importantes para reconocer este género), triangular o aplanado y elevado; la carena media dorsal se extiende por toda la longitud del pronoto; el escutelo es corto y aplanado, profundamente hundido en el ápice. Las alas anteriores son largas, con el tercio basal grueso y punteado y los dos tercios restantes opacos; tienen cinco celdas apicales y tres (a veces cuatro) celdas discoidales; el ápice es puntiagudo y no presentan limbo apical. Las patas son simples; todos los tarsos son de longitud similar.

Historia natural: Se conoce muy poco de la biología de este género. La única información proviene de dos registros y ambos pertenecen a la especie *C. oppugnans*, en plantas de la familia Lauraceae. Uno de los registros es de Costa Rica en aguacate (probablemente *Persea americana*), y el otro en *Nectandra salicifolia* (pero se desconoce el país). En Costa Rica algunas especies se han recolectado en trampas de luz.

Centruchoides

Identification: Length 7.1-9.2 mm. Treehoppers with large, heavy bodies. Color varies from light brown to black. The head is nearly quadrate, about twice as broad as high, very roughly sculptured, and covered with fine pubescence; the dorsal projections are small and weakly produced. The pronotum is punctate and covered with fine pubescence; it has a convex shape and bears a pair of strong, well-developed suprahumeral horns, which are protruded, unbranched, and variable in length and structure; the metopidium is nearly vertical, broader than high; the median carina is continuous (uninterrupted); the humeral angles are heavy, triangular, and blunt; the posterior process is long, simple and spine-like (these last three features and the unbranched suprumeral horns are important for recognizing this genus) either triangular or flattened, and arising from an emargination of the pronotum's posterior margin; the dorsal median carina extends for the entire

Carolina Godoy

Vista lateral de *Centruchoides oppugnans*. Museo Nacional de Historia Natural, Instituto Smithsonian, Washington D.C.

Lateral view of *Centruchoides oppugnans*. National Museum of Natural History, Smithsonian Institution, Washington D.C.

length of the pronotum. The scutellum is short and flat for its entire length, and deeply emarginated apically. The forewings are long, with the basal third leathery and punctate, and the distal two-thirds opaque; they have five apical and three (sometimes four) discoidal cells; the tip is pointed, and there is no apical limbus. The legs are simple and all tarsi are about equal in length.

Natural history: Very little is known about the biology of this genus. The only available information consists of two host records, both for *C. oppugnans* on plants in the family Lauraceae. One record is from *Nectandra salicifolia*. The other is from avocado trees (possibly *Persea americana*) in Costa Rica. Some specimens have been collected at light traps in Costa Rica.

Microcentrus

Identificación: Longitud 5,1-9 mm. Tamaño grande, cuerpo robusto. Coloración variable, desde tonos claros hasta oscuros. Algunas especies presentan dimorfismo sexual (diferencia entre hembra y macho), además, los individuos de cada sexo pueden presentar dos formas distintas. En algunas especies, el dimorfismo parece estar limitado al tamaño y forma de los cuernos humerales; también puede existir cierto polimorfismo en una especie en cuanto a la venación de las alas y el tamaño y la coloración del cuerpo. Cabeza casi cuadrada, dos veces más ancha que larga, abruptamente inclinada hacia abajo y débilmente arqueada, con un par de proyecciones, una a cada lado de la línea media, que pueden ser de muy prominentes a nada prominentes; posee lóbulos foliáceos que no se proyectan fuertemente; ojos ovalados. El pronoto es punteado, liso o verrugoso, redondeado, convexo en la parte anterior; los cuernos suprahumerales están presentes o ausentes; el metopidio es casi vertical, más ancho que alto; la carena media es continua; los ángulos humerales son fuertes, triangulares pero no puntiagudos; el proceso posterior es muy corto, delgado, sinuado, cóncavo en cada lado de la base. El escutelo está completamente expuesto; tiene la base generalmente aplanada o débilmente proyectada, el ápice es hendido en el margen. Las alas anteriores son largas, opacas, con la base angosta; las venas son fuertes y más o menos punteadas; tienen cinco celdas apicales y tres discoidales; el extremo es agudo y sin limbo apical; la vena radial está dividida cerca de la mitad y la vena cubital es simple (no bifurcada). Los fémures son cilíndricos; las tibias algunas veces son débilmente dilatadas; los tarsos posteriores son más largos que los otros.

Historia natural: Los adultos son solitarios. Se sabe poco de su biología. Las ninfas pueden ser difíciles de encontrar en las plantas hospederas, por ejemplo, las ninfas de *M. caryae*, debido a la combinación de su coloración críptica, la forma aplanada

Carolina Godoy

Vista lateral de *Microcentrus perditus*. Museo Nacional de Historia Natural, Instituto Smithsonian, Washington D.C.

Lateral view of *Microcentrus perditus*. National Museum of Natural History, Smithsonian Institution, Washington D.C.

del cuerpo y la forma laminar del abdomen, se mezclan eficazmente con la corteza del árbol hospedero. Las ninfas generalmente se presentan en ramas que son casi del mismo diámetro de un lápiz o en un tronco delgado de un árbol joven. La especie *M. perditus* es polimórfica con respecto a los cuernos humerales. Se ha especulado que la variedad de cuernos cortos tiene ventajas en la primavera, porque se parecen a brotes de hojas de robles, mientras que al final del verano y en el otoño los cuernos largos son ventajosos porque se asemejan a ramitas o espinas gruesas muertas.

Entre las plantas hospederas de *Microcentrus* están principalmente Juglandaceae y Fagaceae (ver Apéndice 2). Algunas especies recientemente descritas fueron recolectadas por el Instituto Smithsonian durante muestreos con el método de fumigación de copas de árboles en Ecuador.

Microcentrus

Identification: Length of 5.1-9.0 mm. Robust, heavy-bodied treehoppers. Color variable, from light to dark. Many species are sexually dimorphic and some exhibit intrasexual polymorphism, which may include differences in size and ornamentation, or minor differences in wing venation, body size, and coloration. The head is nearly quadrate, twice as wide as high, abruptly sloping downward and weakly arched; with non-prominent to large dorsal projections on each side of the median line; foliate lobes not strongly produced; the eyes are ovate. The pronotum is punctate, smooth or verrucose, roundly convex anteriorly, unarmed or with lateral crests, suprahumeral horns present or absent; the metopidium is nearly vertical, broader than high; the median carina is continuous; the humeral angles are heavy, triangular, and blunt; the posterior process is very short, slender, sinuate, and hollowed out on each side at the base. The scutellum is well exposed, with its base generally flat or weakly produced, and its apex notched at the margin. The forewings are long, semi opaque, with a narrow base; the veins are strong and more or less punctate; there are five apical and three discoidal cells, an acute tip, and no apical limbus; the radial vein is forked near the middle; the cubital vein is simple (not forked). The femora are cylindrical; the tibiae are sometimes weakly dilated; the hind tarsi are longer than the others.

Natural history: Nymphs of *M. caryae* are extremely difficult to find on their host plants; the combination of cryptic coloration, a strongly flattened body, and abdominal lamellae effectively blend the insect in with the bark of the host tree. Nymphs genenerally occur on branches that are about the same diameter as a pencil or the slender trunks of young trees. *M. perditus* is polymorphic with respect to the humeral horns and it has been suggested that a variety of short horns is advantageous in the spring because they resemble young shoots of oak, whereas at the end of summer long horns resemble dead branchlets. Reported hosts of *Microcentrus* include Juglandaceae and Fagaceae (see Annex 2). Some recently described species were collected during the Smithsonian Institution´s Canopy Fogging Project in Ecuador.

STEGASPIDINAE - STEGASPIDINI

Bocydium

Identificación: Longitud 4,6-7,5 mm. Tamaño pequeño; cuerpo formado por estructuras delicadas y de formas llamativas. Coloración generalmente negra. Cabeza con pequeñas proyecciones, a veces ausentes; clípeo trilobulado; ojos grandes y globulares. El pronoto tiene la superficie esculpida y punteada, cada huequito está asociado con un pelo largo y delgado, y la superficie entre los puntos es finamente tuberculada; los cuernos suprahumerales son delgados y pueden sostener unos bulbos inflados de diverso tamaño, forma y número; el proceso posterior es simple, tiene forma de espina y se levanta desde el tallo pronotal central (metopidio elevado); el metopidio es vertical, como una quilla que es casi tan ancha como alta. El escutelo está totalmente expuesto, es triangular, de base ancha y punta aguda. Las alas anteriores son largas, angostas y transparentes. Las venas son gruesas y generalmente coloreadas; la base del ala es angostamente endurecida y punteada; con el ápice diagonalmente truncado; tienen cuatro o cinco celdas apicales y una o dos celdas discoidales y carecen de limbo apical. Las patas son simples, cilíndricas, largas y delgadas; los tarsos posteriores son más largos que los otros.

Historia natural: La biología de muchas especies y la función de la peculiar estructura del pronoto se desconocen. La extraña forma del pronoto ha sugerido la posibilidad de que éste mimetice semillas o frutos pequeños y espinosos. Los adultos de *B. globulare* parecen ser solitarios, aunque a veces se han recolectado varios especímenes en una sola planta. Se alimentan del envés de las hojas y se encuentran generalmente a pocos metros de altura sobre el suelo. Se han observado en varias familias de plantas, por ejemplo, *B. globulare* en *Miconia* sp., *B. astilatum* y *B. nigrofasciatum* en especies no identificadas de Melastomataceae; *B. cubitale* en *Piptocarpha poeppigiana* y *Bocydium* sp. en *Vismia* sp.

Bocydium

Identification: Length 4.6-7.5 mm. Usually small, delicate, black treehoppers. The head may or may not have small dorsal projections; the clypeus is trilobed, the eyes are large and globular. The pronotum has a sculptured and punctuate surface; each pit is associated with one long, narrow seta, and the surface between pits is covered with fine tubercles; the suprahumeral horns are slender, often bearing inflated bulbs of various sizes, shapes and numbers; a simple, spine-like posterior process arises from the central pronotal stalk (elevated metopidium); the metopidium is vertical, keeled, and about as broad as high. The scutellum is entirely exposed, triangular, with a swollen base and an acute tip. The forewings are long, narrow, and transparent; the veins are well defined and usually colored; the base of the forewing is narrowly hardened and punctuate, the apex diagonally truncate; there

Keiji Morishima

Adulto de *Bocydium* sp., Bolivia.

Adult of *Bocydium* sp., Bolivia.

Carolina Godoy

Vista lateral de *Bocydium globulare* (hembra). Colección INBio, Costa Rica.

Lateral view of *Bocydium globulare* (female). INBio collection, Costa Rica.

are four or five apical cellls, one or two discoidal cells, and no apical limbus. The legs are simple, cylindrical, long and slender; the hind tarsi are the longest.

Natural history: The biology of many species and the function of the peculiar structure on their pronotum are unknown. It has been suggested that the pronotum mimics seeds or small spiny fruits. The adults of *B. globulare* appear to be solitary, although various specimens have sometimes been collected on a single plant. They feed on the underside of leaves and are generally found a few meters above the ground. Host records include: *B. globulare* on *Miconia* sp.; *B. astilatum* and *B. nigrofasciatum* on unidentified species of Melastomataceae; *B. cubitale* on *Piptocarpha poeppigiana*; and an unidentified *Bocydium* on *Vismia* sp.

Lycoderes

Identificación: Longitud 5-8,7 mm. Algunas especies presentan dimorfismo sexual, que se manifiesta en la forma del cuerno anterior. Coloración generalmente café. Cabeza con pelos finos y lóbulos semejantes a hojas, pero sin cubrir el postclípeo trilobulado; proyección dorsal muy pequeña o ausente. El pronoto es elevado, a menudo lateralmente comprimido semejando una hoja, lleva cuernos suprahumerales apicales o subapicales (esta característica y la de la cabeza lo distinguen de otros géneros de su tribu); la superficie pronotal está esculpida y ligeramente punteada; el metopidio es elevado y se proyecta en forma de un cuerno anterior elevado y de longitud variable; los cuernos suprahumerales no son ramificados y tienen diversos tamaños y formas; el proceso posterior es variable (en forma de hoja, semihoja o simple), y en algunas especies encierra el escutelo de forma completa o incompleta; el escutelo es relativamente corto, débilmente proyectado anteriormente y con el ápice hendido. Las alas anteriores tienen el primer tercio basal endurecido y opaco, el resto es transparente. Las tibias de las patas son aplanadas en algunas especies.
Historia natural: Este género es solitario. Se conocen las siguientes plantas hospederas: *L. petasus* en una especie no determinada de Melastomataceae, *L. serraticornis* en *Bellucia* sp., una especie no identificada en *Vismia* y *L. phasianus* en *Miconia* sp. En un estudio en Guyana sobre insectos que atacan plántulas en los bosques, se encontró una especie de *Lycoderes* en *Catostemma fragans*, *Eperua rubiginosa* y *Pentaclethra macroloba*. En Costa Rica, *L. phasianus* se ha recolectado en *Conostegia xalapensis* y *L. hippocampus* en una planta desconocida; ninguna de las dos era atendida por hormigas.

Lycoderes

Identification: Length 5.0-8.7 mm. Some species show sexual dimorphism in the form of the anterior horn. Color generally brown. The head is covered with fine hairs, and with leaf-like lobes, which do not cover the postclypeus; the postclypeus is tri-lobed; dorsal projections are very small or absent. The pronotum is elevated, often laterally compressed and leaf-shaped, bearing apical or subapical suprahumeral horns (this characteristic, and that of the head, distinguish this genus from others of the tribe); the pronotal surface is sculptured, punctured with shallow pits; the metopidium is elevated and projected into a compressed anterior horn of variable length; the suprahumeral horns are always unbranched, of variable size and shape; the posterior process is variable (leaf-shaped, semi-leaf-shaped, or simple), sometimes completely concealing the scutellum; the scutellum is relatively short, weakly produced anteriorly, with an emarginate apex. The

Kenji Nishida

Kenji Nishida

Adulto de *Lycoderes phasianus* en *Conostegia xalapensis*, provincia de San José, Costa Rica.
Adult of *Lycoderes phasianus* on *Conostegia xalapensis*, San José province, Costa Rica.

forewings have a hardened, opaque basal third; the apical two-thirds are usually transparent. In some species the tibiae are flattened.

Natural history: All *Lycoderes* species are solitary. The following host plants are known: *L. petasus* on an unidentified species of Melastomataceae; *L. serraticornis* on unidentified species *Bellucia* and *Vismia; L. phasianus on Miconia* sp. In Guyana, a study of the insects that attack sapling trees found a *Lycoderes* on *Catostemma fragans, Eperua rubiginosa* and *Pentaclethra macroloba*. In Costa Rica, *L. phasianus* was collected on *Conostegia xalapensis*, and *L. hippocampus* was found on an unidentified plant. In both cases they were found without any tending ants.

STEGASPIDINAE - STEGASPIDINI

Oeda

Identificación: Longitud 7,5-13,8 mm. Coloración llamativa, brillante. La cabeza no tiene proyección dorsal o ésta es muy pequeña; los lóbulos aplanados se extienden sobre el postclípeo. El pronoto a veces tiene cuernos suprahumerales cortos y simples; el metopidio está punteado con huecos pequeños regularmente espaciados que no están asociados con setas; el proceso posterior es largo, inflado en forma de globo, de superficie reticulada y membranosa, característica única entre los membrácidos neotropicales. El escutelo es corto, moderadamente elevado anteriormente, y el ápice es ancho y disminuye gradualmente. Las alas anteriores tienen el limbo apical ancho. Las patas carecen de pelos gruesos en el fémur posterior.

Historia natural: La biología de este género es desconocida; son de vida solitaria. No se sabe cuál es la función del inflado proceso posterior del pronoto. Se ha sugerido que esta rara estructura sirve como una "protección pasiva", especializada contra ciertos depredadores -como aves y lagartijas- que atacan el pronoto. También se ha sugerido que el pronoto de *Oeda* mimetiza fragmentos de hojas muertas de color amarillo anaranjado. La venación y las pequeñas manchas oscuras podrían corresponder a los sitios donde los insectos se alimentan y dañan la superficie de la hoja. Incluso se ha sugerido que esta estructura es mimética de una pupa vacía de mariposas nocturnas neotropicales. Por otro lado, se ha especulado que la misteriosa estructura puede jugar un papel en la termorregulación o en la producción de vibraciones del sustrato. En Costa Rica se han recolectado adultos de *O. inflata* en hojas de una especie de *Cecropia*.

Oeda

Identification: Length 7.5-13.8 mm. Brightly colored. The head either lacks a dorsal projection or has a very small one; flattened lobes extend over the postclypeus. The pronotum can bear short, simple suprahumeral horns; the metopidium is punctuate with small pits that are regularly spaced and are not associated with setae; the posterior process is long, inflated as a balloon-like structure, with a reticulate and membranous surface, which is unique among Neotropical treehoppers. The scutellum is short, moderately elevated anteriorly, with a broadly acuminate apex. The forewings have a wide apical limbus. The posterior femur lacks thick hairs.

Natural history: The biology is unknown; they are solitary. The function of the inflated posterior pronotal process is unknown. It has been suggested that this bizarre structure serves as a "passive protection", especially against predators,

Kenji Nishida

Vista lateral y frontal de *Oeda inflata* (macho). Colección INBio, Costa Rica.

Lateral and frontal view of *Oeda inflata* (male). INBio collection, Costa Rica.

e.g. birds and lizards that attack the pronotum. Another hypothesis is that the pronotum of *Oeda* mimics fragments of yellow-orange, the color of dead leaves. The leaf-like venation, with small, dark spots might correspond to their feeding sites where leaves are damaged. It has even been proposed that this structure mimics an empty pupal case of some Neotropical moths. Some have speculated that this mysterious structure may play some role in thermoregulation or in sound reverberation. Adults of *O. inflata* have been collected on leaves of *Cecropia*.

STEGASPIDINAE - STEGASPIDINI

Smerdalea

Identificación: Longitud 7,8-11 mm. Tamaño grande; cuerpo áspero y espinoso. Coloración café claro a oscuro uniforme o moteada con estos tonos. Cabeza casi triangular, muy ásperamente esculpida y con el margen inferior trilobulado. El pronoto presenta la superficie irregular y punteada; es convexo y tiene un par de cuernos humerales grandes, fuertes e irregularmente ramificados; el proceso posterior es largo, áspero, nodulado y dividido en tres espinas; los ángulos suprahumerales están decorados con una serie de largas espinas en forma de dientes irregulares; el proceso posterior está distanciado del escutelo y es alargado, comprimido en el centro, robusto y áspero, terminando con una protuberancia dilatada que tiene muchas espinas (ésta es una de las principales características que distinguen este género en la subfamilia); el metopidio es más ancho que alto, con callosidades distintivas; la carena media es continua; los ángulos humerales son grandes, triangulares, con espinas en el extremo. El escutelo está completamente expuesto y es alargado, dorsalmente proyectado en la base, con el ápice acuminado o hendido. Las alas anteriores tienen la mitad opaca, dura y punteada en la parte basal y la otra mitad transparente; las venas son gruesas y generalmente pubescentes; con cinco celdas apicales y una discoidal; el ápice es redondeado y truncado, no presenta limbo apical. Las patas son simples y cilíndricas; todos los tarsos son de longitud similar.
Historia natural: Desconocida.

Smerdalea

Identification: Length 7.8-11.0 mm. Large, rough and spinose treehoppers. Color light to dark brown, or mottled with different shades of brown. The head is nearly triangular, roughly sculptured (scabrous), with its lower margin trilobed. The pronotum has an irregularly punctate surface; it is convex and bears a pair of large, heavy, irregularly branched suprahumeral horns and a long, rough, nodulate and trispinose posterior process; the suprahumeral horns have an irregular series of long spine-like teeth; the posterior process is distant from the scutellum, elongate, compressed at the middle, robust, rough, and ending with a dilated node that bears multiple spines (one of the principal characteristics distinguishing this genus from other members of the subfamily); the metopidium is broader than high, with distinct callosities; the median carina is continuous. The scutellum is entirely exposed, elongate, with elevated base and apex; the apex touches the swelling of the posterior process and is dorsally produced at the base, and it can be acuminate or emarginate (notched). The forewings are opaque, leathery and punctate on the basal half and transparent on the apical half; the veins are heavy and usually pubescent; they have five apical and one discoidal cell; the apex is roundly truncate, with no apical limbus. The legs are simple and cylindrical; all tarsi are about equal in length.
Natural history: Unknown.

Kenji Nishida

Kenji Nishida

Vista lateral, frontal y dorsolateral de *Smerdalea horrescens* (hembra). Colección INBio, Costa Rica.

Lateral, frontal and dorsolateral view of *Smerdalea horrescens* (female). INBio collection, Costa Rica.

STEGASPIDINAE - STEGASPIDINI

Stegaspis

Identificación: Longitud 5,6-7,7 mm. Coloración café. La cabeza está cubierta por pelos finos y no tiene proyección dorsal; el lóbulo tiene aspecto de hoja, es redondeado y se extiende sobre el postclípeo, una característica que distingue a este género de los otros de su tribu. El pronoto tiene la superficie esculpida, punteada, con huecos poco profundos muy cercanos entre sí; los cuernos suprahumerales están ausentes (o son apenas una carena extremadamente pequeña en el ápice del metopidio); el metopidio es elevado, lateralmente comprimido; el proceso posterior es foliáceo y esconde al escutelo ya sea dorsalmente o completamente. El escutelo es relativamente corto, débilmente proyectado anteriormente y con el ápice hendido. Las alas anteriores son gruesas en el primer tercio basal y transparentes en los dos tercios del ápice. Las patas tienen tibias aplanadas.

Historia natural: En la especie que se ha observado, *S. frondítia*, se ha sugerido, por la inusual forma del pronoto, que éste puede ser mimético de hojas muertas; también se ha pensado que las tibias aplanadas pueden oscurecer el contorno del insecto cuando se sostiene de una rama o ramita de un árbol. Esta especie puede vivir en colonias atendidas por hormigas mutualistas y solitaria sin atención de hormigas. Hay un registro de señales acústicas en las hembras de *S. fronditia*. No existe información sobre las plantas hospederas, excepto que se ha recolectado en ramitas y en el envés de hojas cubiertas con un polvo rojo (posiblemente *Vismia* sp.).

Stegaspis

Identification: Length 5.6-7.7 mm. The head is finely setose and does not bear dorsal projections; the lobe is foliate, rounded, and extends over the postclypeus a caracteristic that distinguishes this genus from others in the tribe). The pronotum has a sculptured surface; it is punctate with shallow pits that are closely spaced, each associated with a single long, narrow seta; the suprahumeral horns are absent (or, at most, represented by extremely small carinae at the metopidial apex); the metopidium is elevated and laterally compressed; the posterior process is leaf-shaped and conceals the scutellum either dorsally or completely. The scutellum is relatively short, weakly produced anteriorly, with an emarginate apex. The forewings have a leather-like appearance on the basal third and the distal two-thirds are transparent. The tibiae are strongly flattened.

Natural history: In the species that has been observed, *S. fronditia*, it has been suggested that the unusual form of the pronotum mimics dead leaves; it has also been suggested that the flatened tibiae obscure the outline of the insect on a branch.

Keiji Morishima

Macho de *Stegaspis insignis,* Bolivia.
Male of *Stegaspis insignis,* Bolivia.

Keiji Morishima

Hembra de *Stegaspis insignis,* Bolivia.
Female of *Stegaspis insignis,* Bolivia.

This species can live in association with mutualistic ants or without ants. There is a report of acoustic signals in the females of *S. fronditia*. There is no information on the host plant, except a collection from a plant in which the branches and undersides of the leaves were covered with reddish powder (posibly *Vismia* sp.).

STEGASPIDINAE - STEGASPIDINI

Stylocentrus

Identificación: Longitud 5,4-7,5 mm. Cuerpo delicado y frágil. Coloración generalmente negra. Cabeza más o menos cuadrada, casi tan ancha como alta, con patrones variables y ásperamente esculpida, a menudo con secreciones de cera; ojos ligeramente levantados, ocelos globulares y elevados desde un tallo muy grande. El pronoto es convexo y presenta secreciones de cera con patrones variables; la superficie está esculpida con punteado; los cuernos suprahumerales y el proceso posterior son como una espina, alargados, simples y sin ramificaciones, además el proceso posterior está elevado sobre el escutelo (estas características, junto con la de los ocelos, lo distinguen de los otros géneros de su tribu) y tiene ligeras crestas levantadas; el metopidio es más ancho que alto, modificado para formar la base de una espina erecta que es profundamente hundida hacia el frente de la base, con callosidades muy marcadas; la carena media no está desarrollada; los ángulos humerales se extienden dentro de unas espinas cortas y puntiagudas; el escutelo está enteramente expuesto, es corto, anteriormente elevado y con la punta aplanada a acuminada. Las alas anteriores son semiopacas, gruesas y punteadas en los dos tercios basales y transparentes en el tercio restante, generalmente de colores brillantes; las venas son definidas pero irregulares; tienen cuatro celdas apicales y una celda discoidal; el ápice es diagonal, truncado y con un limbo angosto. Las patas son simples, cilíndricas, largas y delgadas; los tarsos posteriores son más largos que los otros.

Historia natural: Desconocida.

Stylocentrus

Identification: Length 5.4-7.5 mm. Delicate, black treehoppers. The head is nearly quadrate, about as broad as high, usually with pale waxy secretion in variable patterns, very roughly sculptured; the ocelli are placed on raised tubercles; the eyes are slightly stalked, very large and globular. The pronotum bears a pale waxy secretion in variable patterns; it has a sculptured surface, with punctures; the suprahumeral horns and posterior process are elongate, simple, unbrached, with slightly raised ridges; the posterior process is raised above scutellum for its entire length (these characteristics, together with the ocelli, distinguish this genus from others in the tribe); the metopidium is broader than high, modified to form the base of an erect spine which is deeply notched toward the front of the base, with distinct callosities; the median carina is not developed; the humeral angles are extended into short, sharp spines. The scutellum is short, entirely exposed, triangular, and swollen at base, and impinges on the forewing. The forewings are semiopaque, leathery and punctate on the basal two-thirds, transparent on the

Carolina Godoy

Vista lateral de *Stylocentrus championi*. Colección INBio, Costa Rica.
Lateral view of *Stylocentrus championi*. INBio collection, Costa Rica.

apical third, usually brightly colored; the veins are strong but irregular; they have four apical cells and one discoidal cell; the apex is diagonally truncate and with a narrow limbus on the margin. The legs are simple, cylindrical, long and slender; the hind tarsi are longer than the others.

Natural history: Unknown

STEGASPIDINAE - STEGASPIDINI

Umbelligerus

Identificación: Longitud 6,8-9,6 mm. Cabeza con ocelos y ojos levantados. El pronoto tiene la superficie granulada y punteada, con huequitos redondeados o en forma de ranuras que tienen amplios espacios entre sí, cada uno asociado con una seta corta; el proceso dorsal tiene forma de sombrilla y no cubre el escutelo ni las alas en reposo; los ángulos humerales son corpulentos; el metopidio y las áreas laterales son cafés o negros y pueden tener bandas longitudinales blancas; los cuernos suprahumerales y el proceso posterior son negros y se elevan desde un tallo central largo; los cuernos suprahumerales están ramificados en varias formas; el proceso posterior es largo, sinuado y en forma de espina. El escutelo es inflado anteriormente, pero aplanado y afilado apicalmente. Las alas anteriores tienen la base poco gruesa, poseen venación simple. Las patas tienen tibias no aplanadas.

Historia natural: Desconocida. En Costa Rica se ha recolectado con trampas de luz negra y de mercurio. Tampoco existen registros de plantas hospederas.

Umbelligerus

Identification: Length 6.8-9.6 mm. The ocelli and eyes are stalked. The pronotum has a granulate and punctate surface; the pits are round or groove-like, widely spaced, and each is associated with a short seta; the pronotum has an umbrella-like process dorsally, which does not conceal the scutellum or the forewings in rest; the humeral angles are stout; the metopidium and lateral areas are either brown or black and may have white longitudinal bands; the suprahumeral horns and the posterior process are black, arising from a long, central stalk; the suprahumeral horns are variably branched; the posterior process is long, sinuate, and spinelike. The scutellum is inflated anteriorly, but flat and acuminate apically. The forewings have a somewhat leathery surface and a simple venation. The tibiae are simple (not flattened).

Natural history: Unknown. Label data on some specimens collected in Costa Rica indicate that they were attracted to mercury vapor and black lights. There are no records of host plants for this genus.

Kenji Nishida

Kenji Nishida

Hembra de *Umbelligerus* sp., provincia de Heredia, Costa Rica.
Female of *Umbelligerus* sp., Heredia province, Costa Rica.

Glossary

Aposematic: Having warning coloration, indicating that an animal is unpalatable or dangerous, for example, a combination of red and black.

Auricular: Having the form of an ear.

Campaniform: Having the form of a bell.

Camouflage: Coloration or form of the body that blends in with the background; for example the spine form in treehoppers.

Coriaceous: Leatherlike texture.

Cryptic: See Camouflage.

Cuticle: A secretion of the epidermis covering the entire body of the insect.

Dimorphism: A difference in form between individuals of the same species (often between females and males).

Sternite: A subdivision of the sternum, or ventral part of a segment.

Sternum: The entire ventral part of a segment of the insect body.

Phenology: Study of biological phenomena that are determined by seasons; for example, the flowering of plants.

Pheromone: Chemical substance secreted by an animal and which influences the behavior of another individual of the same species.

Phylogeny: Study of the evolutionary history of a group of individuals through time.

Phytophagous: Organism that feeds on plant tissue; for example treehoppers feed on plant sap.

Foliaceous: Looks like a leaf.

Gregarious: Commonly found in aggregation.

Hibernation: Physiological state that occurs in certain animals during which their metabolic functions diminish, often occurring as an adaptation to extreme winter conditions.

Meristem: Plant tissue located where growth is occurring and capable of forming other tissue.

Metamorphosis: The series of changes through which an insect passes in its growth from the egg to the adult stage, including a series of molts by the juveniles stage.

Complete metamorphosis: Life cycle that has four distinct stages: egg, larva, pupa, and adult.

Incomplete metamorphosis: Life-cycle (e.g. that of treehoppers) that

Glosario

Aposemática: Coloración llamativa en el cuerpo del insecto que advierte a sus depredadores de que puede ser peligroso, por ejemplo, la combinación de negro y rojo.

Auricular: Con forma de oreja.

Campaniforme: Con forma de campana.

Camuflaje: Coloración o forma del cuerpo de un insecto que se confunde con el medio natural, y le permite pasar desapercibido; por ejemplo, la forma de espina en los membrácidos.

Coriáceo: Duro como el cuero.

Críptico: Ver Camuflaje.

Cutícula: Secreción de la epidermis que cubre todo el cuerpo de un insecto.

Dimorfismo: Diferencia en la forma de individuos de la misma especie (a menudo entre hembras y machos).

Esternito: Subdivisión de un esterno, es decir, la parte ventral de cualquier segmento del cuerpo del insecto.

Esterno: División ventral de cualquier segmento del cuerpo del insecto.

Fenología: Estudio de los fenómenos biológicos que son determinados por la estación o época del año, por ejemplo, la floración de las plantas.

Feromona: Sustancia química que secretan algunos animales y que influye sobre el comportamiento de otros de su especie.

Filogenia: Estudio de la historia evolutiva de un grupo de individuos a través del tiempo.

Fitófago: Organismo que se alimenta de plantas, de cualquier parte de ellas; por ejemplo, los membrácidos se alimentan de la savia.

Foliáceo: Semejante a una hoja.

Gregario: Animal que comúnmente vive en grupos.

Hibernación: Estado fisiológico que se presenta en ciertos animales como adaptación a condiciones invernales extremas, durante el cual disminuyen sus funciones metabólicas.

Meristemo: Tejido vegetal formativo que se encuentra en los puntos de crecimiento de una planta.

Metamorfosis: Proceso de cambios en la forma, el tamaño y los hábitos o comportamiento de los insectos, y en medio de los cuales ocurre la eliminación de la cubierta externa del cuerpo (mudas).

Metamorfosis completa: Ciclo de vida de los insectos, que comprende cuatro estadios: huevo, larva, pupa y adulto.

has only three stages: egg, nymph (generally five nynphal stages, separated by molts), and adult.

Mimetic: An animal species that closely resembles another species, the latter with better defense mechanisms.

Mutualism: Relationship that benefits both of the participating species; for example, some treehoppers with some ants.

Oblong: Longer than broad.

Parasite: An organism that lives in intimate association with another species (the host); the parasite has a negative effect on the host but generally does not kill it (except when there is a large population of parasites in the body of the host).

Parasitoid: An organism that lives in intimate association with another organism (the host) and eventually kills it.

Polymorfism: The condition of having several forms in the same species and in the same stage of the life cycle.

Pubescent: Downy, with soft, fine, short hair.

Punctuation: Fine pits or depressions of variable size in cuticle, they can be simple or have sensorial hairs (Fig. 12, *Umbonia*).

Seta: Robust hair-like projection of the cuticle.

Social: Behavior where members of a species live in groups and interact among themselves (generally something beyond male-female interactions).

Solitary: Occurring singly or in pairs, but not in a colony.

Subsocial: The condition in which adults care for their eggs, nymps or larvae for some period of time.

Neurosecretor tissue: Specialized tissue that secretes hormones.

Metamorfosis incompleta: Ciclo de vida (como en los membrácidos) que comprende tres estadios: huevo, ninfa (generalmente cinco estadios ninfales) y adulto.

Mimético: Se refiere a la capacidad que tiene un insecto de imitar a otro animal que dispone de una mejor defensa, con el fin de protegerse.

Mutualismo: Relación que resulta beneficiosa para ambos miembros de las especies participantes; por ejemplo, algunos membrácidos con ciertas hormigas.

Oblongo: Más largo que ancho.

Parásito: Organismo que vive en íntima asociación con otra especie (el hospedero); el parásito tiene un efecto negativo en el hospedero pero generalmente no lo mata (excepto cuando la población de parásitos en su cuerpo es muy grande).

Parasitoide: Organismo que vive en íntima asociación con otro organismo (el hospedero) al cual eventualmente mata.

Polimorfismo: Existencia de diferentes formas en individuos que pertenecen a una misma especie.

Pubescencia: Vellosidad.

Punteado: Escultura superficial de la cutícula (cobertura de los artrópodos). Con pequeños hoyos o depresiones de tamaño variable, que pueden ser simples o tener pelos sensoriales (Fig., 12 *Umbonia*).

Seta: Pelo grueso y fuerte que nace en la cutícula.

Social: Comportamiento en el cual los miembros de una especie viven en grupos, interactúan entre sí, generalmente algo más que las interacciones entre macho y hembra.

Solitario: Insecto que pasa la mayor parte de su vida solo o en pareja, pero no en una colonia.

Subsocial: Se refiere a los insectos cuyos adultos cuidan sus huevos y ninfas durante cierto tiempo.

Tejido neurosecretor: Tejido especializado que secreta hormonas.

Apéndice 1. Lista de géneros, según el comportamiento solitario o subsocial, el cuidado de los huevos, la formación de agrupaciones y la presencia de hormigas mutualistas.

Annex 1. *List of genera, according to solitary or subsocial behaviour, maternal care, aggregating behavior, and presence of tending ants.*

Género de membrácido *Treehopper genus*	**Solitario** *Solitary*	**Subsocial** *Subsocial*	**Cuidado maternal de huevos** *Maternal care on eggs*	**Agrupaciones (ninfas* y adultos)** *Aggregations (nymphs* and adults)*	**Atendido por hormigas** *Tended by ants*
Aconophora		*	*	*	*
Acutalis	*			*ninfas / *nymphs*	
Adippe		*	*	*	*
Alchisme		*	*	*	
Amastris	*			*	*
Anchistrotus		*	*	*	*
Antianthe		*	*	*	*
Antonae	*				
Bocydium	*				
Bolbonota	*			*	*
Brachybelus	*				
Calloconophora		*	*	*	
Campylenchia	?	*	*	?	*
Campylocentrus	*				
Centriculus	*				
Ceresa	*				
Chelyoidea	*			*	* a veces / *sometimes*
Cladonota	*			a veces pocos individuos *sometimes a few individuals*	*esporádicamente *sporadically*
Cymbomorpha	*				
Cyphonia	*				* a veces / *sometimes*
Cyrtolobus	*				
Darnis	*				
Enchenopa	*			* ninfas / *nymphs*	* ninfas /*nymphs*
Enchophyllum	*			*	*
Endoiastus		*	*	*	*
Ennya		*	*	*	
Entylia		*	*	*	*
Erechtia		*	*	*	*
Guayaquila		*	*	*	*
Harmonides		*	*	*	*
Hebticoides	*				
Hemikyptha	?				

Género de membrácido *Treehopper genus*	Solitario *Solitary*	Subsocial *Subsocial*	Cuidado maternal de huevos *Maternal care on eggs*	Agrupaciones (ninfas* y adultos) *Aggregations (nymphs* and adults)*	Atendido por hormigas *Tended by ants*
Heteronotus	*			*ninfas / *nymphs* pocos individuos / *few individuals*	*
Horiola		*	*	*	*
Hyphinoe	*				
Ischnocentrus	*		*algunas especies / *some species*	*algunas especies / *some species*	*
Lallemandia	*				
Leioscyta		?		*	*
Lycoderes	*				
Membracis	*			*ninfas / *nymphs*	*
Metcalfiella		*	*	*	
Metheisa		*	*	*	*
Microcentrus	*				
Micrutalis	*			*ninfas / *nymphs*	*
Nassunia	?			*	*
Notocera	*			*ninfas / *nymphs*	*ninfas / *nymphs*
Ochropepla		*	*	*	
Oeda	*				
Philya	*				
Platycotis		*	*	*	
Polyglypta		*	*	*	
Polyglyptodes		*	*	*	
Poppea	*			*	*
Potnia		*	*	*	*
Procyrta	*				
Spissistilus	*			*ninfas / *nymphs* a veces / *sometimes*	
Stegaspis	*			*	*
Stictocephala	*				
Stictolobus	*				
Stictopelta	*				
Stylocentrus	*				
Sundarion	*				
Telamona	*				
Tolania	*				
Tragopa		*	*	*	*
Tylopelta					*
Tynelia	*				
Umbonia		*	*	*	
Vanduzea	*			*	*
Vestistilus	*				

Apéndice 2. Lista de las plantas hospederas de los membrácidos neotropicales.

Annex 2. List of host plants of Neotropical treehoppers.

Familia / *Family*	**Género / *Genus***	**Género de membrácido *Genus of membracid***
Acanthaceae	*Aphelandra*	*Enchenopa*
Acanthaceae	*Jacobinia*	*Membracis*
Aizoaceae	*Tetragonia*	*Membracis*
Anacardiaceae	*Anacardium*	*Aconophora, Calloconophora, Erechtia, Guayaquila, Membracis*
Anacardiaceae	*Mangifera*	*Aconophora, Bolbonota, Erechtia, Guayaquila, Membracis*
Anacardiaceae	*Rhus*	*Stictocephala*
Anacardiaceae	*Schinus*	*Calloconophora, Guayaquila*
Anacardiaceae	*Spondias*	*Campylocentrus, Guayaquila, Umbonia*
Anacardiaceae	*Mangifera*	*Membracis*
Anacardiaceae	no determinado *not determinate*	*Campylocentrus*
Annonaceae	*Annona*	*Aconophora, Calloconophora, Guayaquila, Membracis, Metcalfiella*
Annonaceae	*Cananga*	*Guayaquila*
Annonaceae	*Desmopsis*	*Amastris*
Annonaceae	*Guanabanus*	*Aconophora*
Annonaceae	*Guatteria*	*Heteronotus*
Annonaceae	*Xylopia*	*Bolbonota, Tragopa*
Annonaceae	no determinado *not determinate*	*Potnia*
Apiaceae	*Daucus*	*Campylenchia*
Apiaceae	no determinado *not determinate*	*Stictocephala*
Apocynaceae	*Apocynum*	*Campylenchia, Stictocephala*
Aquifoliaceae	*Ilex*	*Umbonia*
Araceae	*Monstera*	*Membracis*
Araliaceae	*Didymopanax*	*Calloconophora, Guayaquila*
Arecaceae	*Phoenix*	*Umbonia*
Arecaceae	*Roystonea*	*Umbonia*
Asclepidaceae	*Asclepias*	*Stictocephala*
Asteraceae	*Actinomeris*	*Entylia*
Asteraceae	*Ageratina*	*Micrutalis*
Asteraceae	*Ambrosia*	*Acutalis, Entylia, Micrutalis, Spissistilus, Stictocephala*
Asteraceae	*Artemisia*	*Entylia*
Asteraceae	*Aspilia*	*Antonae*
Asteraceae	*Aster*	*Acutalis, Entylia, Spissistilus, Stictocephala*
Asteraceae	*Baccharis*	*Aconophora, Bolbonota, Metcalfiella*
Asteraceae	*Bidens*	*Acutalis, Entylia, Polyglypta, Stictocephala, Umbonia*
Asteraceae	*Calea*	*Antonae, Bolbonota, Entylia, Hypsoprora*
Asteraceae	*Callistephus*	*Acutalis, Campylenchia*
Asteraceae	*Chrysanthemum*	*Stictocephala*
Asteraceae	*Cirsium*	*Campylenchia, Entylia, Enchenopa, Stictocephala*
Asteraceae	*Conyza*	*Enchenopa, Entylia, Micrutalis*
Asteraceae	*Dahlia*	*Entylia, Stictocephala*
Asteraceae	*Erechtites*	*Entylia*
Asteraceae	*Erigeron*	*Acutalis, Campylenchia, Entylia, Micrutalis, Spissistilus*
Asteraceae	*Espeletia*	*Antonae*
Asteraceae	*Eupatorium*	*Acutalis, Campylenchia, Cyphonia, Entylia, Poppea, Stictocephala*
Asteraceae	*Helianthus*	*Acutalis, Campylenchia, Entylia, Micrutalis, Spissistilus, Stictocephala*
Asteraceae	*Lactuca*	*Campylenchia*
Asteraceae	*Lasianthaea*	*Acutalis, Campylocentrus*
Asteraceae	*Mikania*	*Entylia*
Asteraceae	*Montanoa*	*Acutalis, Bolbonota, Cladonota, Membracis, Polyglypta*
Asteraceae	*Piptocarpha*	*Bocydium*
Asteraceae	*Taraxacum*	*Stictocephala*
Asteraceae	*Verbesina*	*Antonae, Enchenopa, Entylia, Polyglypta*
Asteraceae	*Vernonia*	*Acutalis, Cladonota, Darnis, Micrutalis, Stictolobus*
Asteraceae	*Zinnia*	*Cladonota*

Familia / *Family*	Género / *Genus*	Género de membrácido *Genus of membracid*
Asteraceae	no determinado *not determinate*	*Cyphonia, Enchophyllum, Metcalfiella, Vanduzea*
Balsaminaceae	*Impatiens*	*Acutalis, Stictocephala*
Betulaceae	*Alnus*	*Campylenchia, Entylia, Stictocephala, Telamona*
Bignoniaceae	*Jacaranda*	*Umbonia*
Bignoniaceae	*Macfadyena*	*Umbonia*
Bignoniaceae	no determinado *not determinate*	*Darnis, Notocera*
Bombacaceae	*Catostemma*	*Cymbomorpha, Darnis, Heteronotus, Lycoderes, Notocera, Potnia*
Bombacaceae	*Cordia*	*Amastris, Metcalfiella, Guayaquila*
Brassicaceae	*Brassica*	*Micrutalis*
Cannabaceae	*Cannabis*	*Stictocephala*
Caprifoliaceae	*Diervilla*	*Cyrtolobus, Enchenopa, Stictocephala*
Caprifoliaceae	*Lonicera*	*Spissistilus*
Caprifoliaceae	*Sambucus*	*Stictocephala*
Caprifoliaceae	*Viburnum*	*Cyrtolobus, Enchenopa, Entylia, Spissistilus, Stictocephala, Telamona*
Caricaceae	*Carica*	*Aconophora, Adippe, Guayaquila, Membracis*
Casuarinaceae	*Casuarina*	*Bolbonota, Enchophyllum, Membracis, Umbonia*
Cecropiaceae	*Cecropia*	*Bolbonota, Enchenopa, Notocera, Oeda*
Cecropiaceae	*Pourouma*	*Adippe, Tragopa*
Cecropiaceae	no determinado *not determinate*	*Cladonota*
Celastraceae	*Celastrus*	*Enchenopa, Erechtia, Tragopa*
Chenopodiaceae	*Atriplex*	*Spissistilus*
Chenopodiaceae	*Chenopodium*	*Entylia, Spissistilus, Stictocephala*
Clusiaceae	*Mammea*	*Bolbonota, Membracis*
Clusiaceae	*Vismia*	*Bocydium, Bolbonota, Cladonota, Guayaquila, Horiola, Leioscyta, Lycoderes, Tragopa, Vanduzea*
Clusiaceae	no determinado *not determinate*	*Tylopelta*
Combretaceae	*Grislea*	*Guayaquila*
Combretaceae	*Laguncularia*	*Enchophyllum*
Combretaceae	*Terminalia*	*Membracis,*
Convolvulaceae	*Ipomoea*	*Cladonota, Ceresa*
Cornaceae	*Cornus*	*Acutalis, Cyrtolobus, Micrutalis, Stictocephala*
Cucurbitaceae	*Chayota*	*Campylocentrus*
Cucurbitaceae	*Citrullus*	*Spissistilus*
Cucurbitaceae	*Cucumis*	*Antianthe, Membracis, Spissistilus*
Cucurbitaceae	*Cucurbita*	*Spissistilus*
Cucurbitaceae	*Frantzia*	*Campylocentrus*
Cucurbitaceae	*Sechium*	*Campylocentrus, Vestistilus*
Cunoniaceae	*Weinmannia*	*Alchisme*
Cyperaceae	*Dichromena*	*Micrutalis*
Dilleniaceae	*Doliocarpus*	*Adippe*
Ebenaceae	*Diospyros*	*Bolbonota, Membracis*
Ericaceae	*Cavendishia*	*Centriculus, Stictocephala*
Erythroxylaceae	*Erythroxylum*	*Harmonides*
Euphorbiaceae	*Acalypha*	*Enchophyllum, Micrutalis, Poppea*
Euphorbiaceae	*Alchornea*	*Aconophora, Amastris, Calloconophora, Heteronotus, Guayaquila, Hyphinoe*
Euphorbiaceae	*Croton*	*Aconophora, Alchisme, Calloconophora, Enchophyllum, Guayaquila, Micrutalis*
Euphorbiaceae	*Jatropha*	*Cladonota, Entylia, Umbonia*
Euphorbiaceae	*Sapium*	*Tolania*
Euphorbiaceae	no determinado *not determinate*	*Bolbonota, Erechtia, Philya*
Fabaceae / Caesalpinioideae	*Bauhinia*	*Calloconophora*
Fabaceae / Caesalpinioideae	*Caesalpinia*	*Enchenopa, Umbonia*
Fabaceae / Caesalpinioideae	*Calycophyllum*	*Cyphonia*
Fabaceae / Caesalpinioideae	*Cassia*	*Amastris, Bolbonota, Enchenopa, Poppea, Spissistilus*
Fabaceae / Caesalpinioideae	*Cercis*	*Enchenopa, Stictocephala*
Fabaceae / Caesalpinioideae	*Cytisus*	*Enchophyllum*

Familia / *Family*	Género / *Genus*	Género de membrácido *Genus of membracid*
Fabaceae / Caesalpinioideae	*Delonix*	*Umbonia*
Fabaceae / Caesalpinioideae	*Dialium*	*Adippe, Enchenopa*
Fabaceae / Caesalpinioideae	*Eperua*	*Cyphotes, Darnis, Lycoderes, Notocera, Potnia*
Fabaceae / Caesalpinioideae	*Gleditsia*	*Micrutalis*
Fabaceae / Caesalpinioideae	*Hymenaea*	*Bolbonota, Guayaquila, Membracis*
Fabaceae / Caesalpinioideae	*Mora*	*Darnis, Notocera, Stictopelta*
Fabaceae / Caesalpinioideae	*Parkinsonia*	*Umbonia*
Fabaceae / Caesalpinioideae	*Senna*	*Guayaquila*
Fabaceae / Caesalpinioideae	*Tachigali*	*Heteronotus*
Fabaceae / Caesalpinioideae	*Tamarindus*	*Umbonia*
Fabaceae / Caesalpinioideae	no determinado *not determinate*	*Aconophora, Campylenchia, Ceresa, Entylia, Leioscyta, Metcalfiella, Philya, Stictocephala, Stictopelta, Tylopelta, Vanduzea*
Fabaceae / Mimosoideae	*Acacia*	*Guayaquila, Heteronotus, Umbonia*
Fabaceae / Mimosoideae	*Albizia*	*Umbonia*
Fabaceae / Mimosoideae	*Calliandra*	*Membracis, Umbonia, Vanduzea, Bolbonota*
Fabaceae / Mimosoideae	*Desmanthus*	*Umbonia*
Fabaceae / Mimosoideae	*Enterolobium*	*Umbonia*
Fabaceae / Mimosoideae	*Inga*	*Anchistrotus, Alchisme, Bolbonota, Cladonota, Cymbomorpha, Enchenopa, Enchophyllum, Heteronotus, Ischnocentrus, Membracis, Notocera, Umbonia*
Fabaceae / Mimosoideae	*Lysiloma*	*Umbonia*
Fabaceae / Mimosoideae	*Mimosa*	*Potnia, Umbonia*
Fabaceae / Mimosoideae	*Pentaclethra*	*Bolbonota, Darnis, Enchenopa, Heteronotus, Lycoderes, Nassunia, Notocera, Sundarion*
Fabaceae / Mimosoideae	*Pithecellobium*	*Anchistrotus, Umbonia,*
Fabaceae / Mimosoideae	*Prosopis*	*Spissistilus*
Fabaceae / Papilionoideae	*Amorpha*	*Vanduzea*
Fabaceae / Papilionoideae	*Amphicarpaea*	*Enchenopa*
Fabaceae / Papilionoideae	*Arachis*	*Spissistilus*
Fabaceae / Papilionoideae	*Cajanus*	*Aconophora, Enchenopa, Guayaquila, Membracis, Micrutalis, Vanduzea*
Fabaceae / Papilionoideae	*Crotalaria*	*Umbonia*
Fabaceae / Papilionoideae	*Desmodium*	*Spissistilus, Tylopelta*
Fabaceae / Papilionoideae	*Diphysa*	*Bolbonota, Enchophyllum, Polyglyptodes*
Fabaceae / Papilionoideae	*Dipteryx*	*Bolbonota*
Fabaceae / Papilionoideae	*Erythrina*	*Bolbonota, Calloconophora, Membracis*
Fabaceae / Papilionoideae	*Gliricidia*	*Aconophora, Calloconophora, Umbonia*
Fabaceae / Papilionoideae	*Glycine*	*Campylocentrus, Entylia, Micrutalis, Spissistilus, Stictocephala*
Fabaceae / Papilionoideae	*Glycyrrhiza*	*Campylenchia*
Fabaceae / Papilionoideae	*Lespedeza*	*Stictocephala, Vanduzea*
Fabaceae / Papilionoideae	*Lupinus*	*Aconophora*
Fabaceae / Papilionoideae	*Macroptilium*	*Spissistilus*
Fabaceae / Papilionoideae	*Medicago*	*Campylenchia, Ceresa, Spissistilus, Stictocephala, Vanduzea*
Fabaceae / Papilionoideae	*Melilotus*	*Campylenchia, Spissistilus, Stictocephala, Vanduzea*
Fabaceae / Papilionoideae	*Myrospermum*	*Aconophora*
Fabaceae / Papilionoideae	*Phaseolus*	*Bolbonota, Spissistilus, Stictocephala*
Fabaceae / Papilionoideae	*Pisum*	*Aconophora, Guayaquila, Membracis*
Fabaceae / Papilionoideae	*Psoralea*	*Campylenchia, Stictocephala, Vanduzea*
Fabaceae / Papilionoideae	*Pterocarpus*	*Calloconophora, Guayaquila*
Fabaceae / Papilionoideae	*Robinia*	*Acutalis, Enchenopa, Micrutalis, Spissistilus, Stictocephala, Vanduzea*
Fabaceae / Papilionoideae	*Sesbania*	*Umbonia*
Fabaceae / Papilionoideae	*Swartzia*	*Enchenopa*
Fabaceae / Papilionoideae	*Trifolium*	*Campylenchia, Ceresa, Spissistilus, Stictocephala*
Fabaceae / Papilionoideae	*Vicia*	*Spissistilus, Stictocephala*
Fabaceae / Papilionoideae	*Vigna*	*Guayaquila, Spissistilus*
Fagaceae	*Quercus*	*Cyrtolobus, Enchenopa, Entylia, Guayaquila, Microcentrus, Micrutalis, Platycotis, Spissistilus, Stictocephala, Telamona, Vanduzea*
Flacourtiaceae	*Azara*	*Alchisme*

Familia / *Family*	**Género / *Genus***	**Género de membrácido *Genus of membracid***
Flacourtiaceae	*Casearia*	*Potnia*
Flacourtiaceae	*Dovyalis*	*Bolbonota, Guayaquila, Membracis*
Flacourtiaceae	*Xylosma*	*Potnia*
Geraniaceae	*Geranium*	*Spissistilus*
Hamamelidaceae	*Liquidambar*	*Cyrtolobus, Telamona*
Hamamelidaceae	no determinado *not determinate*	*Platycotis*
Iridaceae	*Gladiolus*	*Aconophora*
Juglandaceae	*Juglans*	*Cyrtolobus, Enchenopa, Entylia, Metcalfiella, Microcentrus, Stictocephala*
Lauraceae	*Chlorocardium*	*Darnis, Nassunia, Notocera, Potnia*
Lauraceae	*Cinnamomum*	*Bolbonota, Guayaquila, Membracis*
Lauraceae	*Nectandra*	*Adippe, Centruchoides, Enchenopa, Membracis*
Lauraceae	*Ocotea*	*Aconophora, Adippe, Bolbonota, Guayaquila*
Lauraceae	*Persea*	*Antianthe, Bolbonota, Centruchoides, Ceresa, Entylia, Erechtia, Membracis,*
Lauraceae	*Phoebe*	*Guayaquila, Membracis*
Lauraceae	*Rhodostemonodaphne*	*Membracis*
Liliaceae	*Aspidistra*	*Bolbonota*
Loranthaceae	*Struthanthus*	*Guayaquila, Membracis*
Lythraceae	*Lagerstroemia*	*Guayaquila, Membracis*
Lythraceae	*Lawsonia*	*Guayaquila*
Malpighiaceae	*Byrsonima*	*Membracis, Vanduzea*
Malpighiaceae	*Hiraea*	*Potnia*
Malvaceae	*Gossypium*	*Entylia, Spissistilus, Umbonia,*
Malvaceae	*Hampea*	*Bolbonota,*
Malvaceae	*Hibiscus*	*Guayaquila, Membracis, Spissistilus, Umbonia*
Malvaceae	*Malachra*	*Vanduzea*
Melastomataceae	*Bellucia*	*Lycoderes*
Melastomataceae	*Conostegia*	*Bolbonota, Enchenopa, Endoiastus, Lycoderes, Membracis*
Melastomataceae	*Miconia*	*Bocydium, Bolbonota, Calloconophora, Endoiastus, Lycoderes, Micrutalis, Tragopa*
Melastomataceae	no determinado *not determinate*	*Guayaquila*
Meliaceae	*Azadirachta*	*Aconophora, Spissistilus, Umbonia*
Meliaceae	*Guarea*	*Bolbonota*
Meliaceae	*Trichilia*	*Calloconophora, Hebeticoides, Heteronotus,*
Monimiaceae	*Siparuna,*	*Adippe, Leioscyta*
Monimiaceae	no determinado *not determinate*	*Cladonota, Guayaquila, Tylopelta*
Moraceae	*Ficus*	*Aconophora, Bolbonota, Metcalfiella, Guayaquila, Vanduzea*
Moraceae	*Maclura*	*Stictocephala*
Musaceae	*Musa*	*Cladonota*
Myricaceae	*Myrica*	*Guayaquila, Platycotis*
Myrtaceae	*Callistemon*	*Guayaquila, Membracis, Umbonia*
Myrtaceae	*Calyptranthes*	*Bolbonota, Guayaquila, Membracis*
Myrtaceae	*Eucalyptus*	*Guayaquila, Metcalfiella*
Myrtaceae	*Eugenia*	*Bolbonota, Enchenopa, Endoiastus, Guayaquila, Membracis, Potnia*
Myrtaceae	*Myrcia*	*Leioscyta*
Myrtaceae	*Psidium*	*Membracis*
Myricaceae	*Morella*	*Platycotis*
Nyctaginaceae	*Neea*	*Aconophora, Guayaquila, Ischnocentrus*
Onagraceae	*Epilobium*	*Spissistilus, Stictocephala*
Onagraceae	*Ludwigia*	*Guayaquila*
Onagraceae	*Oenothera*	*Entylia*
Oxalidaceae	*Averrhoa*	*Membracis*
Papaveraceae	*Bocconia*	*Ennya*
Passifloraceae	*Passiflora*	*Antianthe, Cladonota, Enchophyllum, Entylia, Guayaquila*

Familia / *Family*	Género / *Genus*	Género de membrácido *Genus of membracid*
Pedaliaceae	*Sesamum*	*Spissistilus*
Phytolaccaceae	*Rivina*	*Hebeticoides*
Pinaceae	*Pinus*	*Cyrtolobus, Entylia, Microcentrus, Micrutalis, Spissistilus, Stictocephala, Telamona*
Piperaceae	*Piper*	*Cladonota, Calloconophora, Guayaquila, Membracis, Metheisa*
Piperaceae	no determinado *not determinate*	*Aconophora, Alchisme, Bolbonota*
Platanaceae	*Platanus*	*Platycotis, Spissistilus, Stictocephala, Telamona*
Poaceae	*Andropogon*	*Spissistilus*
Poaceae	*Arundinaria*	*Acutalis*
Poaceae	*Avena*	*Spissistilus*
Poaceae	*Bromus*	*Ceresa*
Poaceae	*Cynodon*	*Spissistilus*
Poaceae	*Hordeum*	*Spissistilus*
Poaceae	*Oryza*	*Ceresa, Spissistilus*
Poaceae	*Panicum*	*Cladonota*
Poaceae	*Pennisetum*	*Guayaquila*
Poaceae	*Poa*	*Stictocephala*
Poaceae	*Saccharum*	*Bolbonota*
Poaceae	*Sorghum*	*Spissistilus*
Poaceae	*Spartina*	*Micrutalis*
Poaceae	*Sporobolus*	*Spissistilus, Stictocephala*
Poaceae	*Trichloris*	*Spissistilus*
Poaceae	*Tripsacum*	*Spissistilus, Stictocephala*
Poaceae	*Triticum*	*Ceresa, Spissistilus, Stictocephala*
Poaceae	*Zea*	*Alchisme, Bolbonota, Membracis, Spissistilus, Umbonia*
Poaceae	no determinado *not determinate*	*Alchisme, Antianthe*
Polygalaceae	*Monnina*	*Aconophora*
Polygalaceae	*Polygala*	*Campylenchia*
Polygonaceae	*Coccoloba*	*Membracis*
Polygonaceae	*Rumex*	*Acutalis, Entylia, Spissistilus, Stictocephala*
Proteaceae	*Grevillea*	*Bolbonota, Guayaquila*
Proteaceae	*Macadamia*	*Guayaquila, Membracis*
Punicaceae	*Punica*	*Guayaquila*
Ranunculaceae	*Clematis*	*Micrutalis, Stictocephala*
Ranunculaceae	*Ranunculus*	*Entylia*
Rhamnaceae	*Ceanothus*	*Microcentrus, Stictocephala, Notocera*
Rosaceae	*Cydonia*	*Enchophyllum, Guayaquila, Membracis*
Rosaceae	*Fragaria*	*Campylenchia*
Rosaceae	*Malus*	*Guayaquila*
Rosaceae	*Prunus*	*Bolbonota, Cyrtolobus, Enchenopa, Entylia, Guayaquila, Membracis, Metcalfiella, Stictocephala, Spissistilus*
Rosaceae	*Pyrus*	*Bolbonota, Enchophyllum, Erechtia, Guayaquila, Membracis, Metcalfiella, Spissistilus, Stictocephala, Umbonia*
Rosaceae	*Rosa*	*Bolbonota, Guayaquila, Stictocephala*

Familia / *Family*	Género / *Genus*	Género de membrácido *Genus of membracid*
Rosaceae	*Rubus*	*Cyrtolobus, Entylia,Metcalfiella, Spissistilus, Stictocephala*
Rubiaceae	*Coffea*	*Aconophora, Alchisme, Antianthe, Bolbonota, Enchenopa, Guayaquila, Hyphinoe, Membracis, Metcalfiella, Polyglypta, Spissistilus, Vestistilus*
Rubiaceae	*Ferdinandusa*	*Membracis*
Rubiaceae	*Galium*	*Stictocephala*
Rubiaceae	*Hamelia*	*Aconophora, Amastris, Bolbonota, Campylenchia, Darnis, Enchenopa, Erechtia, Guayaquila, Ischnocentrus, Membracis, Micrutalis, Potnia, Stylocentrus, Tragopa*
Rubiaceae	*Isertia*	*Aconophora, Bolbonota, Campylenchia, Enchenopa, Guayaquila, Ischnocentrus*
Rubiaceae	*Uncaria*	*Aconophora, Guayaquila, Horiola*
Rubiaceae	*Warszewiczia*	*Membracis*
Rubiaceae	no determinado *not determinate*	*Stictocephala*
Rutaceae	*Citrus*	*Aconophora, Bolbonota, Enchenopa, Guayaquila, Membracis, Metcalfiella, Umbonia*
Rutaceae	*Zanthoxylum*	*Cyrtolobus, Spissistilus, Stictocephala*
Sabiaceae	*Meliosma*	*Metcalfiella*
Salicaceae	*Populus*	*Acutalis, Cyrtolobus, Enchenopa, Entylia, Metcalfiella, Spissistilus, Stictocephala, Telamona*
Salicaceae	*Salix*	*Acutalis, Enchenopa, Entylia, Metcalfiella, Micrutalis, Stictocephala, Telamona*
Sapindaceae,	*Cupania*	*Bolbonota, Notocera*
Sapindaceae	*Dodonaea*	*Guayaquila*
Sapindaceae	*Paullinia*	*Notocera, Tragopa*
Sapindaceae	*Serjania*	*Notocera, Guayaquila, Notocera*
Sapotaceae	*Chrysophyllum*	*Guayaquila*
Sapotaceae	*Pouteria*	*Bolbonota, Guayaquila, Membracis*
Saxifragaceae	*Ribes*	*Stictocephala*
Scrophulariaceae	*Bacopa*	*Stictolobus*
Smilacaceae	*Smilax*	*Stictocephala*
Solanaceae	*Acnistus*	*Antianthe, Bolbonota, Ceresa, Erechtia, Guayaquila, Membracis, Vanduzea*
Solanaceae	*Brunfelsia*	*Vanduzea*
Solanaceae	*Capsicum*	*Antianthe*
Solanaceae	*Cestrum*	*Alchisme, Antianthe, Antonae, Cladonota, Cyphonia, Guayaquila, Metcalfiella*
Solanaceae	*Cyphomandra*	*Alchisme*
Solanaceae	*Lycopersicon*	*Antianthe, Guayaquila, Micrutalis, Spissistilus*
Solanaceae	*Markea*	*Harmonides, Horiola, Tragopa*
Solanaceae	*Nicotiana*	*Alchisme, Guayaquila*
Solanaceae	*Physalis*	*Micrutalis*
Solanaceae	*Solanum*	*Aconophora, Antianthe, Antonae, Bolbonota, Ceresa, Cladonota, Cyphonia, Ennya, Entylia, Guayaquila, Ischnocentrus, Membracis, Micrutalis, Spissistilus, Stictocephala, Vanduzea*
Solanaceae	*Witheringia*	*Antianthe, Entylia*
Solanaceae	no determinado *not determinate*	*Entylia, Platycotis, Potnia*
Sterculiaceae	*Guazuma*	*Umbonia*
Sterculiaceae	*Theobroma*	*Aconophora, Amastris, Bolbonota, Calloconophora, Guayaquila, Horiola, Hyphinoe, Ischnocentrus, Membracis, Metcalfiella*
Theaceae	*Camellia*	*Bolbonota, Membracis*

Familia / *Family*	Género / *Genus*	Género de membrácido *Genus of membracid*
Tiliaceae	*Luehea*	*Calloconophora, Campylenchia*
Tiliaceae	*Mollia*	*Adippe, Tragopa*
Ulmaceae	*Celtis*	*Stictocephala*
Ulmaceae	*Trema*	*Bolbonota, Membracis*
Ulmaceae	*Ulmus*	*Cyrtolobus, Enchenopa, Entylia, Stictocephala, Telamona*
Urticaceae	*Boehmeria*	*Guayaquila*
Urticaceae	*Laportea*	*Stictocephala*
Urticaceae	*Urtica*	*Campylenchia, Spissistilus, Telamona*
Urticaceae	no determinado *not determinate*	*Adippe, Bolbonota*
Verbenaceae	*Aegiphila*	*Micrutalis*
Verbenaceae	*Lantana*	*Aconophora,*
Verbenaceae	*Priva*	*Cladonota*
Viscaceae	*Phoradendron*	*Brachybelus, Enchenopa, Guayaquila, Micrutalis, Microcentrus*
Vitaceae	*Vitis*	*Micrutalis, Spissistilus, Stictocephala, Telamona*
Vochysiaceae	*Vochysia*	*Tragopa, Vanduzea*

Apéndice 3. Lista de organismos mutualistas de los géneros de Membracidae

Annex 3. List of mutualist organisms for each treehopper genus

Especie de membrácido *Treehopper species*	**Subfamilia de hormiga** *Ant subfamily*	**Especie de hormiga** *Ant species*	**Especie de abeja** *Bee species*	**Especie de avispa véspida** *Vespid wasp species*
Aconophora femoralis	Formicinae	*Camponotus* sp.		
Aconophora ferruginea	Formicinae	*Camponotus* sp.		
Aconophora ferruginea	Ponerinae	*Ectatomma ruidum*		
Aconophora ferruginea	Ponerinae	*Ectatomma tuberculatum*		
Aconophora ferruginea				*Pseudopolybia compressa*
Aconophora fusiformis	Formicinae	*Camponotus atriceps*		
Aconophora mexicana			*Trigona* sp.	
Aconophora mexicana				*Parachartergus apicalis*
Aconophora nitida	Ponerinae	*Ectatomma ruidum*		
Aconophora nitida	Ponerinae	*Ectatomma tuberculatum*		
Aconophora sinanjensis			*Trigona* sp.	
Adippe sp.	Myrmicinae	*Cephalotes atratus*		
Adippe sp.	Dolichoderinae	*Dolichoderus bispinosus*		
Adippe sp.	Ponerinae	*Ectatomma tuberculatum*		
Adippe inaequalis	Dolichoderinae	*Dolichoderus validus*		
Adippe inequalis	Dolichoderinae	*Dolichoderus validus*		
Adippe inequalis	Ponerinae	*Ectatomma ruidum*		
Adippe inequalis	Ponerinae	*Ectatomma tuberculatum*		
Adippe inequalis	Myrmicinae	*Pheidole* sp.		
Adippe sp.	Ponerinae	*Ectatomma tuberculatum*		
Adippe zebrina	Ponerinae	*Ectatomma ruidum*		
Amastris alapigmentada	Myrmicinae	*Pheidole* sp.		
Amastris elevata	Myrmicinae	*Pheidole* sp.		
Amastris triviale	Dolichoderinae	*Azteca* sp.		
Anchistrotus obfuscatus		no identificados / *unidentified*		
Antianthe expansa	Myrmicinae	*Crematogaster* sp.		
Antianthe expansa			*Trigona amaltea*	
Antianthe expansa				*Parachartergus apicalis*
Antianthe humilis	Myrmicinae	*Pheidole* sp.		
Antianthe sp.	Formicinae	*Camponotus atriceps*		
Antianthe sp.	Formicinae	*Camponotus integellus*		
Antianthe sp.	Formicinae	*Camponotus* sp.		
Antianthe sp.	Myrmicinae	*Crematogaster nigropilosa*		
Antianthe sp.	Myrmicinae	*Crematogaster* sp.		
Antianthe sp.	Myrmicinae	*Pheidole biconstricta*		
Antianthe sp.	Myrmicinae	*Wasmannia auropunctata*		
Bolbonota incospicua	Myrmicinae	*Crematogaster* sp.		
Bolbonota incospicua	Ponerinae	*Ectatomma ruidum*		
Bolbonota incospicua	Ponerinae	*Ectatomma tuberculatum*		
Bolbonota incospicua	Myrmicinae	*Solenopsis germinata*		
Bolbonota insignis	Myrmicinae	*Crematogaster* sp.		
Bolbonota insignis	Ponerinae	*Ectatomma ruidum*		
Bolbonota insignis	Ponerinae	*Ectatomma tuberculatum*		
Bolbonota insignis	Myrmicinae	*Solenopsis germinata*		
Bolbonota pictipennis	Ponerinae	*Ectatomma ruidum*		
Bolbonota sp.	Formicinae	*Camponotus planatus*		
Bolbonota sp.	Myrmicinae	*Crematogaster curvispinosa*		
Bolbonota sp.	Dolichoderinae	*Dolichoderus quadridenticulatus*		
Bolbonota sp.	Ponerinae	*Ectatomma ruidum*		
Bolbonota sp.	Formicinae	*Paratrechina* sp.		

Especie de membrácido *Treehopper species*	Subfamilia de hormiga *Ant subfamily*	Especie de hormiga *Ant species*	Especie de abeja *Bee species*	Especie de avispa véspida *Vespid wasp species*
Bolbonota sp.	Formicinae	*Paratrechina steinheili*		
Bolbonota sp.	Myrmicinae	*Pheidole anastasii*		
Bolbonota sp.	Myrmicinae	*Pheidole* sp.		
Calloconophora sp.		ocasionalmente / *occasionally*		
Campylenchia hastata	Ponerinae	*Ectatomma ruidum*		
Campylenchia hastata	Ponerinae	*Ectatomma tuberculatum*		
Ceresa sp.		no identificados / *unidentified*		
Ceresa sp.				*Parachartergus apicalis*
Chelyoidea nitida	Dolichoderinae	*Dolichoderus validus*		
Cladonota apicalis	Ponerinae	*Ectatomma ruidum*		
Cymbomorpha prasina	Ponerinae	*Ectatomma* sp.		
Cyphonia clavata	Dolichoderinae	*Dolichoderus lamellosus?*		
Cyphonia clavata	Myrmicinae	*Wasmannia* sp.		
Enchenopa binotata	Myrmicinae	*Pheidole*		
Enchenopa ignidorsum	Ponerinae	*Ectatomma ruidum*		
Enchenopa ignidorsum	Ponerinae	*Ectatomma tuberculatum*		
Enchenopa sp.	Dolichoderinae	*Azteca* sp.		
Enchenopa sp.	Myrmicinae	*Cephalotes atratus*		
Enchenopa sp.	Ponerinae	*Ectatomma tuberculatum*		
Enchophyllum dubium	Ponerinae	*Ectatomma ruidum*		
Enchophyllum dubium	Ponerinae	*Ectatomma tuberculatum*		
Endoiastus caviceps	Myrmicinae	*Crematogaster* sp.		
Endoiastus caviceps	Ponerinae	*Ectatomma ruidum*		
Endoiastus sp.	Myrmicinae	*Crematogaster* sp.		
Entylia carinata	Formicinae	*Camponotus* sp.		
Entylia carinata	Myrmicinae	*Crematogaster*		
Entylia carinata	Ponerinae	*Ectatomma ruidum*		
Entylia carinata	Formicinae	*Formica*		
Entylia carinata	Formicinae	*Lasius*		
Entylia carinata	Myrmicinae	*Wasmannia auropunctata*		
Erechtia sallaei	Dolichoderinae	*Dolichoderus bispinosus*		
Erechtia sallaei	Ponerinae	*Ectatomma tuberculatum*		
Erechtia sallaei				*Parachartergus apicalis*
Erechtia sallaei				*Pseudopolybia compressa*
Erechtia sp.	Myrmicinae	*Cephalotes atratus*		
Erecthia sp.	Myrmicinae	*Cephalotes atratus*		
Guayaquila pallescens			*Trigona* sp.	
Guayaquila gracilicornis	Formicinae	*Camponotus* sp.		
Guayaquila gracilicornis				*Parachartegus fraternus*
Guayaquila obesa	Formicidae			
Guayaquila obesa			*Trigona* sp.	
Guayaquila sp.	Formicinae	*Camponotus atriceps*		
Guayaquila sp.	Formicinae	*Camponotus crassus*		
Guayaquila sp.	Formicinae	*Camponotus rectangularis*		
Guayaquila sp.	Ponerinae	*Ectatomma tuberculatum*		
Guayaquila sp.	Ponerinae	*Ectatomma ruidum*		
Guayaquila sp.	Myrmicinae	*Zacryptocerus clypeatus*		
Guayaquila sp.			*Trigona*	

Especie de membrácido *Treehopper species*	Subfamilia de hormiga *Ant subfamily*	Especie de hormiga *Ant species*	Especie de abeja *Bee species*	Especie de avispa véspida *Vespid wasp species*
Guayaquila sp.				*Parachartegus fraternus*
Guayaquila sp.				*Pseudopolybia compressa*
Guayaquila xiphia	Formicinae	*Camponotus crassus*		
Guayaquila xiphia	Formicinae	*Camponotus renggeri*		
Guayaquila xiphia	Formicinae	*Camponotus rufipes*		
Guayaquila xiphia	Ponerinae	*Ectatomma edentatum*		
Harmonides sp.	Myrmicinae	*Crematogaster* sp.		
Harmonides sp.	Dolichoderinae	*Dolichoderus bispinosus*		
Harmonides sp.	Dolichoderinae	*Dolichoderus* sp.		
Harmonides sp.	Ponerinae	*Ectatomma ruidum*		
Harmonides sp.	Ponerinae	*Ectatomma tuberculatum*		
Heteronotus sp.	Dolichoderinae	*Azteca* sp.		
Heteronotus sp.	Dolichoderinae	*Dolichoderus fernandezi*		
Heteronotus sp.	Dolichoderinae	*Dolichoderus quadridenticulatus*		
Heteronotus trinodosus	Dolichoderinae	*Dolichoderus validus*		
Horiola picta	Dolichoderinae	*Azteca* sp.		
Horiola picta	Formicinae	*Camponotus femoratus*		
Horiola picta	Myrmicinae	*Crematogaster limata*		
Horiola picta	Dolichoderinae	*Dolichoderus bispinosus*		
Horiola picta	Dolichoderinae	*Dolichoderus validus*		
Horiola sp.		no identificados / *unidentified*		
Ischnocentrus fowleri	Ponerinae	*Ectatomma ruidum*		
Ischnocentrus sp.	Ponerinae	*Ectatomma ruidum*		
Ischnocentrus sp.	Ponerinae	*Ectatomma tuberculatum*		
Membracis dorsata	Formicinae	*Camponotus* sp.		
Membracis dorsata	Ponerinae	*Ectatomma tuberculatum*		
Membracis foliata	Dolichoderinae	*Azteca* sp.		
Membracis foliata	Myrmicinae	*Pheidole biconstricta*		
Membracis fuscata	Ponerinae	*Ectatomma ruidum*		
Membracis fuscata	Ponerinae	*Ectatomma tuberculatum*		
Membracis mexicana	Myrmicinae	*Pheidole* sp.		
Membracis mexicana		no identificados / *unidentified*		
Membracis sp.			*Apis mellifera*	
Membracis sp.				*Polybia ignobilis*
Membracis sp.				*Polybia consobrinus*
Metheisa sp.	Dolichoderinae	*Linepithema dispertitum ?*		
Metheisa sp.	Myrmicinae	*Pheidole biconstricta*		
Micrutalis sp.	Formicinae	*Camponotus* sp.		
Micrutalis sp.		no identificados / *unidentified*		
Nassunia bipunctata		no identificados / *unidentified*		
Notocera bituberculata	Dolichoderinae	*Dolichoderus validus*		
Notocera bituberculata	Myrmicinae			
Notocera spindorosa		no identificados / *unidentified*		
Poppea capricornis	Ponerinae	*Ectatomma tuberculatum*		
Poppea zebrina	Ponerinae	*Ectatomma tuberculatum*		
Potnia granadensis	Ponerinae	*Ectatomma ruidum*		
Potnia sp.			*Oxytrigona tataira*	

Especie de membrácido *Treehopper species*	Subfamilia de hormiga *Ant subfamily*	Especie de hormiga *Ant species*	Especie de abeja *Bee species*	Especie de avispa véspida *Vespid wasp species*
Stegaspis fronditia		no identificados / *unidentified*		
Tragopa sp.	Myrmicinae	*Cephalotes atratus*		
Tragopa sp.	Dolichoderinae	*Dolichoderus bidens*		
Tragopa sp.	Dolichoderinae	*Dolichoderus bispinosus*		
Tragopa sp.	Dolichoderinae	*Dolichoderus quadridenticulatus*		
Tragopa sp.	Ponerinae	*Ectatomma ruidum*		
Tragopa sp.	Ponerinae	*Ectatomma tuberculatum*		
Tropidaspis sp.	Dolichoderinae	*Dolichoderus quadridenticulatus*		
Tylopelta		no identificados / *unidentified*		
Tylopelta americana	Myrmicinae	*Pheidole* sp.		
Vanduzea albifrons		no identificados / *unidentified*		
Vanduzea arquata	Formicinae	*Formica subsericea*		
Vanduzea segmentata	Ponerinae	*Ectatomma tuberculatum*		
Vanduzea segmentata	Myrmicinae	*Solenopsis* sp.		
Vanduzea segmentata			*Trigona* sp.	
Vanduzea sp.	Dolichoderinae	*Azteca* sp.		
Vanduzea sp.	Formicinae	*Camponotus nearcticus*		
Vanduzea sp.	Formicinae	*Camponotus* sp.		
Vanduzea sp.	Myrmicinae	*Crematogaster lineolata*		
Vanduzea sp.	Ponerinae	*Ectatomma tuberculatum*		
Vanduzea sp.	Formicinae	*Formica integra*		
Vanduzea sp.	Formicinae	*Formica subsericea*		
Vanduzea sp.	Formicinae	*Paratrechina longicornis*		
Vanduzea sp.	Myrmicinae	*Solenopsis geminata*		
Vanduzea sp.	Dolichoderinae	*Tapinoma sessile*		

Apéndice 4. Lista de avispas parasitoides que atacan a Membracidae

Annex 4. List of parasitoid wasps that attack treehoppers

Hospedero ***Host***	**Parasitoides / *Parasitoids***			
Membracidae	Mymaridae (huevos / *eggs*)	Trichogrammatidae (huevos / *eggs*)	Dryinidae (ninfas / *nymphs*)	Encyrtidae (ninfas / *nymphs*)
Aconophora	*Schizophragma basalis*			
Antianthe expansa	*Schizophragma latipennis*			
Bolbonota pictipennis	*Gonatocerus membraciphagus*			
Calloconophora pugionata	*Gonatocerus acanophorae*			
Campylenchia hastata	*Gonatocerus acanophorae*			
	Schizophragma latipennis			
Endoiastus caviceps		*Oligosita*		
Ennya chrysura	*Gonatocerus anomocerus*			*Prionomastix* sp.
	Schizophragma latipennis			
Entylia gemmata	*Gonatocerus pusilus*			
Horiola picta	*Gonatocerus anomocerus*	*Trichogramatella tristis*		
	Schizophragma latipennis	*Tumidifemur pulchrum**		
		*Uscanella bicolor**		
Stictocephala rotundata		*Paracentrobia ducassei*		
Tylopelta montrosa	*Gahanopsis deficiens*			
Umbonia ataliba			*Crovettia plaumanniana*	
Vanduzeea	*Schizophragma latipennis*			

* Requiere confirmación. / *Confirmation needed.*

Fuentes / *Sources*:

1. Noyes, J.S. 2003. World Chalcidoidea Database on CD-ROM.
2. Universal Chalcidoidea Database. World Wide Web electronic publication. *www.nhm.ac.uk/entomology/chalcidoids/index.html* [accessed 05-Sep-2003]*
3. Hymenoptera del Neotrópico. Hanson & Gauld. En prep. / *In prep.*

Apéndice 5. Riqueza de especies en Costa Rica y el Neotrópico (excluyendo los géneros no tratados en esta guía)

Annex 5. Comparison of number of species of Costa Rica and of the Neotropics (excluding genera not treated in this guide)

Género neotropical *Neotropical genus*	**Número de especies en el Neotrópico** *Number of species in Neotropics*	**Número de especies en Costa Rica** *Number of species in Costa Rica*	**Especies registradas en Costa Rica** *Species recorded in Costa Rica*
Aconophora	13	5	*compressa, longicornis, marginata, mexicana, robusta*
Acutalis	9	1	*fusconervosa*
Adippe	8	4	*inaequalias, nigrorubra, pardalina, zebrina*
Alchisme	36	4	*apicalis, costaricensis, grossa, virescens*
Amastris	71	3	*obtegens, robusta, specialis*
Anchistrotus	7	1	No identificadas *Unidentified*
Antianthe	7	2	*expansa, foliacea*
Antonae	23	1	*nigropunctata*
Aspona	6	1	*intermedia*
Bocydium	14	1	*globulare*
Bolbonota	20	5	*cuneata, globosa, inconspicua, insignis, pictipennis*
Brachybelus	2	1	*cruralis*
Calloconophora	17	2	*obliqua, pinguis*
Campylenchia	5	0	
Campylocentrus	13	4	*curvidens, hamifer, nigris pusillus*
Centriculus	2	1	*flavus*
Centruchoides	2	1	*oppugnans*
Ceresa	41	3	*bubalus, concinna, vitulus*
Chelyoidea	5	1	No identificadas *Unidentified*
Cladonota	47	6	*apicalis, ballista, clavigera, inflata, meteorus, zeledoni*
Cymbomorpha	9	2	*prasina, vaginata*
Cyphonia	26	1	*clavata*
Cyphotes	3	1	*nodosa*
Cyrtolobus	3	0	-
Darnis	10	2	*latior, partita*
Dysyncritus	5	1	No identificadas *Unidentified*
Enchenopa	24	5	*bifusifera, binotata, gladius, ignidorsum, monoceros*
Enchophyllum	15	2	*dubium, lanceolatum*

Género neotropical *Neotropical genus*	Número de especies en el Neotrópico *Number of species in Neotropics*	Número de especies en Costa Rica *Number of species in Costa Rica*	Especies registradas en Costa Rica *Species recorded in Costa Rica*
Endoiastus	1	1	*caviceps*
Ennya	17	2	*chrysura, pacifica*
Entylia	1	1	*carinata*
Erechtia	32	2	*sallaei, uniformis*
Guayaquila	22	7	*attenuata, contorta, emarginata, fusiformis, gracilicornis, obesa, pallescens*
Harmonides	7	1	*reticulata*
Hebetica	5	0	
Hebeticoides	2	1	*acuta*
Hemikyptha	7	0	
Heteronotus	44	2	*nodosus, quadrinodosus*
Horiola	2	1	*picta*
Hyphinoe	16	4	*asphaltina, cornuta, latifrons, vulpecula*
Hypsoprora	20	1	*coronata*
Ischnocentrus	5	2	*luridus, niger*
Lallemandia	1	0	
Leioscyta	27	2	*nitida, spiralis*
Lycoderes	36	1	*phasiana*
Membracis	48	5	*continua, dorsata, mexicana, trimaculata, peruviana*
Metcalfiella	26	2	*costaricensis, monogramma*
Metheisa	2	1	*lucillodes*
Microcentrus	5	3	*astales, cyclocarinatus, incomptus*
Micrutalis	28	3	*atrovena, dubia, lugubrina, turriba*
Nassunia	8	0	-
Notocera	17	2	*bituberculata, spinidorsa*
Ochrolomia	4	0	-
Ochropepla	4	0	-
Oeda	4	1	*inflata*
Philya	10	1	No identificadas *Unidentified*
Platycotis	9	1	No identificadas *Unidentified*
Polyglypta	5	2	*costata, dorsalis*
Polyglyptodes	4	1	*cucullatus*
Poppea	23	2	*capricornis, formosa*
Potnia	13	2	*gladiator, granadensis*
Procyrta	2	1	*pectoralis*
Rhexia	16	1	No identificadas *Unidentified*
Smerdalea	4	1	*horrescens*

Género neotropical *Neotropical genus*	Número de especies en el Neotrópico *Number of species in Neotropics*	Número de especies en Costa Rica *Number of species in Costa Rica*	Especies registradas en Costa Rica *Species recorded in Costa Rica*
Spissistilus	7	1	*festinus*
Stegaspis	2	0	-
Stictocephala	1	0	-
Stictolobus	1	1	*minor*
Stictopelta	19	1	*varians*
Stylocentrus	3	1	*championi*
Sundarion	12	2	*compactum, costaricense*
Telamona	4	0	
Tolania	11	2	*fraterna, opponens*
Tomogonia	3	1	*vittatipennis.*
Tragopa	40	1	*insignis*
Tylopelta	3	1	*gibbera*
Tynelia	11	1	No identificadas *Unidentified*
Umbelligerus	3	1	*woldai*
Umbonia	15	5	*ataliba, crassicornis, reclinata, reductaspinosa*
Vanduzea	11	1	*segmentata*
Vestistilus	5	1	*testaceus*
TOTAL	1.071	138 (aprox. /A *approx.* 13%)	

Fuentes / *Sources*:
Arnaud 2002, 2004; Barreira & Sakakibara 2001; Creão-Duarte & Sakakibara 2000a, 2000b, 2001; Creão-Duarte *et al.* 2005; Cryan & Deitz 1999, 2000; Cryan *et al.* 2003; Flynn 2003; McKamey 1998.

Bibliografía por género
Bibliography by genera

Aconophora: Caldwell 1949/ Coto; Saunders 2004/ Dietrich; Deitz 1991b/ Gallego; Vélez 1992/ Heystek; Baars 2004/ www.inbio.ac.cr/ Maes; Strümpel 2004/ McKamey 1998; Nishida*/ Noyes 2003/ Palmer *et al.* 1996/ Saunders *et al.* 1998/ Wood 1978, 1984.

Acutalis: Dietrich *et al.* 1999/ Kopp; Yonke 1973b; Lariviere; Larochelle 1988/ Mason; Loye 1981/ Mason; Loye 1981/ Nishida*/ Quisenberry *et al.* 1978/ Sakakibara 1997/ Tsai; Kopp 1980.

Adippe: Bluthgen *et al.* 2000/ Funkhouser 1951/ Loye 1992/ McKamey 1998/ Nishida*

Alchisme: Ballou 1936/ Creão-Duarte; Sakakibara 1997/ McKamey; Deitz 1996/ Metcalf; Wade 1965/ Nishida*/ Restrepo-Mejía 1981/ Wood 1984.

Amastris: Basset; Charles 2000/ Broomfield 1976/ Coto; Saunders 2004/ Creão-Duarte; Sakakibara 2001/ Creão-Duarte 2002/ Loye 1992/ Sakakibara 1998/ Saunders 1981/ Wood 1984.

Anchistrotus: Boulard 1983/ Funkhouser 1951/ Laroca 1997/ Loye 1992/ Strümpel 1983/ www.inbio.ac.cr

Antianthe: Ballou 1936/ Chaverri 1954/ Fowler 1894/ McKamey 1998/ Nishida*/ Saunders *et al.* 1983/ Saunders 1998/ Schuster 1981/ Tallamy; Schaefer 1997/ Weng; Nishida*

Antonae: Caldwell 1949/ Kopp; Yonke 1979/ Richter 1943, 1958/ Sakakibara 2002.

Aspona: Funkhouser 1951/ McKamey 1998.

Bocydium: Cryan; Deitz 1999a/ Funkhouser 1951/ McKamey 1998/ Sakakibara 1981.

Bolbonota: Ballou 1936/ Bluthgen *et al.* 2000/ Funkhouser 1951/ Haviland 1925/ McKamey 1998/ Nishida*/ Noyes 2003/ Saunders *et al.* 1998.

Brachybelus: Funkhouser 1951/ Nishida*/ Wood 1984/ www.inbio.ac.cr

Calloconophora: Cocroft 2001/ Dietrich; Deitz 1991/ Granadino; Cave 1982/ Maes; Strümpel 2004/ McKamey 1998/ Nishida*/ Wood 1984.

Campylenchia: Creão-Duarte; Sakakibara 2000/ Dietrich; McKamey 1995/ Fowler 1894/ Funkhouser 1951/ Haviland 1925/ Hinton1977/ Kopp; Yonke 1973a/ Lariviere; Larochelle 1988/ McKamey 1998.

Campylocentrus: Ballou 1936/ Funkhouser 1951/ Maes; Strümpel 2004/ Nishida*/ Wood 1984.

Centriculus: Funkhouser 1951/ Nishida*/ Wood 1984.

Centruchoides: Cryan *et al.* 2003.

Ceresa: Ballou 1936/ Saunders *et al.* 1983/ Saunders *et al.* 1998.

* Observación personal. / *Personal observation.*

Chelyoidea: McKamey 1998/ Tode 1966.

Cladonota: Arnaud 2002, 2004/ Ballou 1936/ Flynn 2003/ Funkhouser 1951/ McKamey 1997/ Nishida*/ Noh*/ Peláez 1945, 1967/ Saunders 1981/ Strümpel 1973/ Wood 1984.

Cymbomorpha: Basset; Charles 2000/ Deitz 1975/ Loye 1992/ McKamey 1998/ Wood 1984.

Cyphonia: Ballou 1936/ Barreira; Sakakibara 2001/ Couturier; González 1994 (1995)/ Kopp; Yonke 1979/ Loye 1992/ Nishida*/ Richter 1958/ Sakakibara 1968/ Wood 1984.

Cyphotes: Basset; Charles 2000/ Funkhouser 1951/ McKamey 1998.

Cyrtolobus: Dietrich *et al.* 1999/ Funkhouser 1951/ Lariviere; Larochelle1988/ McKamey 1998/ Quisenberry *et al.* 1978.

Darnis: Basset; Charles 2000/ Funkhouser 1951/ McKamey 1998/ Nishida*/ Wood 1984.

Dysyncritus: Fowler 1894/ McKamey 1998/ www.inbio.ac.cr

Enchenopa: Bluthgen *et al.* 2000/ Dietrich *et al.* 1999/ Funkhouser 1915a/ Guttman *et al.* 1989a, 1989b, 1989c/ Haviland 1925/ Hunt 1994/ Johnson; Freytag 1997/ Kiss; Chau 1984/ Lariviere; Larochelle 1988/ Maes; Strümpel 2004/ Mason; Loye 1981/ McKamey 1998/ Nishida*/ Ping Lin; Wood 2002/ Pratt; Wood 1993, 1992/ Quisenberry *et al.* 1978/ Rodríguez; Sullivan; Cocroft 2004/ Tilmon *et al.* 1998/ Wood 1980, 1982, 1990, 1999/ Wood *et al.* 1990, 1999/ Wood; Guttman 1981, 1982, 1983, 1985/ Wood; Keese 1990/ Wood; Patton 1971.

Enchophyllum: Ballou 1936/ Funkhouser 1951/ Hanson*/ Nishida*

Endoiastus: Deitz; Dietrich 1993/ Funkhouser 1951/ Loye 1992/ Wood 1984.

Ennya: León 1987/ Miranda*/ Miranda 2004/ Nishida*/ Picanço *et al.* 1997/ Sakakibara 1996a/ Wood 1984.

Entylia: Ballou 1936/ Dietrich *et al.* 1999/ Funkhouser 1951/ Johnson; Freytag 1997/ Kopp; Yonke 1973b/ Lariviere; Larochelle 1988/ Mason; Loye 1981/ Mason; Loye 1981/ Nault *et al.* 1974/ Nishida*/ Olmstead; Wood 1990a/ Picanço *et al.* 1997/ Quisenberry *et al.* 1978/ Saunders *et al.* 1983/ Wood 1977b, 1993.

Erechtia: Ballou 1936/ Bluthgen *et al.* 2000./ Caldwell 1949/ Funkhouser 1951/ Herms *et al.* 1988/ Kopp; Yonke 1973a/ Maes; Strümpel 2004/ McKamey 1998/ Mead 1986/ Nixon; Thomson 1987/ Ramos 1979/ Sakakibara 1999/ Simons 1962, 1980/ Simons; Coe 1958/ Tsai; Mead 1982/ Wood 1984.

Guayaquila: Ballou 1936/ Del-Claro; Oliveira 2000, 1993, 1999, 2000/ Dietrich *et al.* 1991/ Maes; Strümpel 2004/ McKamey 1998/ Nishida*/ Wood 1978.

Harmonides: Creão-Duarte; Sakakibara 2000a/ Nishida*

Hebetica: Funkhouser 1951.

Hebeticoides: Funkhouser 1951/ McKamey 1998/ Nishida*

Hemikyptha: Funkhouser 1951/ McKamey 1998.

Heteronotus: Basset; Charles 2000/ Bluthgen *et al.* 2000/ Funkhouser 1951/ Loye 1992/ Nishida*/ Wood 1984/ www.inbio.ac.cr.

Horiola: Funkhouser 1951/ Haviland 1925/ Gallego y Vélez 1992/ Huber 1987/ McKamey 1998/ Noyes 2003/ Saunders 1981/ Tode 1966.

Hyphinoe: Funkhouser 1951/ Hinton 1977/ Maes; Strümpel 2004/ Wood 1984/ www.inbio.ac.cr.

Hypsoprora: Ballou 1936/ Funkhouser 1951/ www.inbio.ac.cr.

Ischnocentrus: Deitz 1985/ Nishida*/ Funkhouser 1951/ Loye 1992/ McKamey 1998/ Wood 1984/ www.inbio.ac.cr.

Lallemandia: Funkhouser 1922, 1951.

Leioscyta: Funkhouser 1951/ McKamey 1998/ Strümpel 1986/ Strümpel; Strümpel 1975.

Lycoderes: Basset; Charles 2000/ Cryan; Deitz 1999b/ Haviland 1925/ Nishida*/ Sakakibara 1970, 1972, 1991 (1992)/ Wood 1984.

Membracis: Ballou 1936/ Bluthgen *et al.* 2000/ Boulard; Couturier 1991/ Funkhouser 1951/ Gallego; Vélez 1992/ Granadino; Cave, 1982/ Sibaja; Sanabria 2002/ Maes; Strümpel 2004/ McKamey1998/ Nishida*/ Sánchez 2000/ Saunders *et al.* 1998, 1983.

Metcalfiella: Coto; Saunders 2004/ De Foliart 2003/ Deitz 1975/ Gallego; Vélez 1992/ McKamey 1998/ McKamey; Deitz 1996/ Wood 1984.

Metheisa: Miranda*/ Nishida*/ Sakakibara 1996b/ Wood 1984.

Microcentrus: Cryan *et al.* 2003/ Funkhouser 1951/ Johson; Freytag 1997/ Loye 1987/ McKamey 1998.

Micrutalis: Ballou 1936/ Caldwell 1949/ Dietrich *et al.* 1999/ Herms *et al.* 1988/ Johson; Freytag 1997/ Kopp; Yonke 1973b/ Lariviere; Larochelle 1988/ Maes; Strümpel 2004/ Mason; Loye 1981/ Mead 1986/ Nishida*/ Nixon; Thomson 1987/ Quisenberry *et al.* 1978/ Ramos 1979/ Sakakibara 1999/ Simons 1962, 1980/ Simons; Coe 1958/ Tsai; Mead 1982/ Wood 1984.

Nassunia: Basset; Charles 2000/ Funkhouser 1951/ Wood 1984.

Notocera: Ballou 1936/ Basset; Charles 2000/ Loye 1992/ Nishida*/ Noh.*

Ochrolomia: Funkhouser 1951/ McKamey 1998.

Ochropepla: Funkhouser 1951/ McKamey; Deitz 1996.

Oeda: Cryan; Deitz 1999b/ Wood 1994.

Philya: Funkhouser 1951/ Wood 1984.

Platycotis: Beamer 1930/ Kopp; Yonke 1991/ Mason; Loye 1981/ McKamey; Deitz1996/ Metcalf; Wade 1965/ Quisenberry *et al.* 1978/ Wood 1975, 1976b, 1984/ Wood *et al.* 1984.

Polyglypta: Eberhard 1986/ Funkhouser 1951/ Godoy*/ Hinton 1977/ Maes; Strümpel 2004/ Nishida*/ Wood 1984.

Polyglyptodes: Funkhouser 1951.

Poppea: Ballou 1936/ Kopp; Yonke 1979/ Wood 1984.

Potnia: Basset; Charles 2000/ Creão-Duarte; Sakakibara 1996 (1997)/ Funkhouser 1951/ Loye 1992/ McKamey; Deitz 1996/ Metcalf Wade 1965/ Nishida*

Procyrta: Funkhouser 1951/ Wood 1984/ www.inbio.ac.cr

Rhexia: Funkhouser 1951/ www.inbio.ac.cr.

Smerdalea: Cryan; Deitz 1999a/ Cryan; Deitz 1995/ Funkhouser 1951/ McKamey 1998.

Spissistilus: Ballou 1936/ Dietrich *et al.* 1999/ Hunt 1993/ Maes; Strümpel 2004/ Miller; Harper 1987/ Mitchell; Newsom 1984/ Quisenberry *et al.* 1978/ Saunders *et al.* 1983.

Stegaspis: Cocroft* *In:* Cryan; Deitz 199b/ Funkhouser 1951/ McKamey 1998/ Wood 1984.

Stictocephala: Caldwell 1949/ Dietrich *et al.* 1999/ Kopp; Yonke 1973b/ Mason; Loye 1981/ Quartau 1981/ Quisenberry *et al.* 1978/ Simões de Andrade 1997/ Strübing 1999.

Stictolobus: Caldwell 1949/ Kopp; Yonke 1973b/ Nishida*/ Sakakibara 1969.

Stictopelta: Basset; Charles 2000/ Funkhouser 1951/ McKamey 1998/ Wood 1984.

Stilbophora: Funkhouser 1951/ McKamey 1998.

Sundarion: Basset; Charles 2000/ Creão-Duarte *et al.* 2005/ Funkhouser 1951/ McKamey 1998/ Nishida*

Sylocentrus: Cryan; Deitz 2000/ Funkhouser 1951.

Telamona: Johnson; Freytag 1997/ Kopp; Yonke 1973b, 1974/ Loye 1982.

Tolania: Dietrich 2002/ Funkhouser 1951/ McKamey 1998/ Nishida*

Tomogonia: Funkhouser, W.D. 1951/ www.inbio.ac.cr.

Tragopa: Bluthgen *et al.* 2000/ Funkhouser 1951/ McKamey 1998/ Tode 1966.

Tylopelta: Funkhouser 1951/ McKamey 1998/ Saunders *et al.* 1983, 1998/ Wood 1984.

Tynelia: Creão-Duarte; Sakakibara 2000b.

Umbelligerus: Cryan; Deitz 2000/ Deitz 1975/ McKamey 1998.

Umbonia: Butcher 1953/ Cocroft 1999a, 1999b, 1999c, 2001/ Cocroft *et al.* 2000/ De Foliart 2003/ Dowell; Jonson 1986/ Gallego; Vélez 1992/ Goding 1929, 1930/ Kuitert 1958/ Maes; Strümpel 2004/ Maxwell 1959/ Mead 1962/ Metcalf; Wade 1965/ Nishida*/ Wood 1974, 1975, 1976a, 1977a, 1983/ Wood; Dowell 1984.

Vanduzea: Ballou 1936/ Bluthgen *et al.* 2000/ Cocroft 2001/ Dietrich *et al.* 1999/ Fritz 1982, 1983/ Funkhouser 1915b/ Goding 1894, 1926/ Kiss; Chau 1984/ Kopp; Yonke 1973b/ Mason; Loye 1981/ Nault, *et al.* 1974/ Nishida*/ Sibaja; Sanabria 2002/ Quisenberry *et al.* 1978/ Ramos 1979/ Saunders *et al.* 1998; 1983; 1998/ Wood 1984.

Vestistilus: Kopp; Yonke 1979/ Nishida*

Bibliografía general / *General bibliography*

Ammar, E.1985. Internal morphology and ultraestructure of leafhoppers and planthoppers. Pp. 127-162. *In:* Nault, L.R.; Rodríguez, J.G. (eds.). The Leafhoppers and Planthoppers. New York, Wiley & Sons.

Andersen, P.C.; Brodbeck, B.V.; Herzog, D.C. 2002. Girdling-induced nutrient accumulation in above ground tissue of peanuts and subsequent feeding by *Spissistilus festinus*, the three-cornered alfalfa hopper. Entomol. Exp. Appl. 103: 139-149.

Arnaud, L. 2002. Description de 3 nouvelles espèces de Membracidae neotropicaux. Besoiro 7: 13-14.

Arnaud, L. 2004. Description d´une nouvelle espèce de Membracidae, (Homoptera Membracidae). Besoiro 10: 8-9.

Bailey, J.C. 1975. Three-cornered alfalfa hoppers (Homoptera: Membracidae) effect of four population levels on soybeans. 48: 519-520.

Bailey, J.C.; David, L.B.; Laster, M.L. 1970. Stem girdling by the three-cornered Alfalfa hopper and height of soybean plants. J. Econ. Entomol. 63: 647-648

Ballou, C.H. 1935. Insect notes from Costa Rica in 1934. Insect Pest Surv. Bull. 15: 163-212.

Ballou, C.H. 1936. Insectos observados durante el año de 1934. Cent. Nac. Agric. Biol. 20: 1-60.

Barreira, R.L.; Sakakibara, A.M. 2001. Duas espécies novas de *Cyphonia* Laporte da região central do Brasil (Homoptera, Membracidae, Smiliinae). Revta. Bras. Zool. 18: 239-244.

Basset, Y.; Charles, E. 2000. Ecology, Behaviour and Bionomics. An Annotated list of insect herbivores foraging on the seedling of five forest trees in Guyana. An. Soc. Entomol. Brasil 29: 433-452.

Beamer, R.H. 1930. Maternal Instinct in a Membracid (*Platycotis vittata*) (Homop.). Ent. News 41: 330-331.

Billick, I.; Weidmann, M.; Reithel, J. 2001. The relationship between ant tending and maternal care in the treehopper *Publilia modesta*. Behav. Ecol. Sociobiol. 51: 41-46.

Bluthgen, N. *et al.* 2000. How plants shape the ant community in the Amazonian rainforest canopy: the key role of extrafloral nectaries and homopteran honeydew. Oecologia (Berlin) 125: 229-240.

Boulard, M. 1983. Sur deux *Anchistrotus* et la mutilation naturelle du pronotum chez les membracides de le genre. (Hom.). Bull. Soc. Entomol. France 88: 274-283.

Boulard, M.; Couturier, G. 1991. *Membracis suctifructus* n. sp. nuisible en culture fruitiere amazonienne (Homoptera Membracidae). Ecole Pratique des Hautes Etudes Travaux du Laboratoire Biologie et Evolution des Insectes Hemipteroidea 4: 69-72.

Bristow, C.M. 1983. Treehoppers transfer parental care to ants: a new benefit of mutualism. Science 20: 532-533.

Bristow, C.M. 1984. Differential benefits from ant attendance to two species of Homoptera on New York Ironweed. J. Animal Ecol. 53: 715-726.

Broomfield, P.S. 1976. A revision of the genus *Amastris* (Homoptera: Membracidae). Bull. British Mus. (Natural History) Entomol. 33: 1-460.

Buckley, R.C. 1987. Interactions involving plants, Homoptera, and ants. Ann. Rev. Ecol. Syst. 18: 111-135.

Butcher, F.G. 1953. Unusual abundance of the treehopper *Umbonia crassicornis* (Amyot & Serville). Florida Ent. 36: 57-59.

Caldwell, J.S. 1949. A generic revision of the teehoppers of the tribe Ceresini in America north of Mexico, based on a study of the male genitalia. Proc. U.S. Nat. Mus. 98: 491-528.

Carrol, S.P.; Loye, J.E. 1986. Female dimorphism in a male-monomorphic species. Evolution 40: 874-876.

Chapman, R.F. 1998. The insects: structure and function. 4 ed. UK, Cambridge University Press, 770 p.

Chaverri, E. 1954. Anotaciones sobre la biología del *Anthianthe expansa* Germar, plaga del pimiento en Costa Rica. Rev. Biol. Trop. 2: 269-282.

Claridge, J.H. 1985a. Acoustic signaling in the Homoptera: behavior, taxonomy, and evolution. Ann. Rev. Entomol. 30: 297-317.

Claridge, M.F. 1985b. Acoustic behavior of leafhoppers and planthoppers: species problems and speciation. Pp. 103-125. *In:* Nault, L.R.; Rodríguez; J.G. (eds.). The Leafhoppers and Planthoppers. New York, Wiley & Sons.

Cocroft, R.B. 1999a. Parent-offspring communication in response to predators in a subsocial treehopper (Hemiptera: Membracidae: *Umbonia crassicornis*). Ethology 105: 553-568.

Cocroft, R.B. 1999b. Offspring-parent communication in a subsocial treehopper (Hemiptera: Membracidae: *Umbonia crassicornis*). Behaviour 136: 1-21.

Cocroft, R.B. 1999c. Good vibrations, the inside story of insect song. Natural History 10/99.

Cocroft, R.B. 2001. Vibrational communication and the ecology of group-living, herbivorous insects. Am. Zool. 41: 1215-1221.

Cocroft, R.B.; Tieu, T.D.; Hoy, R.R.; Miles, R.N. 2000. Directionality in the mechanical response to substrate vibration in a treehopper (Hemiptera: Membracidae: *Umbonia crassicornis)*. J. Comp. Phy. Sens. Neural Behav. Physiol. 186: 695-705.

Conconi, J.R.E. de. 1982. Los insectos como fuentes de proteínas en el futuro. Edit. Limusa, 142 p.

Conconi, J.R.E. de.; Pino Moreno, J.M.; Bourges, H. 1983. Valor nutritivo y calidad de las proteínas de algunos insectos comestibles de México. XVIII Congr. Nac. Entomol. Resúmenes, p. 134-135.

Coto, D.; Saunders, J.P. 2004. Insectos plagas de cultivos perennes con énfasis en frutales en América Central. Serie Técnica, Manual Técnico 53. Turrialba, CR, CATIE, 420 p.

Couturier, G.; González, J. 1994 (1995). Insectos plaga de la "capirona", *Calycophyllum spruceanum* Benth (Rubiacea), en sistema agroforestal. Rev. Per. Ent. 37: 97-99.

Creão-Duarte, A.J. 2002. Uma nova especie da amazonia brasileira para *Amastris* Stal, 1862 (Hemiptera, Auchenorrhyncha, Membracidae, Smiliinae). Acta Amazonica 32: 325-327.

Creão-Duarte, A.J.; Sakakibara, A.M. 1996 (1997). Revision of the genus *Potnia* Stål (Homoptera, Membracidae, Membracinae, Hoplophorionini). Revta. Bras. Zool. 13: 1001-1021.

Creão-Duarte, A.J; Sakakibara, A.M. 1997. Revision of *Alchisme* Kirkaldy (Hemiptera, Membracidae, Membracinae, Hoplophorionini). Revta. Bras. Zool. 14: 425-472.

Creão-Duarte, A.J.; Sakakibara, A.M. 1998. Análise cladística dos generos de Membracinae (Hemiptera, Auchenorrhyncha, Membracidae). Revta. Bras. Zool. 45: 823-846.

Creão-Duarte, A.J.; Sakakibara, A.M. 2000a. Revision of the genus *Harmonides* Kirkaldy (Hemiptera: Membracidae, Smiliinae). Revta. Bras. Zool. 17: 305-313.

Creão-Duarte, A.J.; Sakakibara, A.M. 2000b. Revisao do genero *Tynelia* Stål e descricao de um novo genero correlato (Hemiptera, Membracidae, Smiliinae). Revta Bras. Zool. 17: 561-572.

Creão-Duarte, A.J.; Sakakibara, A.M. 2001. Novas especies de *Amastris* Stal, 1892 do Mato Grosso, Brasil (Hemiptera, Membracidae, Smiliinae). Revta. Bras. Ent. 45: 335-338.

Creão-Duarte, A.J.; Souza, O.E.; Rothea, R.R. 2005. New species of Sundarion Kirkaldy (Hemiptera, Membracidae). Rev. Bras. Entomol. 49: 93-96.

Cryan, J.R. 2005. Molecular phylogeny of Cicadomorpha (Insecta: Hemiptera: Cicadoidea: Cercopidea and Membracoidea): adding evidence to the controversy. Systematic Entomology 30: 1-12.

Cryan, J.R; Deitz, L.L. 1995. Revision of the Neotropical treehopper genus *Smerdalea* (Homoptera: Membracidae) with two new species. Ann. Ent. Soc. Am. 88: 5-11.

Cryan, J.R.; Deitz, L.L. 1999a. Review of the New World treehopper tribe Stegaspidini (Hemiptera: Membracidae: Stegaspidinae): 1: *Bocydium* Latreille, *Lirania* Stal, and *Smerdalea* Fowler Germar. Proc. Ent. Soc. Wash. 101: 469-489.

Cryan, J.R.; Deitz, L.L. 1999b. Review of the New World treehopper tribe Stegaspidini (Hemiptera: Membracidae: Stegaspidinae): 2: *Lycoderes* Germar, *Oeda* Amyot and Serville, and *Stegaspis* Germar. Proc. Ent. Soc. Wash. 101: 760-778.

Cryan, J.R.; Deitz, L.L. 2000. Review of the New World treehopper tribe Stegaspidini (Hemiptera: Membracidae: Stegaspidinae): 3: *Flexocentrus* Goding, *Stylocentrus* Stal, and *Umbelligerus* Deitz. Proc. Ent. Soc. Wash.102: 82-98.

Cryan, J.R.; Robertson, J.A.; Deitz, L.L. 2003. The New World theehopper Tribe Microcentrini (Hemiptera: Membracidae: Stegaspidinae): Monographic revision and phylogenetic position. Tomas Say Publications in Entomology: Monographs Ent. Soc. Am., p. 1-108.

Cryan, J.R.; Wiegmann, B.M.; Deitz, L.L.; Dietrich, C.H. 2000. Phylogeny of treehoppers (Insecta: Hemiptera: Membracidae): evidence from two nuclear genes. Molecular Phylogenetics and Evolution 17: 317-334.

Cryan C.R.; Wiegmann, B.M.; Deitz, L.L.; Dietrich, C.H.; Whiting, M.F. 2004. Treehopper trees: Phylogeny of Membracidae (Hemiptera: Cicadomorpha: Membracoidea) based on molecules and morphology. Syst. Entomol. 29: 441-454.

Cushman, J.H.; Whitham, T.G. 1989. Conditional mutualism in a membracid-ant association: temporal, age-specific, and density dependent effects. Ecology 70: 1040-1047.

Cushman, J.H.; Whitham, T.G. 1991. Competition mediating the outcome of a mutualism: protective services of ants as a limiting resource for membracids. Am. Nat. 138: 851-865.

De Foliart, G. 2003. The human use of insects as a food resource: A Bibliographic Account in Progress. http://www.food-insects.com

Deitz, L.L. 1975, Classification of the higher categories of the New World Treehoppers (Homoptera: Membracidae). Tech. Bul. North Carolina Agri. Exp. Station. No. 225: 1-177.

Deitz, L.L. 1985. Placement of the genera *Abelus* Stål and *Hemicentrus* Melichar in the subfamily Centrotinae (Homoptera, Membracidae). Proc. Ent. Soc. Wash. 87: 161-170.

Deitz, L.L. 1989. Bibliography of the Membracoidea (Homoptera: Aetalionidae: Biturritidae: Membracidae, and Nicomiidae) 1956-1980. NC Agric. Res. Serv. Tech. Bull. 284: 1-39.

Deitz, L.L.; Dietrich, C.H. 1993. Superfamily Membracoidea (Homoptera: Auchenorrhyncha). I. Introduction and revised classification with new family-group taxa. Syst. Entomol. 18: 287-296.

Delabie, J.H.C.; Fernández, F. 2003. Relaciones entre hormigas y "homópteros" (Hemiptera: Sternorrhyncha y Auchenorrhyncha). Pp. 181-197. *In:* Fernández, F. (ed.). Introducción a las hormigas de la región neotropical. Bogotá, Instituto de Investigación de Recursos Biológicos Alexander von Humboldt.

Del-Claro, K.; Oliveira, P.S. 1993. Ant-Homoptera interaction: do alternative sugar sources distract tending ants? Oikos 68: 202-206.

Del-Claro, K.; Oliveira, P.S. 1999. Ant-Homoptera interactions in a Neotropical savanna: the honeydew-producing treehopper, *Guayaquila xiphias* (Membracidae), and its associated ant fauna on *Didymopanax vinosum* (Araliaceae). Biotropica 31: 135-144.

Del-Claro, K.; Oliveira, P.S. 2000. Conditional outcomes in a Neotropical treehopper-ant association: temporal and species-specific variation in ant protection and homopteran fecundity. Oecologia (Berlin) 124:156-165.

Dietrich C.H. 1998. Surface sculpturing of the abdominal integument of Membracidae and other Auchenorrhyncha (Homoptera). Proc. Entomol. Soc. Wash. 91: 143152.

Dietrich, C. 2002. Systematics and evolution of Membracoidea (Hemiptera): setting priorities in the study of a hyperdiverse group. http//esa.confex. com/2002/techprogram/paper_4655.htm

Dietrich, C.H.; Deitz, L.L. 1991a. Revision of the Neotropical treehopper tribe Aconophorini (Homoptera: Membracidae). North Carolina Agr. Res. Serv. Tech. Bull. 293: 1-134.

Dietrich, C.H.; Deitz, L.L. 1991b. Numerical phenetic and cladistic analyses of the treehopper tribe Aconophorini (Homoptera: Membracidae: Membracinae). Ann. Entomol. Soc. Am. 84: 228-238.

Dietrich, C.H.; Deitz, L.L. 1993. Superfamily Membracoidea (Homoptera: Auchenorrhyncha). II. Cladistic analysis and conclusions. Syst. Entomol. 18: 297-311.

Dietrich, C.H.; Emigh, T.H; Deitz, L.L. 1991. Morphometric discrimination among females of sibling species of Aconophorini (Homoptera: Membracidae). Syst. Entomol. 16: 311-318.

Dietrich, C.H.; McKamey, S.H. 1995. Two new Neotropical treehopper genera and investigation of the phylogeny of the subfamily Membracinae (Homoptera: Membracidae). Proc. Entomol. Soc. Wash. 97: 1-16.

Dietrich, C.H.; McKamey, S.H.; Deitz, L.L. 2001. Morphology-based phylogeny of the treehopper family Membracidae (Hemiptera: Cicadomorpha: Membracoidea). Syst. Entomol. 26: 213-239.

Dietrich, C.H.; Rothschild, M.J.; Deitz, L.L. 1999. Check list and host plants of the treehoppers of North Carolina. Proc. Entomol. Soc. Washington 101: 242-262.

Dolling, W.R. 1991. Hemiptera. New York, Oxford University Press, 274 p.

Dowell, R.; Johnson, M. 1986. *Polistes major* (Hymenoptera: Vespide). Predation of the Treehopper, *Umbonia crassicornis* (Homoptera: Membracidae). Pan-Pacific Ent. 62: 150-152.

Eberhard, W.G. 1986. Possible mutualism between females of the subsocial membracid *Polyglypta dispar* (Homoptera). Behav. Ecol. Sociobiol. 19: 447-453.

Eickwort, G.C. 1981. Presocial insects. Pp. 199-280. *In:* Hermann, H.R. (ed.). Social insects, Vol. II. New York, Academic Press.

Ekkens, D.B. 1972. Peruvian treehopper behavior (Homoptera: Membracidae). Entomol. News 83: 57-271.

Evans, J.W. 1946. A natural classification of leaf-hoppers (Jassoidea, Homoptera). Part 2. Aetalionidae, Hylicidae, Eurymelidae. Trans. Royal Entomol. Soc. of London 97: 39-54.

Evans, J.W. 1948. Some observations on the classification of the Membracidae and on the ancestry, phylogeny and distribution of the Jassoidea. Trans. Royal Entomol. Soc. of London 99: 497-515.

Evans, J.W. 1963. The phylogeny of the Homoptera. Ann. Rev. Entomol. 8: 77-94.

Ewing, A.W. 1989. Arthropod bioacoustics: neurology and behavior. Ithaca, New York, Cornell University Press, 260 p.

Flynn, D.J. 2003. Subgenera of *Cladonota* Stål (Hemiptera: Membracidae) with two new species from Mexico. Proc. Entomol. Soc. Wash. 105: 320-330.

Fowler, W.W. 1894. Order Rhynchota: Suborder Hemiptera-Homoptera. Biologia Centrali-Americana. 2: 1-173.

Fritz, R.S. 1983. Ant protection of a host plant's defoliator: consequence of an ant-membracid mutualism. Ecology, 64: 789-797.

Fritz, R.S. 1982. An ant-treehopper mutualism: effects of *Formica subsericea* on the survival of *Vanduzea arquata*. Ecol. Ent. 7: 267-276.

Funkhouser, W.D. 1915a. Notes on the life history of *Enchenopa binotata* Say (Membracidae) on Butternut. J. Econ. Ent. 8: 368-371.

Funkhouser, W.D. 1915b. Life history of *Vanduzea arquata* Say (Membracidae). Psyche 22: 183-198.

Funkhouser, W.D. 1922. New records and species of South American Membracidae 30: 1-35.

Funkhouser, W.D. 1951. Homoptera Fam. Membracidae. Genera. Insect. 208: 1-383.

Gallego, F.L.; Vélez, R. 1992. Lista de insectos que afectan los principales cultivos, plantas forestales, animales domésticos y al hombre, en Colombia. Medellín, Universidad Nacional de Colombia, 181 p.

Goding, F.W. 1894. Bibliographical and synonymical catalogue of the described membracidae of North America. Bull. Illinois Stat. Lab. Nat. Hist. 1894: 391-482.

Goding, F.W. 1926. Classification of the Membracidae of America. J.N.Y. Ent. Soc. 34: 295-317.

Goding, F.W. 1929. The membracidae of South America and The Antilles. IV. Subfamilies Hoplophorioninae, Darninae, Smiliinae, Tragopinae (Homoptera). Trans. Am. Ent. Soc. 55: 202-205.

Goding, F.W. 1930. An injurios Membracid. J.N.Y. Ent. Soc. 34: 295-317.

Granadino, C.A; Cave, R.D.1982. Within-tree distribution of seven insect pests of soursop (*Annona muricata*) in Honduras. Ann. Entomol. Soc. Am. 75: 56-60

Guttman, S.I; Wood, T.K; Karlin, A. 1989a. A genetic differentiation along host plant lines in the sympatric *Enchenopa binotata* Say complex (Homoptera: Membracidae). Ann. Entomol. Soc. Am. 82: 225-231.

Guttman, S.I.;Weigt, L.A. 1989b. Macrogeographic genetic variation in the *Enchenopa binotata* complex (Homoptera: Membracidae) Ann. Ent. Soc. Am. 82: 156-165.

Guttman, S.I.; Wilson, T.; Weigt, L.A. 1989c. Microgeographic genetic variation in the *Enchenopa binotata* complex (Homoptera: Membracidae). Ann. Ent. Soc. Am. 82: 225-231.

Hamilton, W.D. 1971. Geometry for the selfish herd. J. Theor. Biol. 31: 295-311.

Hanson, P.E.; Gauld I.D. 2006. Hymenoptera del Neotrópico. Memoirs Amer. Entomol. Inst. En prep. / *In prep.*

Haviland, M.D. 1925. The Membracidae of Kartabo. Zoologica (New York) 6: 229-290.

Heady, S.E.; Nault, L.R.; Shambaugh, G.F.; Fairchild, L. 1986. Acoustic and mating behavior of *Dalbulus* leafhoppers (Homoptera: Cicadellidae). Ann. Entomol. Soc. Amer. 79: 727-736.

Herms, D.A.; Nielsen, D.N.; Sydnor, T.D. 1988. Phenology of the homopteran complex on ornamental honeylocust in Ohio, with notes on host impact. J. Ent. Sci. 23: 36-43.

Herzog, D.C.; Thomas, J.W.; Jensen, R.L.; Newsom, L.D. 1975. Association of sclerotial blight with *Spissistilus festinus* girdling injury on soybean. Env. Entomol. 4: 986-988.

Heystek, F.; Baars, J.R. 2004. Biology and host range of *Aconophora compressa*, a canditate considered as a biocontrol agent of *Lantana camara* in Africa. Biocontrol 50: 359-373.

Hinton, H.E. 1977. Subsocial behavior and biology of some Mexican membracid bugs. Ecological Entomology 2: 61-79.

Holldobler, B.; Wilson, E.O. 1990. The Ant. Cambridge, Massachusetts, Harvard University Press, 732 p.

Huber, J.T. 1987. Review of *Schizophragma* Ogloblin and the non-Australian species of *Stethynium* Enock (Hymenoptera: Mymaridae). Can. Ent. 119: 823-855.

Huber, J.T. 2006. Mymaridae. *In:* Hanson, P.E.; Gauld, I.D. (eds.). Hymenoptera del Neotrópico. Memoirs Amer. Entomol. Inst. En prep. / *In prep.*

Hunt, R.E. 1993. Role of vibrational signals in mating behavior of *Spissistilus festinus* (Homoptera, Membracidae). Misc. Pub. Ent. Soc. Amer. 11: 1-13.

Hunt, R.E. 1994. Vibrational signals associated with mating behavior in the treehopper, *Enchenopa binotata* Say (Hemiptera: Homoptera: Membracidae). J.N.Y. Entomol. Soc. 102: 266-270.

Ichikawa, T.; Ishii, S. 1974. Mating signal of the brown planthopper, *Nilparvata lugens* Stål (Homoptera: Delphacidae): vibration of the substrate. Appl. Entomol. Zool. 9: 196-198.

Ichikawa, T. 1976. Mutual communication by substrate vibrations in the mating behaior of planthoppers (Homoptera: Delphacidae). Appl. Entomol. Zool. 11: 8-21.

Instituto Nacional de Biodiversidad (INBio), Costa Rica. http://www.inbio.ac.cr Servicio de información.

Johnson, M.P.; Freytag, P.H. 1997. Treehoppers (Homoptera: Membracidae) on Pin oak in Kentucky.

Keese, M.C.; Wood, T.K. 1991. Host-plant mediated geographic variation in the life history of *Platycotis vittata* (Homoptera: Membracidae). Ecol. Entomol. 16: 63-72

Kiss, A.; Chau, R. 1984. The probing behavior of nymphs of *Vanduzea arquata* and *Enchenopa binotata* (Homoptera: Membracidae) on host and non-host plants. Ecol. Ent. 9: 429-435.

Kitching, R.L.; Filshie, B.K. 1974. The morphology and mode of action of the anal apparatus of membracid nymphs with special reference to *Sextius viriscens* (Fairmaire) (Homoptera). J. Entomol. 49: 81-88.

Kopp, D.D.; Yonke, T.R. 1973a. The treehoppers of Missouri: part 12. Subfamily Centrotinaee; Hoplophorioninae, and Membracinae (Homoptera: Membracidae). J. Kansas Ent. Soc. 46: 42-64.

Kopp, D.D.; Yonke, T.R. 1973b. The treehoppers of Missouri: part 2. Subfamily Smiliinae; tribes Acutalini, Ceresini, and Polyglyptini (Homoptera: Membracidae). J. Kansas Ent. Soc. 46: 233-277.

Kopp, D.D.; Yonke, T.R. 1974. The treehoppers of Missouri: Part 4. Subfamily Smiliinae: Tribe Telamonini (Homoptera: Membracidae). J. Kan. Ent. Soc. 47: 80-130.

Kopp, D.D.; Yonke, T.R. 1979. A taxonomic review of the tribe Ceresini (Homoptera: Membracidae). Misc. Publ. Ent. Soc. Am. 11: 1-96.

Kopp, D.D; Yonke, T.R. 1991. Host-plant mediated geographic variation in the life history of *Platycotis vittata* (Homoptera: Membracidae). Ecol. Ent. 16: 63-72.

Kuitert, L.C. 1958. Insect pests of ornamental plants. Florida Univ. Agr. Expt. Sta. Gainesville Bull. 595: 14-15.

Lara, F.E.; Shenefelt, R.D. 1961. A preliminary survey of insect relationships with cushion gall of Cacao in Costa Rica. 6: 3-5.

Lariviere, M.C.; Larochelle, A. 1988. Ann annotated list of the treehoppers (Homoptera: Membracidae) of Quebec. Entomol. News 99: 111-124.

Laroca, S. 1997. Mutualisme entre *Trigona fuscipennis* (Hymenoptera, Apidae) et *Anchistrotus amitteraglobus*, un membracide amazonien que subit la mutilation naturelle du pronotum. Acta Biol. Par., Curitiba, 26: 1-8.

León, J. 1987. Botánica de los cultivos tropicales. 2 ed. San José, Instituto Interamericano de Cooperación para la Agricultura, 445 p.

Loye, J.E. 1982. The bionomics of *Telamona monticola* (Homoptera: Membracidae). J. Kansas Entomol Soc. 55: 598-604.

Loye, J.E. 1987. Behavior of a solitary treehoppe: *Microcentrus perditus* (Membracidae: Homoptera). J. Kansas Entomol Soc. 60: 403-407.

Loye, J.E. 1992. Ecological diversity and host plant relationships of treehoppers in a lowland tropical rainforest. Pp. 280-289. *In:* Quintero, D.; Aiello, A. (eds). Insects of Panama and Mesoamerica: selected studies. New York, Oxford University Press, i-xxii.

Maes J.M.; Strumpel, H. 2004. Familia Membracidae (+Nicomiidae).

http://www.insectariumvirtual.com/termitero/nicaragua/fauna%20entomologica%20de%20nicaragua/homoptera/membracidae.htm

Marino de Remes, A.M. 1973. Contribución al estudio de los membrácidos neotropicales I. Acta Zool. Lilloana 30: 54-133.

Mason, C.E.; Loye, J.E. 1981. An annotated list of treehoppers (Homoptera: Membracidae) of Delaware. Ent. News 92(1): 33-37.

Masters, K.L. 1989. The adaptive significancia of female biased sex ratios in the Neotropical treehopper *Umbonia ataliba* (Homoptera: Membracidae). MS Thesis. Gainesville, Univ. Fla.

Mata, A.; Quevedo, F. 1998. Diccionario didáctido de ecología. 3 ed. San José, Editorial de la Universidad de Costa Rica, 387 p.

Maxwell, L.S. 1959. Handbook of Florida insects and their control. St. Petersburg, Florida, Great Outdoors Publishing Co., p. 33.

McAtee, W.L. 1918. Bird enemies of treehoppers (Membracidae). Auk. 35: 373-374.

McEvoy, P.B. 1979. Advantages and disadvantages to group living in treehoppers (Homoptera: Membracidae) Entomol. Soc. Amer. Miss. Public. 11: 1-13.

McKamey, S.H. 1997. Nomenclatural changes in the Membracidae and Aetalionidae (Hemiptera: Membracoidea): species-group names and *Sphongophorus* Fairmaire, revised status. Streensupia 22: 1-11.

McKamey, S.H. 1998. Taxonomic catalogue of the Membracoidea (exclusive of leafhoppers). Mem. Am. Entomol. Inst. 60: 1-377.

McKamey, S.H.; Deitz, L. 1991. Revision of the neotropical treehopper genus *Metcalfiella* (Homoptera: Membracidae) North Carolina Agric. Res. Service Tech.Bull. 294: 1-89

McKamey, S.H.; Deitz, L.L. 1996. Generic revision of the New World tribe Hoplophorionini (Hemiptera: Membracidae: Membracinae). Syst. Entomol. 21: 295-342

Mead, F.W. 1962. The thorn bug, *Umbonia crassicornis* (Amyot y Serville) (Homoptera: Membracidae). Florida Dept. Agr. Div. Plant Industry, Ent. Circ. No. 8, 2 p.

Mead, F.W. 1986. *Micrutalis* treehoppers and pseudo-curly top in Florida. Florida Dept. Agr. Div. Plant Industry, Ent. Circ. No. 283, 4 p.

Meisch, M.V.; Randolph, N.M. 1965. Life-history studies and rearing techniques for the three-cornered alfalfa hopper. J. Econ. Entomol. 58: 1057-1059.

Metcalf, Z.P.; Wade, V. 1965. General Catalogue of the Homoptera. A supplement to fascicle I. Membracidae of the general catalogue of the Hemiptera. Membracoidea. In two sections. Raleigh, North Carolina State University, 1.552 p.

Michelsen, A.; Fink, F.; Gogala, M.; Traue, D. 1982. Plants as transmision channels for insect vibrational songs. Behav. Ecol. Sociobiol. 11: 269-281.

Miklas, N.; Stritih, N.; Čokl, A.; Virant-Doberlet, M.; Renou, M. 2001. The influence of substrate on male responsiveness to the female calling song in *Nezara viridula*. J. Insect Behav. 14: 313-332.

Miller, M.K; Harper, J.D. 1987. Occurrence of *Erynia delphacis* in the three-cornered alfalfa hopper, *Spissistilus festinus* (Homoptera: Membracidae). J. Invertebrate Pathology 50: 81-83.

Miranda, X. 2004. Comunicación de un membrácido subsocial por medio de vibraciones de sustrato (Homoptera: Membracidae: *Ennya chrysura* Fairmaire). Tesis de M.Sc. en Biología, Universidad de Costa Rica, 108 p.

Mitchell, P.L.; Newsom, L.D. 1984a. Histological and behavioral studies of three-cornered alfalfa hopper (Homoptera: Membracidae) feeding on soybean. Ann. Entomol. Soc. Am. 77: 174-181.

Mitchell, L.P.; Newsom, L.D. 1984b. Seasonal history of the three-cornered alfalfa hopper (Homoptera: Membracidae) in Louisiana. J. Econ. Entomol. 77: 906-914.

Murtfeldt, M.E., 1887. Traces of maternal affection in *Eutilia* [sic] *sinuata*. Fab. Ent. Americana 3: 177-178.

Nault, L.R.; Wood, T.K.; Goff, A.M. 1974. Treehopper (Membracidae) alarm pheromones. Nature 249: 387-388.

Nixon, P.L.; Thomson, H.E. 1987. Biology of *Micrutalis calva* (Homoptera: Membracidae) on Honey Locust. J. Kansas Ent. Soc. 60: 273-279.

Noyes, J.S. 2003. World Chalcidoidea Database on CD-Rom. Universal Chalcidoidea Database. World Wide Web electronic publication. www.nhm.ac.uk/entomology/chalcidoids/index.html

Noyes, J.S. 2006. Encyrtidae. *In:* Hanson, P.E.; Gauld, I.D. (eds.). Hymenoptera del Neotrópico. Memoirs Amer. Entomol. Inst. En prep. / *In prep.*

Olmi, M. 2006. Dryinidae. *In:* Hanson, P.E.; Gauld, I.D. (eds.). Hymenoptera del Neotrópico. Memoirs Amer. Entomol. Inst. En prep. / *In prep.*

Olmstead, K.L.; Wood, T.K. 1990a. The effect of clutch size and ant attendance on egg guarding by *Entylia bactriana* (Homoptera: Membracidae). Psyche 97: 111-120.

Olmstead, K.L.; Wood, T.K. 1990b. Altitudinal patterns in species richness of neotropical treehoppers (Homoptera: Membracidae): the role of ants. Proc. Entomol. Soc. Wash. 92: 552-560.

Osborn, H. 1911. Economic importance of *Stictocephala*. J. Econ. Ent. 4: 137-140.

Ossianilsson, F. 1949. Insect drummers. A study on the morphology and function of the sound-producing organ of Swedish Homoptera Auchenorrhyncha with notes on their sound production. Opusc. Entomol. Suppl. 10: 1-145.

Palmer, W.A.; Willson, B.W.; Pullen, K.R. 1996. The host range of *Aconophora compressa* Walker (Homoptera: Membracidae): A potential biological control agent for *Lantana camara* L. (Verbenaceae). Proc. Ent. Wash. 98: 617-624.

Peláez, D. 1945. Estudios sobre membrácidos. V. Las especies mexicanas del género *Sphongophorus* Fairmaire (Hem. Hom.). México, Anales Esc. Nac. Ciencias Biol. 4: 53-146.

Peláez, D. 1967. Estudios sobre membrácidos IX. Una nueva especie costarricense del género *Sphongophorus* Fairmaire (Hem. Hom.). México, Ciencia 25: 209-213.

Picanço, M.; Casali, V.W.D.; de Oliveira, I.R.; Leite, G.L.D. 1997. Homópteros asociados ao jiloeiro. Pesq. Agropec. Bras. 32: 451-456.

Ping Lin, C.; Wood, T.K. 2002. Molecular Phylogenia of the North America *Enchenopa binotata* (Homoptera: Membracidae) species complex. Entomol. Soc. Amer. 95: 162-171.

Pinto, J.D.; Hanson, P.E. 2006. Trichogrammatidae. *In:* Hanson, P.E.; Gauld, I.D. (eds.). Hymenoptera del Neotrópico. Memoirs Amer. Entomol. Inst. En prep. / *In prep.*

Pratt, G.; Wood, T.K. 1992. A phylogenetic analysis of the *Enchenopa binotata* species complex (Homoptera: Membracidae) using nymphal characters. Syst. Ent. 17: 351-357.

Pratt, G.; Wood, T.K. 1993. Genitalic analysis of males and females in the *Enchenopa binotata* (Say) complex (Membracidae: Homoptera). Proc. Entomol. Soc. Wash. 95: 574-582.

Quartau, J.A. 1981. *Stictocephala bisonia* Kopp & Yonke (Insecta, Homoptera, Membracidae), a North American treehopper new to Portugal. Bol. Soc. Portuguesa Entomol. 17: 1-5.

Quisenberry, S.S.; Yoke, T.R.; Kopp, D.D. 1978. Key to the genera of certain immature treehoppers of Missouri with notes on their host plants. J. Kansas Entomol. Soc. 51: 109-122.

Ramos, J.A. 1979. Membracidae de la República Dominicana (Homoptera: Auchenorrhyncha). Bol. Est. Exp. Agrí. Univ. Puerto Rico 260: 1-71.

Restrepo-Mejía, R. 1981. Membrácidos de Colombia 1. Revisión parcial de las especies del género *Alchisme* Kirkaldy (Homoptera: Membracidae: Hoplophorioninae) Caldasia 13: 103-164

Richter, L. 1943. Contribución al conocimiento de los Membracidae de Colombia. IV. Caldasia 6: 81-112.

Richter, L. 1958. Membracidae Peruanae. Caldasia 8: 163-174.

Rodríguez, R.L.; Sullivan, L.E.; Cocroft, R.B. 2004. Vibrational communication and reproductive isolation in the *Enchenopa binotata* species complex of treehoppers (Hemiptera: Membracidae). Evolution 58: 571-578.

Sakakibara, A.M. 1968. Revisao das especies do genero *Cyphonia* Laporte (Homoptera, Membracidae, Smiliinae). Studia Ent. 11: 417-424.

Sakakibara, A.M. 1969. As especies brasileiras de "*Stictolobus*" Metcalf e descrição de um nôvo gênero correlato (Homoptera). Rev. Brasil. Biol. 29: 589-600.

Sakakibara, A.M. 1970. Duas especies novas de *Lycoderes* Germar, 1835 (Homoptera, Membracidae). 4: 25-30.

Sakakibara, A.M. 1972. Revisao do genero *Lycoderes* Germar, 1835 (Homoptera, Membracidae). Bol. Univ. Fed. Parana Zool. 5: 77-138.

Sakakibara, A.M. 1981. As especies brasileiras do genero *Bocydium* Latreille (Homoptera, Membracidae). Revta. Bras. Biol. 41: 815-828.

Sakakibara, A.M. 1991(1992). Sobre os generos *Stegaspis* e *Lycoderes*: notas taxonomicas e descricao de especies novas (Homoptera, Membracidae). Revta. Bras. Biol. 51: 651-662.

Sakakibara, A.M. 1996a. On some Polyglyptini (Homoptera, Membracidae, Smiliinae): new genus, new species and taxonomic notes. Revta. Bras. Zool. 13: 93-108.

Sakakibara, A.M. 1996b. Taxonomic notes on some Polyglyptini: descriptions of new genus and new species (Homoptera, Membracidae, Smiliinae). Revta. Bras. Zool. 13: 463-474.

Sakakibara, A.M. 1997. The tribe Acutalini Fowler (Homoptera, Membracidae, Smiliinae): new genera, new species and some nomenclatural changes. Revta. Bras. Zool. 14: 659-674.

Sakakibara, A.M. 1998. The genera *Hygris* Stål and *Erosne* Stal, with descriptions of two new species (Homoptera, Membracidae). Revta bas. Ent. 41: 439-442.

Sakakibara, A.M. 1999. A synopsis of the tribe Micrutalini Haupt (Homoptera, Membracidae, Smiliinae). Revta. Bras. Zool. 16: 193-220.

Sakakibara, A.M. 2002. Revalidation of *Ilithucia* Stål and descriptions of new species (Homoptera, Membracidae, Smiliinae). Revta. Bras. Zool. 19: 189-200.

Sakakibara, A.M.; Laroca, S. 1975. *Smiliorachis bracaatingae*, sp. N. (Homoptera: Membracidae). Revta. Bras. Entomol. 19: 49-53.

Sánchez, S. 2000. Insectos asociados con la carambola (*Averrhoa carambola* L.) (Oxalidaceae) en el estado de Tabasco, México. Folia Entomol. Mex. 108: 121-124.

Saunders, J.L. 1981. Cacao pests in Central America. 7a. International Cocoa Reseach Conference Proceed. Cameroon, 4-12 Nov. 1979, p. 429-432.

Saunders, J.L.; Coto, D.T.; King, A.B.S. 1998. Las plagas invertebradas de los cultivos anuales alimenticios en América Central. Turrialba, CR, CATIE, 305 p.

Saunders, J.L.; King; A.B.S.; Vargas, C.L. 1983. Plagas de cultivos en América Central. Una lista de referencia. Turrialba, CR, CATIE, Serie Técnica. Boletín Técnico No. 9, 90 p.

Schuster, J.C. 1981. Stingless bees attending honeydew-producing tree-hoppers in Guatemala. Florida Ent. 64: 192.

Shaw, K.C.; Carlson, O.V. 1979. Morphology of the timbal organ of the potato leafhopper *Empoasca fabae* Harris (Homoptera: Cicadellidae). J. Kansas. Entomol. Soc. 52: 701-711.

Sibaja, G.; Sanabria, C. 2002. Principales plagas de insectos, ácaros y moluscos de cultivos agrícolas y forestales de Costa Rica. Diagnóstico Sanitario. Ministerio de Agricultura y Ganadería de Costa Rica; Servicio fitosanitario del Estado. http://www.protecnet.go.cr

Simões de Andrade, G. 1997. *Stictocephala alta* (Walker, 1851) sp. *rev., comb. n.*, the correct name for the "buffalo treehopper", with *S. bisonia* Kopp & Yonke, 1977 as a new synonym, and notes on *Hadrophallus bubalus* (Fabricius, 1794) *comb. n.* (Homoptera: Membracidae). Trans. Am. Ent. Soc. (Philadelphia) 123: 289-295.

Simons, J.N. 1962. Life-history and behavioral studies on *Micrutalis malleifera,* a vector of pseudo-curly top virus. J. Econ. Entomol. 55: 363-365.

Simons, J.N. 1980. Membracids. *In:* Harris, K.F.; Maramorosch, K. (eds). Vectors of plant pathogens. New York, Academic Press, 467 p.

Simons, J.N.; Coe, D.M. 1958. Virology 6: 43-48.

Strübing, H. 1992. Vibrationskommunikation im Paarungsverhalten der büffelzikade *Stictocephala bisonia* Kopp und Yonke 1977 (Homoptera, Auchenorrhyncha, Membracidae). Mitt. Dtsch. Ges. Allg. Angew. Entomol. 8: 60-62.

Strübing, H. 1999. Comments on the vibratory signals of *Stictocephala bisonia* Kopp et Yonke and *Dictyophara europaea* (L.) (Hemiptera: Auchenorrhyncha: Cicadomorpha et Fulguromorpha: Membracidae et Dictyopharidae). Reichenbachia Mus. Tierkd. Dresden 33: 61-69.

Strümpel, H. 1972. Beitrag zur Phylogenie der Membracidae Rafinesque. Zool. Jahrb. Abt. Syst. Okol. Geogr. Tiere. 99: 313-407.

Strümpel, H. 1973. Die Membraciden-Fauna Kolumbiens. Ent. Mitt. Zool. Mus. Hamburg 80: 327-350.

Strümpel, H. 1983. Beobachtungen zur Autotomie des Pronotums bei *Anchistrotus*-Arten (Homoptera, Membracidae). Ent. Mitt. Zool. Mus. Hamburg 19: 391-396.

Strümpel, H. 1986. Bemerkungen zur protektiven Mimese von Larven der neotropischen Membracide *Leioscyta spiralis* Haviland, 1925 (Homoptera, Membracidae). Ent. Mitt. Zool. Mus. Hamburg 8: 281-284.

Strümpel, H.; Strümpel, R. 1975. Die Membraciden-Fauna Kolumbiens 3. Die Gattung *Leioscyta* Fowler, 1894. Ent. Mitt. Zool. Mus. Hamburg 72: 177-200.

Tallamy, D.W.; Schaefer, C. 1997. Maternal care in the Hemiptera: ancestry, alternatives, and current adaptive value. Pp. 94-115. *In:* Choe, J.C.; Crespi, B.J. (eds.). The evolution of social behavior in insects and arachnids. Cambridge, Cambridge University Press, 541 p.

Tilmon, K.J.; Wood, T.K; Pesek, J.D. 1998. Genetic variation in performance traits and the potential for host shifts in *Enchenopa* treehoppers (Homoptera: Membracidae). Ann. Ent. Soc. Am. 91: 397-403.

Tishechkin, D.Y. 1989. Acoustic signalization in the psyllids (Homoptera, Psyllinea) from the Moscow Oblast (Russian SFSR, USSR). Vestn. Mosk. Univ. Ser. Biol. Pochvoved. 4: 20-24.

Tishechkin, D.Y. 1996. Acoustic communication and classification of higher taxa in leafhoppers of the subfamily Typhlocybinae (Homoptera, Cicadellidae) and some related groups. Entomol. Rev. 76: 398-410.

Tishechkin, D.Y. 1997. Calling signals emitted by males of Cixiidae (Homoptera, Cicadinea) as compared with acoustic signals in some other Fulguroidea (Homoptera, Cicadinea, Fulgoridae). Entomol. Rev. 77: 1070-1077.

Tishechkin, D.Y. 1998. Acoustic signals of Issidae (Homoptera, Cicadinea, Fulgoridea) compared with signals of some other Fulguroidea and notes on taxonomic status of the subfamily Caliscelinae. Entomol. Rev. 78: 884-892.

Tishechkin, D.Y., 2000. On the taxonomic status of *Cicadella lasiocarpae* (Homoptera, Cicadellidae). Entomol. Rev. 80: 1189-1193.

Tode, W.D. 1966. Taxionomische Untersuchungen an der südamerikanischen Memracidengatttung *Tragopa* Latreille, 1829, und deren Neugliederung. Mitt. Hamburg. Zool. Mus. Inst. 63: 265-328.

Tsai, J.H.; Kopp D.D. 1980. Life history, morphology, and taxonomy of *Acutalis tartarea* (Say) (Homoptera: Membracidae). New York Entomol. Soc. 88: 174-185.

Tsai, J.H.; Mead, F.W. 1982. Rotary net survey of homopterans in palm plantings in South Florida. J. Econ. Entomol. 75: 809-812.

Wallace, M.S.; Deitz, L.L. 2004. Phylogeny and systematics of the treehopper subfamily Centrotinae (Hemiptera: Membracidae). Memoirs on Entomol., Internat. 19: 1-377.

Wildermuth, 1915. Three-cornered alfalfa hopper. J. Agric. Res. 3: 343-362.

Wood, T.K. 1974. Aggregating behavior of *Umbonia crassicornis* (Homoptera: Membracidae). Can. Entomol. 106: 169-73.

Wood, T.K. 1975. Defense in presocial membracids (Homoptera: Membracidae). Can. Entomol. 107: 1227-31.

Wood, T.K. 1976a. Alarm Behavior of Brooding Female *Umbonia crassicornis* (Homoptera: Membracidae). The role of the pronotum and adult agreggations. Ann. Ent. Soc. Am. 69: 340-344.

Wood, T.K. 1976b. Biology and presocial behavior of *Platycotis vittata* (Homoptera: Membracidae). Ann. Ent. Soc. Am. 69: 807-811.

Wood, T.K. 1977a. Defense in *Umbonia crassicornis*: Role of the pronotum and adult aggregations (Homoptera: Membracidae). Ann. Ent. Soc. Am. 70: 524-528.

Wood, T.K. 1977b. Role of parent females and attendant ants in the maturation of the treehopper, *Entylia bactriana* (Homoptera: Membracidae). Sociology 2: 257-272.

Wood, T.K. 1978. Parental care in *Guayaquila compressa* Walker (Homoptera: Membracidae). Psyche (Cambridge) 85: 135-145.

Wood, T.K. 1979. Sociality in the Membracidae (Homoptera). Entomol. Soc. Am. Misc. Publ. 11: 15-22.

Wood, T.K. 1980. Divergence in the *Enchenopa binotata* Say complex (Homoptera: Membracidae) effected by host plant adaptation. Evolution 34: 147-160.

Wood, T.K. 1982. Ant-attended nymphal aggregations in the *Enchenopa binotata* complex (Homoptera: Membracidae). Ann. Entomol. Soc. Am. 75: 649-653.

Wood, T.K. 1983. *Umbonia crassicornis* (Bicho Espino, Thorn Bug, Treehopper). *In:* Janzen, D.H. (ed.). Costa Rican Natural History. Chicago, University of Chicago Press, xi, 816 p.

Wood, T.K. 1984. Life history patterns of tropical membracids (Homoptera: Membracidae) Sociobiology. 8: 299-344.

Wood, T.K. 1987. Consequences of membracid life histories mediated by plant phenology.

Pp. 247-253. *In:* Auchenorrhyncha Meet. 6 th. Turin, Italy. Sept. 7-11. Torino, Consiglio Nazionale delle Ricerche. Incremento Produttivita Risorse Agricole (CNR-PRA).

Wood, T.K. 1993. Diversity in the New World Membracidae. Ann. Rev. Ent. 38: 409-435.

Wood, T.K.; Dowell, R. 1984. Sex ratio in *Umbonia crassicornis* Amyot and Serville (Homoptera: Membracidae). American Midland Naturalist 112: 58-66.

Wood, T.K.; Dowell, R. 1985. Reproductive behavior and dispersal in *Umbonia crassicornis* (Homoptera: Membracidae). Florida Entomologist 68: 151-158.

Wood, T.K; Guttman, S.I. 1981. The role of host plants in the speciation of treehoppers: an example from the *Enchenopa binotata* complex. Pp. 39-54. *In:* Denno, RF; Dingle, H. (eds.). Insect life history patterns: habitat and geographic variation. New York, Springer-Verlag, 225 p.

Wood, T.K; Guttman, S.I. 1982. Ecological and behavioural basis for reproductive isolation in the sympatric *Enchenopa binotata* complex (Homoptera: Membracidae). Evolution 36: 233-242.

Wood, T.K.; Guttman, S.I. 1983. *Enchenopa binotata* complex: sympatric speciation? Science (Washington, D.C.) 220: 310-312.

Wood, T.K.; Guttman, S.I. 1985. A new member of the *Enchenopa binotata* Say complex on tulip tree (*Liriodendron tulipifera*). Proc. Ent. Soc. Wash. 87: 171-175.

Wood, T.K; Guttman, S.I.; Taylor, M.C. 1984. Mating behaviour of *Platycotis vittata* (Fabricius) (Homoptera: Membracidae) Am. Midland Nat. 112: 305-313.

Wood, T.K; Keese, M.C. 1990. Host-plant-induced assortative mating in *Enchenopa treehoppers*. Evolution 44: 619-628.

Wood, T. K.; Morris, G.K. 1974. Studies on the function of the membracid pronotum (Homoptera). I. Occurrence and distribution of articulate hairs. Can. Entomol. 106: 143-148.

Wood, T.K.; Olmstead, K.L. 1984. Latitudinal effects on treehoppere species richness (Homoptera: Membracidae). Ecol. Entomol. 9: 109-115.

Wood, T.K., Olmstead, K.L.; Guttman, S.I. 1990. Insect phenology mediated by host-plant water relations. Evolution 44: 629-636.

Wood, T.K.; Patton, R.L. 1971. Egg froth distribution and deposition by *Enchenopa binotata* (Homoptera: Membracidae) Ann. Entomol. Soc. Amer. 64: 1190-1191.

Wood, T.K.; Tilmon, K.J.; Shantz, A.B.; Harris, C.K.; Pesek, J. 1999. The role of host-plant fidelity in initiating insect race formation. Evolution Ecology Research 1: 317-332.

Zink, A.G. 2003, Quantifying the costs and benefits of parental care in female treehoppers. Behav. Ecol. 14: 687-693.

Índice / *Index*

- A -

- B -

- C -

- D -

- E -

- G -

- H -

- I -

- L -

- T -

- U -

- V -